KB113613

13
월의 첫
사
랑

13
월
의 첫
사
랑 vol.2

**초판 1쇄 인쇄일** 2015년 7월 21일
**초판 1쇄 발행일** 2015년 7월 24일

**지은이** ┃ 서별아
**펴낸이** ┃ 김기선
**편집장** ┃ 김은지

**펴낸곳** ┃ 와이엠북스(YMBOOKS)
**출판등록** ┃ 2012년 7월 17일 (제382-2012-000021호)
**주소** ┃ 서울 도봉구 노해로 379, 1005호(창동, 대성빌딩)
**전화** ┃ 02)906-7768 / **팩스** ┃ 02)906-7769
E-mail ┃ ymbooks@nate.com

ISBN 979-11-322-2484-6 04810
ISBN 979-11-322-2482-2 (set)

값 9,000원

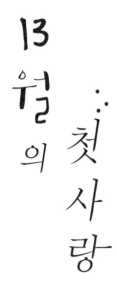

# 13월의 첫사랑

*vol.2*

서별아 장편소설

YMBOOKS ROMANCE STORY

# 목차

10장 … 007

11장 … 059

12장 … 102

13장 … 145

14장 … 195

15장 … 235

16장 … 271

17장 … 314

18장 … 338

19장 … 367

에필로그 … 399

작가 후기 … 414

## 10장

　은택은 인질극이 벌어진 현장에 곧장 동은을 제집으로 데리고 왔다. 말썽을 피웠으니 직접 뒤처리해야 한다는 동은을 중일에게 머리까지 숙여가며 억지로 데리고 온 것이었다.

　집에 도착하자마자 그녀를 씻게 하고 자신은 요리를 준비했다. 마치 아무 일도 없었던 것처럼. 그렇게 눈앞에서 그녀를 잃을 뻔한 그 끔찍한 순간을 떨쳐내려고 노력했다.

　그렇게라도 하지 않으면 견딜 수 없을 것 같았다. 이렇게 눈으로 보지 않으면, 이렇게 손으로 만지지 않으면 의미 없는 상실감에 미쳐버릴지도 몰랐다. 그때, 샤워를 마친 동은이 달각 문을 열고 욕실에서 나왔다.

　"다 씻었어?"

　동은이 갑자기 들려오는 은택의 목소리에 놀란 듯 몸을 흠칫 떨었다. 주방에 있는 줄만 알았던 은택이 어째서인지 떡하니 욕실 문 앞에서 기다리고 있었다. 그와 눈이 마주친 동은이 저도 모르게 뒷걸음질 쳤다. 은택이 예상했다는 듯 그녀를 향해 손을 뻗었다. 뒤로 물러나던 동은의 팔목이 금세 그의 손에 붙잡혔다.

"어딜 도망가?"

은택이 동은의 몸을 부드러이 끌어당겼다. 너무도 가볍게 가느다란 허리가 은택의 단단한 팔 안에 감겨 들어왔다.

"잊었어? 여기 내 집이야. 도망갈 데 없어."

"도망은 누가 간다고 그래?"

동은이 얼굴을 붉히며 작게 중얼거렸다. 도망을 치려던 게 아니라 단지 부끄러운 것뿐이었다. 방금 씻고 나온 모습을 이렇게 코앞에서 보인다는 것이.

은택이 부끄러워하는 동은의 몸을 더욱 꼭 끌어안았다. 이렇게 생생하게 품 안에 그녀를 안을 수 있다는 사실에 가슴이 벅차올랐다. 불과 조금 전만 해도 그녀를 영영 잃게 될까 끔찍한 두려움에 떨고 있었는데. 마치 지독한 악몽을 꾼 것만 같았다.

간밤, 연아와 동은을 위협했던 인질범 한기태는 그 자리에서 곧바로 체포되었다. 미리 계획한 것이 아니라고는 해도 흉기로 사람을 위협했으니 그에 마땅한 처벌을 받게 될 터였다.

그때의 끔찍한 기억이 다시 떠오른 은택이 방금 머리를 감은 탓에 젖어 있는 동은의 머리카락 위로 지그시 이마를 기댔다. 그 은밀한 접촉에 동은이 그의 품 안에 갇힌 채로 작게 바르작거렸다.

"나 머리 안 말랐어."

"알아."

"차갑지 않아?"

동은이 걱정스러운 듯 물었다. 은택은 그녀의 염려가 무색하게 이마에 이어 볼까지 젖은 머리카락에 비비며 대답했다.

"차가워. 차가워서 살 것 같아."

"응? 그게 무슨 뜻이야?"

"당신 때문에 하도 속을 끓여서 마음이 다 타버리는 줄 알았거든."

제가 하고도 장난스럽게 들리는 말에 은택이 피식 웃었다. 머리 위로 옅은 진동이 느껴져 동은도 따라 웃었다.

그러나 그 장난스러운 분위기는 오래가지 못했다. 그 말속에 담긴 것이 더할 나위 없이 절박한 진심이기 때문이었다. 그 잠깐 사이에 잔뜩 갈라져버린 목소리가 애타게 동은의 귓가로 흘러들었다.

"미치는 줄 알았어. 정말 죽는 줄 알았어."

동은의 여린 살갗에 박히는 칼끝을 보면서 은택은 심장이 난도질당하는 것 같았다. 살짝 벌어진 살갗에 맺힌 핏방울을 보면서 온몸의 피가 다 빠져나가는 기분이었다. 그때의 절망적인 심정이 다시금 생생하게 떠올라 은택이 거칠게 숨을 내쉬었다.

"당신도 이런 기분이었어?"

은택은 언젠가 제 다친 손을 보며 동은이 화를 냈던 기억이 떠올랐다. 또다시 저로 인해 다치면 두 번 다시 보지 않을 거라던 그녀의 말. 그녀가 어떤 마음이었을지 이제야 가슴에 사무쳐왔다. 그때 그녀가 주먹으로 때렸던 자리가 이제야 견딜 수 없을 만큼 욱신거렸다.

"미안해."

은택이 진심을 다해 속삭였다. 미지근하게 변해가던 온기가 다시금 뜨거워졌다. 젖은 머리카락 사이사이로 뜨겁게 스며드는 열기를 느끼며 동은이 은택의 옷깃을 꾹 움켜쥐었다. 그러자 이번엔 피부로 느껴지는 열기만큼이나 뜨거운 숨결이 귓가에 내려앉았다.

"이렇게 괴로운 건 줄 몰랐어."

이렇게 죽을 것처럼 아픈 일인지도 몰랐다. 사랑하는 사람이 위험에 처했는데도 아무것도 할 수 없다는 게 이토록 뼈아픈 일인 줄 어리석게도 겪어보고서야 알았다.

7년 만에 동은을 다시 만난 날, 칼에 찔린 그녀를 맞닥뜨렸을 때와는 차원이 달랐다. 그때는 너무 늦게 다시 만났다는 후회에 사무쳤다면, 지금은 눈앞에서 벌어진 일에 속수무책인 저를 향한 자책이 가슴을 무너뜨렸다. 은택이 꼭 끌어안았던 동은의 몸을 살짝 떼어냈다. 그리고 시선을 동은의 하얀 목으로 옮겨갔다.

"이젠 알았으니까, 너무 잘 알겠으니까, 당신도 약속해줘."

그가 손을 뻗어 동은의 젖은 머리카락을 반대쪽 어깨로 모았다. 그러자 목에 난 여린 상처가 드러났다. 은택은 천천히 눈으로 상처를 더듬었다. 동은은 그의 눈빛을 받아내는 것만으로도 순식간에 목덜미가 달아오르는 기분이었다. 부끄러움을 이기지 못하고 제게서 빠져나가려는 동은을 은택이 두 손으로 단단하게 붙들었다.

"다시는 이렇게……."

말을 이으며 그가 천천히 얼굴을 내렸다. 마치 예고편처럼 목에 뜨거운 그의 숨결이 촘촘히 흩뿌려졌다.

"다치지 않겠다고."

애원 같기도 하고 명령 같기도 한 말투의 끝에 진한 떨림이 묻어났다.

"응? 약속해."

다정한 재촉과 함께 선명한 감촉이 느껴졌다. 이윽고 상처 위로 은택의 뜨거운 입술이 내려앉았다. 도장을 찍듯, 소독을 하듯 흔적을 남기며 그의 입술이 움직였다. 그 뜨거운 감촉에 동은이 저도 모르게 낮은 신음을 터뜨렸다. 은택은 잔뜩 움츠린 어깨와 그녀의 턱 사이를 깊게 파고들며 더 짙게 입을 맞췄다.

"대답, 안 해?"

상처 위에서 그의 입술이 움직이자 열꽃이 피듯 참을 수 없는 간지러움이 느껴졌다. 그 바람에 입조차 열기 힘든 동은이 간신히 대답했다.

"말했잖아. 나도 널…… 훗! 좋아한다고."

은택이 방금 동은이 한 대답을 이해하지 못했다는 듯, 여전히 그녀의 목에 입술을 묻은 채로 움직임을 멈췄다. 비록 그녀의 대답을 이해할 수는 없었지만, 좋아한다는 말을 들은 그 순간의 느낌만큼은 순식간에 되살아나 문득 심장이 무거워졌다. 은택이 진정하려 심호흡을 하며 되물었다.

"당신이 날 좋아한다는 사실은 죽을 만큼 기쁘지만, 이거 왠지 은근슬쩍 대답을 피하려는 것 같은데?"

그러자 동은이 은택의 얼굴을 손으로 감싸 끌어 올리며 마저 말을 이었다.

"피하려는 게 아니야."

"그런데 왜 대답을 못하는 건데?"

"널 좋아하니까."

처음엔 온 세상을 다 가진 것만 같았던 그녀의 고백에 은택이 불만스럽게 미간을 구겼다.

"그러니까 당신이 날 좋아하는 거랑, 다치지 않는 게 무슨 상관인데? 당신은 나한테 절대 다치지 말라고 해놓곤! 한 번만 더 다치면 다시는 안 보겠다는 말까지 해놓고!"

"은택아, 난……!"

동은이 간절한 손짓으로 은택의 얼굴을 어루만지며 말을 망설였다. 인질이 된 저를 보며 은택이 느꼈을 절망감을 이해하지만, 막연하게 다치지 않겠다는 대답은 할 수 없었다.

동은은 자신의 처지를 헤아려야만 했다. 보통의 사람들과는 다른 자신의 삶을. 사는 게 아니라 그저 버텨야 했던 과거를. 그녀는 은택에게 좋아한다는 말을 입 밖으로 해버린 책임을 져야만 했다.

"난 말이야, 너도 알다시피 난 위험한 일을 직업으로 가진 사람이야. 게다가 과거에 사건에 얽힌 적도 있었어. 그때의 범인은 아직도 잡히지 않았고."

어쩌면 아직도 날 노리고 있을지도 몰라. 마지막 말만은 차마 전할 수 없어 입을 다문 동은이 다시 은택을 끌어안았다. 불안함이 가슴을 짓눌러 숨이 잘 쉬어지지가 않았다.

이렇듯 평범하게 일상을 살다가도 느닷없이 불안함이 덮쳐와 숨이 막힐 때가 있었다. 아침에 눈을 뜨면 아무 일도 일어나지 않았다는 사실에 안도의 한숨을 내쉬고, 누군가 뒤에서 알은척만 해 와도 심장이 덜컥 내려앉는 것 같고, 불이 꺼진 집에 들어갈 때면 제집인데도 저도 모르게 경계하게 되고는 했다.

이렇게 불안한 하루하루. 그렇게 당연한 것처럼 위험이 도사리고 있는 삶. 그래서 그 누구도 제 삶에 끌어들이지 않으려고 노력해왔는데. 은택을 다시 만나기 전까지만 해도 분명 이 불안하고 위험한 삶에 익숙해져 있었다. 하지만 지금은 모든 게 달라졌다.

동은이 은택의 손을 끌어와 뺨을 비볐다. 은택의 체온이 밀려와 제 안에서 꿈틀거리던 불안함을 씻어 내려갔다. 이제야 묵직했던 가슴이 트이고 숨이 쉬어졌다.

하아. 겨우 가쁜 숨을 내쉰 동은이 은택에게서 천천히 몸을 떼어냈다. 그 바람에 조금 옅어진 온기마저 그렇게 아쉬울 수가 없었다. 언제부턴가 이 온기가 아니면 숨을 쉴 수가 없게 됐다. 그러니 이제는 살기 위해 이 온기가 사라지지 않게 지켜야만 했다.

"나는…… 나는 그래."

이렇게 위험한 삶을 살아.

"하지만 은택아, 넌 달라."

동은은 자신과는 다른 은택의 처지를 머릿속에 떠올렸다. 사람들에게 행복을 주는 요리사. 위험과는 거리가 먼 삶을 살아온 평범한 존재. 끔찍한 과거 같은 건 하나도 없는, 그런 사람. 저만 아니면 잔잔했을 그의 인생은 어쩌면 180도 달라질 수도 있었다.

'좋아해.'

저의 그 한마디로.

'좋아해, 은택아.'

은택에게 위험한 족쇄를 채우고 말았다. 그를 다시 만난 후로 늘 경계하고 조심해왔던 일이 결국 벌어지고 만 것이었다. 저로 인해 이제는 위험에 휘말릴 가능성이 지극히 늘어난 그의 인생을 생각하며 동은은 주먹을 바르쥐었다. 그녀가 이제부터 할 수 있는 일은 단 하나였다.

"네가 다치면 나는 견딜 수가 없을 거야. 그러니까……."

동은이 올곧은 눈빛으로 은택을 바라봤다.

"너는 내가 지켜."

그녀의 눈빛이 반짝였다.

"내가 지켜줄게."

허락을 갈구하는 눈빛. 처음에는 야속하게만 느껴지던 그녀의 말에서 깊은 애정과 죄책감을 느낀 은택은 천천히 고개를 끄덕였다. 차마 싫다고 할 수 없었다. 다시 만난 후로 처음 보는 그녀의 다부진 모습이었으니까. 늘 제 앞에선 망설이고 도망치기 일쑤였던 그녀가 이토록 간절하고 단호하게 저를 바라보고 있었다.

"알았어. 당신이 원하는 대로 해."

은택이 하는 수 없다는 듯 길게 숨을 내쉬며 대답했다. 그러곤 손을 뻗어 동은의 머리카락을 헤집었다. 비장한 표정이던 그녀는 그의 손길과 허락에 금세 표정이 풀어져 소녀처럼 웃었다. 머리카락을 헤집던 은택이 동은의 말랑말랑한 볼을 손등으로 톡톡 두들겼다.

"그나저나 배 안 고파?"

그가 턱짓으로 식탁을 가리키며 물었다.

"엄청 고파."

동은이 조금 전보다 긴장이 한층 수그러진 표정으로 대답했다. 은택은 동은의 등 뒤로 가 그녀를 주방 쪽으로 밀고 갔다.

"그럼 밥 먹자. 국만 살짝 데우면 돼."

아무 일도 없던 것처럼, 두 사람은 마주 앉아 식사를 함께했다. 식사를 마친 후엔 서로를 꼭 끌어안은 채 잠에 들었다.

여전히 불안하고, 마음에 담아둔 말이 넘쳐흐를 것처럼 많았지만 그저 묻어두기로 했다. 함께인 지금 이 시간이 너무도 아깝고 소중했기에. 그렇게 시간은 간밤의 위험천만했던 일이 모두 꿈이었던 것처럼 흘러갔다.

다음 날. 일전에 은택과 약속했던 데이트를 하루 앞두고 동은은 깊은 고민에 빠져 있었다. 도시락 메뉴 때문이었다. 요리하곤 담을 쌓고 지내온 터라 메뉴를 정하고 재료를 준비하는 것부터가 난관이었다. 동은이 한숨을 푹푹 내쉬며 인터넷에서 이런저런 도시락 메뉴를 검색하고 있는데 별안간 지락이 놀라운 소식을 전해왔다.

"선배! 선배 1계급 특진이래요!"

출근한 뒤로 내내 모니터만 들여다보고 있던 동은이 지락의 말에 벌떡 고개를 들었다.

"특진?"

동은이 황당한 얼굴을 하고서 되물었다. 지락이 아침에 은택이 동은의 몫으로 챙겨준 우엉차를 책상 위에 내려놓으며 대꾸했다.

"지난번에 잡은 인질범 있잖아요. 그거 포상이라던데."

"인질범?"

동은의 머릿속에 그 순간 일그러진 은택의 표정과 함께 한기태의 얼굴이 떠올랐다. 은택이 얼마나 괴로워했을지 저도 모르게 가늠해보던 동은이 못마땅한 듯 입술을 구겨 씹었다. 그러곤 영문을 모르겠다는 얼굴로 되물었다.

"겨우 그깟 일로 포상을 내린다고? 우리가 인질범 잡은 적이 한두 번도 아니고."

그러자 지락이 호들갑을 떨며 대답했다.

"모르셨어요? 그 사건, 인터넷에 올라와서 지금 난리예요!"

"인터넷?"

"네. 인터넷 동영상 사이트 들어가서 그저께 날짜로 '기적'이라고 검색해보면 바로 떠요."

지락의 말에 동은이 황급히 동영상 사이트에 접속했다. 그리고 재빨리 기적이라는 키워드를 검색했다. 그러자 영상이 수십 개가 검색됐다. 목록을 자세히 살펴보니 올린 사람만 다를 뿐 전부 같은 영상이었다. 게다가 각각 조회 수가 어마어마했다.

"이건……!"

영상을 재생시키고 가만히 보고 있던 동은이 불현듯 매서운 표정을 지었다. 영상에는 저와 은택의 모습이 고스란히 담겨 있었다. 그것도 저와 은택이 꼭 끌어안고 있는 모습. 하물며 동은이 은택에게 좋아한다고 고백하는 말소리까지 전부 찍혀 있었다. 게다가 영상에 달린 댓글 중 눈에 띄는 닉네임이 하나 있었다.

〈백합〉

황급히 영상을 끈 동은이 주먹을 꾹 움켜쥐었다. 참을 수 없다는 듯 주먹 쥔 그녀의 손이 부들부들 떨렸다. 이 말이 어떤 말인데! 어떻게 전한 진심인데! 은택이 위험해질 걸 알면서도 전한 진심이었다. 제 전부를 걸고 은택을 지킬 각오로 한 고백이었다.

하지만 그렇다고 해도 이런 식으로 무분별하게 노출될 경우는 생각해본 적 없었다. 혹시라도 저 댓글을 단 사람이 정말 백합이라면……. 끔찍한 가능성을 머릿속에 떠올린 동은이 지락에게 낮은 목소리로 물었다.

"이거 누가 올렸어?"

"이번에 다큐멘터리 촬영하러 온 기자님 있죠? 그 기자님이 찍어서 올린 모양이에요."

"이일영 말하는 거야?"

"네! 그 기자님이요!"

전혀 관계없는 사람이라고 해도 이토록 화가 나는 마당에 일영이 벌인 짓이라니 동은은 더더욱 참을 수가 없었다. 당장에라도 일영을 찾아가 멱살을 잡고 싶은 심정이었다. 그런데 때마침, 이 곤란한 타이밍에 일영이 사무실 안으로 들어섰다.

"오랜만입니다! 다들 잘 지내셨죠?"

태연한 일영의 모습을 보는 순간, 동은은 생각이란 걸 할 수가 없었다. 그대로 일영에게로 다가간 그녀가 주먹을 내리꽂았다. 퍽! 둔탁한 소리와 함께 일영이 고꾸라졌다.

바닥에 무너져 있는 일영의 모습 위로 7년 전 어느 순간이 겹쳐졌다. 동은이 비틀거리며 일어서는 일영을 똑바로 노려봤다. 그리고 그를 향해 거침없이 소리쳤다.

"이일영, 너! 내가 7년 전에 뭐라고 했어? 두 번 다시 은택이 다치게 하면 가만 안 둔다고 했지!"

은택이 저를 감싸주다 손을 다친 그날. 동은은 일영에게 두 번 다시 은택을 다치게 하면 가만두지 않겠다고 엄포를 놓았었다. 그 때의 기억을 떠올린 일영이 터진 입술을 손등으로 닦아내며 피식 웃었다. 그가 자조적인 웃음을 지으며 되물었다.

"제가 뭘 어쨌다고 그러세요? 영상 좀 올렸다고 은택이가 다치기라도 해요?"

"그건……!"

동은이 곧바로 대꾸하지 못하고 입술을 깨물었다. 백합에 관한 사실을 일영에게 무턱대고 이야기할 수는 없었다. 하지만 바로 그 때, 일영이 모두가 전혀 예상치 못한 말을 이었다.

"아니면…… 백합이 그 영상을 보고 은택이한테 해코지라도 할까 봐 그러세요?"

일영의 말에 동은을 포함해 백합에 관해 알고 있는 그녀의 동료들이 모두 놀란 눈으로 그를 바라봤다. 일영이 그 틈에서 서늘한 눈빛으로 동은을 응시했다.

"너…… 뭐야?"

동은이 창백하게 질린 채로 물었다. 사무실 안에 일순 시린 정적이 감돌았다.

"네가 어떻게 백합에 관해 알고 있어?"

동은이 입매를 파르르 떨며 물었다. 일영은 애써 떨림을 감추려는 그녀의 모습을 관찰하듯 기름한 눈으로 바라봤다. 그녀가 떠는 기색이 마음에 들었는지 가늘어진 눈매 끝이 한순간 휙 휘어졌다. 일영은 미소 지었지만, 동은은 반대로 미간을 구겼다. 입술을 꾹 깨문 동은이 일영에게로 걸어가 순식간에 그의 멱살을 움켜쥐었다.

"너 이 자식! 지금 웃음이 나와?"

동은이 손을 부들부들 떨었다. 일영이 백합에 관해 어떻게 알게 되었는지보다 더 중요한 것이 있었다. 그리고 그것이 바로 동은을 이토록 불안하게 했다.

"바른대로 말해. 백합에 관해 어디까지 알고 있어?"

동은이 짓이기듯 목소리를 냈다. 일영은 아랑곳하지 않고 태연하게 반응했다.

"글쎄요. 선생님이 이렇게까지 예민하게 반응하는 것이 놀랍지 않을 정도로는 알고 있죠."

"나랑 말장난할 생각은 집어치워! 빨리 바른대로 말해!"

동은이 다그치자 일영이 자신의 셔츠를 움켜쥔 동은의 손가락을 하나하나 풀며 대답했다.

"백합이 12년 전 연쇄납치살인 사건의 진범이라는 것."

검지.

"선생님이 그 사건의 드러나지 않은 첫 번째 피해자라는 것. 그리고……."

이번엔 중지.

"백합이 최근 다시 범행을 시작했다는 것. 그 정도?"

마지막으로 동은의 약지까지 펼친 일영이 입꼬릴 끌어 올리며 웃었다. 일영의 미소에 다시 한 번 동은의 얼굴이 처참하게 일그러졌다.

"이일영!"

그녀가 발악하듯 소리를 질렀지만, 일영은 여전히 미소가 가시지 않은 얼굴로 느긋하게 대꾸했다.

"왜요, 선생님?"

"너! 대체 이런 일을 벌인 의도가 뭐야?"

"이런 일? 의도?"

일영이 동은의 말에 영문을 모르겠다는 듯 어깨를 으쓱였다. 동은이 얼굴을 바짝 들이밀며, 최대한 가까이에서 그를 노려봤다.

"다 알면서……! 전부 알면서 동영상을 올린 의도가 뭐냐고!

은택이가 위험해질지도 모른다는 사실을 알면서, 왜!"

동은이 잇새로 말끝을 물어뜯듯이 뱉어내며 손에 힘을 실었다. 일영이 비웃으며 펼쳤던 손가락은 다시 움켜쥔 상태였고, 그녀가 낼 수 있는 온 힘이 실려 있었다. 그러자 평온하던 일영의 얼굴이 조금씩 벌게지기 시작했다. 동은이 틀어쥔 넥타이가 숨통을 옥죄고 있었다.

아주 오래전부터 일영의 은택을 향한 비뚤어진 심리를 보아온 동은이었다. 일영은 항상 은택을 다치게 하고, 위태롭게 만들었다. 그래서 그녀는 일영이 진실을 말해줄 때까지 계속 몰아붙일 생각이었다. 일영이 느긋한 표정을 지을수록 더욱더 손에 힘을 주었다.

그러나 동은이 미처 알아차리지 못한 곳에서, 일영은 태연한 표정과는 다르게 손발을 부들부들 떨고 있었다. 그대로 두면 위험한 상황이었기에 보다 못한 지락이 나서서 동은의 손을 붙잡았다.

"선배! 이러다 큰일 나요! 우선 이것 좀 놓고……!"

"놔! 저 자식 일부러 이러는 거야! 다 알면서도 일부러……!"

"하하하!"

지락이 억지로 동은을 떼어내려는데 일영이 별안간 크게 웃음을 터뜨렸다. 그러더니 이번엔 그가 다시 생기를 찾은 얼굴을 동은의 코앞으로 들이밀었다. 뱀처럼 번뜩이는 눈동자가 동은을 집요하게 구석구석 파헤치듯 응시했다.

"예나 지금이나……."

일영은 왠지 모르게 갸웃거리는 듯한 느낌으로 운을 떼었다.

"선생님이 이런 표정을 짓는 건 은택이와 관련될 때뿐이네요."

"뭐?"

"번번이 나도 헷갈린단 말이죠. 나는 선생님의 지금 이 얼굴이 보고 싶은 걸까요, 아니면 보기 싫은 걸까요?"

일영이 버둥거리는 동은의 귓가로 입술을 바짝 붙여 속삭였다.

"나도 내가 왜 이러는지 모르겠어요."

소름 끼치는 열기가 귓가를 덮쳐왔다. 키득거리며 숨을 삼키는 일영에게로 동은이 달려들며 소리쳤다.

"이일영 너! 대체 무슨 수작이야!"

"선배! 진짜 안 된다니까요!"

지락이 일영에게 달려드는 동은을 필사적으로 말렸다. 이번에야말로 사달이 날 것 같아 아예 동은을 뒤에서 끌어안고 막아 세운 지락이었다. 일영이 동은의 허리춤을 껴안은 지락의 손을 묘한 눈길로 응시하며 한 발짝 뒤로 물러섰다.

"대체 네가 뭘 안다고 이 사건에 끼어들어! 아무것도 모르면서 함부로 건들지 마! 더 이상 은택일 다치게 만들지 말란 말이야!"

동은이 일영을 노려보며 경고했다. 그녀의 눈빛은 간담이 서늘해질 정도로 서슬 퍼랬으나 목소리는 한없이 서글펐다.

일영이 문득 검게 가라앉은 눈으로 동은을 응시했다. 뱀처럼 축축하고 기분 나쁘던 눈빛은 어느샌가 허물을 벗듯 바뀌어 있었다.

"걱정 마요. 나는 선생님 마음을 너무나 잘 아는 사람 중 하나니까."

"뭐?"

"내 다리, 왜 이렇게 된 건지 궁금하지 않아요?"

동은은 그 순간 사건에 휘말린 적이 있었다는 일영의 말을 문득 떠올렸다. 일영이 보란 듯이 다시 한 걸음 절뚝거리며 물러났다. 그 모습이 마치 사진처럼 동은의 뇌리에 찍혔다. 이어서 마치 연속 사진처럼 다른 여러 순간들이 그녀의 머릿속에서 번쩍이며 찍혔다.

이제강의 살인 사건을 조사하다 인정태의 의족을 망가뜨렸던 순간. 경찰서에서 휠체어에 앉아 있는 홍미란을 처음 마주쳤던 순간. 일영이 다리를 절뚝이는 것에 의문을 품었던 순간. 그 모든 순간들이 파노라마처럼 머릿속을 스쳐 지나갔다.

그리고 마지막. 억수처럼 비가 퍼붓던 과거의 어느 날. 백합의 다리를 칼로 찌르고 도망쳤던 끔찍한 순간이 떠올랐다.

동은이 응어리처럼 뭉쳐 있던 숨을 거칠게 토해냈다. 과거 그때처럼 숨이 뜨거워 목구멍이 아렸다. 그녀의 눈이 한동안 일영의 다리를 내려다보다 일순 경악스럽게 물들었다.

"설마……."

그날 밤을 닮은 동은의 까만 눈동자가 정처 없이 흔들렸다. 말도 안 된다고 생각하면서도 아슬아슬한 생각이 계속 꼬리에 꼬리를 물고 이어졌다.

이 모든 건 그저 우연에 지나지 않을 수도 있었다. 하지만 그간 벌어졌던 일련의 사건들이 적든 많든 모두 백합과 관련이 있다는 사실만큼은 부정할 수 없었다.

백합에게서 도청기를 샀다고 자백한 인정태. 도청기를 단 조화를 만들어 배달을 했을지도 모르는 홍미란. 백합에 관해 알고 있으면서도 일부러 은택을 노출시킨 이일영. 이 세 사람이 모두 다리가 불편한 것이 정말로 우연일까. 아니, 우연이라고 생각하는 쪽이 오히려 어리석게 느껴질 정도였다.

"설마 네 다리가 그렇게 된 게……."

동은이 떨리며 나오는 목소리를 가까스로 다잡으며 물었다.

"백합…… 과 관련 있어?"

일영의 눈매가 의뭉스럽게 휘어졌다. 동시에 동은의 눈동자는 나락으로 떨어진 듯 어둡게 물들어 있었다.


일영이 경찰서를 떠나고 동은은 초조하게 사무실 문만 바라봤다. 문득 문이 열리는 소리를 들은 동은이 황급히 고개를 돌렸다. 하지만 기대했던 사람이 아닌 걸 알고 실망한 듯이 고개를 돌렸다.

아침부터 내내 해온이 보이지 않았다. 방금 일영이 하고 간 이야기를 해온에게 보고하려고 기다렸지만 그는 그림자도 비치지 않았다. 백합에 관한 일은 항상 해온에게 가장 먼저 상담하는 것이 그녀의 오래된 습관 중의 하나였다. 백합을 잡고 싶은 마음만큼은, 해수 때문에라도 해온 역시 저와 다르지 않았으니까.

"막내야."

망설이던 동은이 주위를 두리번거리며 지락을 불렀다.

"해온인 왜 코빼기도 안 보여?"

지락이 일영이 다녀가고 난장판이 된 사무실을 치우며 답했다.

"휴가 내셨어요. 다음 주까지."

지락의 대답에 동은이 잠시 멍한 표정을 지었다. 연아의 마음을 이해하는데, 해온의 마음을 이해하지 못할 리 없었다. 일 중독자인 저와는 반대로 한량 같은 그는 휴가를 쓰는 일이 거의 없었다. 일을 할 때나 쉴 때나 매한가지로 느긋한 그였다. 최해온에겐 당직을 서는 것과 휴가를 보내는 것이 별반 다르지 않았다.

그런 그가 휴가를 내다니. 반사적으로 주머니에서 휴대전화를 꺼내려던 동은은 잠시 머뭇거렸다. 그리고 이내 텅 빈 손을 주머니에서 꺼냈다. 그에게도 마음을 정리할 시간이 필요할 터였다.

"어디 아픈 건 아니지?"

"네, 그냥 쉬고 싶다고 하셨어요."

"그래. 그럼 난 이만 퇴근할 테니까 아까 내가 시킨 거 철저하게 조사해놔."

동은이 바닥에 널브러져 있던 가방을 챙겨 들었다. 백합에 관해 조사하고 싶은 마음이 아무리 굴뚝같아도 은택과의 약속을 어길 수는 없었다. 내일 은택과 데이트를 하기로 한 약속을 떠올리며 동은은 분주하게 걸음을 옮겼다.

"네. 그런데 어디 가세요?"

불현듯 어딜 가는지 묻는 지락의 말투가 사뭇 의뭉스러웠다.

"방금 퇴근한다고 한 말 못 들었어?"

동은이 심드렁하게 대답하자, 지락이 눈을 빛내며 되물었다.

"아뇨. 왠지 좀 급해 보여서요. 평소 땐 저 못 미덥다며 항상 같이 남으시잖아요. 혹시⋯⋯."

지락의 눈매 끝이 가늘게 모아졌다.

"혹시, 뭐?"

"설마⋯⋯!"

"설마, 뭐!"

"데이트라도 하러 가세요?"

눈치라곤 눈곱만큼도 없는 녀석이 이럴 땐 또 귀신같았다. 은택과 같이 살아서 그런가? 아님 뭐라도 들은 게 있는 거야? 모르겠다. 동은이 두 눈을 질끈 감고 소리쳤다.

"그래! 데이트하러 간다, 왜!"

정확히 말하면 데이트는 내일이고, 지금은 그 준비를 하러 가는 거지만. 욱하며 소리를 지른 동은이 뒤돌아 쌩하니 사무실을 빠져나갔다. 지락의 태평양 같은 오지랖이 걱정되긴 하지만, 지금은 그런 걸 신경 쓸 형편이 아니었다.

가게 문을 닫아건 깜깜한 시각. 통유리 너머로 은택과 어떤 남자의 모습이 보였다.

"선물이에요. 생화는 향기가 진할 것 같아서 조화로 준비했어요. 관리하기도 쉽고."

은택은 남자가 내민 백합을 조심스레 바라봤다. 조금 꺼림칙한 표정을 짓고 만 은택이 당황하며 얼른 얼굴에 미소를 띠었다.

"뭘 이런 걸 다⋯⋯. 감사히 받을게요."

남자는 서글서글하게 웃었다. 그는 다음 주부터 은택관에서 일하기로 한 주방장 안지상이었다. 오늘은 세부적인 사항들을 조율하기 위해 잠시 들른 것이었다.

주방에서 목이 긴 병을 꺼내 오며 은택은 조화를 놓을 자리를 고민했다. 비록 백합이라는 사실이 마음에 안 들긴 하지만, 살뜰히 선물까지 챙기는 모습에 은택은 안심이 되었다. 그동안 속 끓이는 사장을 둔 덕에 두 배로 고생한 하루를 위해서라도 다정한 사람이 오길 바랐으니까. 저도 모르게 주방에서 잘 보이지 않는 곳에 조화를 장식한 은택이 다시 다가와 조심스럽게 입을 열었다.

"근데 왜지 모르게 얼굴이 낯익어요."

"그래요?"

"네. 혹시 우리 어디서 본 적 있나요?"

"글쎄요. 종종 그런 말을 듣긴 하는데. 얼마 전엔 요새 주말드라마에 나오는 배우를 닮았다고도 하더라고요."

"아, 그래서 그런가?"

은택이 대수롭지 않은 표정을 지으며 납득했다.

"그럼 다음 주부터 출근해주세요. 제가 가끔씩 가게를 비울 것 같으니 잘 부탁드리겠습니다."

"네, 그럴게요. 저도 앞으로 잘 부탁드립니다."

지상이 은택에게 악수를 청하며 자리에서 일어섰다. 은택도 그를 따라 일어서 손을 맞잡았다. 그런데 어딘가 지상의 표정이 불편해 보였다.

"어디 안 좋으세요?"

은택이 묻자 무심결에 발목을 문지르려던 지상이 손을 거두며 고개를 저었다.

"아니에요. 그럼 이만 가보겠습니다. 다음에 정식으로 봬요."

그렇게 서로 인사를 나눈 후 은택은 가게 밖으로 나와 지상을 배웅했다. 지상의 뒷모습이 점을 찍어놓은 것만큼 작아졌을 때, 때마침 하루가 나타났다.

"사장님, 아직 퇴근 안 하셨어요?"

"어, 면접이 있어서."

"면접?"

"응. 방금 직원 한 명 더 뽑았어. 요리 실력이야 두말할 것도 없고, 다정다감한 성격인 것 같으니까 지내기 어렵지 않을 거야."

"우와, 드디어! 그럼 이제 사장님 얼굴 보기 힘들겠네요."

"응? 그게 무슨 소리야?"

"이젠 제 눈치 안 보고 동은이 누나랑 데이트하셔야죠."

하루의 천연덕스러운 대꾸에 은택이 어두운 표정을 지었다. 불현듯 연아 생각이 나서였다. 저만 이렇게 행복해도 되는 걸까. 또다시 죄책감이 가슴에 번졌다.

"하루야."

잠시 생각에 잠겨 있던 은택이 먹먹한 목소리로 하루를 불렀다.

"말씀하세요, 사장님."

그러나 은택은 불러놓고도 입술만 깨물고 있었다. 분명 어젯밤 동은을 신경 쓰느라 연아를 제대로 챙기지 못한 걸 염려하는 것이리라.

"은택이 형."

비난을 한 것도 아닌데 은택의 어깨가 움찔 튀어 올랐다. 하루가 안쓰러운 눈빛으로 그 모습을 바라봤다. 아무도 은택을 탓하지 않았다. 감히 탓할 수도 없는 일이었다. 그런데도 은택은 죄인처럼 고개를 숙이고 있었다. 당연히 물어볼 수 있는 말조차 조심스러워하며 망설였다. 천천히 은택에게로 다가온 하루가 물었다.

"동은이 누나는 어때요? 괜찮아요? 많이 다치진 않았어요?"

은택이 벌떡 고개를 들었다. 예상치 못한 질문에 그가 얼떨떨한 표정을 지으며 답했다.

"응, 괜찮아."

그리고 이어진 침묵. 하루는 은택 역시 물어봐주기를 기다렸다. 연아도 괜찮아? 하지만 은택은 몇 번이나 입술을 달싹이다 결국 다물어버렸다. 하는 수 없이 하루가 다시 먼저 입을 열었다.

"방금 이 말, 연아 누나가 물어본 말이에요. 어젯밤 경찰서에

도착하자마자 다른 형사님한테요."

하루는 조용히 어젯밤 경찰서에서 있었던 일을 떠올렸다. 사랑받지 못하는 마음들, 그래서 상처받은 마음들이 가득했던 그곳. 그러나 누구 하나에게만 온전히 죄를 물을 수 없던 그 상처들을.

'임동은 형사님은 괜찮으세요? 많이 다치진 않으신 거죠?'

연아가 가장 먼저 했던 말이었다. 차마 은택에게도, 동은에게도 물을 수 없어 현장을 떠나는 그들의 뒷모습만 바라보다 경찰서에 와서야 겨우 물어볼 수 있었던 말. 은택이 느끼는 것처럼 연아 역시 그들에게 죄책감을 가지고 있었다.

"걱정하지 마세요. 괜찮아요. 괜찮을 거예요, 연아 누나."

은택이 저에게 했던 대답에 하나를 더 보태며 하루가 빙그레 웃었다. 첫 번째 괜찮다는 말은, 연아가 아무 데도 다친 곳 없이 무사하다는 말. 두 번째 괜찮을 거라는 말은, 연아의 상처받은 마음도 언젠가는 아물 거라는 말.

"사장님이 연아 누나한테 해줄 수 있는 최고의 선물은 행복해지는 거예요."

은택이 그 말에 비로소 무거운 마음의 짐을 내려놓으며 작게 따라 웃었다. 안심한 얼굴로 은택을 바라보던 하루가 씩씩하게 기지개를 켜며 말했다.

"자, 그럼 이제 퇴근하셔야죠! 내일도 일찍 일어나서 일하려면! 새로 주방장님 오는 건 다음 주부터라고 했으니까, 이번 주는 제발 농땡이 좀 피우지 마세요. 아셨죠?"

그런데 어라? 은택의 반응이 기대했던 반응이 아니었다.

"미, 미안."

"왜요! 뭐가 또 미안해요!"

"나 내일 애인이랑 데이트 있……."

"사장님!"

상냥한 양 같은 모습에서 순식간에 잔뜩 뿔난 황소로 돌변한 하루의 모습을 보며 은택이 멋쩍게 웃었다.

"내일만 봐줘. 응?"

그러곤 두 손을 싹싹 비빈 그가 이내 퇴근 준비를 서둘렀다. 하루의 말마따나 지금 제가 할 수 있는 최선은 이뿐이었다. 하루하루를 열심히 살고, 사랑하고, 최선을 다해 행복해지는 것.


그러나 그 밤, 누군가는 까마득한 절망을 맛보고 있었다. 꽃집 주인 홍미란이었다. 누군가에게 전화를 건 홍미란이 속눈썹을 파르르 떨었다. 통화를 하고 있는 것뿐이지만 남자가 뿜어내는 익숙한 한기에 온몸이 떨려왔다.

하지만 그녀는 알아야만 했다. 어째서 제강이 죽었는지를.

"난 알아야겠어요. 이제강, 그 애가 왜 죽었는지. 그 애는 당신과 아무 관련 없잖아요. 그냥 우리 가게배달원일 뿐이었다고요!"

─……

그러나 아무리 간절히 애원해도 상대는 끝내 침묵했다. 홍미란은 결국 감당할 수 없는 말을 꺼냈다. 그녀도 이젠 궁지에 몰렸다.

"마, 말해주지 않으면 다 털어놓을 거예요. 이, 임동은 형사님한테 다 말할 거라고요!"

─그거 재밌겠네요. 마음대로 해요. 어차피 당신은 이제 쓸모없어졌으니까.

남자는 처음으로 입을 열었다. 그리고 쓸모없어졌다는 말을 끝으로 전화는 싸늘하게 끊어졌다.

칠흑같이 까만 밤. 홍미란은 내내 휴대전화를 들었다 내려놓았다 망설이며 뜬눈으로 밤을 지새웠다.


하아……. 아침부터 동은의 입에선 한숨이 끊이질 않았다. 예쁘게 차려입은 동은이 영화관 입구에서 걸음을 멈춰 세웠다. 통유리 너머로 무수히 많은 사람들의 모습이 보였다. 절반 이상은 연인 같았다.

여자들은 모두 한껏 치장한 모습들이었다. 개중에는 저처럼 연인을 기다리고 있는 여자도 눈에 띄었다. 화장을 손보느라 손바닥만 한 거울을 꺼내 들고 분주했다.

동은은 슬그머니 유리벽에 비친 제 모습을 바라봤다. 평소보다 여성스러운 옷을 입고 신발장에서 잠을 자고 있던 구두도 꺼내 신었다. 안 하던 화장도 하고 머리도 손질했다. 분명 집에서 봤을 때만 해도 서툰 솜씨지만 못 봐줄 정도는 아니라고 생각했는데 갑자기 민망해졌다.

어딘가 조금 피곤해 보이는 얼굴. 새벽같이 일어나 도시락을 준비한 탓일까. 잠이 부족했는지 눈 밑이 칙칙했다. 재빨리 가방에서 화장품을 꺼낸 그녀가 눈 밑을 찍어 발랐다. 예뻐 보이고 싶은 마음에 공들여 칠한 마스카라 위에 하얗게 가루가 앉는 것도 모르고 아주 열심이었다.

이윽고 화장을 끝낸 동은이 유리벽에 비친 제 모습을 다시 들여다보며 심호흡을 했다. 도시락이며 치장이며 시간이 정신없이 흐를 땐 몰랐는데 막상 영화관에 도착하니 데이트라는 실감이 났다.

두근두근. 가슴이 터질 것처럼 뛰어댔다. 동은이 조심스럽게 가슴 위로 손을 올렸다. 심장의 고동이 손바닥으로 거세게 전해졌다. 신기했다. 제 안에 이런 소녀 같은 마음이 숨겨져 있을 거라곤 상상도 하지 못했다.

열여덟, 이미 그때에 멈춰버린 가슴인 줄만 알았는데. 어떻게 이럴 수 있을까. 12년 전에서 달라진 건 아무것도 없는데. 그저 은택이 저를 사랑해주는 것만으로 전부가 바뀌었다.

죽어 있던 심장은 언제부턴가 바쁘게 요동쳤다. 무감했던 제가 거짓말처럼 웃기 시작했다. 동은이 손끝으로 천천히 입매를 더듬었다. 웃지 않아서 얼음마녀라고 불렸던 제가 진짜로 웃고 있었다.

은택아. 동은이 속으로 조심스럽게 은택의 이름을 불렀다.

전부 너 때문이야. 나 이제야 진짜 살아 있는 것 같아. 동은의 눈에 눈물이 글썽였다. 살아 있다는 게 이토록 벅차게 느껴지다니. 다시는 못 느낄 거라 생각한 감동에 동은이 길게 숨을 내쉬었다.

그때였다. 유리문 너머로 은택의 모습이 보였다. 아직 약속 시간까진 20분이나 남았는데 한참 먼저 와서 기다리고 있던 모양이었다. 하지만 그 기다림의 시간조차 너무나 즐겁다는 듯 은택은 활짝 웃고 있었다.

그 미소가 동은에게도 당연한 듯이 옮겨졌다. 행복했다. 은택이 저를 기다리며 행복해하는 모습을 보는 게.

'행복하세요?'

그런데 왜 하필 이 순간, 어제 일영이 했던 말들이 떠오르는 것일까.

'선생님은 어떨지 몰라도, 선생님 옆에 있으면 은택이는 불행해질 거예요.'

왜 하필!

'백합이 그렇게 만들 테니까.'

동은은 세차게 고개를 저었다. 아닐 거라고. 절대 그런 일은 없을 거라고. 그러나 부정하면 할수록 일영이 했던 말들이 아픈 가시가 되어 가슴을 찔러왔다.

'선생님은 부정하고 싶겠지만, 내 마음도 나름 진지했거든요. 어떻게든 선생님을 꼭 다시 만나고 싶었어요.'

일영은 자신이 기자가 된 이유를 동은을 다시 만나고 싶었기 때문이라고 말했다.

'그러다 백합이 저지른 사건에 관해서도 알게 됐죠.'

당시 동은의 사건을 기억하고 있는 동네 주민을 만나 일영은 많은 걸 알게 됐다. 그리하여 7년 전 제가 한 장난이 동은에게 얼마나 끔찍한 일이었는지 뒤늦게야 깨달았다. 그녀가 갇혔다는 장난에 왜 그토록 예민했는지, 자신으로 인해 은택이 다치는 것에 어째서 그토록 감정적이었는지. 온전히 사죄가 될 수 없다는 걸 알지만 조금이라도 죄를 갚기 위해 무엇이든 하고 싶었다고 했다. 그래서 시작한 백합에 관한 조사. 그러나 그 시작은 끔찍한 끝을 향해 치닫고 말았다.

'어느 날 눈을 떠보니 어두컴컴한 창고 안이었어요.'

창고 안에는 온갖 위험한 도구들이 가득했다고 했다. 백합은 일영이 섣불리 도망칠 수 없도록 일영의 한쪽 다리에 부상을 입혀두는 치밀함까지 보였다.

일영이 이야기한 정황은 동은이 기억하는 한 정확히 백합의 수

법과 일치했다. 납치, 감금, 자살을 부추기는 온갖 도구들.

다만 한 가지. 동은을 비롯해 12년 전 다른 피해자들에게 백합이 직접적으로 부상을 입힌 적은 단 한 번도 없었다. 일영 역시 그 점에 대해 미심쩍은 듯이 말했다.

'물론 날 가두고 내 다리를 이렇게 만든 게 백합이 아닐 수도 있어요.'

얼굴도 보지 못했고 목소리도 듣지 못했다.

'누군가 내가 백합에 관해 조사한다는 걸 알고 나에게 복수하기 위해 모방했을 수도 있죠. 나야 사방이 적이니까.'

하지만 일영은 그때 받은 공포가 단순한 모방범에게서 받을 수 있는 게 아니라고 생각했다. 그리고 그런 일영의 의심이 확신으로 기울어진 건 최근에 벌어진 일련의 사건들 때문이었다.

'요즘 들어 선생님 주변에서 벌어지는 사건들. 도청기가 설치된 백합이 주변에서 발견됐다고 들었는데……?'

일영은 동은의 예상보다 훨씬 더 많은 걸 알고 있었다. 12년 전 백합이 저지른 사건뿐만 아니라 현재 벌어지고 있는 사건에 관해서도 파악하고 있는 것 같았다.

'그거 최초로 받은 사람, 선생님이죠?'

게다가 강력 2팀 식구들만이 알고 있는 사실까지도.

'이래 봬도 내가 꽤 실력 있는 기자거든요.'

일영은 이 모든 사실을 알아내는 과정이 그리 대단한 건 아니라는 듯이 비죽 웃었다. 그리고 그 희미하게 내지은 웃음이 싸늘하게 바뀐 것은 한순간이었다.

'행복하세요?'

그 말을 듣는 순간, 순식간에 얼어붙을 것처럼 피가 차가워졌다.

'선생님은 어떨지 몰라도, 선생님 옆에 있으면 은택이는 불행해질 거예요.'

동은의 안에서 12년 전 백합의 그림자를 보고, 백합의 목소리를 들었을 때의 감각이 섬뜩하게 되살아났다.

'백합이 그렇게 만들 테니까.'

차마 눈조차 뜰 수 없는 동은에게 일영이 비수와도 같은 마지막 경고를 날렸다.

'나처럼.'

그 말을 끝으로 일영이 사무실을 빠져나가는 소리가 들렸다. 동은이 간신히 눈을 떴을 때, 그녀의 눈동자는 한낮에 길을 잃은 사람처럼 정처 없이 흔들리고 있었다.


영화관 입구. 은택은 휴대전화 벨소리가 울리기 무섭게 전화를 받았다.

"어디야, 애인? 길이라도 잃었어? 왜 이렇게 안 와?"

약속 시간이 아직 10분이나 남았지만, 1시간 전부터 기다리고 있었던 터라 은택은 상당히 조급해져 있었다. 그는 발신인을 확인하지도 않고 급하게 전화를 받았다. 당연히 동은인 줄 알고 받은 전화였다.

—서, 서은택 씨 휴대전화 맞죠?

하지만 은택이 전화를 받기 무섭게 너머에서 그보다 더 다급한 목소리가 들려왔다. 처음엔 당황했던 은택은 이내 경계했다. 들려오는 건 동은의 목소리가 아니었다. 어쩐지 익숙한 목소리였으나 누구인지 확신이 서지 않았다.

"네, 맞는데요. 누구시죠?"

─홍미란이에요. 꽃집 주인.

꽃집 주인이라는 말에 은택의 표정이 심각해졌다. 동은과 정식으로 연애를 시작한 날에 있었던 일 때문이었다.

그날은 드디어 연애를 하게 됐다는 행복에 취해 정신이 없었다. 동은이 권총까지 지닌 채 꽃집에 들이닥친 이유는 나중에서야 들었다. 자세히는 말해줄 수 없지만, 꽃집 주인이 어떤 범죄와 연관이 있을지도 모른다고 했다.

동은은 다시는 꽃집에 가지 말라고 몇 번이나 신신당부했다. 드라이플라워를 함께 만들어준 감사의 인사를 하지 못해 찜찜했지만, 일단은 동은이 시키는 대로 한 은택이었다.

"무슨 일로 전화까지 다 하셨어요?"

은택은 신중하게 입을 열었다. 동은이 아직 수사 중인 사건이라고 했기 때문에 저로 인해 망치게 하고 싶지 않았다.

─부탁이 있어요.

그러나 꽃집 아주머니의 목소리가 너무나 절박했기 때문에 단호하게 외면할 수도 없었다.

"말씀하세요."

─임동은 형사님 좀 만나게 해줘요.

은택이 아주머니의 부탁에 거칠게 숨을 들이마셨다. 불현듯 동은이 위험해질 수도 있다는 생각이 들자 조금 전까지 머뭇거리던 은택의 태도는 순식간에 강경해졌다.

"그런 부탁이라면 거절하겠습니다. 먼저 전화 끊을게요."

-잠깐만요! 내 말 좀 들어봐요!

은택이 단호하게 전화를 끊으려 하자 꽃집 아주머니가 다급하게 다시 부탁해왔다.

-백합에 관해서 다 털어놓겠다고……! 요즘 벌어진 사건에 관해서도 전부 다 말하겠다고……! 이 말만이라도 임동은 형사님한테 전해줘요. 제발 부탁이에요.

바들바들 떠는 목소리에서 예사롭지 않은 감정이 느껴졌다. 은택이 통화 종료 버튼 위에 손가락을 올려둔 채로 머뭇거렸다. 한참의 망설임 끝에 은택은 다시 입을 열었다. 도저히 끝까지 모른 척할 수가 없었다.

동은을 끌어들일 수는 없지만, 저 혼자라면 돕고 싶었다. 여태껏 제가 봐왔던 아주머니라면 흉악한 범죄를 저지를 만한 사람처럼 느껴지진 않았다.

"아주머니, 무슨 일인지 저한테라도 얘기해주세요. 제가 도울 수 있는 일이라면 도울게요."

-은택이 총각은 안 돼요. 오히려 더 위험해지기만 할 거예요. 그러니까 임동은 형사님한테 방금 내가 한 말 꼭 전해줘요. 그럼 믿고 이만 끊을게요.

"아주머니! 아주머니!"

은택의 애타는 목소리에도 불구하고 통화는 그렇게 끊어졌다. 은택이 끊어진 휴대전화를 허망하게 바라보다 이내 어디론가 다시 전화를 걸었다. 꽃집 아주머니에 관해 물어볼 수 있는 사람이라면, 동은 말고도 한 사람 더 있었다.

"최 경위님! 휴가는 잘 보내고 계십니까?"

강력 2팀 사무실. 지락이 동은이 맡긴 일을 조사하느라 분주한 와중에 전화가 한 통 걸려왔다. 휴가를 내고 이틀째 코빼기도 보이지 않는 해온의 전화였다.

–막내! 한가해?

그러나 해온은 지락이 장난스럽게 물어본 말에는 대꾸도 하지 않은 채 대뜸 한가하냐는 말을 물어왔다. 그러자 지락이 엄살을 떨며 앓는 소릴 냈다.

"한가하긴요. 안 그래도 동은 선배가 일을 잔뜩 시켜놔서 허리 한 번 못 펴고 있는데요. 왜요? 설마 최 경위님도 뭐 시키실 일 있으세요?"

–어. 지금 당장 인정태, 홍미란, 그리고 이일영. 이 세 사람이 다리를 다치게 된 경위 좀 알아봐. 12년 전에 뭘 하고 있었는지도 조사하고.

해온의 말을 가만히 듣고 있던 지락의 눈이 번쩍하고 커졌다. 해온이 시킨 일이 어제 동은이 조사하라고 시킨 일과 똑같기 때문이었다.

"역시 이 세 사람, 뭔가 있군요."

지락의 비장한 말에 너머에서 해온이 의아한 콧소릴 냈다.

–뭔가 있다니?

"아니, 동은 선배가 시킨 일도 이 세 사람에 관해 조사하는 거였거든요."

–그래? 그랬단 말이지.

"네. 어쨌든 조사하고 있던 중이니까 뭔가 나오는 대로 곧바로 연락드리겠습니다."

－알았어. 그럼 이만 끊는다? 나 영화 시간 다 돼서. 수고해!

영화? 지락이 허망하게 끊어진 전화를 붙들고 입맛을 다셨다. 그러고 보니 어제 당직이라 집에 못 들어간다고 은택에게 전화했을 때도 영화를 보러 간다고 했었는데.

'그래! 데이트하러 간다, 왜!'

동은이 퇴근할 때 했던 말과 조합해보면, 곧 두 사람이 영화관 데이트를 한다는 소리였다. 곰곰이 생각하던 지락이 눈썹을 찌푸리며 자리에 철퍼덕 주저앉았다.

"에이, 내 팔자야."

지락은 질투심에 사로잡혀 데이트를 앞둔 동은과 은택을 향해 멀리 경찰서에서 은밀한 저주를 퍼부었다. 그러다 찜찜한 기분이 들었는지 지락이 작게 속삭였다.

"방금 소원 취소."

행복한 데이트 하세요, 동은 선배, 은택 씨. 소원을 번복하며 금세 선배들이 맡긴 조사에 집중하기 시작한 지락이 어느 순간 벌떡 자리에서 일어섰다. 도저히 믿기지 않는다는 표정으로 방금 화면에서 본 내용을 프린트한 그가 황급히 중일에게로 향했다.

"팀장님! 이것 좀 보세요!"

지락이 내민 건 인정태가 교통사고로 다리를 다쳤을 때 작성된 보고서였다.

"왜? 무슨 일인데 그래?"

중일이 의아한 목소리로 묻자 지락이 보고서를 넘기며 손가락으로 한 문장을 가리켰다.

"여기요. 여기 인정태가 다리를 다친 장소 좀 보세요."

지락이 일러준 대로 중일이 재빨리 보고서의 위쪽을 훑었다.

"어디 보자. 강남구 대치동 구암초등학교 사거리……."

어느 순간 이 위치 정보가 무척 낯익다는 사실을 깨달은 중일이 지락과 눈을 마주쳤다. 두 사람의 눈동자가 격렬하게 흔들렸다.

그곳은 12년 전 동은이 백합에 의해 갇혀 있던 창고로부터 그리 멀지 않은 곳이었다. 열여덟 살의 어린 동은이 피투성이가 되어 목이 터져라 살려달라고 외쳤던 그 골목에서도 가까웠다. 그러나 놀라운 사실은 거기서 끝이 아니었다.

"그리고 거기 날짜도요."

중일은 지락의 말대로 이번엔 날짜를 확인했다. 20××년 4월 10일. 익숙한 숫자에 중일의 얼굴이 순식간에 들끓듯이 붉어졌다.

"말도 안 돼! 어떻게 이런 일이 있을 수가 있어!"

도저히 믿기지 않는다는 듯 중일의 손안에서 보고서가 무참히 구겨졌다. 괴롭고 참담한 마음에 그는 계속 믿을 수 없다는 말만 중얼거렸다.

그날은……. 12년 전 그날은 동은이 백합에게서 필사적으로 도망쳐 나온 날이었다. 비가 억수같이 퍼붓던, 그러나 비에도 흐려지지 않는 피비린내가 짙게 풍겼던 바로 그날.

그런데 그 끔찍한 순간에 인정태도 같은 공간에 있었던 것이다. 우연은 인정태가 백합에게서 도청기를 구매했고, 그 도청기가 동은이 입원한 병실에 배달된 것으로 끝이 아니었다. 그러나 동은이 백합의 다리를 찌르고 달아났던 그날, 인정태 역시 다리를 다쳤다는 사실이 정말로 우연일 수 있을까?

과거의 결정적인 접점까지 드러난 지금, 중일과 지락이 같은 생각을 하며 불안한 눈동자를 또다시 마주쳤다. 그리고 그 순간 두 사람 다 확신했다.

우연이 아니다. 이건 절대 우연 같은 게 아니었다. 중일이 구겨진 종이를 손에서 내려놓고 오래전 기억을 더듬으며 떨리는 목소리로 말했다.

"똑똑히 기억해. 동은이가 그랬어. 자신을 납치한 남자가 통각상실증을 앓고 있다고."

중일은 어느새 10여 년 전 과거로 돌아가, 제 앞에 웅크리고 앉아 있는 어린 동은을 말없이 바라봤다. 한창 꽃다울 나이에 생기를 잃은 깜깜한 눈동자에 범인 하나 잡아주지 못한 한없이 무능한 제 모습이 담겨 있었다.

'그 남자, 고통을 느끼지 못한다고 했어요. 살이 찢어져도, 뼈가 부러져도 아무것도 못 느낀다고······.'

갇혀 있을 당시의 공포가 되살아나 어린 동은은 입술을 꾹꾹 깨물었다. 부르튼 입술에서 금방 붉은 피가 배어 나와 하얗게 트고 바싹 마른 살갗을 적셨다.

'저한테 그 고통을 알려달라고 했어요. 차라리 죽고 싶을 만큼 고통스러운 게 뭔지 가르쳐 달라고······.'

어린 동은의 눈에는 이미 그 고통이 담겨 있었다. 중일은 텅 비다 못해 마치 죽은 것 같았던 동은의 모습을 떠올리며 그때 들었던 결정적인 진술을 다시 한 번 곱씹었다.

통각상실증. 백합이 그 같은 희귀병을 앓고 있다는 사실은, 당시 여섯 명의 피해자가 모두 사망했기 때문에 사건을 담당했던 경찰조차도 파악하지 못한 정보였다. 이 결정적인 정보는 동은이 숨겨진 백합의 피해자라는 사실을 알게 되면서 파악됐다.

당시만 해도 동은조차도 자신이 연쇄적으로 일어난 그 사건의 첫 번째 피해자라는 사실을 알지 못했기 때문에 이 정보가 경찰 측에 파악된 것은 사건이 일어난 때로부터 몇 년이나 지난 후였다.

중일은 숨을 크게 들이마셨다. 그의 머릿속에 어떤 불길한 가능성 한 가지가 떠올랐다. '설마'라는 생각이 먼저 들 만큼 지극히 적은 가능성이었다. 그러나 때론 90퍼센트의 가능성보다 이상하게 10퍼센트의 가능성에 형사로서의 감이 발동할 때가 있었다. 지금 중일의 감은 바로 그 10퍼센트의 가능성에서 발동하고 있었다.

같은 날짜, 같은 장소, 같은 곳에 입은 상처. 어쩌면 인정태가 백합일 수도 있다는 가능성이 중일의 머릿속을 가득 채웠다. 통각 상실증을 앓고 있는 사람이라면 동은이 칼로 찌른 상처를 교통사고로 위장하는 건 너무나 손쉬운 일이었을 터였다.

그리고 만약 이 추리대로라면, 그때 당시 근방의 모든 병원을 수색했지만 칼에 찔린 남자를 절대 찾을 수 없던 이유 역시 설명이 되었다. 그는 자상환자가 아닌 교통사고 환자로서 치료를 받았을 테니 완벽한 위장이 가능했을 것이었다.

중일이 제가 추리를 하고도 너무나 충격적인 사실에 이를 악물었다. 억울하고 분해서 격렬하게 떨려오는 손을 주먹 쥐며 애끓는 목소리를 간신히 입 밖으로 뱉어냈다.

"이게 대체 어떻게 돼가는 거야? 설마 진짜로 인정태가 백합인 거야?"

대체 동은에게 어떻게 이 사실을 전해야 하나. 제 추리가 맞아도 틀려도 동은이 받게 될 고통이 너무나 컸다. 고민에 빠진 중일이 깊은 한숨을 내쉬며 이마를 짚었다. 중일의 주름이 깊게 파인 이마를 본 지락이 문득 조사실 편면경 너머로 보았던 어떤 기억 하나를 떠올렸다.

'이야, 이야. 이거 내 다리 망가뜨린 형사님 아니신가?'

조사실에 들어선 동은을 보고 인정태가 했던 말이었다. 그때엔 천만 원짜리 의족이 망가져서 홧김에 한 말인 줄로만 알았지만, 이제 와서야 그때 그 말이 단순히 의족을 망가뜨렸기 때문만은 아니라는 생각이 들었다. 지락이 걱정스러운 표정으로 중일에게 물었다. 불현듯 일전에 동은이 신신당부했던 말이 생각나서였다.

"팀장님, 어떡할까요?"

"뭘?"

"선배한테 연락…… 할까요? 지난번에 강철희 사건 숨긴 거 들켰을 때, 다음부터는 일 터지면 제때제때 말하라고 하셨는데."

동은은 그 어떤 일도 다시는 저에게 숨기지 말라고 명령했었다. 설령 저를 위한다는 명목일지라도 또 한 번 무언가를 숨긴다면 그땐 절대 용서하지 않겠다고.

하지만 중일은 천천히 고개를 저었다. 어제 데이트를 하러 간다던 동은의 모습이 지금 이 순간 눈앞에 생생했다. 그 수줍고 어여뻤던 얼굴이 또다시 괴로움에 일그러질 것을 생각하니 걷잡을 수 없이 마음이 쓰라렸다.

"내일…… 출근하면 말해줘."

적어도 단 하루만이라도 동은이 맘껏 웃을 수 있기를. 남들처럼 사랑하는 사람과 손도 잡고, 맛있는 음식도 먹고, 영화도 보고, 그렇게 평범한 행복을 누릴 수 있기를.

"조금만 더 시간을 주자. 오늘 소똥이 녀석 데이트라고 했잖아."

중일의 말에 지락이 입술을 꾹 깨물며 비어 있는 동은의 자리를 바라봤다. 함께 일한 지 그리 오래되진 않았지만, 그동안 지락은 그녀가 얼마나 좋은 사람인지는 충분히 알 수 있었다.

지락이 곁에서 지켜본 동은은 겉보기엔 거칠고 무심한 듯해도 속정이 깊고 상냥한 사람이었다. 그런 사람에게 단 하루만이라도 행복을 선물하고 싶은 마음은 지락도 중일과 같았다. 지락은 꺼내려던 휴대전화를 주머니에 도로 집어넣었다. 오늘 하루, 그녀가 세상 누구보다 행복하길 간절히 바라며.

동은은 일영에 관한 생각을 지우기 위해 화장실에서 찬물로 얼굴을 식히고 나왔다. 아주 잠깐 일영의 말에 흔들렸지만 이내 마음을 굳게 먹었다. 절대 일영의 말대로 되게 하지 않을 것이다. 다시는 바보처럼 소중한 사람을 눈앞에서 잃지 않을 것이다. 다짐하고 또 다짐하며 동은이 단호하게 눈을 빛냈다.

영화 시간이 가까워지자 영화관에는 사람이 더 많아졌다. 그야말로 커플 천국이었다. 그런데 그중에 은택의 모습은 보이지 않았다. 조금 전만 해도 여기 있었는데, 대체 어딜 간 걸까. 혹시 먼저 표를 끊으러 갔을까 싶어 매표소를 바라보던 동은의 어깨를 누군가 톡톡 두드렸다. 틀림없이 은택일 거라는 생각에 환하게 웃으며 그녀가 뒤를 돌아봤다.

"혼자 오셨어요?"

그런데 처음 보는 남자가 그녀에게 말을 걸었다. 자꾸만 뒤에 있는 친구들을 돌아보며 눈치를 보는 모습이 아무래도 가서 말이라도 걸어보라며 부추김을 당한 모양이었다. 활짝 웃던 그녀의 얼굴은 거짓말처럼 무심해져 있었다. 동은이 곧바로 아니라고 대답하려던 때였다.

"아뇨. 저 애인 있……."

그녀가 말을 채 끝내기도 전에 누군가 대신 대답했다.

"애인이랑 같이 왔어요, 이 여자."

깜짝 놀란 동은이 고개를 돌려 옆을 보니 이번에야말로 은택의 얼굴이 보였다.

"그러니까 관심 그만 접어주시죠."

은택은 어쩐지 뿌듯한 미소를 짓고 있었다. 동은이 허리를 끌어안은 은택의 손을 풀며 얼굴을 바로 보기 위해 밀착된 몸을 떼어냈다. 그러나 떨어지기 무섭게 이번에는 은택의 품에 폭 안기고 말았다. 부드럽게 제 품 안으로 끌려 들어온 동은의 귓가에 그가 야릇하게 속삭였다.

"이럴 줄 알았어. 이럴까 봐 내가 데리러 가겠다고 한 건데."

"어?"

"데이트면 당연히 꾸미고 나올 거고, 당신이 꾸미면……."

"꾸미면?"

"얼마나 예쁜지 모르지?"

은택의 말에 동은이 수줍게 볼을 붉혔다.

"웃겨! 내가 꾸밀지 안 꾸밀지 어떻게 알고?"

동은이 부끄러움에 퉁명하게 반응하자, 은택이 피식 웃으며 그녀의 콧잔등을 손가락으로 툭툭 두들겼다.

"어떻게 알긴? 당신도 나 좋아한다며. 좋아하는 남자랑 영화 보러 오면서 안 꾸미는 여자가 세상에 어디 있다고?"

"정말이지 누가 서뻔뻔 아니랄까 봐."

"서뻔뻔 아니고 서솔직이라고 몇 번을 말해. 그나저나 역시 예쁘다, 우리 애인."

이번엔 동은의 얼굴이 단순히 붉어지는 정도가 아니라 터질 것처럼 달아올랐다. 저에게 말을 걸었던 남자는 이미 저만치 사라졌지만, 이곳은 엄연히 영화관이었다. 영화가 시작되기 직전이라 기다리는 사람이 엄청 많았다.

"그리고 아까 곧바로 철벽 친 것도 예뻐. 예쁜 짓만 골라 해. 어디 하나 안 예쁜 곳이 없어요."

그런 곳에서 이렇게 끌어안고 있는 것만으로도 참을 수 없이 부끄러운데, 은택은 모두 들으라는 듯이 낯부끄러운 말을 서슴지 않고 했다. 그것도 굉장히 크게, 또 길게.

"……좀 작게 말해."

쥐구멍에라도 숨고 싶은데 숨을 곳은 없고, 하는 수 없이 은택이 품으로 더 깊숙이 파고들며 동은이 속삭였다. 기분이 좋아진 은택이 그녀의 몸을 더 꼭 끌어안으며 대꾸했다.

"그래도 입 다물라고는 안 하네?"

"뭐?"

"예전 같았으면 벌써 닥치라는 말이 나왔을 타이밍 아닌가?"

"그럼 닥치든가."

동은이 우물거리는 말에 은택이 크게 웃음을 터뜨렸다.

"어우, 닥치라는 말도 예쁘게 해요."

은택이 가슴을 들썩이도록 웃어대는 통에 그의 품에 안긴 동은도 덩달아 들썩였다. 동은이 괜한 헛기침을 해대며 말꼬릴 돌렸다.

"그런데 어디 갔었어? 나 여기 너 서 있는 거 보고 잠깐 화장실 갔다 왔는데."

"아, 그게 누구 좀 만나고 오느라."

"여기서? 누굴?"

그 잠깐 사이에 대체 누굴 만나고 왔다는 걸까? 동은이 궁금증을 이기지 못하고 고개를 빼꼼 내밀고 되물었을 때였다.

"어?"

고개를 드니 은택의 얼굴이 너무나 가까이 있었다. 마치 키스라도 할 것 같은 자세에 동은이 돌처럼 굳어버렸다. 벌써 몇 번이나 키스를 나눈 사이에도 어떻게 이렇게 번번이 놀라는지.

태연한 척하는 건지, 정말로 태연한 건지 몰라도 은택이 얄밉게 씨익 웃어 보였다. 그러곤 조금 전 동은이 부탁했던 대로 소곤소곤 작게 말했다.

"이 자세 좋은데?"

"좋긴 뭐가 좋아! 하나도 안 좋아."

"어? 잠깐만."

동은이 민망해하며 조금 퉁명하게 반응했을 때였다. 은택이 별안간 얼굴을 더 가까이 들이댔다.

"왜? 뭐, 뭔데!"

점점 더 가까워지는 은택의 입술을 보며 동은이 침을 꿀꺽 삼켰을 때였다. 후. 은택이 갑자기 입김을 불어왔다. 속눈썹 위로 야릇하게 내려앉는 숨결에 동은이 절로 달뜬 소릴 내며 눈을 질끈 감자 은택이 푸스스 웃었다.

"속눈썹에 하얀 가루 같은 게 묻어 있어."

은택이 눈두덩을 매만지며 이유를 설명하자 동은이 눈을 번쩍 떴다. 아무래도 아까 흐릿한 유리벽을 보며 화장을 고치다가 파우더가 묻은 모양이었다. 동은이 부끄러워하며 은택에게서 몸을 빼내려고 바둥거렸다.

"그런다고 가루가 날아가? 비켜, 가서 화장 고치고 올 테니까."

그러나 은택은 그녀를 놓아줄 생각이 없다는 듯 보란 듯이 그녀의 허리 뒤로 더 단단히 깍지를 꼈다.

"걱정하지 마. 하얀 속눈썹을 해도 우린 애인은 예쁘니까."

"내가 못 살아, 진짜!"

"그런데 우리 애인, 얼굴이 왜 이렇게 빨개? 설마 내가 여기서 키스라도 할 줄 알았어?"

"뭐?"

동은의 얼굴이 빨개지다 못해 새까맣게 타버릴 것 같았다. 그런데 그때.

"스톱! 거기까지!"

느닷없이 누군가 두 사람 사이를 끼어들며 우렁차게 외쳤다.

"공공장소에서 음란 행위를 한 혐의로 확 수갑 채우기 전에 그만들 하지?"

"음란 행위는 무슨! 그냥 속눈썹에 뭐가 묻어서 떼어준 거거든? 그런데 가만?"

화들짝 놀라 급하게 변명하던 동은이 무언가 이상하다 싶었는지 끝에 살짝 미간을 구겼다. 순간 이곳이 영화관이 아니라 경찰서 사무실인 줄 착각했다. 갑자기 나타나 속사포처럼 잔소리를 늘어놓는 해온 때문이었다.

"최해온! 네가 여기에 왜 있어?"

"왜? 나는 영화 보러 오면 안 돼?"

당혹감이 서린 동은의 눈동자를 똑바로 마주 보며 해온이 짓궂게 되물었다. 은택과 껴안고 있는 모습을 들킨 탓에 평소의 당당함을 잃은 동은이 슬쩍 시선을 피하며 대꾸했다.

"누가 안 된대? 근데 너 여긴 어떻게 알고 왔어?"

"여긴 어떻게 알고 왔냐니? 말은 바로 하시지? 너랑 내가 여기서 만난 건 지극히 우연이라고."

해온이 절대 아니라고 못을 박았지만 동은은 여전히 떨떠름한 시선으로 그를 바라봤다. 천하의 최해온이 일부러 휴가를 내서 영화를 보러 온다? 수십 번 생각해도 말이 되지 않았다.

"어이구, 그러세요? 그나저나 너한테 이런 취미가 다 있었어? 쉬는 날 영화 보러 이런 델 다 오고?"

"없어, 그런 취미."

동은이 떠보듯 던져본 말에 해온은 단호하게 대답했다.

"쉬는 날 어쩌다 TV에서 해주는 영화를 보면 모를까, 귀찮게 영화관을 왜 와?"

"뭐야, 그럼? 여긴 왜 온 건데?"

동은은 질색하는 해온의 얼굴을 보며 되물었다. 그러자 그런 동은을 해온이 오히려 황당한 표정으로 바라봤다.

"내가 여길 왜 왔는지 정말로 몰라서 물어?"

"몰라서 묻지, 아는데 물어, 그럼?"

동은의 반응에 해온이 어처구니가 없는지 손바닥을 살래살래 흔들며 말했다.

"꽃집 캐비닛. 이래도 모르겠어?"

"꽃집 캐비닛?"

"긴급영장. 이래도 정말 기억 안 나?"

긴급영장? 바로 그 순간 동은은 어렵게 오래전 기억을 떠올렸다. 꽃집 캐비닛을 조사할 수 있도록 긴급영장을 발부받아 오라고 해온의 등을 떠밀었던 기억이었다.

고작 캐비닛 하나 여는 일에 긴급영장을 내주는 검사는 천하 어딜 가도 없을 터였다. 하지만 단 한 사람, 해온에게 사적인 감정을 가지고 있는 정서영 검사라면 영장을 순순히 내줄 거라고 생각했었다. 그때 정서영 검사가 내건 조건이 바로 이거였었다. 동은의 귓가에 해온이 긴급영장을 팔랑팔랑 흔들며 했던 볼멘소리가 생생하게 들려왔다.

'이거 받아 오겠다고 정 검사한테 영화에 저녁 식사까지 풀코 스로 쏘게 생겼는데…….'

영화에 저녁 식사. 아무런 수확도 없이 해온만 덤터기를 쓰게 했던 모든 정황을 또렷이 기억해낸 동은이 민망한지 혀를 쏙 내밀었다. 그러곤 곧 은택의 등 뒤로 몸을 숨기더니 주위를 두리번거렸다. 동은이 중간에서 빠지는 바람에 뒤늦게 눈이 마주친 은택과 해온이 어색한 인사를 주고받았다.

"안녕하세요, 최 형사님."

"어? 그쪽도 안녕하지, 남자 1번?"

그러나 그것으로 끝이었다. 두 사람 다 평소답지 않게 날카롭게 굴지도 않고 으르렁대지도 않았다. 오히려 비록 티끌만큼이지만, 두 사람은 신뢰감마저 느껴지는 눈빛을 하고 있었다.

그러나 그렇게 묘한 눈빛을 주고받은 두 사람을 동은은 미처 알아차리지 못했다. 그것까지 신경 쓸 겨를이 없기 때문이었다. 오로지 이곳에 정서영 검사도 있다는 사실이 그녀의 신경을 바짝 곤두서게 했다.

"정 검사는?"

동은의 목소리에서 긴장하고 있는 티가 여실히 느껴졌다. 정서영 검사가 누군가. 그녀는 동은을 눈엣가시처럼 여기는 여자였다. 단순히 동은이 해온의 파트너라는 이유만으로!

그녀 때문에 개고생은 같이하고 공로는 해온에게만 돌아갔던 적이 수도 없이 많았다. 해결이 코앞인 사건에서 물먹은 적도 수십 번. 동은은 벌써부터 그녀의 독한 향수 냄새를 떠올리며 속이 울렁거렸다. 해온이 하얗게 질린 동은의 얼굴을 빤히 쳐다보며 손바닥을 살살 흔들었다.

"그렇게 긴장할 필요 없어. 정 검사, 나한테는 꼭 오늘 휴가 내라고 바득바득 쪼아대더니, 정작 자기가 갑자기 일이 터져서 못 나온댔으니까."

"뭐? 정말?"

정서영 검사를 보지 않아도 된다는 이유만으로 갑자기 코끝이 상쾌해진 동은이 활짝 웃었다. 그러다 곧 이상한 사실 한 가지를 깨닫곤 정색하며 다시 물었다.

"가만, 그럼 너 혼자 왔다고? 영화를 보러?"

동은의 눈이 휘둥그레졌다. 해온 혼자서 영화를 보러 오다니, 이거야말로 가장 이상한 일이었다. 해온은 어째서인지 사뭇 조심스러워진 기색으로 대답했다.

"아니, 누구랑 같이 왔어."

"누구?"

"너도 아는 사람."

동은이 고개를 갸웃했다. 해온과 제가 공통적으로 알고 있는 사람이라 하니, 떠오르는 얼굴이라곤 동료들이 전부였다.

"누군데, 나도 아는 사람이?"

동은이 또 한 번 묻자 해온이 멋쩍은 표정을 지으며 시선을 슬쩍 피했다.

"보면 알아."

속 시원하게 말을 해주지 않으니 답답함에 동은의 미간에 살짝 주름이 잡혔다. 그 모습을 본 해온이 지레 변명하듯 말을 이었다.

"그냥, 그 사람도 이런 영화 보면 기분 좀 나아지지 않을까 싶어서 데리고 온 거야."

"누가 뭐래?"

동은은 무심한 척하면서도 눈을 가늘게 떴다. 최해온이 영화를 보여주고 싶은 사람이 있다니, 정말이지 누구를 데리고 온 건지 더욱 궁금해졌다. 몰래 해온이 손에 들고 있는 티켓을 슬쩍 본 동은이 또다시 고개를 갸우뚱했다.

해온이 고른 건 무려 코미디 영화였다. 대체 누굴 웃게 해주고 싶은 거지? 해온의 인간관계를 속속들이 알고 있는 동은으로서는 그가 함께 영화를 보러 올 만한 사람이 머릿속에 금방 떠오르지 않았다. 그것도 이런 코미디 영화를. 식당에서 우연히 개그 프로를 보게 돼도 시시하다며 콧방귀를 뀌던 그였는데. 그 순간, 동은의 눈이 튀어나올 것처럼 커다래졌다.

"여, 연아 씨······?"

놀랍게도 해온의 곁으로 다가온 사람은 연아였다. 믿기지 않는다는 듯 동은이 휘둥그레진 눈을 깜빡였다.

인질극 사건이 벌어진 이후 처음으로 마주친 자리였다. 동은은 그 자리가 하필이면 은택과의 데이트 장소인 것에 죄책감을 느끼며 입술을 하얗게 깨물었다.

그리고 마찬가지로 연아 역시 죄책감을 느끼며 고개를 떨구었다. 저 때문에 동은이 그런 일을 당했는데, 그 후로 전화로조차 미안하다는 말을 전하지 못했다. 도저히 용기가 나질 않았다.

은택은 하루를 통해서 조금이나마 덜었던 마음의 짐을 두 사람은 그렇게 고스란히 가지고 있었다. 그렇기 때문에 두 사람 모두 이런 우연한 만남에 결코 의연할 리가 없었다. 그렇게 아무 말도 하지 못하고 서로의 눈치만 살피고 있는 두 사람 사이에 해온이 불쑥 끼어들었다.

"어우, 답답해! 소똥! 박연아 씨!"

해온의 부름에 동은과 연아가 화들짝 놀라 움찔거렸다. 해온이 두 사람을 보며 시큰둥하게 눈을 흘겼다.

"두 사람 지금 묵언 수행이라도 합니까?"

핀잔을 준 해온이 연아의 어깨를 가볍게 툭 쳤다. 그러나 그 가벼운 터치에도 무방비했던 연아의 작은 몸은 쉽게 기우뚱거렸다. 연아가 간신히 발끝에 힘을 주며 중심을 잡고 당혹스러운 눈으로 해온을 바라봤다.

"최, 최 형사님?"

당황한 연아를 지나쳐 해온이 이번엔 동은의 어깨를 톡톡 쳤다.

"이거 봐요. 내가 분명히 이 녀석 잘 지내고 있을 거라고, 아무 걱정 말라고 했죠?"

해온의 말에 연아가 조심스레 동은을 바라봤다. 마치 커플룩처럼 차려입고 은택과 나란히 서 있는 모습이 행복해 보였다.

동은은 연아의 시선에 지레 죄책감이 짙어져 몸을 웅크렸다. 하지만 그 순간 조금 전까지 소리 없이 웃는 것조차 힘겨워 보였던 연아가 활짝 웃어 보였다. 동은이 어리둥절한 표정을 지으며 연아를 바라봤다.

"연아 씨?"

"다행이에요. 정말 다행이에요."

그렇게 말하는 연아의 눈에 촉촉한 물기가 어렸다. 연아를 지켜보는 모두가 단번에 알 수 있었다. 그것은 안도감에서 비롯된 눈물이었다. 연아의 젖어든 눈시울을 보며 은택은 일전에 하루가 저에게 전해준 말을 떠올렸다.

'동은이 누나는 어때요? 괜찮아요? 많이 다치진 않았어요?'

'방금 이 말, 연아 누나가 물어본 말이에요.'

목에 닿았던 칼날의 섬뜩함보다, 죽을지도 모른다는 공포심보다, 연아에게는 동은을 위험에 빠뜨렸다는 죄책감이 가장 컸다. 아마도 그때의 마음이 계속 연아를 짓눌렀을지도 모르겠다. 진작 연아의 마음속 짐을 덜어주지 못한 것에 은택이 미안한 웃음을 지었다.

"연아야."

연아는 절 부르는 은택의 목소리에 젖어든 눈가를 재빨리 문질
렀다. 눈두덩에서 손을 치우자 은택이 환하게 웃는 모습이 보였다.

"많이 걱정했지? 진작 말해주지 못해서 미안해."

은택이 한 손으로 동은의 어깨를 짚으며 상냥하게 입을 열었다.

"이 사람, 괜찮아."

괜찮아. 겨우 그 한마디뿐이었는데 닦아낸 자리에 다시 주루룩
눈물이 흘러내렸다. 울지 않으려고 했는데. 아무렇지 않은 척하려
고 했는데. 둑이 무너진 것처럼 눈물이 멈출 줄을 몰랐다. 연아가
황급히 뒤로 돌아섰다. 혹여나 제 눈물을 동은이 다른 뜻으로 오
해할까 봐 감추고 싶었다. 그러자 이번엔 뒤로 물러나 있던 해온
과 눈이 마주쳤다.

"박연아 씨."

퉁명한 목소리였지만, 해온의 눈은 더할 나위 없이 상냥하게
웃고 있었다.

"이제 이 녀석 괜찮은 거 눈으로 직접 확인했으니 저 더 이상
귀찮게 하면 안 됩니다. 아셨죠?"

해온이 부러 짓궂게 굴었다. 그 딴에는 위로를 건넨 셈이었다.
평소 모두에게 좀 진지해지라며 구박을 듣기 일쑤였지만, 이번만
큼은 진지한 위로보다 나름 효과가 좋아서 연아가 저도 모르게 해
온을 따라 어설프게나마 웃었다.

"네, 이젠 귀찮게 안 할게요."

젖은 눈을 휘며 연아가 대답했다. 눈물 젖은 그녀의 얼굴 위로,

인질극 사건 직후 경찰서에서 마주친 그녀의 모습이 아스라이 겹쳐졌다.

'임동은 형사님은 괜찮으세요? 많이 다치진 않으신 거죠?'

인질극 직후, 많이 무서웠을 텐데도 여자가 가장 먼저 물은 건 동은의 안위였다. 자신을 위협했던 남자가 한쪽에서 조사를 받고 있는 와중에도 여자의 관심은 오로지 동은이 괜찮은지 여부에만 쏠려 있었다.

사랑하는 남자가 목숨보다 더 사랑하는 여자. 동은이 저 때문에 다쳤을 때 여자의 심정이 어땠을까. 여자의 심정을 잠시 상상해보는 것만으로도 해온은 제 가슴을 움켜쥐었다. 그저 상상일 뿐인데도 견딜 수 없이 괴로웠다.

그래서였을까. 해온은 평소의 무뚝뚝하고 날카로운 말투 대신 최대한 상냥하게 연아의 물음에 대답해주었다. 그 말투가 어찌나 나긋나긋한지, 평소의 심드렁한 해온을 잘 알고 있는 동료들이 저마다 경기를 일으키듯 놀라 눈을 치켜떴다.

'괜찮아요. 소똥 그 녀석, 다친 데 없이 무사하니까 걱정 마요.'

충분한 위로가 될 거라 생각하고 한 말은 아니었다. 그래도 어느 정도는 여자가 느끼는 불안감을 가시게 해줄 수 있을 거라고 생각했다.

하지만 그건 순전히 해온의 착각인 모양이었다. 그때부터 연아는 틈만 나면 전화를 걸어와 동은의 안부를 물었다. 아마도 본인이 눈으로 직접 확인하지 않아 더 불안한 것 같았다.

해온이 정서영 검사와의 약속 때문에 억지로 영화관에 갔을 때에도 여자에게서 전화가 걸려왔다. 이번에도 여자는 동은이 괜찮은지부터 물었다.

─형사님, 저 박연아인데요. 임동은 형사님은 좀 어떠세요?

전화를 받을 때만 해도 평소처럼 괜찮다고 말해주려던 해온은 생각을 바꿔 심통을 부리듯 대꾸했다.

'박연아 씨, 그 말만 지금 몇 번째 물어보는지 알아요?'

─네?

'무려 열한 번째예요. 근데 이거 아나 몰라? 나 무지무지 바쁜 사람인 거?'

바쁠 이유가 하나 없는 휴가 중이었지만, 해온은 일부러 더 엄살을 부렸다. 풀이 죽은 연아가 미안한 기색으로 대답했다.

─아, 제가 좀 귀찮게 했죠. 죄송해요. 계속 생각이 나서…….

'조금이요?'

─네? 아, 조금 많이…….

기어들어 가는 여자의 목소리에 해온은 더 나무라려던 입을 꾹 다물었다. 그녀의 모습을 보고 있으니 마치 거울을 보는 것 같은 기분이 들었다. 바싹 마른 혀로 왠지 쓰게 느껴지는 입안을 훑으며 무심하게 그가 물었다.

'박연아 씨, 지금 뭐 해요?'

─이제 근무 끝나서 집에 가서 쉬려고…….

'주말인데 일했어요?'

─네. 급하게 마무리해야 될 기사가 하나 있어서요.

'그렇게 바쁜데도 소똥이 괜찮은지 그게 계속 걱정돼요? 그럼

이제 집에 가서 쉬면 더 생각나겠네?'

해온의 퉁명한 말투에 연아는 한결 더 시무룩해졌다. 해온이 그런 연아가 못내 마음에 걸렸는지 말을 덧붙였다.

'그러지 말고 영화라도 한 편 보든가 해봐요.'

—영화요?

'그래요, 미치게 웃기는 영화. 다른 생각은 하나도 안 들게.'

연아의 당황스러워하는 목소리를 들으며 해온은 주머니에서 꺼낸 영화 티켓을 바라봤다. 애초에 정서영 검사 때문에 어쩔 수 없이 보려고 했던 영화니 환불을 할 생각이었다. 하지만 여자의 전화를 받고 나니 불쑥 다른 생각이 들었다. 한참을 티켓을 바라보던 해온이 굳게 다물어져 있던 입을 열었다.

'지금 나올래요?'

—네? 어딜……?

'여기 경찰서 근처 영화관입니다. 나오세요, 지금 당장.'

여자가 뭐라 대답하기도 전에 해온은 얼른 전화를 끊었다. 곧바로 없었던 일로 하자고 할까 생각이 들었지만, 격하게 고개를 털며 일부러 더 휴대전화를 주머니 깊숙이 찔러 넣었다. 충동적으로 저지른 일이었으나 후회는 들지 않았다.

언제부터 피었는지 몰라도 쉽게 시들 것 같지 않은 이 마음을 잠시라도 비우고 싶었다. 받아주는 이 없이 혼자서 계속 뜨거워지기만 한 마음이니 잠시 식혀줄 필요가 있었다. 그리고 그건 박연아라는 여자도 마찬가지일 거라고 생각했다.

해온이 쓴 한숨을 토해냈다. 여자와 자신. 그야말로 동병상련이라는 말이 딱 어울리는 처지가 아닐 수 없었다.

그사이 여자에게서 또 전화가 걸려왔다. 하지만 해온은 가뿐히 무시하고 매표소로 뚜벅뚜벅 걸음을 옮겼다. 그리고 정서영 검사가 고른 야릇한 멜로 영화 대신 미치게 웃기는 코미디 영화로 티켓을 바꿨다. 실컷 웃고 외로움 같은 건 잠시 잊을 생각이었다. 비록 잠시라도 아무 생각도 하고 싶지 않았다.

그런데 하필 여기서 동은과 남자 1번을 만나게 될 줄이야. 정말이지 얄궂은 우연이었다. 이런 가능성은 만에 하나도 생각지 못한 터라 해온도 처음엔 당황했었다.

하지만 이 얄궂은 우연이 오히려 전화위복이 되었다. 여자는 직접 제 눈으로 동은이 괜찮은 것을 확인했고, 또 비로소 짝사랑을 갈무리할 수 있는 기회를 얻었다.

바로 지금. 여자의 눈물 젖은 미소를 보고 있으니 그런 확신이 들었다. 앞으론 귀찮게 안 하겠다며 배시시 웃은 여자는 흘러내리는 눈물을 감출 새도 없이 뒤돌아서 은택과 동은을 바라봤다. 오랫동안 짝사랑해온 남자, 그리고 그 남자가 사랑하는 여자. 두 사람을 마주 보고서도 여자는 한결 편안해 보였다.

"임동은 형사님, 그리고 은택아."

동은이 괜찮다는 말 한마디에 바보처럼 울어버리고 만 여자였다. 거짓말을 둘러댈 여유는 눈곱만큼도 없을 터였다. 그러니 그녀가 방금 한 말은 오롯한 진심임에 틀림없었다.

"행복하세요."

이 진심만으로도 두 사람은 벌써 행복해졌을 거라고 해온은 생각했다. 행복해지는 방법은 의외로, 아주 간단한 것일지도 몰랐다.

11장

영화 시간이 다 되어 동은과 은택이 먼저 극장 안으로 들어섰다. 그런데 티켓에 적힌 좌석을 찾아 움직이던 도중에 은택이 불현듯 걸음을 멈춰 세웠다.

"왜?"

동은이 의아한 얼굴로 묻자, 은택이 눈동자를 굴리며 대답했다.

"어? 그게, 나 마실 것 좀 사올게. 목이 좀 마르네."

조금 의뭉스러운 은택의 태도에 동은이 물러난 그에게 한 걸음 붙어 서며 물었다.

"같이 갈까?"

"아니야. 혼자 다녀올게. 우리 자리 저기니까 먼저 앉아 있어."

"그래. 그럼 다녀와."

어둠 속에서 은택의 모습이 멀어졌다. 이윽고 은택이 완전히 보이지 않게 되었을 때, 동은은 그가 일러준 자리에 앉아 스크린을 바라봤다.

하필이면 공포 영화의 예고편이 상영되고 있었다. 마침 천둥번개가 치는 장면이 흘러나왔다. 동은이 저도 모르게 눈을 질끈 감으며 팔걸이를 꾹 움켜쥐었다. 반사적인 반응이었다.

동은은 어둠에 약했다. 감금당해 있던 과거의 기억 때문이었다. 사건이 일어난 지 얼마 되지 않았을 땐 잘 때도 불을 끄지 못했다.

이런 증상이 조금씩 나아지기 시작한 건 형사가 된 후였다. 직업적 특성상 밤에 익숙해져야 했다. 잠복근무를 설 땐 특히 그랬다. 그녀의 트라우마는 일을 망칠 수도 있는 치명적인 약점이었다. 동은은 동료들에게 폐가 되지 않기 위해 필사적으로 버텼다. 그렇게 차츰 완전히 혼자가 아닌 이상 어둠에도 익숙해져갔다.

그러나 아무리 어둠에 익숙해졌다고 해도 완전히 두려움을 떨쳐낸 것은 아니었다. 늘 남몰래 불안한 가슴을 달래야만 했다. 동료가 식사를 사러 잠시 자리를 비운 순간이나 화장실에 갔을 때. 아주 사소하지만 당연하게도 혼자가 돼야만 하는 그 순간들을 늘 이를 악물고 견뎌야 했었다.

광고 상영이 끝나고 더욱더 어두워진 극장 안. 동은은 과거 지나온 지금 같은 순간들을 생각했다. 그땐 질식할 것 같은 어둠과 언제 죽게 될지 모른다는 두려움보다도, 곁에 아무도 없다는 외로움이 그녀를 더 고통스럽게 했다.

그런데 이상했다. 늘 혼자가 될 때마다 그녀를 괴롭히던 끔찍한 감각이 느껴지지 않았다. 어째서 그때처럼 괴롭지가 않은 걸까? 고민에 휩싸인 동은은 영화의 인트로가 흘러나오는 동안 일부러 자신을 더 괴롭혔다. 눈을 질끈 감고, 귀를 틀어막고 더 깊은 어둠 속으로 자신을 냉정하게 내몰았다.

하지만 끝내 이상했다. 무섭지 않았다. 외롭지도 않았다. 어째서? 스크린 불빛이 비치는 동은의 눈동자에 의아함이 계속 넘실거렸다.


"아무래도 제가 직접 동은이한테 말하는 게 좋을 것 같아요."

은택은 해온의 눈을 똑바로 바라보며 말했다. 갑자기 목이 마르다고 했던 건 사실 핑계였다. 실은 해온에게 할 말이 있어 잠시 빠져나온 것이었다.

꽃집 주인아주머니에게서 전화가 걸려왔을 때, 선뜻 동은에게 말을 할 수가 없어 해온에게 먼저 연락했다. 그는 최대한 빨리 조사해보겠다고 했었다. 그때만 해도 은택은 동은이 이 일을 모르고 지나가는 편이 다행이라고 여겼다. 하지만 시간이 지날수록 이런 식으로 동은을 속이는 게 양심에 걸렸다.

게다가 조금 전 연아의 행복해지라는 말에 고개를 열심히 끄덕이던 동은의 모습을 보고 나니 은택은 자신이 더욱더 해서는 안 될 행동을 했다는 생각이 들었다.

"이렇게 그 사람이 이 일을 모르고 지난다고 해도 결국 행복해질 것 같지가 않아요. 이따가 제가 직접 말할게요."

해온은 언젠가 동은을 위해서란 명목하에 강철희 사건을 숨겼던 일을 떠올리며 씁쓸하게 고개를 끄덕였다. 이 남자, 나이는 어리지만 동은을 진정 행복하게 해줄 방법이 무언지 알고 있었다.

"알겠어. 그렇담 그 녀석, 오늘 하루 최고로 행복하게 해줘."

"네?"

"기껏 데이트까지 하러 나왔는데 그런 불길한 소식만 전해 듣고 가면 아깝잖아. 그러니까 그 녀석 최고로 행복하게 만들어 주고 그다음에 홍미란이 한 말에 관해 전해주는 거야. 알았어?"

"네, 그렇게 할게요. 그럼 전 이만 들어가 보겠습니다. 최 형사님도 연아랑……."

은택이 이제 저는 무엇도 해줄 수 없는 친구를 잠시 바라봤다.

"영화 재밌게 보세요."

그리고 천천히 발길을 돌렸다.

"남자 1번! 내가 한 말, 꼭 명심해!"

등 뒤로 해온이 소리치는 목소리가 들려왔다. 은택이 뒤돌아 안심하라는 듯 미소를 보여주곤 다시 걸음을 옮겼다. 동은에게 마실 걸 사오겠다는 거짓말을 하고 나왔으니 뭐라도 손에 들고 가야 했다. 흘깃 매점 쪽을 본 은택이 가늘게 한숨을 내쉬었다. 줄이 길게 늘어서 있었다. 이대로라면 자칫 영화가 시작된 후에 들어가게 될지도 몰랐다. 곤란한 표정을 지으며 맨 끝으로 가서 줄을 선 은택이 불현듯 떠오른 생각에 극장으로 들어서는 입구를 바라봤다.

지난번 지락을 위해 준비한 집들이에서 알게 된 그녀의 비밀. 동은이 어렵게 말해준 트라우마가 번뜩 은택의 뇌리를 스치고 지나갔다.

어두운 곳을 무서워한다고 했는데. 아무리 주변에 사람이 많고 스크린에서 다른 영화의 예고편이 흘러나온다고 해도 기본적으로 영화관 안은 깜깜한 곳이었다.

과거를 고백할 때 동은의 불안해하던 모습을 떠올린 은택이 저도 모르게 반듯한 줄에서 벗어났다. 다른 사람이 제 자리를 차지했음에도 은택은 눈치채지 못했다. 오로지 머릿속에는 동은에 관한 생각만이 가득했다.

　해온에게 할 말이 있었다고 해도, 그런 식으로 그녀를 혼자 두고 나오면 안 되는 거였는데. 그때처럼 손을 잡아주고, 어깨를 끌어안아주어야 했다. 은택이 다급하게 다시 영화관 안으로 걸음을 옮겼다. 깜깜한 곳에서 급하게 자리를 찾아 발걸음을 옮기던 은택은 눈을 감고 귀를 막은 동은을 보고 놀라 황급히 다가갔다.

　"애인."

　손을 포개며 은택이 걱정스러운 목소리로 이름을 부르자 동은이 천천히 눈을 떴다. 스크린에서 새어 나온 불빛이 그녀의 까만 눈동자에 어른거렸다.

　"은택아."

　"왜 이러고 있어? 무서워서 그래? 미안. 애인이 어두운 거 무서워하는 거 알고 있었는데."

　은택은 자책감에 두서없이 말을 뱉어냈다. 동은이 그런 은택을 달래듯 눈꼬리 접어 미소 지었다. 그러곤 천천히 고개를 저었다.

　"은택아, 나……."

　"응, 말해."

　"나, 이상해."

　동은의 눈빛에 의문스러운 기색이 짙게 깔려 있었다.

　"뭐가?"

　동은이 트라우마 때문에 괴로워하고 있는 거라고 짐작한 은택이 조심스럽게 물었다. 동은은 다소 얼떨떨한 기색으로 대답했다.

"무섭지가 않아. 예전엔 이렇게 깜깜한 곳이 많이 무서웠는데, 이상해. 하나도 무섭지가 않아."

은택이 선뜻 동은의 말을 알아들을 수 없는지 고개를 갸웃하며 되물었다.

"정말? 정말로 하나도 안 무서워?"

"응. 신기할 정도로."

바로 그때, 은택이 동은의 뺨을 감싸왔다. 손에서 뺨으로 전해지는 온기. 이 단순한 접촉만으로도 안도하는 그의 마음이 물씬 느껴졌다.

그 순간, 동은은 깨달았다. 이거였다. 바로 이것이었다. 상냥한 목소리, 부드러운 손길, 따스한 체온. 동은은 비로소 알 것 같았다. 자신에게 일어난 변화의 이유가 무엇인지.

"왜 그래, 애인?"

걱정이 담뿍 담긴 은택의 목소리를 들으며 동은은 제 뺨을 감싼 그의 손 위에 조심스럽게 손을 포갰다.

"이제야 알겠어. 내가 아무렇지도 않은 이유."

"정말? 뭐 때문인데?"

"너."

동은의 대답에 은택이 잠시 숨을 멈추고 골똘히 생각했다. 그리고 한참 만에야 더없이 기쁜 얼굴로 다시 물었다.

"내가 있어서 무섭지 않은 거야?"

"응."

동은은 은택의 손에 얼굴을 비비듯 천천히 고개를 끄덕였다.

"정말로 나 때문에?"

"응."

머뭇거림 없이 대답하는 동은이 너무나 사랑스러웠다. 저로 인해 동은이 치유됐다는 사실이 벅찰 만큼 뿌듯했다. 은택이 둘 사이를 가로막고 있는 거추장스러운 팔걸이를 치우고 동은의 허리를 감싸 당겼다. 한 팔에 안기는 얇은 허리를 꼭 끌어안은 채 은택이 동은의 귓가에 속삭였다. 문득 연아가 해준 말이 생각났다.

'행복하세요.'

그리고 해온이 저에게 당부했던 말도.

'그 녀석, 오늘 하루 최고로 행복하게 해줘.'

은택이 조심스럽게 동은의 몸을 떼어내고 물었다.

"행복해?"

언제나 불안했다. 상처 많은 당신을 나로서도 행복하게 해줄 수 없을까 봐.

"응."

그러나 동은은 망설임 없이 대답했다. 은택의 얼굴에 환한 미소가 번졌다. 함께 있어 이토록 행복했다. 은택이 다시는 놓지 않겠다는 듯 동은의 손을 꼭 잡았다.

한참을 그렇게 어둠 속에서 동은의 얼굴을 바라보고 있던 은택이 불현듯 마른 입술을 혀로 훔쳤다. 점차 알 수 없는 뜨거운 기운이 피어나며 그의 눈동자가 흐릿해졌다. 마주 잡은 손이 데일 듯이 뜨겁게 느껴졌다. 은택이 동은의 동그란 이마에 제 이마를 기대며 나른하게 속삭였다.

"미안. 당신이 공공장소에서 이러는 거 싫어하는 거 아는데."

도저히 참을 수 없다는 듯 은택이 동은의 뺨을 두 손으로 감싸 끌어당겼다. 그 순간 동은의 작고 화사한 입술 새로 벅차오르는 가느다란 한숨이 흘러나왔다.

오늘 하루만 은택과 이런 식으로 가깝게 눈을 마주친 것이 두 번째였다. 안개처럼 달라붙는 숨결이며 밀착된 모든 곳의 피부가 녹아내릴 듯이 뜨거웠다. 영화관 매표소 앞에서 은택이 의도적으로 장난을 쳤던 그때는 어땠더라? 그때도 이렇게 온몸이 뜨거워지고 숨 쉬기가 힘들었었나?

동은이 정처 없이 눈동자를 굴렸다. 그리고 이내 은택의 손에 붙잡힌 채로 고개를 숙였다. 이대로 가다간 심장이 더 이상 버텨 내지 못할 것 같았다. 그러자 은택이 손가락만으로 가볍게 그녀의 턱을 다시 들어 올렸다.

"피하지 말고 날 봐……."

뜨겁게 속삭인 그가 본능이 이끄는 대로 천천히 얼굴을 내렸다. 이윽고 입술이 겹쳐지더니 느릿하고 정성스럽게 움직였다. 맞닿은 입술이 달콤한 크림이 녹아내리는 것처럼 뜨겁고 부드러웠다.

키스는 달래듯, 어루만지듯, 상냥하게 이어졌다. 끊어질 듯 계속 이어지는 긴 키스에 동은은 작은 반항마저 멈췄다. 여전히 누가 보기라도 할까 봐 창피했지만, 이거 하나만은 확실했다. 지금 그와 나누고 있는 키스가 그녀가 그 어떤 영화에서 본 것보다 행복했다.

하아……. 입술이 떨어지고 다시 서로 이마를 기댔을 때도 그 기분은 그대로였다. 동은은 은택의 눈을 바라보며 생각했다. 그의 눈동자에서 반짝이는 제 모습을 보며 생각했다.

그 어떤 영화 속 주인공보다 행복하다고.

영화가 끝나자 우르르 사람들이 바깥으로 몰려나왔다. 그 틈에 섞여 후다닥 화장실로 뛰어온 동은은 연거푸 뺨에 물을 쳐댔다. 후끈하게 달아오른 뺨은 찬물을 몇 번을 끼얹어도 식을 줄을 몰랐다. 거울로 들여다본 얼굴이 여전히 발그스레했다. 마치 아까 본 은택의 얼굴처럼.

영화가 끝나고 시야가 환해진 순간에야 동은은 새삼 무슨 일을 저지른 건지 실감했다. 흘깃 옆을 보니 제 손을 꼭 쥔 채 은택은 화면에 집중하고 있었다. 배우 이름이나 스태프의 이름이 올라가고 있는 화면을 유난히 진지한 눈빛으로 보고 있다고 생각했는데, 아니었다. 그는 단지 어쩔 줄 몰라 하고 있던 것뿐이었다. 어떤 말을 해야 할지 몰라서. 어떤 눈으로 절 보면 좋을지 알 수 없어서.

그리고 그런 은택의 기분을 동은 역시 십분 이해할 수 있었다. 저 역시 은택의 눈을 똑바로 쳐다볼 수가 없었다. 입도 벙긋할 수가 없었다.

이런 키스는 처음이었다. 이제껏 그와 나눈 키스가 그 순간의 감정에 충실했다면, 이번엔 달랐다. 야릇한 감각. 아주 잠깐이었지만, 입술이 주는 감각에 정신없이 빨려들었다.

은택의 키스는 느리고 깊었다. 좁은 곳에 집중된 감각은 무섭게 예민해졌다. 동은은 파르르 떨리는 손을 들키지 않기 위해 은택의 팔을 꽉 움켜쥐어야만 했다.

그건 은택도 마찬가지여서, 동은의 부드러운 뺨을 감싸고 있던 그의 손은 어느샌가 머리카락 속으로 들어가 그녀의 작은 뒤통수를 거칠게 끌어당기고 있었다.

영화의 인트로가 끝나갈 때쯤 비어 있던 옆자리에 커플이 들어오지 않았다면, 이곳이 영화관이라는 사실도 잊고 끝없이 빠져들 뻔했다. 그런 동은을 보고 다 이해한다는 듯 살포시 웃는 여자의 표정에 그만 정신이 번쩍 들었다.

그럼에도 후유증은 길었다. 정말이지 처음 느껴보는 아찔하고 사나운 감각이었다. 이제까지의 눈물이 날 것 같은 상냥하고 부드러운 감각과는 전혀 다른 느낌이었다.

그 덕에 본격적으로 영화가 시작되었지만 내용은 하나도 눈에 들어오지 않았다. 키스는 끝났지만 짜릿한 여운이 계속 남아 동은을 괴롭혔댔다. 은택이 불시에 다시 손을 잡았을 땐 너무 놀라 속으로 비명을 삼켜야 했다.

조금 전 입술에서 느꼈던 감각이 손끝, 손가락 사이사이, 손바닥에서까지 느껴져서 영화가 상영되는 내내 온몸이 배배 꼬이는 기분이었다. 그러니 영화가 끝나자마자 도망치듯 화장실로 뛰어들어갈 수밖에.

동은은 거울을 보며 손끝으로 입술을 더듬어봤다. 아직도 여운이 남은 여린 살갗에서 맥박이 뛰는 듯한 착각이 들었다. 젖은 입술이 순식간에 다시 뜨거워졌다. 동은이 억울한 표정을 지으며 손끝으로 입술을 꼬집었다.

'나빴어, 서은택.'

그런 키스를 해놓고, 그렇게 순진한 표정을 하고 있으면 나보고 어떡하라고. 어느 한쪽은 태연해야 아무렇지 않은 척 데이트를 이어갈 수 있을 텐데. 그 와중에 은택 역시 저만큼이나 부끄러워하고 있으니 앞으로 데이트를 하는 내내 별거 아닌 일에도 허둥댈 모습이 눈에 훤했다.

또다시 깊은 한숨을 내쉬며 동은이 손수건으로 얼굴을 닦아냈다. 그리고 여전히 발그레한 뺨 위로 꼼꼼하게 화장을 덧바르고 난 후 화장실을 빠져나왔다.

아무렇지 않은 척하는 거야. 당당하게. 동은은 최면을 걸듯 일부러 어깨와 뒤꿈치에 힘을 단단히 주고 걸었다. 은택이 안 된다면 저만이라도 당당한 척해야 했다. 아무렴 연상연하 커플 아닌가.

"여기야, 여기!"

그러나 화장실을 나와 저를 기다리고 있는 은택의 모습을 발견한 순간 동은의 어깨는 축 늘어지고 말았다. 다리 역시 힘이 풀려 하마터면 주저앉을 뻔했다.

은택이 도시락을 손에 들고 있었다. 저걸 싸겠다고 새벽부터 일어나 얼마나 고단한 씨름을 했는지 모른다. 그리고 드디어 요리사 애인에게 직접 싼 도시락을 평가받는 결전의 시간이 오고야 만 것이었다.


"밥 안 먹고 바로 왔죠? 배 안 고파요?"

영화가 끝나고 나와 해온이 배를 문지르며 물었다. 실컷 웃고 났더니 더 허기가 졌다. 연아가 저도 모르게 해온을 따라 배에 손을 올리며 대꾸했다.

"그러고 보니……?"

말끝을 흐리며 배가 고프다는 듯 살포시 웃어버리는 연아를 이번에는 해온이 따라 웃었다.

"얼른 집에 가서 챙겨 먹어요. 내가 거기까진 생각을 못 했네."

"안 그래도 하루가 밥 먹으러 오라고 했어요."

"하루?"

"아, 은택관 아르바이트생이라고 하면 아시려나?"

"아아, 그 머리 색깔 흐릿한 녀석. 그거 염색한 거 맞죠?"

해온이 하루를 설명하는 표현에 연아가 쿡쿡 웃음을 참으며 말을 이었다.

"맞아요, 그 애. 은택이랑 제 대학 후배기도 해서 친하거든요. 그 아이도 요즘 툭하면 제 걱정이라. 잘 알지도 못하는 최 형사님도 제가 신경 쓰여서 이렇게 영화까지 보여주셨는데, 오죽……."

"나야 박연아 씨가 전화로 하도 귀찮게 하니까 신경 안 쓸래야 안 쓸 수가 없었던 거고."

연아가 말을 끝내기도 전에 끼어든 해온이 퉁명스레 투덜거리다 말끝에 그녀를 흘깃 바라봤다. 눈이 마주친 두 사람이 바람 빠지듯 싱겁게 웃었다.

"알았다고요. 이제 귀찮게 안 할 거예요."

"정말로?"

"네, 정말로. 덕분에 이제 저도 홀가분해졌거든요."

한순간에 뜨거웠던 마음이 식는 것은 아닐 테다. 마음 구석구석을 꽉꽉 채웠던 감정이 갑자기 어디론가 사라지지도 않겠지.

하지만 천천히 식히고, 하나하나 비워갈 수 있으리란 희망이 생겼다. 적어도 두 사람의 행복을 빌어줄 수 있을 만큼 식었고, 비워진 건 확실하니까. 연아가 홀가분한 미소를 지으며 해온에게 말을 건넸다.

"은택관에 주방장이 한 명 더 왔대요. 은택이만큼 요리 솜씨도 훌륭하다는데 같이 가실래요?"

"됐어요, 거긴."

조금은 거친 감정이 실린 듯한 해온의 말투에 연아가 움찔하며 고개를 끄덕였다. 해온이 짐짓 사납게 나간 말투를 뒤늦게 깨닫곤 마른세수를 하며 말했다.

"난 따로 가볼 데가 있어서. 그럼 밥 맛있게 먹어요."

"최 형사님도요. 오늘 영화 보여주셔서 감사했습니다. 이렇게 웃어본 게 얼마 만인지 모르겠어요."

"그랬다니 다행이네요."

"그럼 조심히 들어가세요."

고개를 꾸벅 숙이는 연아에게 해온이 가볍게 손짓해 보이곤 먼저 등을 돌렸다. 넓고 단단한 그의 등이 어쩐지 쓸쓸해 보이는 건 기분 탓일까. 연아가 그새 또다시 뜨거워진 눈시울을 손등으로 꾹 누르곤 유리문 너머 바깥을 바라봤다.

바깥은 어느새 어둠이 내려앉아 캄캄해져 있었다. 어스름한 풍경을 말없이 응시하던 연아가 주먹을 불끈 쥐고 걸음을 내디뎠다.

그 모습을 조금 떨어진 곳에서 해온이 바라보고 있었다. 인질극 사건을 겪은 지 얼마 되지 않아 밤길이 무서울 법도 한데 여자는 제법 씩씩해 보였다. 보기보다 강하네. 입에 물고 있던 담배를 발로 비벼 끈 해온이 꽁초를 주워 주머니에 집어넣고는 주위를 두리번거렸다. 사실 따로 갈 데가 있다는 건 거짓말이었다. 아직 은택관을 가는 게 불편해서 둘러댄 말이었다.

여자처럼 실컷 울어보기나 했으면 마음이 더 쉽게 정리가 됐을까. 미친 듯이 웃어댔어도 그뿐. 지나고 나니 더 짙은 상실감이 가슴을 채우고 있었다. 후우. 담배 연기를 뱉듯 깊은 한숨을 흘린 해온이 어디론가 향했다.


　도시락을 먹을 만한 곳이 마땅치 않아 동은과 은택은 영화관 근처의 공원 벤치에 자리를 잡고 앉았다. 그런데 동은이 그토록 걱정했던 것과는 달리 은택의 평가는 무척이나 후했다.

　"이걸 진짜 애인이 만들었단 말이야?"

　은택이 주먹밥을 한입에 쏙 집어넣곤 감탄사를 연발했다. 주먹밥 하나를 집어 먹을 때마다 낯부끄러운 칭찬이 같이 쏟아졌다. 처음엔 기뻤지만 계속 듣고 있으니 민망해졌다. 그 바람에 동은의 얼굴은 무시무시하게 야했던 키스를 떠올릴 때만큼이나 붉어져 있었다.

　"정말 맛있어."

　은택이 마지막 주먹밥까지 입에 집어넣곤 어김없이 칭찬을 중얼거렸다. 그러나 사실 그렇게까지 칭찬받을 만한 요리는 아니었다.

　강된장 주먹밥에 반찬이라곤 계란말이가 전부인 아주 소박한 도시락이었다. 일반적인 주먹밥은 성의가 없어 보이고, 그렇다고 주먹밥보다 어려운 요리는 시도조차 겁이 나서 선택한 메뉴였다.

　"강된장 주먹밥이라니. 우리 애인, 센스 있다."

　"어우, 이제 그만 비행기 태워."

　"앞으로는 강된장으로 요리할 때마다 애인 생각나겠다."

　쑥스러움에 얼른 물을 컵에 따라 내미는 동은과 눈을 맞추며 은택이 싱긋 웃었다.

"이참에 강된장을 암호 같은 걸로 만들까?"

"암호?"

"당신, 좋아한다는 말 쑥스러워서 잘 못하잖아. 언제든 나한테 좋아한다는 말이 하고 싶어지면 강된장! 하고 외치는 거야."

"뭐야, 그게 더 창피해."

동은이 창피함에 시선을 피하며 후다닥 자리에서 일어섰다. 그런데 그 순간 은택이 불쑥 그녀의 손을 잡아왔다.

"잠깐만, 애인."

"어? 앗!"

벤치에서 일어서는 순간 손목을 붙잡히는 바람에 동은은 그 반동으로 은택에게 곧장 끌려가 안겼다. 뜨거운 체온과 함께 혹여 넘어질세라 단단하게 붙든 팔이 허리 뒤로 느껴졌다. 아래를 보면 꼼짝없이 코앞에서 눈이 마주칠 터. 불현듯 또다시 야릇한 키스를 떠올린 동은이 꼿꼿이 고개를 추켜세우고 있는데, 문득 은택의 진지한 목소리가 들려왔다.

"나 당신한테 할 말이 있어."

어쩐지 심각한 분위기에 발칙한 상상을 애써 떨쳐낸 동은이 고개를 숙여 물었다.

"무슨 말?"

"내가 당신한테 숨긴 게 있어."

숨긴 게 있다는 말에 동은이 은택의 품에서 빠져나왔다. 은택이 동은이 멀어질세라 손을 꼭 붙잡으며 말을 이었다.

"꽃집 아주머니에 관한 이야기야."

말이 끝나기 무섭게 동은이 입술을 질끈 깨물며 언성을 높였다.

"홍미란? 은택아, 내가 그 사람이랑 더 이상 만나지 말랬잖아! 그 사람 위험하다고!"

꽃집 아주머니라고 부르는 은택과는 달리 동은은 단번에 이름을 언급하며 흥분했다. 동은의 이런 모습을 보니 은택은 아주머니가 제가 생각했던 것 이상으로 심각한 사건에 연루되어 있다는 느낌이 들었다. 그리고 그 일이 동은과 무관할 것 같지도 않았다.

"직접 만나진 않았어. 전화가 걸려와서 나더러 당신한테 대신 말을 전해달라고 했어."

"아, 그…… 래?"

동은이 연유도 묻지 않고 대번에 화를 낸 것이 미안했는지 한결 누그러진 모습으로 벤치에 주저앉았다.

"소리 질러서 미안……. 근데 그 사람, 뭐라고 해?"

"백합에 관해 다 털어놓겠다고. 당신과 만나고 싶다고 했어."

"뭐?"

동은의 눈빛이 여실히 흔들렸다. 은택은 동은의 기색을 살피며 조심스럽게 말을 이었다.

"그리고 나한테 백합일지도 모르는 사람들을 문자로 보내줬어."

은택은 주머니에서 휴대전화를 꺼내 홍미란이 보내온 문자를 띄워 동은에게 내밀었다. 문자엔 인정태, 이일영 두 사람의 이름이 적혀 있었다.

"사실 당신한테 말하기 전에 최 형사님한테 먼저 얘기했어."

"해온이한테? 아까 영화관에서 누구 만나고 왔다더니 해온이 말하는 거였어?"

"응. 전화를 걸었는데 바로 뒤에 계시더라고."

은택이 깜짝 놀랐던 심정을 그대로 표정으로 드러냈다. 그러나 동은은 거기까지 신경 쓸 여유가 없었다. 아주 잠깐 반응했다가 곧바로 다시 은택이 건넨 휴대전화 액정을 노려봤다. 은택이 유심히 동은의 굳은 어깨를 바라보다가 휴대전화 위로 손을 포갰다.

"애인."

"어?"

"난 당신한테 티끌만큼도 뭘 속이고 싶지 않아. 그래서 이 일이 당신한테 위험할 수도 있단 걸 알면서도 솔직하게 말한 거야."

인적이 끊긴 공원. 어디선가 서늘한 바람이 불어왔다. 그래서인지 갑자기 눈이 시큰거렸다.

"그러니까 당신도 나한테 솔직하게 말해줘."

"……뭘?"

"여기 적힌 이일영이란 이 이름. 내가 아는 사람 맞아?"

아니다. 바람 때문이 아니었다. 갑자기 눈물이 날 것 같은 건, 이토록 서글픈 기분이 드는 건…….

"설마 이일영 그 자식, 다시 당신 앞에 나타난 거야?"

모든 걸 걸고, 그 어떤 것도 숨기지 않고 제 인생에 뛰어든 은택과는 다르게 여전히 중요한 걸 숨기고 있는 제가 미안해서였다. 금방이라도 눈물이 흘러내릴 것 같아 동은은 은택의 품을 파고들었다. 그리고 조심스럽게 진실을 말했다.

"네가 아는 이일영 맞아. 얼마 전에 경찰서에서 다큐멘터리 촬영이 있었는데 그때 촬영 기자였어."

"왜? 왜 나한테 진작 말하지 않은 거야!"

그녀를 살피지 못한 걸 자책하며 은택이 동은의 몸을 더 꽉 끌어안았다. 온몸을 압박해오는 힘이 그가 얼마나 자신을 책망하고 있는지 느끼게 해주었다. 은택의 품에 오롯이 안긴 채 동은이 간신히 목소리를 냈다.

"네가 이렇게 걱정할 테니까."

동은의 대답에 은택이 입술을 깨물었다. 그녀의 마음을 모르는 것은 아니었지만, 그래도 서운한 기분은 어쩔 수 없었다.

"그러지 마. 앞으론 당신과 관련된 일을 뭐든 다 나한테 제일 먼저 말해줘. 당신이 아무 말도 해주지 않는 게 오히려 날 걱정시키는 거야. 알았어?"

동은은 힘겹게 고개를 끄덕였다. 그러자 그런 동은을 은택이 나무랐다.

"고개만 끄덕이지 말고 대답을 해. 당신 목소리 들어야 안심이 될 것 같아."

하지만 동은은 아직도 말하지 못한 비밀 탓에 목이 메어 쉽사리 목소리가 나오지 않았다. 그런 동은을 더 따스하게 품으며 은택이 상냥하게 채근했다.

"대답하래도?"

"응. 다, 앞으론 다 말할게."

간신히 흘러나온 그녀의 목소리는 흠뻑 젖어 있었다.


"고마워, 집까지 바래다줘서."

집 앞에서 걸음을 멈춘 동은이 수줍은 듯 은택을 똑바로 보지 못하고 눈길을 아래로 떨어뜨렸다. 조금 전까지 땀이 밸 정도로 꼭 잡고 있었던 은택의 손이 보였다. 칼을 다뤄서 잔상처가 많지만 더없이 부드러운 손. 여자치곤 큰 제 손을 꼭 품어줄 수 있을 만큼 크고 믿음직한 손. 동은은 울컥 목이 메어왔다.

"늦었다. 얼른 가."

또다시 흐트러진 마음을 들킬까, 동은은 은택의 등을 떠밀었다. 그러나 은택은 그녀의 의도를 모른 척하곤 살짝 허리를 굽혀 눈을 맞춰왔다. 이지러진 눈매 아래 까만 눈동자가 별처럼 반짝였다.

"나, 목마른데."

그 순간 땅바닥을 향해 있던 동은의 고개가 번쩍 들어 올려졌다. 껑충 허리를 편 은택이 어깨를 으쓱이며 아랫입술을 내밀었다. 뭘 그렇게 놀라느냐는 표정이었다.

"집에 물 있지?"

"아니! 없어! 그냥 편의점에서 생수 사서 마셔."

"돈 아깝게 뭐하러?"

애 좀 봐라? 동은이 도끼눈을 뜨자 은택이 그녀에게 팔짱을 끼며 성큼성큼 앞을 향했다.

"애인 냉장고에 내가 챙겨준 차 있을 거 아니야. 날도 더운데 우엉차가 좋겠다. 우엉차에 몸을 차게 해주는 성질이 있거든."

라면도 아니고 우엉차라니. 친절하게 우엉차의 효능까지 설명해주는 은택을 보며 동은이 얼빠진 웃음을 흘렸다. 그러다 저도 모르는 새 건물 입구에 도착한 순간, 그녀는 은택의 팔을 뿌리치며 홱 뒤돌아섰다.

"아무튼 진짜 안 돼!"

동은은 마치 최후의 보루를 지키려는 장군처럼 비장한 표정을 짓고 있었다. 양팔로 입구를 떡하니 가로막은 동은을 은택이 한쪽 눈썹을 치켜세우며 바라봤다.

"도대체 뭐가 문제지? 그냥 차 한 잔 마시고 가겠다는 건데?"

"우엉차도 다 마셨어. 그러니까……."

"걱정 마. 그럴까 봐 우엉 말린 거 티백에 담아서 함께 넣어뒀으니까."

별거 아니라는 듯 손을 저은 은택이 몸을 굽혀 동은이 가로막고 있는 팔 아래로 쓱 지나갔다. 낮게 울리는 은택의 웃음소릴 들으며 동은이 낭패감에 물든 눈을 질끈 감았다가 떴다. 그녀가 부리나케 은택을 쫓아 계단을 뛰어 올라갔다.

"은택이 너, 이거 무단가택침입이야! 알아?"

"그래서 당신도 나 수갑이라도 채우게?"

아무래도 음란 행위를 들먹이며 영화관에서 훼방을 놓았던 해온을 떠올린 모양이었다. 동은이 입술을 깨물며 따지듯이 대답했다.

"못 채울 건 또 뭐야? 마침 수갑도 가지고 있고. 어어? 나 진짜 채운다?"

뒤늦게 소리쳐보지만, 죄인은 이미 비밀번호까지 알고서 현관문을 연 지 오래였다. 대체 비밀번호는 또 어떻게 안 거람? 눈꼬리를 가늘게 모으던 동은이 낮은 신음을 뱉어내며 이마를 짚었다.

떠오르는 아득한 기억 하나. 아마도 요망한 단추가 달린 치마를 입고서 술에 취한 날 알게 됐을 터였다. 분명 그때밖에는 기회가 없었다. 동은이 망연자실한 기색으로 힘없이 계단 끝에 올라섰다. 그러곤 이미 집 안으로 쏙 발을 들인 은택을 노려보며 쏘아댔다.

"내일 당장 비밀번호 바꿀 거야."

"그럼 비밀번호 바꾸고 내일 나랑 술 한잔할래? 우리 애인, 술 마시면 집 비밀번호 막 알려주고 그러던데?"

"시끄러워, 내일 당장 비밀번호도 바꾸고 금주도 시작할 거야!"

동은이 코앞까지 들이밀어진 은택의 얼굴을 밀어내며 성큼성큼 집 안으로 들어섰다. 아무렇게나 벗어 던진 그녀의 신발을 바라보며 은택이 키득키득 웃음을 삼켰다.

"아, 정말."

욱한 동은의 뒷모습이 어찌나 사랑스러운지. 당장이라도 와락 끌어안고 싶은 걸 참으며 은택이 조용히 문고리를 잡아당겼다.

"누구 애인인지 몰라도 귀여워 죽겠네, 진짜."

그가 진심을 가득 담아 중얼거리며 이내 사뿐히 현관문을 닫았다.


같은 시각, 수연의 병실. 인적이 뜸한 그 시각에 스르륵 문이 열렸다. 뒤이어 누군가의 조심스러운 걸음걸이가 달빛에 고스란히 드러났다. 뒤꿈치를 들어 올리고서 살금살금 걸음을 옮기던 누군가는 이윽고 침대 끝에서 멈춰 섰다. 어렴풋한 실루엣만으로도 제법 다부진 체격을 가진 남자라는 걸 알 수 있었다. 가만히 서서 한참을 머뭇거리던 남자가 천천히 침대 안쪽으로 손을 뻗었다. 그러곤 이불 밑으로 빠져나온 발에 이불을 끌어 내려줬다.

"아빠……?"

이불이 사부작거리는 소리에 깼는지 수연이 잠이 가득한 목소리로 웅얼거렸다. 당황한 남자가 움찔거리며 뒤로 물러섰다. 아빠가 아닌 걸 깨달은 수연이 다급히 침대맡의 등을 켰다. 이윽고 남자의 모습이 선명하게 비쳤다.

"해온…… 아저씨?"

환한 빛이 얼굴에 정면으로 쏟아지자, 해온이 눈을 찌푸리며 손바닥으로 앞을 가렸다.

"이런……."

해온이 당혹스러운 감탄사를 토해냈다.

"미안. 깨워버렸네."

"괜찮아요. 근데 이 시간에 무슨 일이세요?"

수연이 벽에 걸린 시계를 바라보며 의아한 표정으로 물었다. 그러나 해온이 와서 이상한 것은 아니었다. 혼수상태에서 깨어난 후로 종종 아빠의 동료들이 문병을 와주고는 했다. 특히 동은과 해온은 더 자주 찾아와주었다.

하지만 이렇게 한밤중에 찾아오는 경우는 단 한 번도 없었다. 게다가 지금의 해온은 술에 취해 잔뜩 흐트러진 모습이었다. 수연은 그게 마음에 걸렸다.

해온이 당혹스러운 기색이 가득한 수연의 눈동자를 바라보며 머리카락을 쓸어 올렸다. 드러난 이마에 곤란한 듯 자잘한 주름이 잡혀 있었다.

"그냥 얼굴이나 보고 갈까 해서."

"이 시간에요?"

수연이 다시 한 번 벽시계를 바라봤다. 해온이 수연의 시선을 좇다 변명하듯 대꾸했다.

"그게, 이렇게 시간이 늦은 줄 몰라서."

"아저씨 술도 드신 것 같은데⋯⋯."

"안 마셨어."

해온이 정색하며 대답했다. 그러자 수연이 눈을 가늘게 뜨고서 해온을 바라봤다.

"혹시 무슨 일 있으셨어요?"

걱정이 가득한 수연의 눈동자를 보며 해온이 천천히 고개를 저었다. 하지만 어느새 그의 얼굴은 잔뜩 일그러져 있었다.

"아니라고 하면서 표정이 안 좋아요."

"그래? 아무래도 술을 너무 많이 마셨나 보다."

"아깐 안 드셨다면서요."

수연의 말에 해온이 한동안 아무 말도 못 하다가, 아차 싶은지 눈을 찡그렸다. 실은 연아와 헤어지고 혼자서 술을 마시러 갔었다. 상실감으로 가득 찬 가슴을 달래려다 보니, 한 잔 두 잔 기울이던 것이 어느새 주량을 넘기고 말았다. 결국 오랜만에 취했다. 술집에서 나왔을 땐 막막한 기분이었다. 불현듯 혼자가 되어버린 느낌이 온몸을 옭아맸다.

문득 박연아, 그 여자가 생각났다. 차라리 그 여자처럼 솔직하기라도 했다면. 좋아한다는 고백 한번 못 하고 지레 묻어버린 마음이 이제야 욱신거렸다. 그 여자 앞에서 지었던 웃음은 다 거짓이었나. 일그러진 채 굳어버린 얼굴은 펴질 줄을 몰랐다. 해온이 연신 마른세수를 하며 못난 얼굴을 감췄다.

한 번도 제 것이었던 적이 없는데, 이 무슨 해괴한 상실감인지. 뻥 뚫린 것 같은 가슴에서 느껴지는 아릿한 고통에 해온이 입술을 꽉 깨물었다. 그리고 가만히 수연에게로 다가가 곁에 놓인 의자에 힘없이 주저앉았다.

혼자라는 생각이 사무치게 들 때면, 외로움이 걷잡을 수 없을 때면. 이럴 때면 어김없이 죽은 해수가 생각나고는 했다.

검찰총장 아버지와 남편을 맹목적으로 따랐던 어머니. 두 분에게 해온은 늘 못마땅한 자식이었다. 일말의 관심이라도 받고 싶어 일부러 경찰대에 응시했을 때조차, 돌아오는 것은 차디찬 무관심뿐이었다.

차갑고 시린 집에서 유일하게 따스한 존재는 해수뿐이었다. 해온이 그곳에서 버틸 수 있었던 건 오로지 해수가 준 애정 때문이었다. 의자를 침대 쪽으로 바싹 끌어당겨 앉은 해온이 머뭇머뭇 입을 열었다.

"수연아."

"왜요?"

"내가 말한 적 있었던가?"

"뭘요?"

수연이 눈을 깜빡이며 되물었다. 어쩜 그 모습조차도 그리운 기억을 그대로 옮겨놓은 것 같았다.

"수연이 넌, 내 여동생을 닮았어."

"정말요? 그럼 아저씨 동생도 엄청 예쁘겠네요?"

"뭐어?"

해온이 싱겁게 웃었다. 정말이지 보면 볼수록 수연은 해수를 닮았다. 비단 수연이 여동생이 겪은 것과 비슷한 사건을 당했기 때문만은 아니었다.

작게 말해도 또렷하게 들리는 울림 좋은 목소리며, 웃을 때면 움푹 파이는 볼우물. 밝고 사랑스러운 성격. 양 갈래로 땋은 머리가 어울리는 앳되고 어여쁜 이목구비가 하나하나 따져도 전부 닮아 있었다. 그렇기에 더욱 이토록 서글퍼지는 것이리라.

"그래, 엄청 예뻐. 무척이나 예뻤어."

아련한 미소와 함께 대답하는 해온을 수연이 빤히 바라봤다. 어쩐지 낯설지 않은 모습이었다. 그래. 사랑하는 아내를 먼저 하늘로 보냈을 때, 아빠도 꼭 저런 웃음을 지었었다.

어린 수연이 기억하기에 아빠는 분명 미소 짓고 있었지만, 이제는 안다. 그 눈이 얼마나 슬프게 젖어 있었는지, 그 입매가 얼마나 애처롭게 떨림을 참아내고 있었는지. 그때 본 아빠의 모습처럼 애처롭게 해온이 수연의 곁에 머리를 기대고 엎드렸다.

손을 뻗었다 거두기를 몇 번. 망설이던 수연이 천천히 해온의 머리통을 쓰다듬었다. 언뜻 해온이 이곳에 온 이유가 위로가 필요해서라는 생각이 들었기 때문이었다.


"차 끓여줄 테니까, 다 마시면 곧바로 집에 가는 거야. 은택아, 내 말 듣고 있지?"

"어, 다 듣고 있대도."

은택이 집 안을 둘러보며 건성으로 대답했다. 지난번에 왔을 때는 동은이 깰까 봐 불도 제대로 켜지 못했다. 그때 쌓인 한을 다 풀고 가려는지 은택은 단순히 보는 수준이 아니라 아예 탐색을 하고 있었다. 동은이 불안한 표정을 지으며 다시 한 번 더 물었다.

"진짜 나랑 한 약속 꼭 지키기다? 응?"

"그래도 강력반 형사님답지 않게 깔끔하게 사네, 우리 애인."

잔뜩 긴장하고 있던 동은은 은택이 동문서답을 하자 입술을 말아 물며 불뚱거렸다.

"뭐야, 내 말 듣고 있는 거 맞아?"

"어. 근데 여기 너무 휑하다. 여기에 우리 사진 세워두면 딱일 것 같은데. 애인 생각은 어때?"

찰떡같이 대답해놓고 이번에도 역시 이어지는 말은 딴소리였다.

"근데 생각해보니까 아직 우리 사진 한 장 찍은 적이 없다. 뭐야, 진짜 그러네."

"은택이, 너! 내 말 귓등으로도 안 듣고, 진짜!"

동은의 목소리가 살벌하게 변하자 그때야 은택이 그녀와 눈을 마주쳐왔다. 신발을 벗기 시작한 그 순간부터 정신없이 동은의 방을 구경했던 터라 이렇게 눈을 마주치는 건 집에 들어와 처음이었다. 그러자 동은이 먼저 시선을 피했다.

항상 혼자 지내던 집에 은택과 단둘만 있는 상황이 여간 신경 쓰이는 게 아닌 모양이었다. 복잡한 머릿속처럼 은택을 외면한 눈동자가 정처 없이 흔들렸다.

은택의 체온, 은택의 감촉, 은택의 목소리. 그 모든 것들이 뇌를 점령했다. 아무리 생각하고 또 생각해봐도 동은은 자신이 이토록 연애에 민감한 사람이었는지 놀랍기만 했다.

정신 차려, 임동은! 네가 지금 이럴 때야? 동은이 고개를 세차게 저으며 다시 뒤돌아섰다. 그리고 냉장고로 가서 차에 곁들일 만한 음식을 찾는 척하며 애써 마음을 다잡았다.

그러나 자신을 아무리 꾸짖어도 아무 소용 없었다. 영화관에서 속절없이 빠져들었던 키스가 순간순간 틈을 비집고 들어와 머릿속을 계속 헤집고 있었다.

머릿속에서 기승을 부리는 날카로운 키스의 추억과 씨름하며 동은이 주문을 걸듯 속으로 중얼거렸다. 여긴 내 집이 아니다. 내 집이 아니야. 경찰서라고 생각해. 여긴 경찰서다! 냉장고에서 대충 아무거나 꺼내 든 그녀가 일어서서 다시 싱크대 앞에 섰다. 정말로 차만 끓여주고 돌려보내는 거야. 그리고 곧바로 진짜 경찰서로 돌아가서…… 그렇게 계속 속으로 주문을 걸던 동은이 별안간 입 밖으로 외마디 비명을 터뜨렸다.

갑자기 은택이 동은을 끌어안아버린 탓이었다. 찻물이 막 끓어오르던 찰나여서 반동에 놀란 동은이 정색하며 은택을 나무랐다.

"못 살아! 이러다 뜨거운 물에 데기라도 하면 어쩌려고!"

그러나 은택에게도 변명거리는 있었다. 조금 전 현관에서는 간신히 참을 수 있었지만, 이번만큼은 충동을 도저히 참을 수가 없었다. 서툴기 그지없는 모습이, 사소한 스킨십에도 쩔쩔매는 동은의 모습이 너무나 사랑스러웠다.

그러니 잘못이 있다면 지나치게 사랑스러운 동은에게 있었다. 도리어 은택은 연상의 여자가 이토록 사랑스러워도 되는지 따지고 싶은 심정이었다. 동은이 벗어나려고 발버둥을 치자 은택이 한쪽 팔로 허리를 더 단단히 껴안았다. 그러곤 나머지 팔을 허공으로 쭉 뻗었다.

"애인."

갑자기 귓가에 따뜻한 숨결이 불어오자, 동은이 소스라치게 놀라며 귀를 마구 문질렀다. 그런 동은의 반응이 재밌는지, 은택이 오히려 입술을 더욱 바짝 붙여선 연이어 속삭였다.

"웃어야지."

처음엔 영문을 몰라 고개를 갸우뚱했던 동은이 위를 올려다보곤 가볍게 한숨을 쉬었다. 사진 한 장 없다고 그렇게 아쉬워하더니, 곧바로 사진을 찍을 심산인 모양이었다. 추진력 한번 끝내줬다.

휴대전화 화면에 동은을 뒤에서 꼭 끌어안은 은택의 모습이 가득 담겨 있었다. 그러나 이 정도로는 부족했는지 은택이 뺨을 바짝 붙여왔다.

"자, 치즈."

동은이 꿀 먹은 벙어리처럼 입을 다물고 있자, 은택이 단호하면서도 다정하게 채근했다.

"어서. 나 팔 아파."

그러자 동은이 마지못해 은택을 따라 지그시 미소 지었다.

"치…… 즈."

하지만 은택은 곧바로 사진을 찍지 않았다. 의아한 동은이 화면 속 은택을 바라보며 물었다.

"뭐 해? 안 찍어?"

"조금만 이따가."

은택은 마치 때를 기다리는 것 같았다. 그리고 잠시 후, 그녀가 전혀 예상치 못한 순간 느닷없이 찰칵하는 촬영음이 들려왔다.

"뭐야, 찍으면 찍는다 말을 해줘야지."

분명 너무 놀라 눈을 감았거나, 입을 크게 벌리거나 하는 꼴사나운 사진이 찍혔을 거라고 생각한 동은이 눈썹을 찌푸렸다.

그런데 놀랍게도 너무나도 행복해 보이는 연인이 그 안에 있었다. 어느샌가 어색했던 동은의 표정은 자연스럽게 변해 있었다.

어쩌면 화면 속에서 은택이 너무나 환하게 웃고 있어서 저도 모르는 사이 동화되어버린 걸지도 몰랐다.

은택이 사진 속 사랑스럽게 웃고 있는 동은을 보며 흐뭇한 표정을 지었다. 자그마치 7년이었다. 이 미소 하나 보자고 죽어라 기다린 시간이.

물론 연애를 시작한 후로 종종 보아온 미소였지만, 이제는 이 순간을 영원처럼 간직할 수 있게 됐다. 왜 진작 사진 찍는 걸 생각하지 못한 건지 억울할 정도였다. 기쁨과 아쉬움에 몸서리치며 은택이 동은을 더 꼭 끌어안았다.

"애인, 우리 앞으로는 사진 많이많이 찍자. 생각 같아선 1초마다 한 번씩 찍고 싶은데, 그건 무리겠지?"

"그걸 말이라고 해? 게다가 1초에 한 번씩 찍어봤자 똑같은 사진만 찍힐걸?"

그러자 은택이 동은의 어깨 위에 턱을 올린 채 고개를 저었다.

"전혀. 하나도 똑같지 않아. 당신이랑 함께 있는 1초, 1초 그 모든 순간이 나한텐 전부 특별해."

동은은 아무 말도 할 수 없었다. 그저 이 순간이 버겁도록 벅차게 느껴졌다. 또다시 눈물이 나올 것 같아 동은은 울지 않고 버티기 위해 은택의 단단한 팔을 힘주어 감싸 쥐었다.

정말이지 서은택은 저를 시도 때도 없이 울리는 남자였다. 일영에 관해서 털어놓을 땐 미안함에 저를 울게 만들더니, 이번엔 행복함에 저를 울게 했다. 눈물은 옛날에 다 말라버린 줄만 알았는데. 동은이 자신의 모습에 낯설어하던 바로 그때였다.

갑자기 은택이 허리를 펴더니 느릿한 손길로 동은의 턱을 들어

올렸다. 그리고 동시에 은택의 얼굴이 아래로 기울어졌다. 불현듯 영화관에서의 숨 막히던 키스를 떠올린 동은이 속눈썹을 파르르 떨었다. 진동하는 까만 눈동자 속에서 은택의 모습이 점점 더 가까워졌다. 동은이 견디지 못하고 눈을 질끈 감았다.

동은이 무엇을 두려워하는지 알지만, 은택은 지금 제어할 수 없는 감정에 사로잡혀 있었다. 영화관도 아닌 집 안에서 그때와 같은 키스를 나눈다면 더한 걸 욕심나리란 걸 알면서도 은택은 결국 멈추지 못했다.

동은이 버거운지 작게 앓는 소리를 냈다. 은택의 손끝을 타고 짜릿한 전류가 흘러와 온몸을 감전시키는 것만 같아 도저히 참을 수가 없었다. 이윽고 뜨거운 입술이 맞물리려는 순간이었다.

갑자기 동은이 눈을 번쩍 떴다. 조용한 집 안에 동은의 휴대전화 벨소리가 시끄럽게 울리고 있었다. 동은이 은택의 품 안에서 빠져나오며 전화를 받았다.

"어어, 해온아."

억지로 동은을 놓아준 은택은 그녀의 입에서 나온 이름에 단번에 얼굴이 굳어버렸다. 동은은 은택을 신경 쓰랴 해온의 전화를 받으랴 정신이 없었다. 그러나 한동안은 너머에서 아무런 말소리도 들려오지 않았다. 이윽고 한참 만에야 누군가의 목소리가 들려왔다. 그 순간, 동은의 눈이 금세 의아함으로 물들었다.

-언니.

너머에서 들려오는 목소리는 여리고 앳되었다. 동은은 금방 목소리의 주인을 알아차렸다.

"수연이니?"

처음에는 발신인이 해온으로 떠서 불만이었던 은택도 전화를 걸어온 사람이 수연이란 사실을 알고는 얌전해졌다. 그러나 뒤이어 수연이 전해온 한마디에 두 사람 모두 얼굴빛이 어두워졌다.

"언니, 해온 아저씨가 아파요."

술에 취한 해온이 갑자기 찾아와서는 잠이 들었는데, 이마를 만져보니 열이 펄펄 끓고 있었다. 너무 놀라 단축번호를 눌러 전화를 걸었는데, 1번은 통화 연결이 되지 않아 2번에 저장된 동은에게 연락이 된 것이었다.

─어떡해요. 도저히 저 혼자서는 안 될 것 같아요, 언니.

아직 근육 회복이 절반 정도밖에 되지 않아 수연은 혼자서는 거동조차도 불가능했다. 그래서 해온이 시름시름 앓고 있는 모습에 보통 사람보다 더 다급한 기분을 느낀 것 같았다.

"저, 은택아."

동은이 머뭇거리며 은택을 불렀다. 그녀의 얼굴에 난감한 기색이 가득했다. 팀장님을 비롯해 동료들 모두 사건에 투입된 터라 해온을 부탁할 만한 다른 사람을 알아보기가 마땅치 않았다. 잠복 근무로 단련해온 해온이야 어디에서 쓰러져 자도 문제없었지만, 해온을 그대로 두면 도리어 수연이 더 걱정이었다. 몸도 성치 않은 아이가 해온을 걱정하느라 밤잠을 설칠 게 눈에 훤했다.

"아무래도 내가 가봐야 할 것 같은데……."

동은이 은택의 눈치를 살피며 조심스럽게 말을 꺼냈다. 은택이 평소에는 다정다감하다가도 해온을 상대할 때면 예민하고 조급하게 구는 모습을 많이 봐왔기 때문이었다. 그런데 은택의 반응은 동은의 예상과는 정반대였다.

"차 키 이리 내."

"어?"

"내가 데려다 줄 테니까 차 키 달라고."

은택은 얼떨떨해하는 동은에게서 차 키를 빼앗다시피 가져가고는 곧바로 현관으로 향했다. 그는 조금 전까지 뜨거운 키스의 전주곡을 연주하고 있던 남자가 맞나 싶을 정도로 침착했다. 동은은 멍하니 은택의 뒷모습만 보고 있었다. 하지만 아무리 등을 바라봐도 은택의 속을 알 수 없었다.

"뭐 해? 안 갈 거야?"

신발을 다 신은 은택이 채근하듯 묻자, 그제야 동은도 아직 전화를 끊지 않고 기다리고 있는 수연에게 황급히 대답을 해주었다.

"수연아, 언니가 지금 갈 테니까, 조금만 기다려?"

- 네, 언니. 그럼 끊을게요.

수연이 전화를 끊은 걸 확인한 동은이 은택을 따라 서둘러 집을 나섰다.


은택은 말없이 차를 운전했다. 그 옆에서 동은 혼자 내내 좌불안석이었다.

"저기, 굳이 은택이 네가 안 데려다 줘도 되는데……. 나 혼자서도 괜찮아."

변명하듯 꺼낸 말에 은택이 기름한 눈을 하고서 대꾸해왔다.

"왜? 걱정돼? 내가 지금 최 형사님이 미워서 싸우러 가는 것처럼 보여?"

"아니, 난 그런 게 아니라……."

어쩐지 동은이 자신을 못 미더워하는 것 같아 은택이 불만스럽게 눈썹을 구기며 옆을 돌아봤다.

"애인."

"응?"

"최 형사님, 좋은 분이야. 그 사람 마음 다치는 거, 나도 싫어."

솔직히 동은은 조금 놀랐다. 두 사람 사이가 적대적이라고만 생각했는데, 사실 은택은 해온에게 꽤 깊은 공감을 하고 있었던 모양이었다. 은택이 낮게 한숨을 내쉬며 다시금 앞을 주시했다.

"근데 지금 당신이 최 형사님한테 잘해주는 거, 낮게 해주는 거 아니야. 그래선 최 형사님 상처 못 나아. 그러니까 내가 할게. 응급실에 데려가든 집에 데려다 주든, 내가 해."

은택은 해온이 연아에게 영화를 보여주는 모습을 보면서 깨달았다. 은택은 이제 절대 연아에게 해줄 수 없는 것. 위로나 배려 같은 아주 사소한 상냥함. 그걸 해온이 연아에게 해준 거였다. 그러니 지금 동은이 해온에게 절대로 해서는 안 되는 것. 그걸 해줘야 할 사람도 바로 저였다.

"어쭙잖게 동정심 부리는 거 아니니까 걱정하지 마."

"하지만 은택아."

"지금 당장 최 형사님이랑 예전으로 못 돌아가. 그건 당신이 선택할 수 있는 문제가 아니야. 그러니까 당신이 지금 할 일은 그저 멀리서 기다려주는 거야."

동은은 은택의 말에 조용히 물러섰다. 은택의 말대로 지금 당장 예전과 같은 관계를 바라는 건 이기적인 욕심이었다. 그리고 은택은 제 앞에서 그 어떤 순간에도 거짓말을 한 적이 없었다. 이번에 해온에 관해 한 말도 분명 진심일 터였다. 은택을 믿어야 했다.

"그래, 네 뜻대로 해."

"고마워. 그리고 최 형사님한테 그동안 내가 버릇없게 굴었잖아. 지금부터라도 예의 바르게 잘하려고. 그러니까 나한테 전부맡겨."

물론 동은의 곁자리를 해온에게 내어주고 싶지 않은 이기적인마음도 아주 없다고는 못 하겠지만. 은택이 피식 웃으며 차를 멈춰 세웠다.

두 사람은 함께 수연의 병실로 향했다. 그런데 엘리베이터에타기 무섭게 다시 해온의 번호로 전화가 걸려왔다.

"여보세요?"

─주…… 요…….

그런데 엘리베이터 안이라 그런지 수연의 목소리가 잘 들리지않았다.

"수연아, 조금만 더 크게 말해봐. 응?"

그저 어디쯤이냐고 묻는 전화일 수도 있었다. 아니면 해온이잠을 깨서 집으로 돌아갔다거나. 그런데 왜 이렇게 조마조마한 기분이 드는 건지 모르겠다. 동은이 다급한 손길로 애꿎은 7층 버튼만 하염없이 누르며 말했다.

"언니가 금방 갈게. 다 왔어. 조금만 기…….."

─살려주세요……!

그 순간, 동은은 심장이 철렁 내려앉는 기분을 느꼈다. 어느새7층에 다다른 엘리베이터 문이 느릿하게 열렸다. 동은은 반사적으로 병동을 향해 뛰쳐나갔다. 은택도 뭔가 심상치 않다는 걸 느껐는지 잠시 굳어 있다가 이내 동은의 뒤를 쫓아 뛰기 시작했다.

새벽이 깊은 시각. 어둠에 잠긴 병원은 곳곳이 고요했다. 뛰어 가는 두 사람의 거친 숨소리가 조용한 복도에 거칠게 흩어졌다.

어느새 문 앞에 도착한 동은이 총을 꺼내 들고 문고리 위에 손을 올렸다. 그녀는 지체 없이 문을 밀어 젖혔다.

"살려주세요……."

동시에 수연이 창백하게 질린 채로 필사적으로 바닥을 기어 나오고 있었다. 동은은 본능적으로 수연을 보듬으며 주저앉았다. 수연이 입고 있는 하얀 환자복 바지는 기어 나오면서 묻은 피로 붉게 젖어 있었다.

"수연아! 다친 거야? 어디 좀 봐."

동은이 피가 묻은 곳을 살피자 수연이 간신히 고개를 저었다.

"이 피, 제가 흘린 게 아니에요. 해온 아저씨가, 해온 아저씨가……!"

수연이 해온의 이름을 거듭 부르다 결국 혼절했다. 동은이 얼른 고개를 들어 앞을 바라봤다.

병실 바닥에 해온이 쓰러져 있었다. 그의 주위로 격렬한 싸움의 흔적이 가득했다. 도대체 어디를 칼에 찔린 건지 알 수 없을 정도로 곳곳이 피로 얼룩져 있었다.

"내가 의사 선생님 불러올게!"

한발 늦게 도착한 은택이 쓰러져 있는 해온을 보곤 곧바로 병동 데스크로 뛰어갔다. 그사이 동은은 기절한 수연을 벽에 잘 기대어 두고 해온에게로 다가갔다.

대부분의 상처는 칼에 스친 것이었다. 하지만 허벅지는 칼에 깊숙이 찔렸는지 아직도 출혈이 계속되고 있었다. 재빨리 탁자 위에 놓인 수건으로 지혈을 끝마친 동은이 비로소 참았던 신음을 토해냈다. 혼자서 해온을 옮기는 것은 무리였기에 동은은 대신 가까운 곳으로 수연을 옮기기 위해 걸음을 옮겼다.

바로 그때였다. 의사를 불러온 은택의 눈이 병실 안의 무언가를 보고 벼락이라도 맞은 것처럼 커다래졌다. 으슥한 곳에서 드러난 낯선 그림자. 캐비닛에 숨어 있던 검은 복면을 쓴 범인이 동은의 등 뒤를 노리고 있었다.

"위험해!"

은택이 다급하게 소리쳤다. 위험을 감지한 동은이 반사적으로 총을 꺼냈지만 한발 늦었다. 이대로라면 동은이 온전히 공격을 받아내는 상황.

푹! 칼날이 피부를 뚫는 소리와 함께 뒤따라 시간이 멈춘 것 같은 정적이 찾아왔다. 동은은 아득한 공포 속에서 분명 제가 칼에 찔린 거라고 생각했다.

하지만 몸 어디에서도 관통하는 고통이 느껴지지 않았다. 그 언젠가 느꼈던 섬뜩한 차가움도, 타들어가는 듯한 뜨거움도 느껴지지 않았다. 대신 따뜻한 체온만이 느껴졌다.

"애인, 괜…… 찮아?"

정적을 가르고 귓가에 다정한 목소리가 흘러들어왔다. 뒤늦게 무슨 일이 일어났는지를 깨달은 동은이 억눌린 신음을 토해냈다.

"왜…… 왜 이랬어……. 왜 네가 나 대신……!"

끝내 동은이 무너져 내렸다. 금방이라도 부서질 것 같은 그녀의 어깨를 어루만지며 은택이 다시 한 번 속삭였다. 처음보다 거칠고 고통스러운 숨소리가 함께 흘러나왔다.

"전에 당신이 그랬지. 나는…… 당신이 지켜주겠다고. 그때…… 나도 맹세했어."

은택은 한마디 한마디 버겁게 뱉어냈다.

"그럼 당신은…… 내가 지켜줘야겠다."

그녀를 지켰다는 생각에 은택이 희미한 웃음을 흘렸다. 그 웃음을 끝으로 동은을 감싸고 있던 은택의 몸이 힘없이 쓰러졌다.

"은택아!"

재빨리 은택을 부축한 동은이 그를 부둥켜안고 몸부림쳤다.

"안 돼! 아아! 안 돼, 은택아……!"

동은이 축 늘어진 은택의 손을 끌어와 뺨에 마구 비볐다. 손안에서 식어가는 체온이 여실히 느껴져 마음이 천 갈래 만 갈래 찢어지는 것 같았다.

동은의 비명에 조금씩 현장으로 사람이 모이기 시작하자 범인은 칼을 버리고 달아났다. 평소의 동은이었다면 곧바로 범인을 쫓았겠지만, 이번만큼은 그럴 수 없었다. 형사로서 실격이라는 걸 알지만, 도저히 다친 은택을 두고 범인을 쫓을 수가 없었다.

시간은 느리다 못해 멈춘 것 같았다. 깊은 바다에 잠긴 것처럼 모여든 사람들의 웅성거리는 소리가 아득하게만 들렸다.

동은은 은택의 손을 꼭 붙잡은 채로 미약하게 느껴지는 온기에 애처롭게 매달렸다. 언젠가 이 온기가 아니면 살 수 없을 것 같다고 느꼈던 때가 있었다. 그래서 이 온기를 반드시 지키겠다고 결심했던 때가 있었다. 지키지 못한 그때 그 순간이 무섭도록 생생하게 떠올랐다.

두려웠다. 당장이라도 숨이 넘어갈 만큼 무섭고 서글펐다. 이 온기를 영영 잃게 될까 봐.

그사이 아비규환인 병동에 의료진이 도착했다. 그중엔 은택의 누나 은호도 있었다. 그녀를 알아본 동은은 죄인처럼 고개를 숙였다. 은택이 다친 건 전부 저 때문이었다. 저만 아니었다면 이런 일은 절대 일어나지 않았을 터였다.

어깨를 찔린 채 쓰러져 있는 은택과 그를 끌어안고 오열하는 동은을 발견한 은호의 얼굴이 사색이 되었다. 그러나 은호는 곧 아뜩해진 정신을 다잡고 일사불란하게 지시를 내렸다.

우선 가장 상태가 심각한 해온을 먼저 수술실로 옮겼다. 깊은 상처는 허벅지에 집중되어 있었고, 출혈이 상당한 것으로 보아 아무래도 혈관을 다친 것 같았다. 곧바로 흉부외과에 연락해 응급수술을 잡았다. 그다음 별다른 외상이 없는 수연은 병동 간호사들을 시켜 비어 있는 다른 병실로 옮겨주었다.

마지막으로 은택을 수술실로 옮겨야 하는 순서였다. 은호의 지시에 따라 분주하게 움직이던 모두가 갑자기 당혹스러운 표정을 지었다.

"뭐 하고들 있어요? 빨리 수술실로 옮기지 않고!"

창백해진 은택의 모습에 목소리가 날카로워진 은호가 돌연 말 끝을 흐렸다. 그녀의 시선이 어디론가 향했다. 은호의 시선이 멈춘 곳에 꼭 붙잡고 있는 두 사람의 손이 보였다. 은택과 동은이 손을 꼭 잡고 있었다.

처음에는 불안해하는 동은이 놓아주지 않는 거라고만 생각했는데, 조금 시간이 흐른 뒤엔 은택이 의식을 잃은 상태에서도 그녀의 손을 놓아주지 않는 것처럼 보였다.

서로가 서로를 놓아주지 못하는 것이었다. 이런 고통스러운 순간조차, 아니 이런 순간이라서 더 놓아줄 수 없는 것이었다. 절대 서로에게서 떨어지지 않으려는 간절함이 그저 보고만 있어도 가득 전해졌다.

그래도 이대로 계속 시간을 지체할 수는 없기에 은호가 천천히 동은에게로 다가갔다. 그리고 그녀의 손 위로 자신의 손을 포개며 입을 열었다.

"걱정 마요, 동은 씨. 우리 은택이, 동은 씨 걱정돼서 금방 눈 뜰 거니까."

그녀는 눈을 감고 있는 동생 은택에게도 말을 건넸다.

"걱정 마, 은택아. 동은 씨 무사해."

그러자 거짓말처럼 두 사람의 손이 떨어졌다. 두 사람이 손을 놓기 무섭게 은호를 비롯한 의료진이 은택이 누워 있는 침대를 밀고 곧장 수술실로 향했다.


은택과 해온의 응급수술이 한창인 수술장 복도에서 동은이 비틀거리다 결국 주저앉았다. 그녀의 몸 이곳저곳에 피가 묻어 있었다. 애써 눈물을 참다 말라붙은 핏자국을 본 동은이 울컥 신음이 터져 나오려는 입을 꾹 다물었다.

차라리 제가 다쳤더라면. 은택이 아니라, 해온이 아니라. 죽어도 좋으니 칼에 찔린 게 저였으면. 뼈아픈 자책을 하며 동은이 끌어모은 무릎에 얼굴을 묻었을 때였다.

강력 2팀 동료들과 은택관에서 달려온 하루와 연아가 수술장으로 다급히 뛰어왔다. 의자에 앉아 있을 정신도 없었는지 차가운 바닥에 주저앉아 몸을 웅크리고 있는 동은을 발견한 모두의 눈빛이 모두 먹먹하게 가라앉았다.

누구 하나 선뜻 동은에게 다가갈 생각을 못하고 있을 때, 견우가 무거운 발걸음을 애써 옮겼다. 그리고 동은의 앞에 무릎을 굽히고 앉아 조심스럽게 말을 걸었다.

"동은아, 수연이 깨어났대. 팀장님이 가 계시긴 하는데 너도 가봐야 할 것 같아. 여긴 내가 있을 테니까."

견우의 말에 동은이 천천히 고개를 들었다. 눈물에 잔뜩 젖은 얼굴에 마음이 쓰렸다. 하지만 견우는 최대한 이성적으로 말했다. 무너진 동은을 일으킬 수 있는 방법은 유일했다.

"언제까지 이러고 있을 거야. 범인…… 잡아야지."

동은의 빨개진 눈에 순간적으로 빛이 감돌았다. 그녀는 형사였다. 조금 전엔 충격으로 범인을 달아나게 그냥 뒀지만, 이대로 범인을 끝까지 놓칠 수는 없었다. 동은이 범인을 잡아야 한다는 말을 거듭 중얼거리며 몸을 일으켰다.

"맞아요. 범인…… 잡으러 가야 해요. 제가 잡아야 돼요."

다른 누구도 아닌 제 손으로 범인을 잡아넣어야만 했다. 응원의 뜻으로 동은의 어깨를 두드린 견우가 이내 그녀의 등을 떠밀었다.

"그래, 얼른 가."

"은택이 곁에 있어 주세요. 그리고 해온이도."

그 말을 남긴 채 동은은 곧장 수연의 병실로 뛰어갔다. 그 뒤를 지락이 자신은 현장에 가보겠다며 뒤따랐다.

그들의 뒷모습이 사라질 때까지 바라보다 견우가 몸을 돌려세웠다. 굳게 닫힌 수술실 문 위로 수술 중임을 뜻하는 전광판의 불이 꺼지지 않을 것처럼 반짝이고 있었다.

동은이 병실로 내려왔을 때, 중일은 말없이 자리를 비켜주었다. 수연은 용기를 내어 사건이 벌어진 정황을 동은에게 설명했다. 수연이 말하기를 범인은 전에도 본 적 있는 남자라고 했다.

"738호에 딸이 입원해 있다고 했어요. 여기가 733호잖아요. 헷갈려서 잘못 들어왔다고."

738호! 그 순간 동은은 수연의 병실 앞에서 마주쳤던 어떤 남자가 떠올랐다.

'죄, 죄송합니다. 아무래도 병실을 착각한 것 같네요. 738호로 가야 했는데.'

해온과 함께 처음 수연의 병문안을 왔을 때 본 남자였다. 그런데 어째서인지 남자의 인상이 정확하게 기억나지 않았다.

동은은 눈을 감고 그때의 기억에 집중했다. 그러자 광대가 도드라진 해쓱한 볼과 하얗게 부르튼 입술, 어딘가 모르게 불안해 보이던 몸의 움직임이 흐릿하게 머릿속에 떠올랐다. 그러나 거기까지였다. 아무리 기억을 상기시켜도 입술 위로는 뚜렷하게 생각나지 않았다.

동은은 형사가 된 후로 상대방의 인상착의를 짧은 시간 안에 정확하게 관찰하고 기억하는 훈련을 늘 해왔다. 그렇기 때문에 이렇게까지 생김새를 떠올릴 수 없다는 건 상대방이 의도적으로 얼굴을 보이지 않았다는 뜻이었다.

"젠장!"

동은이 주먹을 움켜쥐며 이를 악물었다. 그때 자신이 조금만 더 기민했더라면 아마 오늘 같은 일은 벌어지지 않았을 것이다.

동은이 아직도 불안감에 떨고 있는 수연을 참담한 얼굴로 바라봤다. 저로선 그 어떤 말로도 수연을 위로할 수 없을 것 같았다. 동은이 덧없이 자신을 책망하고 있다는 걸 알아차린 중인이 다시금 병실 안으로 들어왔다. 그리고 애써 흐느낌을 참고 있는 동은의 어깨 위로 손을 올렸다.

"바보 녀석. 네 탓 아니야. 책망하지 마라."

"맞아요. 언니 때문이 아니에요. 저 때문에 해온 아저씨도, 언니도, 은택 오빠도 그렇게 된 거예요. 전부 다 저 때문에……."

자신의 위로가 이번엔 딸애의 자책으로 이어지자 중일이 단호하게 입을 열었다.

"수연이 네 잘못도 아니야. 전부 다 범인이 저지른 죄야."

결국 수연이 엉엉 울음을 터뜨렸다. 억지로 참고 참았던 눈물이 터진 것이었다. 고작 열아홉 살인데 얼마나 무서웠을까. 중일이 수연을 품에 보듬으며 등을 쓸어주었다.

두 사람의 모습을 물끄러미 지켜보다 동은은 조용히 병실을 빠져나왔다. 지금은 다른 것보다 범인을 잡는 게 시급했다. 동은은 곧바로 738호에 범인의 딸이 입원해 있다는 수연의 말을 토대로 조사를 시작했다.

워낙 끔찍한 사건이 벌어진 탓에 병원은 어수선했다. 그 바람에 조사가 수월하지만은 않았다. 하지만 결국 끈질긴 탐문 끝에 병동 간호사로부터 결정적인 단서를 들을 수 있었다.

'738호 환자 보호자요? 말도 마세요. 얼마 전에 난리가 났었어요. 아직 다 낫지도 않은 환자를 퇴원시켜야겠다고 어찌나 고집을 부리는지. 끝내 며칠 전에 퇴원했어요. 근데 아직 경과를 좀 더 지켜봐야 해서 다른 병원이라도 찾아갔을 거예요. 돌연 퇴원시키겠다고 우기기 전까지만 해도 딸한테 엄청 지극정성이었거든요.'

남자의 딸은 교통사고로 병원에서 수술을 받고 입원한 케이스였다. 아직 회복이 되지 않았는데도 급히 딸을 퇴원시킨 정황을 보면 아마도 범인은 오늘 수연을 해칠 계획을 미리부터 준비한 것 같았다. 따라서 범인은 4개월 전 수연을 공격한 범인과 동일 인물이거나 적어도 그때의 진범과 관련 있는 인물이 틀림없었다.

탁. 잠시 생각을 멈춘 동은이 사건을 정리하던 수첩을 덮었다. 수사를 쉬자마자 급격한 피로가 몰려왔다.

벤치로 가 주저앉은 동은이 멍하니 커다란 창을 바라봤다. 너머에 어느새 또다시 깜깜한 밤이 찾아와 있었다. 새벽녘 피 냄새가 자욱하던 그 일이 아득하리만큼 고요한 풍경이었다.

그리고 그때, 문득 볼에서 촉촉한 물기가 느껴졌다. 무심결에 손을 가져다 대니 후두둑 떨어져 내리는 눈물이 만져졌다. 한 방울, 두 방울……. 닦아낼 틈도 없이 눈물이 계속 떨어졌다. 필사적으로 참고 또 참았던 눈물이기에 한번 터진 이상 막을 수가 없었다.

"흑……! 흐으윽……!"

아무도 없는 곳에서 동은은 목 놓아 울었다. 체기처럼 얹힌 눈물이 끊임없이 쏟아졌다.

후회는 아무 소용 없다고, 나약하게 굴지 말자고 끊임없이 자신을 채찍질했던 동은은 결국 그렇게 무너지고 말았다.

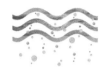

## 12장

도대체 얼마나 울었을까. 은택과 해온의 수술이 끝났다는 연락을 받고 급히 외과 병동으로 달려온 동은을 견우와 지락이 안타까운 눈빛으로 바라봤다. 두 사람 모두 눈두덩이 짓무를 정도로 운 동은을 보고 아무 말도 하지 못했다. 그저 은택의 곁을 내어주는 것밖에는 동은을 위해 해줄 수 있는 일이 없었다.

"해온이한테는 우리가 가볼게. 너는 은택 씨 곁에 있어."

동은은 자리를 비켜주려는 견우와 지락에게 인근 병원에 교통사고를 당한 후 다른 병원에서 수술을 받은 환자가 입원해 있는지 확인을 부탁했다. 두 사람은 맡겨만 두라며 고개를 연신 끄덕이곤 병실을 빠져나갔다.

고요한 병실, 동은은 숨소리조차 죽인 채 가만히 은택의 잠든 얼굴을 들여다봤다. 칼에 찔린 사람이라곤 도저히 생각할 수 없을 만큼 편안해 보이는 얼굴에 울컥 뜨거운 감정이 치솟았다. 동은의 얼굴이 이내 참을 수 없는 괴로움으로 일그러졌다. 다 쏟아낸 줄만 알았던 눈물에 또다시 눈가가 젖어들었다.

다행히 수술은 무리 없이 끝났다고 했다. 상처가 아물기만 하면 일상생활도 무리가 없을 거라고 했다. 하지만 앞으로 한동안은 무거운 조리도구를 들거나 과격한 운동을 하는 건 어려울 거랬다.

안도감과 함께 그 몇 배나 되는 자책감이 밀려들었다. 자칫해서 급소라도 찔렸더라면⋯⋯. 끔찍한 상상을 하며 동은이 주먹을 바르쥐었다.

7년 전에 이어 또다시 저로 인해 은택의 꿈이 망가질 뻔했다. 그때도 은택은 손을 다쳐 한동안 아무것도 할 수가 없었다. 다친 손으로 무리해서 동은의 도시락을 싸는 바람에 회복도 더뎠다.

동은은 그때 그런 생각을 했었다. 서은택, 이 아인 저를 위해서라면 못 할 게 없구나. 정말이지 목숨도 아깝지 않구나.

그래서 도망치지 않을 수 없었다. 그 시절 은택을 지켜줄 수 있는 방법은 그것밖에는 없었으니까.

그사이 7년의 시간 동안 소년은 남자가 되었다. 그리고 지독한 첫사랑을 앓은 탓에 더욱더 맹목적으로 변해 있었다.

동은은 은택의 어깨를 어루만지며 그가 저를 감쌌던 그 순간을 떠올렸다. 얼마나 아팠을까. 얼마나 괴로웠을까. 그러나 보기만 해도 아픈 이 상처를 입고도 은택은 웃었다. 오로지 저를 구했다는 사실이 기뻐서 제 상처 따윈 거들떠도 보지 않았다. 자신이 목숨을 잃을 수도 있다는 사실은 안중에도 없는 것 같았다.

동은은 그 맹목적인 마음이 두려웠다. 은택은 절 지키기 위해서라면 목숨도 걸 게 분명했다. 그러나 목숨까지 위태로울 만큼 위험한 상황은 이번 한 번으로 끝이 아닐 수도 있었다. 백합이 저를 노리고 있는 한 몇 번이고 다시 이런 상황이 찾아올 터였다. 이번엔 다행히 최악을 피할 수 있었다고 해도 다음번도 보장할 수는 없었다. 그런데 그때마다 번번이 은택이 저 대신 다치기라도 한다면 동은은 정말 미쳐버릴지도 몰랐다.

지금 이 순간, 동은은 은택에게 좋아한다는 고백을 했던 그 순간이 가슴에 사무쳤다. 그를 지켜주겠다고 자만했던 그 순간이 심장을 아프게 쿵쿵 때렸다. 동은이 괴로움을 견디지 못하고 스러지듯 엎드려 시트에 얼굴을 파묻었다. 그때, 별안간 부드러운 손길이 머리 위로 내려앉았다.

"애인."

언제 깬 건지 은택이 제 머리를 쓰다듬고 있었다. 은택은 손바닥, 손가락 끝까지 가볍게 힘을 주어 아주 조심스럽게 손을 움직였다. 눈물이 날 만큼 다정하고 섬세한 손길이었다.

그러나 겨우 머리를 쓰다듬는 것만으로도 어깨가 아픈 모양인지 은택은 미간에 살짝 주름이 잡힌 채로 웃고 있었다. 그 모습을 보니 동은은 갑자기 가슴이 답답해졌다. 이상하게도 웃고 있는 은택의 얼굴을 보고 있으니 화가 났다.

"웃지 마. 뭘 잘했다고 웃어, 지금?"

동은이 날카롭게 목소릴 냈다. 이런 반응을 예상치 못했던 듯 은택이 곧바로 어색하게 굳은 얼굴을 해 보였다. 그는 영문을 모르겠다는 듯 고개를 갸웃거렸다. 그러자 동은이 진심으로 무서운 표정을 지으며 은택에게 물었다.

"서은택, 네가 형사야?"

"어?"

"말해봐. 네가 형사라도 돼?"

"애인……?"

"형사도 아닌데 왜 나서! 왜 네가 나 대신 다치는 건데!"

그 순간 은택은 뒤늦게 동은이 왜 화가 났는지 알아차렸다.

'한 번만 더 네가 나 때문에 다치면, 나 너 다시는 안 볼 거야.'

문득 언젠가 그녀가 했던 말을 떠올린 은택이 울 것 같은 표정을 지으며 몸을 일으켰다. 그러나 이내 어깨를 찌르르하게 관통하는 아픔에 쓰러지듯 다시 침대 위로 눕고 말았다.

"으윽!"

동은이 정말로 제 곁을 떠나기라도 할까. 아파도 아프지 않은 척 신음을 삼키는 은택을 동은이 더 매몰차게 쏘아봤다.

"아프지? 죽을 것 같이 아프지?"

"아니야. 하나도 안 아파!"

"거짓말! 당분간 너 요리도 못 할 거래. 조금만 더 왼쪽을 찔려서 급소라도 다쳤으면 요리가 뭐야? 그 자리에서 죽었을 수도 있어! 정말……!"

동은이 말을 하다 말고 입술을 꾹 깨물었다. 감정이 격해져 목이 메었다. 간신히 울컥 솟아나온 눈물을 눌러 삼키고 동은이 말을 이었다.

"대체 왜 이렇게 무모해? 어떻게 이렇게까지 대책 없이 굴어?"

그러자 계속 동은의 눈치만 살폈던 은택이 처음으로 동은을 똑바로 응시했다. 그는 어쩐지 조금 화가 난 것 같은 눈빛을 하고 있었다.

"그럼 내가 어떻게 했어야 한다는 거야?"

조금 전만 해도 울 것 같은 표정을 짓고 있었으면서 순식간에 은택의 태도는 서릿발처럼 변해 있었다.

"당신이 칼에 찔리는 걸 두 눈 뜨고 보고만 있으라고?"

은택은 다친 어깨에도 아랑곳 않고 뒤로 물러서려는 동은을 거칠게 붙잡아 세웠다.

"싫어! 그렇겐 못 해! 평생 요리를 못 하게 된대도 상관없어!"

"서은택! 너 지금 그걸 말이라고……!"

"차라리 그게 나아!"

은택이 언성을 높였다. 파르르 떨리는 입술에서 동은이 칼에 찔릴 뻔한 순간 그가 느꼈던 온갖 감정들이 그대로 전해졌다.

"내가 그렇게 행동하지 않았으면 지금 당신이 느끼는 그 기분, 내가 느꼈어! 아니, 당신보다 몇 배는 더 끔찍했을 거야. 말해봐. 당신도 그렇게 생각하고 있잖아. 내가 다치는 걸 지켜보느니 차라리 당신이 다치는 게 나았을 거라고! 죽어도 상관없다고! 아니야?"

은택의 질문에 동은은 말문이 막혔다. 하나부터 열까지 은택의 말대로였기 때문이다. 저도 은택과 같은 생각을 했었다. 차라리 제가 칼에 찔렸더라면. 동은이 애꿎은 입술만 연신 깨물었다. 은택이 붙잡은 동은의 어깨 위로 지그시 이마를 기대며 속삭였다.

"억울해하지 마. 다시는 오늘처럼 당신이 다치는 상황을 안 만들면 돼. 그거 아니면 절대 내가 다칠 일 없으니까."

"은택아."

"당신은 날 지켜. 나는 당신을 지킬 테니까."

"은택아, 제발……!"

"포기해. 내가 당신을 못 말린 것처럼, 당신도 나 못 말려."

은택이 고개를 숙여 울먹이는 동은의 가녀린 목에 입을 맞췄다. 그리고 언젠가 섬뜩한 칼끝이 박혔던 자리를 뜨겁게 깨물었다. 은택의 입술이 머문 자리가 심장이 느끼는 고통만큼이나 아릿하고 욱신거렸다. 견딜 수 없이 슬펐다. 동은은 지금 이 순간, 그날의 자신을 죽도록 원망했다.

'좋아해.'

이제는 결코 돌이킬 수 없는 그 시간을 미치도록 후회했다.

'너는 내가 지켜.'

제 선택이 결국 이렇게 만들어버렸다. 서은택, 이 남자의 위험하고 맹목적인 마음을 더는 막을 수가 없었다.

"그래, 알았어. 이젠 네 마음대로 해."

더는 은택을 막을 수 없다는 걸 깨달은 동은은 차라리 입을 다물었다. 서로가 절대 양보할 수 없는 문제로 싸워봤자 끝내 결론은 나지 않을 터였다.

그러고 보면 언젠가 동은 역시도 지금의 은택처럼 굴었던 적이 있었다. 설령 내가 다치는 한이 있어도 너만은 지키겠다는 그녀의 말에 은택은 이렇게 대답했었다.

'알았어, 당신이 원하는 대로 해.'

조금 전 동은이 했던 것과 별로 다르지 않은 대답이었다. 이제야 동은은 그때 은택이 어떤 마음으로 그런 말을 했는지 알 것 같았다. 그때엔 은택이 제 이기적인 선택을 허락해준 거라고 생각했었는데, 아니었다. 그 순간 은택이 지었던 표정, 눈빛, 목소리. 그 모든 것들이 손에 잡힐 듯이 생생하게 떠올랐다. 지금 와서 생각해보니 그때의 은택은 분위기가 자못 비장하기까지 했었다.

아마도 그때 은택은 남자로서 각오를 다졌던 게 아닐까. 동은이 맹세했듯 은택 역시 맹세했던 것이다. 목숨보다 소중한 사람을, 제 모든 걸 걸고 지키기로.

동은이 파르르 떨리는 입술을 꾹 깨물었다. 갑자기 엉엉 울어버리고 싶을 만큼 서글픈 기분이 밀려들었다.

어째서 우린 남들처럼 평범하게 사랑할 수 없는 걸까. 왜 사랑하는 사람을 위해 목숨을 바칠 각오까지 해야만 하는 걸까. 마치 모두가 행복한 세상에서 오로지 혼자만 신께 버림받은 기분이었다.

하지만 사실은 처음부터 알고 있었다. 이러리란 걸. 그와 보통의 연인들처럼 사귈 수 없을 거라는 걸.

알고는 있었지만, 그래도 힘이 들었다. 자꾸 이런 위험한 일에 은택이 휘말리게 될수록 그 이유가 저라고 생각하면 점점 더 견딜 수가 없어졌다. 더군다나 저를 감싸다 은택이 다치기까지 하니 그동안 참아온 감정이 소용돌이처럼 휘몰아쳤다. 은택이 죽을지도 모른다고 생각한 순간은 오로지 한 가지 생각밖에는 들지 않았다.

그저 제 존재가 이 세상에서 사라져버렸으면……. 그렇게 해서라도 더 이상 소중한 사람들이 저 때문에 다치지 않았으면.

하지만 무엇보다 견딜 수 없는 건, 은택이 이토록 위험한데도 그가 주는 마음을 포기할 수가 없는 자신이었다. 그가 좋았다. 미치도록 좋았다. 수백 번, 수천 번 아니라고 부정했던 마음이 무색하게 은택에게 속절없이 빠져버렸다. 은택은 12년 전 끔찍한 사건에 휘말린 뒤로 동은의 마음속에 들어온 유일한 한 사람이었다.

동은은 피해자였지만 그런 동은을 보는 주변의 시선은 가시처럼 뾰족하기만 했다. 동정도 의심도 그리고 진심조차도 모두 상처가 되었다. 주위의 시선을 견디지 못한 동은이 무너져갈수록 따뜻하고 화목했던 가족 역시 함께 망가져갔다. 그리고 그렇게 동은은 철저하게 외톨이가 되었다.

그 후로 더러운 창고에 갇혀 있을 때보다 더 지옥 같은 삶을 살았다. 동은은 아무도 믿을 수가 없었고 먼저 손을 내밀어주는 사람조차 의심부터 하게 됐다. 그렇게 스스로 세운 벽에 갇혀 있던 시절, 유일하게 믿고 싶었던 단 한 사람, 서은택.

열여덟, 소년일 적엔 서툴지만 누구보다 순수한 마음을 주었고. 스물다섯, 남자가 되어 다시 나타나선 오랜 시간 더 단단하고 깊어진 마음을 주었다.

7년이라는 긴 시간 동안 정확히 어느 순간이라고 짚어낼 수도 없게끔 그렇게 천천히 스며들었다. 동은이 갇혀 있는 외롭고 깜깜한 세상에 어느 순간 불쑥 들어와 버린 그를. 단 한 줄기 빛이었던 그 마음을 어떻게 감히 뿌리칠 수 있을까.

그러나 차마 외면하지 못한 것에 대한 죄책감은 생각했던 것 이상으로 크고 깊었다. 그의 사랑을 받는 동안 가슴은 늘 감당할 수 없을 정도로 무거운 무게에 짓눌렸다.

하아……. 동은이 조용히 가슴속에 뭉쳐 있던 숨을 뱉어냈다. 그러나 아무리 숨을 토해내도 가슴을 꽉 옥죄는 답답함이 사라지지 않았다. 동은은 차라리 은택의 시선을 피해 일어섰다.

"몸조리 잘하고 있어."

"왜? 가려고?"

갑자기 일어선 동은을 은택은 더없이 불안한 눈으로 바라봤다. 그런 은택을 애써 못 본 척하며 동은이 조금 전까지 앉아 있었던 의자를 한쪽으로 치웠다.

"응. 퇴원은 모레면 할 수 있대. 그동안 식사는 이제까지처럼 은택관에 가서 챙겨 먹을 테니까, 내 걱정은 하지 말고."

동은은 빠르게 말을 뱉어내면서도 단 한 번도 은택과 눈을 마주치지 않았다. 은택과 눈이 마주칠 때마다 가슴속에서 격렬하고 치열하게 두 가지 마음이 부딪쳤다.

은택의 곁에 계속 머물고 싶은 마음. 그러나 그를 지키기 위해 제 곁에서 떠나보내야 한다는 마음.

은택과 약속한 한 달짜리 연애의 유효기간이 이제 얼마 남지 않았다. 은택은 마지막 선택권을 오롯이 동은에게 넘겼다.

그 끝에서 저는 과연 어떤 선택을 하게 될까. 수십 번 기울어지고 허물어졌던 마음은 아직도 갈피를 잡지 못했다. 그리고 그럴수록 수많은 생각이 엉키고 엉켜 어지러운 머릿속에서 오직 한 가지 생각만이 점점 더 선명해졌다.

빨리 백합을 잡아야 해. 그것만이 은택의 곁에 머물며 동시에 그를 지킬 수 있는 유일한 방법이었다. 백합만 잡으면, 이 싸움만 끝내면 계속 은택의 곁에 있을 수 있었다. 다급해진 동은이 서둘러 뒤돌아섰다.

"가지 마."

그 순간 은택이 갑자기 동은의 팔을 붙들었다. 마주친 눈동자가 유난히 애절하게 반짝였다. 서툰 동은조차도 단번에 알아차릴 만큼 지금의 그는 솔직하게 애정을 갈구하고 있었다. 독하게 먹었던 마음이 한순간 얼음이 녹는 것처럼 허물어졌다.

"나 퇴원 모레라며. 겨우 이틀인데 그때까지 내 옆에 있어줘."

굳이 말로 확인시키지 않아도 알 정도로 간절했다. 물론 지금까지도 은택은 오죽하면 동은이 서뻔뻔이라고 부를 정도로 솔직하긴 했었지만, 어쩐지 지금의 그는 낯설 정도였다.

단 한 번도 동은에게 부담이 될까, 짐이 될까, 이렇게 무언가를 바란 적 없던 은택이었는데. 은택이 붙잡은 동은의 손을 끌어와 자신의 두 손에 폭 감싸며 말했다.

"이틀 내내는 무리더라도, 오늘 밤만이라도 같이 있어줘. 응?"

"하루 씨한테 연락했어. 금방 올 거야."

"밉다. 자꾸 모른 척할 거야? 내가 함께 있고 싶은 건 임동은 당신이란 거, 다 알면서."

마치 어린아이가 아플 때 더 엄마를 찾는 것처럼, 지금의 은택도 그랬다. 내내 괜찮은 척했어도 사실은 많이 아픈 것이었다.

동은이 은택의 커다랗고 단단한 손안에서 주먹을 꾹 움켜쥐었다. 그렇게 간신히 울컥울컥 흘러넘치려는 마음을 추슬렀다.

그녀 역시 은택이 무얼 바라는지 모르지 않았다. 조금이라도 더 가까워지고 싶고, 조금이라도 더 오래 함께 있고 싶은 마음.

그 마음은 저 역시 은택과 다르지 않았다. 은택과 잡은 손을 놓고 싶지 않았고, 입을 맞추고 있으면 영원히 떨어지고 싶지 않았다. 은택이라면 그렇게 두려워하던 것도 전부 다 함께하고 싶었다.

하지만 동시에 동은은 두려웠다. 제 모든 걸 내어주고 은택을 구속할까 봐. 은택이 떠나고 싶어도 떠나지 못하게 만들까 봐.

그래서 조금이라도 더 은택이 제게서 빠져나갈 여지를 남겨주고 싶었다. 구석구석 위험이 도사리고 있는 자신의 인생에서 언제든 달아날 수 있도록. 동은은 억지로 힘겹게 은택에게서 손을 빼냈다.

"수연이 저렇게 만든 놈, 잡아야지. 가볼게."

떼어지지 않는 걸음을 억지로 옮겨 동은이 병실을 나섰다. 탁. 문을 닫고 나온 동은이 힘없이 벽에 기대어 섰다. 그녀는 잠시도 버티지 못하고 그대로 미끄러지듯 바닥에 주저앉았다. 손으로 작은 얼굴을 감싸며 울음 같은 숨을 길게 토해냈다. 그리고 병실 문을 손끝으로 어루만지며 동은이 입술을 달싹였다.

"나도…… 나도 너랑 같이 있고 싶어, 은택아."

은택에게는 들리지 않을 목소리로 전한 진심.

"같이 있고 싶어서 그래."

그러기 위해선 한시라도 빨리 백합을 잡고 이 숨 막히는 싸움을 끝내야만 했다. 동은이 별안간 고개를 번쩍 들어 올리고 뺨을 찰싹찰싹 때렸다. 그렇게 자꾸만 나약해지려는 자신을 채찍질했다. 그런데 아픈 줄도 모르고 자신을 뺨을 때리던 동은의 손을 그 순간 누군가 불쑥 붙잡아 세웠다.

"동은 씨."

놀란 동은이 천천히 고개를 들어 올렸다.

"잠깐 얘기 좀 할 수 있을까요?"

동은에게 말을 건 사람은 은택의 누나, 은호였다. 그녀를 휴게실로 데려간 은호는 자판기에서 뽑아 온 음료수 캔을 동은에게 내밀었다.

"목 좀 축여요. 자."

동은이 캔을 건네받으며 슬그머니 옆을 바라봤다. 분명 제일 먼저 은택이 다친 것에 대해 화를 낼 줄 알았는데, 오히려 다정하게 마실 것을 건네주는 그녀가 그저 놀랍기만 했다.

이것이 그녀가 모질게 화를 내기 전에 주는 짧은 유예기간이라 할지라도. 이것만으로도 충분히 울컥 눈물이 비집고 나올 만큼 다정한 마음 씀씀이가 느껴졌다. 아마도 은택의 다정함은 이 사람을 닮은 걸까.

"미안해요. 갑자기 말 걸어서 놀랐죠?"

"아니에요. 말씀하세요."

"아까 은택이랑 대화하는 거 들었어요. 몰래 엿들으려던 건 아닌데. 나도 딴엔 누나라고 쉽게 발길이 돌려지지 않더라고요."

아까라면 은택이 오늘 밤 곁에 있어달라고 해도 동은이 애써 외면하고 무심하게 병실을 나와버린 그 순간을 말하는 것이었다. 그렇지 않아도 미안함에 얼굴을 들 수 없던 동은은 아예 고개를 푹 숙여버렸다.

은택을 한동안 요리도 할 수 없게끔 다치게 한 걸로도 모자라 서러울 만큼 외롭게 만들었다. 설령 그것이 은택의 위험하고 맹목적인 마음을 멈추기 위해 했던 어쩔 수 없는 선택이었다 하더라도 은호의 눈에는 한없이 냉정하게 보일 수밖에 없는 행동이었다. 동은은 이 자리에서 당장 은호에게 뺨을 맞는다 해도 할 말이 없었다. 누구라도 소중한 가족이 힘들어하는 모습을 보는 건 괴로운 일이니까.

"나는 동은 씨에게 무슨 사정이 있는지 몰라요."

유예기간은 이제 끝. 동은은 이제 은호가 화를 낼 거라고 생각

했다. 그리고 그 편이 차라리 다행이라고 여겼다. 이런 순간조차
저와 함께 있고 싶다는 은택이라서, 그래서 동은은 은택을 상처
입히고도 허무하리만큼 쉽게 자신을 용서하게 될까 봐 두려웠다.

은호라도 나서서 자신을 질타한다면, 두고두고 은택의 옆에 있
고 싶어질 때마다 자신이 얼마나 이기적인 욕심을 부리는 것인지
깨닫고 또 깨닫게 되겠지.

제 마음이 얼마나 이기적인지 증명이라도 하듯, 은호의 입에서
사정이라는 말이 나온 순간 또 멋대로 마음이 울컥하고 말았다.
은택에게조차 말하지 못한 사정인데. 어째서 그의 누나에게 매달
려 하소연이라도 하고 싶은 심정이 드는 걸까. 저 말고 은택의 위
험한 마음을 말릴 수 있는 사람이 그녀라는 걸 알기 때문일까. 아
니면 그렇게라도 은택의 곁에 머물고 싶은 제 마음을 변명이라도
하려는 걸까.

저조차도 분간할 수 없는 마음은 헤아리려 들수록 찢어질 듯이
아팠다. 그래서 동은이 할 수 있는 일이라곤 차마 떨어지지 않는
입술을 음료수 한 모금으로 간신히 적셔보는 것 말고는 없었다.

"동은 씨."

그저 은호의 이어지는 말을 묵묵히 기다리는 것 말고는.

"우리 은택이 옆에 있어줘요."

쿨럭! 그러나 전혀 예상치 못한 은호의 말에 동은은 목구멍으
로 넘기던 음료수를 내뿜고 말았다.

"네? 그게 무슨……?"

"우리 은택이 외롭게 하지 말아요. 오늘만큼은 우리 은택이
옆에 있어줘요. 부탁이에요."

당연히 화를 낼 거라 생각했었는데, 은호는 오히려 부탁을 해 오고 있었다. 당황한 동은은 입가에 음료수가 범벅이 된 것도 모르고서 커다란 눈만 깜빡였다. 은호가 가운 주머니에서 손수건을 꺼내 동은에게 내밀었다.

"내가 비밀 하나 알려줄까요?"

"네?"

"우리 은택이 말이에요."

쉽게 말할 수 없는 비밀을 털어놓는 은호의 눈빛에 어쩐지 감히 건드릴 수 없는 슬픈 기색이 가득했다.


동은은 은호와 헤어져 힘없이 복도를 걸었다. 은호가 해준 이야기가 아직도 어지럽게 머릿속을 맴돌고 있었다.

'우리 은택이 말이에요. 사실은 정말 외로운 사람이에요.'

처음엔 이해가 가지 않았다. 동은의 기억 속 은택은 늘 주변에 친구들이 가득했다. 잘생긴 데다 성격도 좋았고, 요리까지 잘하는 그는 여자애들뿐만 아니라 남자애들 사이에서도 인기가 많았다.

그건 7년이 지난 지금도 마찬가지인 듯 느껴졌다. 은택관은 늘 발 디딜 틈 없이 붐볐고 여전히 그는 수많은 사람들 속에 파묻혀 있었다. 그런데 그런 은택이 사실은 외로운 사람이라니. 고개를 갸웃거리기 바쁜 동은에게 은호가 알려준 비밀은 가슴이 저미도록 놀랍고 안타까운 사연이었다.

'오늘 돌아가신 우리 아빠 기일이에요. 그리고⋯⋯.'

은호가 머뭇거리며 말을 이었다.

'우리 은택이 생일이기도 하고요.'

은택에게 어렸을 적 불의의 사고로 아버지가 돌아가셨다는 이야기는 들은 적이 있었다. 하지만 그날이 하필 은택의 생일이었다는 이야기는 오늘에서야 처음 들었다.

'언제나 씩씩한 척 굴었지만, 사실 많이 외로웠을 거예요. 한 번도 엄마나 나한테는 표현한 적 없었는데 이렇게 동은 씨한테라도 표현하는 거 보니까 차라리 안심이 돼요. 우리 은택이 알게 모르게 쌓아온 상처, 동은 씨라면 어루만져줄 수 있겠구나 싶어서.'

아주 오랫동안 아버지의 죽음을 슬퍼하느라 동생의 생일을 축하해주지 못했다. 그것이 은호의 가슴에도 차마 손댈 수 없을 만큼 아픈 상처로 남아 있었다. 가만히 은호의 말을 듣고만 있던 동은은 말없이 고개를 떨궜다.

사실은 그 반대였다. 은택이 제 상처를 어루만져주었지 정작 저는 은택의 상처를 알지조차 못했다.

'아까도 말했지만, 나는 동은 씨 사정이 어떤지 전혀 몰라요. 그래서 동은 씨가 왜 우리 은택이 옆에 있으려고 하지 않는지 이유도 알지 못해요. 그래서 부탁하는 거예요. 오늘 하루만이라도 우리 은택이 옆에 있어달라고.'

아주 조금도 어루만져주지 못했다. 오히려 더 지독하게 외롭게 만들었을 뿐.

'우리 은택이, 외롭지 않게 해달라고.'

은호의 젖은 목소리가 귓가에 나풀거리며 맴돌았다. 동은은 걸음을 멈추고 주머니에서 휴대전화를 꺼내 시간을 확인했다. 자정이 얼마 남지 않았다. 그 말은 곧, 오늘이 채 한 시간도 남지 않았다는 뜻이었다.

동은이 휴대전화를 든 손을 꼭 그러쥐었다. 참을 수 없는 충동에 손이 파르르 떨려왔다. 은택을 위해서는 당연히 멀어지는 게 맞다는 생각을 하면서도 발이 저절로 뒷걸음질 쳤다. 결국엔 뒤돌아서고 말았다. 오늘만큼은 도저히 은택을 혼자 둘 수 없었다. 그런데 그때, 뒤돌아서는 동은의 팔을 누군가 날렵하게 잡아챘다.

"선배?"

견우였다. 30분도 넘게 동은을 찾아 헤맸던 그의 이마에는 송골송골 땀이 맺혀 있었다.

"동은아!"

"무슨 일이에요, 선배?"

"수연이 사건 범인 잡았어! 지금 조사실에 있어! 당장……!"

그러나 동은은 수연의 사건 범인이 잡혔다는 소식을 듣고도 그 자리에 붙박인 듯 서 있었다. 의아하게 여긴 견우가 동은의 손을 꽉 움켜쥐었다.

"왜 그래? 무슨 일 있어?"

"미안, 선배!"

"뭐가?"

"조금만 나한테 시간을 주면 안 될까?"

동은이 절박한 표정으로 견우에게 부탁했다.

"내가 정말 중요한 일이 있어서 그래. 아침 되기 전에 꼭 갈 테니까, 응?"

이내 동은이 견우의 팔을 뿌리치고 어디론가 뛰어갔다. 견우는 멀어지는 동은을 차마 붙잡을 수가 없었다. 그토록 간절해 보이는 동은의 눈빛을 마주한 건 함께 일하게 된 후로 처음이었다. 잠시 멍하니 서 있던 견우가 동은이 뿌리친 손으로 휴대전화를 꺼내 어디론가 전화를 걸었다.

"저 홍견우입니다. 동은이는 한 시간 후에 온다고 했어요. 저는 다른 인원 데리고 먼저 서로 들어가 보겠습니다."

보고를 끝마친 견우가 동은이 사라진 쪽을 흘깃 바라보곤 이내 해온의 병실로 향했다.


"그래서 남자 1번 상태는 좀 어때요?"

해온의 병실. 무려 4시간에 걸친 수술이 끝나고 반나절 만에 마취에서 깨어난 해온이 가장 먼저 한 건 은택 걱정이었다.

"걱정 마세요. 최 경위님보다 일찍 수술 끝나서 병실에 동은 선배랑 같이 있어요."

"그래? 휴우."

해온이 안도의 숨을 내쉬며 멍하니 천장을 바라봤다. 은택이 무사해서 다행이다 싶으면서도 그가 동은과 함께 있다는 말에 금세 입안이 꺼끌꺼끌해졌다.

"인마, 넌 소똥이 걱정은 그만하고 네 걱정이나 해. 부상 완전히 회복하려면 적어도 한 달은 걸릴 거란다."

중일의 핀잔에 해온이 멋쩍게 웃었다. 분명 남자 1번은 좀 어떠냐고 물었는데도 중일은 해온이 실은 누굴 걱정하는지 단번에 알아차렸다.

은택도 범인에게 칼에 찔렸다고 들었다. 혹시 만에 하나 은택이 잘못되기라도 한다면 그걸 견뎌야 할 동은이 얼마나 아플지 해온은 상상도 하고 싶지 않았다. 중일이 그런 그를 보며 못 말리겠다는 듯 혀를 끌끌 차며 고개를 흔들었다.

세상 모든 일에 무관심한 척 굴면서 속에는 이것저것 참 미련을 많이 담고 사는 녀석이었다. 조금 전 수연이를 달래던 와중에 해온이 몇 번이나 수연의 이름을 해수라고 잘못 불렀다는 이야길 전해 들었다. 죽은 쌍둥이 여동생을 지키지 못했다는 죄책감이 여전히 해온의 가슴에 못처럼 박혀 있는 것이었다.

결국 그러다 큰 부상까지 입은 주제에 제 아픔보다 이미 다른 남자의 여자가 된 소동이 걱정이나 하고 있는 꼴이 중일이 지켜보기에 답답해 죽을 지경이었다.

"아 참, 수연이는 어때요?"

"으이구, 이 미련곰탱아. 네 걱정이나 하라고!"

중일이 참다 참다 소리를 빽 질렀다. 해온이 한심해하는 눈초리로 저를 보는 중일을 보며 능글맞게 웃었다. 그래도 여전히 중일이 무서운 표정을 풀지 않자, 슬그머니 눈길을 외면하며 괜히 지락을 향해 말꼬릴 돌렸다.

"그건 그렇고, 막내. 내가 조사 부탁한 건 알아봤어?"

"아, 네! 조사해보니까 이일영을 제외한 인정태, 홍미란 두 사람 모두 12년 전 동은 선배 사건과 관련이 있는 것 같아요."

조사를 계속하다 보니 인정태뿐만 아니라 홍미란까지 12년 전 동은이 납치된 장소 가까운 곳에서 살았다는 사실을 알게 되었다. 게다가 홍미란이 불의의 사고로 다리를 잃게 된 시기 역시 동은이 백합의 다리를 칼로 찌르고 도망쳐 나온 시기와 일치했다. 공교롭게도 백합, 인정태, 홍미란 모두 같은 날, 같은 장소에서 다리를 다친 셈이었다. 지락이 생각만으로도 골치가 아픈 듯 이마를 짚으며 말을 이었다.

"처음에는 인정태가 백합일지도 모른다고 생각했는데, 지금은 하나도 모르겠어요. 백합이 자길 숨기기 위해서 인정태도, 홍미란도 이용한 것인지. 아니면 둘 중 한 사람이 진짜 백합인 것인지."

말끝에 지락이 크게 한숨을 쉬었다. 가만히 지락의 이야기를 듣고 있던 해온이 고개를 돌려 다시 중일을 바라봤다.

"팀장님, 동은이는 백합 얼굴은 전혀 기억이 안 난다고 했죠?"

"그래. 어렴풋이 남자라고만 생각했다더라. 그런데 기억이 안 난다는 것보다 못 봤다는 게 맞아. 사실 한 번도 제대로 백합의 얼굴을 확인한 적은 없다고 하더라고. 항상 어둠 속에 있었고, 목소리를 들은 것도 도망치기 직전뿐이었다고 했어."

"그럼 홍미란이 남장을 했었을 가능성도 아예 배제할 수는 없는 거군요."

"지금으로선 무엇 하나 확신할 수가 없는 셈이지."

중일이 막막한 표정을 지으며 턱을 매만졌다. 해온과 지락의 얼굴에도 막연한 기색이 가득 드리워졌다. 그러다 잠시 생각에 잠겨 있던 해온이 감탄사를 내뱉으며 물었다.

"아! 그러고 보니 그때 목격자가 한 명 있었다고 하지 않았어요?"

"목격자?"

중일이 되물은 바로 그때였다. 병실 바깥에서 누군가 문을 열기 위한 손짓을 다급히 거둬들였다. 병문안을 위해 해온을 찾아온 은택이었다. 은택은 어쩐지 목격자라는 말에 충격을 받은 듯 멍한 얼굴이었다.

문고리에 올려둔 그의 손이 툭 떨어졌다. 그 후로도 한참을 은택은 선뜻 안으로 들어가지 못하고 망설이고 있었다. 그사이 강력 2팀 식구들의 대화는 계속 이어졌다.

"왜, 그때 웬 남자아이가 동은이 발견하고 경찰에 신고했다고 하셨잖아요."

"그랬지. 근데 미성년자라 경찰서에서 계속 데리고 있을 수가 없었어. 부모와 와서 금방 데려가는 바람에 인적사항도 못 챙겼고. 피해자가 살아 있으니까 거기에만 목격 증언을 의존했었거든."

"그래요? 아쉽게 됐네요. 어쩌면 그 아이가 백합을 봤을지도 모르는데."

해온이 짙은 한숨을 내쉬었다. 진범을 가려낼 수 있는 중요한 기회를 놓친 것에 속이 상한 것 같았다.

"어쨌든 당시 구암초등학교 인근 골목에서 동은이 발견되었으니까 거기 다니던 학생이었을 수도 있지."

중일이 해온의 안타까운 마음을 알아차리고 덧붙였다. 중일의 말이 끝나기 무섭게 해온이 지락을 바라봤다. 그러자 지락이 번개라도 맞은 것처럼 벌떡 일어서서 병실 문을 향해 걸어갔다.

"저는 그럼 지금 당장 서로 돌아가서 조사해보겠습니다! 그때 동은 선배를 발견한 남자아이가 누군지 알아내면 되는 거죠?"

그렇게 말하며 지락이 힘차게 병실 문을 연 순간이었다. 문 앞에 서 있는 은택을 발견한 지락이 화들짝 놀라며 뒤로 물러섰다.

"은택 씨?"

모두의 의아해하는 시선을 느낀 은택이 일순 얼굴에서 당황한 기색을 지웠다. 그러곤 언제 그랬냐는 듯 지그시 미소 지으며 입을 열었다.

"아, 최 형사님 몸은 좀 어떠세요?"

그러자 창백한 은택의 안색을 미심쩍게 바라보던 해온이 순식간에 짓궂은 눈빛을 하고선 시선을 아래로 내리깔았다.

"보다시피."

그의 시선이 붕대가 단단하게 동여매진 허벅지에 닿아 있었다.

"진통제로 버틸 수 있을 정도로만 아파. 그러는 남자 1번은?"

은택이 피식 웃었다. 해온의 말인즉, 견딜 만하다는 뜻이었다. 은택 역시 해온과 마찬가지로 어깨를 으쓱이며 짓궂게 대꾸했다.

"저도 견딜 만해요. 누군가는 이보다 더한 아픔도 묵묵히 견디고 있다는 걸 아니까요."

은택의 말에 해온이 아련한 표정을 지었다. 은택 역시도 제가 말해놓고도 차마 슬픈 눈빛을 숨기지 못했다. 진통제도 소용없는 아픔을 겪고 있는 누군가. 감히 상상도 할 수 없을 만큼의 아픔을 견디고 있을 누군가가 동시에 머릿속에 떠오른 까닭이었다. 머릿속에 동은을 떠올린 사람이 비단 해온과 은택 둘뿐만은 아니었는지, 중일과 지락마저도 입을 다문 병실에 긴 침묵이 찾아들었다.

그런데 다음 순간, 갑자기 예민한 형사들이 귀를 쫑긋 세웠다. 뒤늦게 평범한 은택조차 알아차릴 만큼 다급한 발소리가 문밖 복도에 울려 퍼졌다. 벌컥! 병실 문이 열리고 견우가 뛰어 들어와 소리쳤다.

"범인! 수연이 사건 범인 잡았어요!"

견우의 말에 병실 가득 긴박한 분위기가 감돌았다.

해온을 제외한 강력 2팀 식구들이 모두 경찰서로 향하고, 다시 병실로 돌아온 은택은 조금 전 해온의 병실에서 우연히 듣게 된 대화를 생각하고 있었다.

'그때 웬 남자아이가 동은이 발견하고 경찰에 신고했다고 하셨잖아요.'

해온이 말한 남자아이는 분명 절 뜻하는 거였다. 그리고 그들이 나누는 대화를 통해 은택은 이제껏 생각해본 적 없는 한 가지 가능성에 충격을 받았다.

'어쩌면 그 아이가 백합을 봤을지도 모르는데.'

지금까지 은택은 동은만을 기억하고 있었다. 그런데 어쩌면 자신은 동은만이 아니라 백합 역시도 목격했을지 몰랐다.

은택은 12년 전 동은을 처음 만난 날을 떠올리며 기억을 되살리기 위해 애를 썼다. 하지만 먼지가 쌓인 것처럼 흐릿하기만 한 기억은 좀처럼 뚜렷해지지 않았다.

아아, 망할 기억력 같으니라고! 은택이 답답함에 습관적으로 손을 들어 머리를 헝클어뜨렸다. 그러다 다친 어깨에 무리가 간 모양인지 순간적으로 입술을 깨물며 눈썹을 찌푸렸다. 엄습하는 통증에 은택이 작게 앓는 소리를 삼켰을 때였다. 다정한 핀잔이 불쑥 끼어들었다.

"내가 이럴 줄 알았어. 조심해야지. 그렇게 함부로 어깨 쓰다가 회복 더뎌지면 어떡하려고."

놀란 눈으로 은택이 목소리가 난 쪽을 향해 고개를 들어 올렸다. 문 앞에 거칠게 숨을 몰아쉬며 서 있는 동은의 모습이 보였다.

은택이 마치 환영이라도 본 사람처럼 한쪽 손으로 눈을 비비며 그녀의 모습을 몇 번이나 확인했다. 눈을 비비고 난 후에도 여전히 그녀가 앞에 있는 걸 확인한 은택의 눈이 순식간에 젖어들었다.

정말이지 혼자 있고 싶지 않은 밤이었는데. 그녀가 없는 밤을 어떻게 견뎌야 할지 막막하기만 했었는데.

"경찰서로 돌아간 거 아니었어? 어떻게 여길……."

"바보."

눈물이 촉촉하게 고인 은택의 눈시울을 바라보며 동은이 속상한 듯 중얼거렸다. 그녀가 한 걸음 한 걸음, 천천히 은택에게로 다가가다가 이내 벅차오른 듯 뛰어가 그의 품에 안겼다. 뜨거운 체온과 함께 귓가에 은택이 내쉬는 진한 한숨이 스며들었다.

은택의 곁에 있고 싶은 마음이 이기적인 욕심이라 해도 상관없었다. 오늘 밤이 하룻밤 꿈에 불과하다고 해도 후회하지 않을 것이었다. 당장 내일 은택과 이별하게 된다 해도 오늘 밤만은 그의 곁에 있어주고 싶었다. 그리움이 가득 밴 숨결이 심장까지 흘러들어오는 느낌에 동은은 조용히 눈을 감으며 은택의 귓가에 속삭였다.

"오늘 밤, 네 옆에 있으려고 왔어."

꿈같은 동은의 속삭임에 은택이 그녀의 등을 꼭 끌어안았다.


그렇게 얼마의 시간이 흘렀을까. 어느새 시곗바늘이 숫자 12를 지나 2를 가리키고 있었다. 벌써 두 시간째 굳이 팔베개를 해주고 있는 은택에게 동은이 물었다.

"그냥 팔 빼지? 아파 보이는데."

동은이 목에 힘을 빳빳하게 주며 위로 들어 올렸다. 그러자 피가 돌기 시작한 팔이 저릿했는지 은택이 미간을 찌푸렸다.

"거봐. 아프면서."

동은이 더는 안 되겠는지 몸을 일으켰다. 그러나 은택은 고집을 꺾지 않고 동은을 더 꽉 끌어안았다. 동은이 일어서려고 바동거렸다. 그러다 스치는 주먹에 어깨를 맞았는지 은택이 앓는 소리를 내며 몸을 웅크렸다.

"왜? 맞았어? 어디 봐. 아파? 간호사 부를까?"

동은이 걱정스럽게 물었다. 은택이 동은의 몸이 느슨해진 틈을 손을 꼭 붙잡으며 눈을 맞췄다.

"잡았다."

붙잡은 손 위로 짧게 입을 맞추며 은택이 눈을 예쁘게 휘었다.

"다시는 나한테서 도망 못 치게 이렇게 꽉 잡고 있어야지."

다짐하듯 은택이 읊조리는 말이 동은의 가슴으로 날아와 박혔다. 동은의 눈빛이 아스라이 흐려졌다.

혹시 넌 눈치채고 있었던 걸까. 내가 널 떠나려 했었다는 걸. 동은이 입을 꾹 다문 채 눈빛으로 하는 말을 알아듣기라도 한 건지 은택이 다부지게 눈을 빛냈다. 그럴 일은 절대로 없을 거라는 듯 단호한 기운이 가득 서린 눈빛이었다.

동은은 미안한 마음에 은택의 시선을 피했다. 그럼에도 불구하고 집요하게 쫓아온 은택의 시선이 더 이상 도망갈 곳 없이 동은을 옭아매었다. 꼼짝없이 은택에게 사로잡힌 채 동은이 가느다랗게 숨을 내쉬었다.

잠시 후, 그녀가 뭔가를 결심한 듯 은택의 손을 두 손으로 감쌌다. 그리고 조금 전 은택이 했던 것처럼 그의 손등에 오래도록 입을 맞췄다. 내내 능구렁이처럼 굴던 은택의 몸이 뻣뻣하게 굳는 것이 느껴졌다. 그것에 작은 승리감을 느끼며 동은이 여전히 입술을 떨어트리지 않은 채 속삭이듯 읊조렸다.

"생일 축하해."

동은의 조심스러운 목소리에 은택이 놀란 듯 일순 눈매를 파르르 떨었다. 상처 하나 없는 사람 없다고, 은택에게는 생일이 누구에게도 쉽게 말할 수 없는 상처였다.

갑작스럽게 아버지가 돌아가시고 소녀 같았던 어머니는 억척스러워지기 위해 자식들이 보지 않는 곳에서 매일 몰래 울어야 했다. 하나뿐인 누나는 아버지를 잃은 슬픔에 일상생활마저 힘들어할 정도여서 은택은 자신이 가장이 되어 모든 걸 짊어지려고 했었다.

그래서 13살 이후로는 가족 이외의 누군가에게서 생일 축하 같은 거 받아본 기억이 없었다. 은택이 그 누구에게도 알리기를 꺼렸던 까닭이었다. 저에게는 생일이었지만, 엄마와 누나에게는 아버지의 죽음을 떠올리게 하는 날이었다. 그리고 그 역시 오랫동안 아버지의 그늘에서 벗어날 수 없었다. 그렇게 슬픈 날, 자신은 다른 곳에서 누군가의 축하를 받는다는 게 도저히 내키지 않았다.

시간이 흘러 아버지의 죽음을 자연스럽게 받아들이게 되었을 때에도 그 우울한 기분만큼은 변하지 않았다. 가족들은 빼먹지 않고 축하를 해주었지만, 은연중에 미안한 마음이 깔려 있어 온전히 기뻐할 수만은 없었다.

그래서 처음이었다. 이토록 온전히 누군가 해주는 생일 축하에 마음이 들뜬 것은.

빙글빙글 돌아가며 커다래지는 솜사탕처럼 은택의 마음이 달콤하게 부풀어 올랐다. 녹아내릴까 봐 아끼고 아껴서 먹게 되는 그 맛처럼 은택은 동은이 해준 달콤한 말을 곱씹고 또 곱씹었다. 그러곤 얼마 못 가 솜사탕을 모두 먹어버린 아이처럼 아쉬운 얼굴을 하고서 동은에게 이마를 기대어왔다.

"애인."

"응?"

"방금 한 말, 한 번만 더 말해주면 안 돼?"

"내가 너 그럴 줄 알았어."

"어떻게?"

"넌 꼭 부끄러운 말은 두 번씩 시키더라."

동은이 낯간지러운지 은택의 이마에 가볍게 콩 머리를 박았다. 그러나 핀잔과는 다르게 곧바로 은택의 귓가에 따스하게 속삭여주었다.

"생일 축하해, 은택아."

동은의 생일 축하에 은택이 참기 힘들었는지 몸을 바르르 떨며 그녀의 뺨에 입을 맞췄다. 쪽 소리가 나게 입을 맞춘 뒤 조금 올라가 이마에, 다시 내려와 눈두덩에, 콧잔등에, 마지막으로 입술로 내려온 은택이 오래오래 머물렀다.

입술에서 느껴지는 잔잔한 떨림은 은택이 그간 얼마나 외로웠는지 동은에게 전달해주었다. 동은이 그런 은택을 꼭 부둥켜안았다. 누구보다 밝아 보이지만 사실은 외로웠을 그가 안타까우면서도 그 외로운 시간을 버티고 버텨 제게 와준 것이 너무도 감사했다.

복잡한 감정에 은택의 등을 끌어안은 동은의 손끝 역시 아련하게 떨려왔다. 지금도 은택을 위해서 그를 놓아주어야 한다는 마음에는 변함이 없었다. 하지만 그게 이토록 힘이 들 줄은 몰랐다.

동은은 점점 더 알 수 없어졌다. 도대체 어떻게 그를 놓아주어야 하는지. 아니, 과연 그를 놓아줄 수 있기는 한 건지.

은택이 잠든 걸 확인하고 병원을 빠져나온 동은은 경찰서 조사실에서 수연을 해치려 했던 범인과 마주하고 있었다.

"그래서 당신한테 수연이를 해치라고 시킨 자가 누구냐고!"

병원 측에 기록된 것과는 전혀 다른 곳으로 범인의 딸이 옮겨지는 바람에 찾는 데 애를 먹었다. 허탕을 칠 때마다 반경을 넓히는 식으로 다섯 번도 넘게 조사를 다시 했다.

정말이지 이상했다. 수연을 해치는 것에는 해온과 제가 나타날 걸 예상치 못하고 범행을 저지를 정도로 허술했으면서 병원 기록을 조작하고 트랜스퍼를 담당하는 의료진들까지 매수할 만큼 범인은 치밀했다. 그 괴리감에 동은은 범인에게 공범이 있을 거라고 확신했다. 혹은 단순히 사주를 받은 것뿐이거나.

모든 것은 동은의 예상대로였다. 동은의 논리적인 추궁에 범인의 얼굴이 처참하게 일그러졌다. 이내 범인은 자신이 막다른 곳에 몰렸다는 걸 깨닫곤 진실을 털어놓았다.

"딸애를 살려준다고 했어요. 더 좋은 치료를 받게 해주겠다고."

동은이 입술을 지그시 깨물었다. 형사 일을 하다 보면 이렇듯 범죄자가 될 수밖에 없었던 가여운 사연들을 알게 되고는 했다. 그때마다 번번이 더러운 현실을 원망했다. 하지만 그것이 면죄부가 되지 않는다는 것 또한 누구보다 동은이 가장 잘 알고 있었다.

"누가 대체 당신한테 그런 짓을 시킨 거지?"

동은이 끓어오르는 분노에 주먹을 꽉 움켜쥐고선 낮은 목소리로 물었다. 그러나 범인은 여전히 횡설수설했다.

"나는 정말 우리 아이를 살리려고…… 이것밖에는 방법이 없었으니까……. 딸아이가 눈앞에서 죽어가는데 내가 어떤 선택을 할 수 있었겠어. 어쩔 수 없었다고. 누구라도 나처럼 행동했을 거야. 내 말이 틀려?"

"정신 차려! 누가 당신을 사주한 거냐고 묻잖아!"

동은이 범인의 멱살을 틀어쥐며 소리쳤다. 그제야 눈이 마주친 범인이 이가 부딪쳐 닥닥 소리가 날 정도로 떨며 간신히 입술을 벌렸다. 그 순간 동은의 안색이 납빛으로 변했다. 요 며칠 통 잠을 자지 못해 핏발까지 선 눈이 격렬하게 흔들렸다.

"……합."

잘못 들은 거라고 믿고 싶었다.

"백합."

하지만 잘못 들은 게 아니었다.

"백합이 그렇게 하라고 시켰어."

이어진 범인의 말은 동은을 충격으로 도가니로 몰아넣었다.

"꼭 임동은 당신 눈앞에서 죽여달라고…… 그렇게 하라고 시켰다고……!"

범인은 이를 악물고 소리쳤다.

"내가 왜 그 애를 죽이지 않으면 안 되는 건데!"

범인은 저를 다독여주던 수연을 떠올리며 괴로움에 울부짖었다.

"전부 다 당신 때문이야! 임동은 당신 탓이라고!"

그리고 그 처절한 범인의 절규가 동은이 가슴에 겨우 떨쳐낸 자책감에 다시금 잔인하게 새겨 넣고 있었다.


　날이 밝자 동은은 병원을 찾아갔다. 수연의 곁을 지키고 있는 중일에게 새벽녘 조사실에서 밝혀진 충격적인 소식을 전하기 위해서였다. 그러나 중일은 자리에 없었고, 대신 수연의 곁을 지키고 있던 해온을 만났다.

　"웬 정복?"

　해온의 물음에 동은이 답답하게 채워진 단추 하나를 풀어냈다. 공교롭게도 오후에는 지난번 인질범을 잡은 포상식이 있기 때문에 동은은 정복 차림을 하고 있었다. 생각 같아선 포상이고 뭐고 다 집어던지고 싶었지만, 앞으로는 모든 일에 신중해야 했다. 백합이 제 코앞까지 손을 뻗은 것을 안 이상 함부로 행동할 수 없었다.

　하는 수 없이 정복을 입은 동은은 내내 경직되어 있었다. 동은이 왜 이토록 굳어 있는지 이유를 잘 아는 해온이 흐트러진 목깃 사이로 드러난 자국을 보며 짐짓 장난스럽게 말을 섞어왔다.

　"어라? 소똥, 이건 대체 무슨 자국이지?"

　해온이 검지로 자신의 목 언저리를 꾹 찍어 누르자 동은이 재빠르게 그의 손을 쳐냈다. 보지 않아도 알 수 있었다. 해온이 가리킨 건, 전날 은택이 화를 못 이기고 다시 새겨놓은 자국이 분명했다.

　"어쭈? 얼굴까지 빨개져?"

　순식간에 얼굴이 새빨갛게 달아오른 동은이 느닷없이 주머니 안을 뒤지기 시작했다. 깊숙한 곳에서 간신히 밴드를 찾아낸 그녀가 붉은 자국을 가리며 황급히 변명했다.

　"모기한테 물렸어."

동은이 괜스레 거울 앞으로 가 모자 매무새를 고치며 딴청을 피웠다. 그러자 해온이 짓궂게 한쪽 입꼬리를 씨익 끌어 올렸다. 그러곤 어설프게 밴드를 붙여놓은 동은의 목 부근을 유심히 살폈다. 해온의 기름해진 눈매에 동은이 침을 꿀꺽 삼켰다.

"왜 그렇게 봐?"

"밴드 붙이니까 더 수상해서."

"뭐가? 내가 얼굴에 밴드 붙이고 다닌 적이 얼마나 많은데."

틀린 말은 아니었다. 동은은 매일같이 상처를 달고 다녔으니까.

"하지만 위치가 영……."

"못 살아, 진짜. 다들 너처럼 야한 생각만 하고 사는 줄 알아?"

마치 다 알고 있다는 듯이 능청을 떠는 해온을 동은이 어깨로 툭 밀치며 지나갔다. 과장되게 앓는 소리를 내며 해온이 허리를 푹 숙였다. 그러나 아랑곳하지 않고 지나가려던 동은의 발길을 붙든 건 해온이 앓는 소리를 내서가 아니었다.

"소통, 오늘은 안 보고 갈 거야?"

동은의 입이 한일자로 굳게 다물어졌다. 정복을 입은 날이면 엄마를 찾아가는 동은의 습관을 알고 있는 사람은 몇 안 됐다. 해온은 그 몇 안 되는 사람 중 하나였다.

"……들렀다 갈 거야."

동은이 마지못해 대답했다. 그리고 창문 너머로 엄마가 있을 정신병동을 아스라이 바라봤다. 순간, 어젯밤 조사실에서 마주쳤던 범인의 얼굴이 떠오르면서 머릿속이 아뜩해졌다. 동시에 비수 같은 과거의 기억들이 동은의 머릿속을 마구 헤집어놓았다.

'임동은 쟤, 납치당했었대.'

'그래? 어쩐지, 친해지기 힘들더라. 분위기도 으스스하고. 어쨌든 안됐긴 하네.'

지옥 같은 곳에서 도망쳐 나온 동은에게 쏟아지는 건 동정이나 연민만은 아니었다. 동은은 피해자였지만, 갇혀 있을 때 더한 일을 당한 건 아니냐는 숱한 의심의 눈초리를 받아야만 했다. 의심은 때로 경멸로 이어지기도 했고, 심지어 납치의 원인을 동은의 부주의나 실수로 치부하는 이들도 있었다.

그러나 동은이 가장 괴로웠던 건 타인의 무신경함이 아니었다. 고통에 빠진 저를 온전히 이해하고 받아들여줄 거라 생각했던 가족의 외면이 어린 동은을 가장 힘들게 했었다.

동은이 납치되고 돌아온 지 얼마 되지 않아 아빠는 서재에서 목을 매단 채로 발견됐다. 엄마는 상실감을 견디지 못하고 미쳐버렸다. 아빠의 죽음을 전부 동은의 탓으로 돌렸다. 하나뿐인 딸을 보며 차라리 네가 죽었어야 했다는 말을 서슴지 않았다. 동은은 엄마에게 그 무엇으로도 씻을 수 없는 죄인이었다.

그렇게 오랜 시간이 흘렀다. 여전히 변한 것은 없었다. 엄마에게 동은은 지금도 남편을 죽음으로 몰아간 죄인일 뿐이었다.

한때는 엄마의 마음을 돌리기 위해 엄마가 가장 좋아했던 모습으로 병원을 찾아가곤 했었다. 선생님이 되려 했던 것도 교사였던 아버지를 닮고 싶어서였다. 그래서 혹시라도 다시 엄마가 사랑스러운 눈길로 절 바라봐줄까 봐. 예쁘다, 우리 딸. 그렇게 다정하게 속삭여줄까 봐.

하지만 이젠 헛된 희망은 버렸다. 영원히 낫지 않는 상처가 있다는 걸 인정하게 됐다.

엄마는 유일하게 동은이 경찰 정복을 입고 찾아가는 날이면 전혀 다른 사람처럼 얌전히 굴고는 했다. 동은을 딸이 아닌 형사로 먼저 인식하고 행동하는 듯했다.

'형사님!'

엄마는 딸을 그렇게 불렀다. 그리고 제 남편이 죽었다며, 남편을 죽인 범인을 잡아달라고 동은의 손을 꼭 붙잡고 엉엉 울었다. 동은은 그럴 때마다 꼭 범인을 잡겠노라고, 잡아서 죗값을 치르게 해주겠다고 약속했다. 그리고 엄마에게 약속한 대로 자신은 평생을 죗값을 치르며 고통 속에 살아왔다.

엄마의 상처를 이해하려면 제 상처에는 무심해져야만 했다. 동은에게는 차마 버릴 수도 없고 품을 수도 없는 존재가 바로 엄마였다.

그러다 보니 처음엔 엄마에게 가기 위해 정복을 입었지만, 어느 순간부터인가 차츰 정복을 입는 날에만 엄마를 찾아가게 된 동은이었다. 그래서일까. 이렇게 정복을 입게 되는 날이면 온종일 마음이 어지러웠다.

유난히 안색이 어두운 동은을 걱정스럽게 지켜보던 해온이 덧붙여 물었다.

"정 힘들면 내가 같이 가줄까?"

엄마를 보고 올 때마다 늘 상처가 늘어 오는 동은이 걱정스러웠다. 해온이 무엇을 염려하는지 알기에 억지로 웃어 보인 동은이 짧게 고개를 저었다.

"됐어. 네 몸이나 잘 추슬러."

동은의 거절에 해온이 씁쓸하게 웃었다.

"하긴. 이젠 애인도 있는데 내가 나설 필요는 없지."

해온의 실없는 소리에 동은은 그저 어색하게 웃고 말았다.

"당연하지. 잘 아네. 앞으론 은택이랑 같이 가면 되니까 너는 신경 끄셔. 말 나온 김에 나는 엄마한테 가볼 테니까 아까 내가 한 말, 대신 팀장님한테 좀 전해줘."

부탁하는 동은의 얼굴빛이 어두웠다. 새벽녘 날카로웠던 범인의 목소리가 여전히 귓가를 맴돌고 있었다. 잠이 든 수연의 얼굴을 바라보다 동은이 뒤돌아섰다. 수연이 저리된 것도 다 제 탓이라는 생각에 동은은 그저 숨 쉬는 것조차 먹먹했다.

해온은 문득 저 때문에 해수도 그렇게 된 거라며 자책하던 동은의 모습이 떠올랐다. 하루하루 버티는 게 용할 만큼 독한 인생이었다. 이 세상 그 누구도 동은의 삶을 상상할 수조차 없을 것이었다. 하나뿐인 동생을 잃은 저조차도, 감히.

"그래, 알았어. 가봐, 그럼."

해온이 저로선 어찌할 수 없는 동은의 아픔을 애써 모른 척하며 동은의 뜻대로 그녀의 등을 떠밀어주었다. 부디 서은택, 그 남자만은 동은의 아픔을 달래줄 수 있길 간절히 바라며.


그러나 동은은 해온의 바람과는 달리 혼자서 엄마가 있는 곳을 찾았다. 그리고 한참을, 간신히 정신병동 안으로 발을 들여놓고도 머뭇거리고 있었다.

이곳에 오는 길에 손에 음료수를 들고 있던 사람과 부딪히는 바람에 동은은 어쩔 수 없이 재킷을 벗어야만 했다. 제대로 된 정복 차림이 아닌지라 걸음을 돌릴까도 생각했지만, 혹시나 하는 희망에 멋대로 이곳까지 오고 말았다.

재킷을 벗어 한결 가벼운 차람이었지만, 빳빳하게 다림질된 정복은 언제나 그랬듯 불편하기만 했다. 하지만 육체적으로 불편한 것보다 마음이 더 고단했다. 이제 점심도 지나지 않은 하루가 유독 피곤하게 느껴지는 건, 오늘도 이 길의 끝에서 느끼게 될 절망감 때문이었다. 아니나 다를까.

"이 괴물! 차라리 네가 죽었어야 해!"

병실 문을 열고 들어서자마자 창백한 엄마가 마음 깊숙한 곳에서부터 내지르는 비명이 동은의 고단한 가슴을 푹 찔렀다.

"죽어! 죽어버려! 너 같은 건 차라리 죽어버려야 해!"

엄마의 비명에 귀가 먹먹했다. 더러운 창고에 갇힌 것처럼 엄마의 비명을 제외한 다른 소리들은 서서히 들리지 않게 되었다. 동은은 어느새 다시 열여덟의 소녀로 되돌아갔고 어김없이 시궁창 같은 창고에 갇혀 있었다.

시간이 지나자 교복은 찢어지고 뜯겨져 나갔다. 단정했던 소녀는 엄마가 퍼붓는 비수처럼 차츰 흉측하고 끔찍한 괴물로 변해갔다. 생각만으로도 토악질이 나올 것 같은 잔인한 기억이 매일 밤 꾸는 악몽처럼 동은의 온몸을 뒤덮었다.

그 감각이 독처럼 전신에 퍼져 나가자 긴장감으로 인해 이윽고 손이 떨리기 시작했다. 다리가 굳어 도망칠 수도 없는 동은은 창가 난간을 억세게 부여잡았다.

그렇게 간신히 버티다 식은땀이 비 오듯 흘러내려 다급하게 창문을 열었다. 금방이라도 비가 내릴 것 같은 날씨에 섬뜩하리만큼 서늘한 바람이 안으로 불어 들었다. 그때야 누군가 목구멍을 틀어막은 것처럼 막혀 있던 숨이 동은의 입에서 간신히 터져 나왔다.

"어…… 엄마."

그러나 엄마는 애달픈 동은의 목소리를 들을 수 없었다. 다시 억압복에 묶인 채 의료진에게서 진정제를 투여받고 있었다. 저 진정제의 효과가 과연 얼마나 갈까. 동은이 고약하게 치밀어 오르는 뜨거운 숨을 토해내며 어느새 잠들어버린 엄마를 바라봤다.

이곳에 엄마가 갇혀 지낸 지도 벌써 10년. 그러나 지난 10년 동안 엄마의 증상은 전혀 나아지지 않았다. 같은 시간을, 아니 그 몇 배의 시간을 더 이곳에 갇혀 지낸다 한들 엄마의 병이 나을 수 있을까. 차라리 엄마의 바람대로 제가 죽어버리면 나아질까.

그럴수록 헛된 희망을 품는 건 결국 독을 품는 것과 다를 바 없다는 잔인한 사실만 깨닫게 될 뿐이었다. 잔인한 현실 앞에 아무리 노력하고 또 노력해도 동은은 무기력하기만 했다. 동은이 비척거리며 엄마가 잠든 병실을 나섰다.

역시나 오지 말 걸 그랬다. 엄마가 다시 저를 딸이라고 불러줄 거란 헛된 희망 따위 모두 버렸어야만 했다.

동은이 또 한 번 절망만을 가슴에 깊게 새긴 채 돌아선 그 순간이었다. 그녀는 눈앞에 서 있는 누군가를 보고 거칠게 숨을 삼켰다. 닦아볼 틈도 없이 뜨거운 눈물이 주르륵 흘러내렸다.

"은택아……!"

은택이 그녀의 눈앞에 서 있었다. 그 순간, 끔찍한 비밀이 동은의 눈앞에 아로새겨졌다. 아빠는 자살했고, 엄마는 미쳐버렸다. 그 가혹한 일이 모두 저 하나에게서 비롯된 일이었다. 가족을 무참히 망가뜨린 자신의 마지막 비밀마저 결국 은택에게 들키고 만

것이었다.

무심코 달아나려던 동은이 일순 거칠게 젖은 얼굴을 닦아냈다. 그리고 언제 그랬냐는 듯 차가운 눈빛을 하고선 은택에게 다가갔다. 그녀는 마치 혼자서 어떤 결심을 굳힌 사람처럼 보였다.

한 걸음 한 걸음. 조금 전 목도한 상황에 선뜻 먼저 다가갈 수가 없었던 은택은 도리어 다가오는 동은을 보며 문득 눈을 피했다. 도무지 무슨 말을 하면 좋을지 알 수 없었다. 은택은 그저 고개 숙인 채 입술만 꾹꾹 깨물었다.

그사이 동은은 은택의 코앞까지 걸어와 있었다. 걸음을 멈춘 그녀가 서늘한 음성으로 은택에게 물었다.

"다, 봤지?"

은택이 마지못해 고개를 들었다. 흔들리는 눈빛이 마주쳤다.

"다, 본 거잖아. 그렇지?"

거짓은 말할 수 없어 고개를 끄덕였다. 순간적으로 동은이 입술을 꽉 깨물었다. 그러나 그녀는 금세 다시 무표정한 얼굴로 되돌아와 덤덤한 척 입을 열었다.

"우리 엄마, 나 때문에 저렇게 됐어. 나 때문에."

동은은 말끝에 나 때문이라는 표현을 한 번 더 강조했다. 마치 스스로에게 벌을 내리는 것처럼.

"12년 전, 내가 돌아왔을 때 아빠는 내게 벌어진 일을 감당하기 힘들어하셨어. 그날, 날 마지막으로 봤던 사람이 아빠였거든. 아빠는 항상 아빠가 날 학교까지 태워다 주기만 했으면 그런 일이 일어나지 않을 거라고 자책하셨어. 사실 아빠 때문이 아닌데. 친구랑 만나서 가겠다고 우긴 건 나였는데……."

동은은 힘없이 말소리를 뱉어내는 것마저 힘에 부쳤는지 잠시 쉬어가듯 아무 말도 없다가 다시 입을 열었다.

"아빠는 결국 자살하셨어. 그 모습을 처음으로 본 사람이 우리 엄마였고. 엄마는…… 엄마는……."

무덤덤하게 이야기를 이어가던 동은은 그러나 결국 목이 메어 말을 잇지 못했다. 은택이 그런 동은의 어깨를 감싸기 위해 손을 뻗었지만, 그녀는 무심하게 멀어져 그의 눈을 공허하게 바라봤다. 그리고 다시 끔찍했던 과거의 설명을 이어 나갔다.

"엄마는 내가 아빠를 죽인 거라고 했어. 아빠는 나 때문에 죽었다고. 아빠를 살려내라고. 그렇게 미쳐버렸어, 우리 엄마."

소중한 사람들이 모두 저로 인해 무너지고 길을 잃었다. 스스로 목숨을 끊어버린 아빠. 아직도 아빠를 그리워하며 죽은 것보다 못한 하루하루를 살아가는 엄마.

은택마저 그렇게 될까 동은은 두려웠다. 사랑이 깊어지면 깊어질수록 두려움도 함께 커져갔다. 더 이상은 견딜 수 없었다. 제 소중한 사람이 다른 누구도 아닌 저 때문에 무너져가는 모습을 더는 감당할 수 없었다.

그리고 무엇보다 엄마가 허락해주지 않을 것 같았다. 엄마는 아직도 지옥 속에 있는데, 저 혼자 행복해져도 될지 자신이 서지 않았다.

동은의 눈동자에 일렁이는 자책과 두려움을 엿본 은택은 목구멍으로 치밀어 오르는 뜨거운 숨을 억지로 삼켰다. 가슴이 불에 덴 듯 화끈거렸다.

언젠가 동은에게 아무것도 숨기지 말아달라고 한 적이 있었다.

그때의 불안해하던 눈빛이 떠올라 은택은 가슴이 아렸다. 비밀을 품고 있는 것만으로도 버거웠을 텐데, 저에게 솔직하지 못한 죄책감으로 얼마나 괴로웠을까.

아무것도 모르는 저로 인해 동은이 얼마나 힘들었을지 헤아려 보던 은택이 그녀가 거부한 손을 꼭 움켜쥐었다. 참담한 마음에 주먹 쥔 그의 손이 바르르 떨렸다. 그러나 은택의 손길을 피해 재빨리 벽에 기댄 동은은 후들거리는 몸을 간신히 지탱하며 다시 한 번 은택을 바라봤다.

"너한테 한 약속. 지켜주겠다는 약속. 나 결국 못 지켰어."

"그렇지 않아. 이건 다 내 잘못……."

"아니, 전부 내 탓이야. 난 행복해질 자격 없어."

자신은 영원히 행복해질 수 없다는 걸 깨달은 동은이 결국 무너져 내렸다. 한동안 주저앉아 무릎에 얼굴을 파묻고 있던 동은이 천천히 고개를 들어 올렸다. 조금 전보다 싸늘하진 않았지만, 그 안에 담긴 어떤 결심만은 더 확고하게 굳어진 것처럼 느껴졌다.

"내가 누군가를 좋아한다는 게 행복했어. 내가 좋아하는 사람이 너라서 너무 행복했어. 하지만……."

동은의 눈빛이 생기 없이 흐려졌다. 제 입으로 뱉어내는 현실이 끔찍했다. 지금이라도 모든 것에서 도망치고 싶었다. 12년 전과도, 엄마도 전부. 모든 걸 잊고 그저 은택의 옆에 있고 싶었다. 하지만…… 그럴 수가 없었다.

"난 행복해지면 안 돼. 아빠를…… 엄마를…… 저렇게 만들어 놓고 나만 행복해지면 안 되는 거잖아."

"그렇지 않아!"

불현듯 동은이 방금 한 말이 어떤 뜻인지 깨달은 은택이 다급하게 부정했다. 그러나 동은은 망설이지 않았다.

이제껏 수없이 고민해왔던 시기였다. 갈피를 못 잡고 흔들리다 결국 몇 번이고 다시 은택에게로 기울었던 마음이 이제야 준비가 되었다. 도대체 언제 어떻게 은택을 놓아줘야 할지 알 수 없었는데, 모든 걸 들킨 지금 이 순간이 바로 그때인 것 같았다.

"나랑 한 달만 연애해보자고 했지. 분명 약속한 한 달이 지나도 내가 마음을 열지 못하면 그땐 날 놓아주겠다고 했어."

떨리는 목소리를 간신히 추스르며 동은이 몸을 일으켜 세웠다. 모진 말을 뱉어내는 입술과는 자꾸만 다른 말을 하는 가슴을 애써 누르고 또 억눌렀다.

"오늘이 마지막이야, 서은택."

정말 이날만은 오지 않기를 바랐는데.

"약속대로 날 놓아줘."

아니야. 네가 날 놓아주는 게 아니라 내가 널 놓아주는 거야. 내 옆에 있으면 분명 넌 위험해질 테니까.

"한 달 동안 덕분에 행복했어."

이것이 그나마 네게 전할 수 있는 유일한 진심.

"이젠, 다시는 내 앞에 나타나지 마."

너 없이 내가 살 수 있을까. 그러나 끝까지 마음속에 간직한 말은 한마디도 입 밖으로 꺼내놓지 않은 채 동은은 이를 악물고 뒤돌아섰다. 은택이 걱정돼서 뒤돌아보고 싶은 충동을 몇 번이나 다그쳐가며 애써 발길을 옮겼다.

셋, 둘, 하나. 복도에 그녀의 마지막 발소리가 울려 퍼졌다. 이것으로 이제 정말 마지막. 이제는 행복한 꿈에서 깨야 할 시간이었다.

"은택이 형! 어디 갔다가 이제 오세요! 한참 기다렸는데!"

은택이 병실로 돌아오니 하루와 연아가 그를 기다리고 있었다. 은택은 멍하니 아무 말도 하지 않고 그들을 지나쳐 침대에 누웠다. 그대로 이불을 뒤집어쓰고서 스스로를 지독한 어둠 속에 가뒀다. 그는 마치 아무와도 말을 나누고 싶어 하지 않는 것 같았다.

이상한 낌새를 차린 연아가 은택을 흔들어 깨우려는 하루를 말렸다. 그리고 은택을 혼자 있게 해주자는 뜻에서 팔을 잡아끌었다.

"하지만 누나……."

"오늘은 그냥 가자. 다음에 다시 오면 되잖아. 아까 보니까 안 주방장님 혼자서 바빠 보이던데, 일단 가게로 가."

연아의 말에 하루가 할 수 없이 고개를 끄덕였다. 그리고 이불을 뒤집어쓴 은택에게 조용히 인사를 건넸다.

"푹 쉬어요. 가게는 안 주방장님이 잘 맡아주고 계시니까 걱정하지 말고요."

그러나 하루의 진심 가득한 말에도 은택은 조그만 기척도 내지 않았다. 풀이 죽은 하루가 연아를 따라 조용히 병실을 나섰다.

이윽고 문이 닫히는 소리가 들리고 나서야 은택이 이불 속에서 얼굴을 드러냈다. 그는 공허한 눈빛으로 천장만 바라봤다.

도무지 동은과 헤어졌다는 사실이 실감이 나질 않았다. 거짓말하지 말라고, 제발 장난치지 말라고 동은을 붙잡고 싶었지만 그러지 못했다. 그 순간 그 언젠가 자신이 동은에게 했던 약속이 감당할 수 없는 족쇄가 되어 은택의 발을 붙들었다.

'만약 한 달이 지난 후에도 당신이 마음을 열 수 없다면, 다시는 지금처럼 내가 뭔가를 바라는 일은 없을 거야.'

'욕심내지 않을게. 이렇게 당신을 만지고, 당신에게 입 맞추는 일도…… 안 할게.'

'놓아줄게.'

이제는 아무것도 바라서는 안 되었다. 만지고 입을 맞추는 일도 할 수 없었다. 이대로 그녀를 놓아주어야만 했다.

걷잡을 수 없는 상실감이 은택의 온몸을 뒤덮었다. 은택은 다친 어깨가 상하는 것도 느끼지 못한 채 괴로움에 몸부림쳤다. 발버둥 치느라 침대에서 부서질 것 같은 소리가 연이어 울려 퍼졌다. 그러나 정작 부서지는 건 은택의 마음이었다.

'좋아해, 은택아.'

'생일 축하해, 은택아.'

이렇게 죽을 것 같이 괴로운데 귓가에 동은이 들려주었던 달콤한 말들이 계속 도돌이표처럼 맴돌았다. 그 끝에 불러주었던 제 이름도. 그 순간이 꿈이라면 차라리 깨지 않기를. 은택은 눈을 감고 억지로 잠을 청했다.


무슨 정신으로 포상식을 버텼는지 모르겠다. 수여식이 끝나고 동은은 멍하니 카메라 앞에 서 있었다. 내일자 경찰 신문에는 텅 빈 표정을 짓고 있는 동은의 모습이 실릴 터였다.

"은택이, 다쳤다면서요?"

촬영을 끝낸 일영이 문득 은택을 입에 담았다. 포상식 내내 목을 옥죄던 단추를 헐겁게 풀어낸 동은이 매섭게 일영을 노려봤다.

"네가, 그걸 어떻게 알아?"

"에이, 그새 까먹으셨나? 이래 보여도 나 실력 있는 기자라니까요. 수려대학병원에도 내 대신 눈이 되어줄 사람 정도야 얼마든지 심어놨다고요."

은택이 다친 건 불과 이틀밖에 되지 않은 일이었다. 실력 있는 기자 운운하지만, 이건 절대 기자로서의 관심이 아니었다. 지극히 사적인 관심이었다.

동은이 불만스럽게 미간을 구겼다. 일영이 백합과 어떤 모종의 관계가 있는지 알 수 없지만, 내내 찜찜했다. 어쩌면 일영의 집요한 관심이 백합에게까지 닿아 있을지도 모른다고 생각하니 속이 뒤틀리는 기분이었다.

"이일영."

동은이 단정한 셔츠 깃을 엉망으로 헤집으며 일영을 불렀다.

"나 은택이랑 헤어졌어."

조금 전 찍은 동은의 사진을 넘겨보던 일영이 흥미롭게 눈을 빛내며 시선을 옮겼다.

"헤어져요?"

"그래. 그러니까 이제 그만 은택이한테 관심 꺼."

동은이 덧붙이는 말에 은택이 피식 웃었다.

"목에 그 자국이나 숨기고 그런 말을 하시든가요."

일영의 말에 동은이 반사적으로 목을 더듬었다. 아무래도 음료수가 쏟아졌을 때 화장실에서 얼룩을 씻으려다가 밴드가 떨어져 버린 모양이었다. 동은이 입술을 잘근 깨물며 대꾸했다.

"이런 건 결국 지워져. 아직 지워질 만큼 시간이 흐르지 않았을 뿐이지."

"그러니까 결국 여전히 은택이 그 자식을 좋아한다는 거네요?"

"뭐?"

"백합이 은택일 해코지라도 할까 봐 무서운 거잖아요. 그래서 억지로 은택이한테 헤어지자고 한 거죠?"

정확히 자신의 마음을 꿰뚫어 보는 일영을 동은이 무덤덤하게 바라봤다. 이유는 아무래도 상관없었다. 중요한 건 그녀가 은택을 잃었다는 것이다.

"그게 뭐 어때서? 어쨌든 나랑 은택인 더 이상 아무 관련 없는 사이야. 중요한 건 그거잖아?"

"하긴."

자조적으로 중얼거린 일영이 카메라를 내려놓고 동은에게로 다가갔다. 그리고 그녀의 귓가에 소름 끼치게 속삭였다.

"사람 마음이란 건 세상에서 가장 나약한 것이죠. 선생님이 여전히 은택이를 좋아하고 있다고 해도 결국 헤어지자는 말 앞에서 상처받았을 거예요. 한동안은 끔찍하게 아플 거고 또 한동안은 미련하게 그리워하겠죠. 그리고……."

일영의 뜨거운 숨결이 송곳처럼 파고들었다.

"이번에야말로 은택인 영영 선생님을 잊게 될 거예요. 7년씩이나 기다리는 거, 두 번은 할 게 못 되잖아요."

일영이 동은의 가슴에 꽂은 송곳이 결국엔 그녀를 꿰뚫었다. 욱신거리는 가슴을 움켜쥐며 동은은 비로소 은택과의 이별을 실감하고 있었다.

## 13장

은택과 이별한 지 어느덧 보름이라는 시간이 흘렀다. 그동안 동은은 더욱 맹목적으로 백합을 조사하는 데 매달렸다. 그렇게라도 하지 않으면 도저히 은택을 잃은 순간순간을 견딜 수 없을 것 같아서였다.

사건에만 기를 쓰고 매달리다 보니 베일에 감춰져 있던 백합에 관한 몇 가지 사실들이 밝혀졌다. 그전까지 팀원들이 조사한 바에 따르면 동은이 백합에게서 도망쳤던 날, 공교롭게도 인정태와 홍미란이 다리를 다치는 사고가 동시에 발생했다. 사고가 발생한 곳 역시 동은이 감금되어 있던 곳과 가까웠다. 어쩌면 백합은 이 둘 중 한 사람일 수도 있었고 제삼자일 수도 있었다.

그런데 바로 어제 백합이 누구인지 밝혀낼 만한 결정적인 증거가 나왔다. 12년 전 동은이 백합의 다리를 찔렀던 칼에서 혈액을

얻어 분석한 DNA가 교도소에 수감 중인 인정태의 DNA와 일치하는 결과가 나온 것이었다. 최근의 조사를 통해 인정태가 백합일 가능성이 생겼고 뒤늦게 DNA 대조를 의뢰해 얻은 결과였다.

동은은 그래서 지금, 인정태와 마주하고 있었다.

"이야, 내 다리 망가뜨린 형사님! 그 잘난 형사님이 어쩐 일로 날 찾아왔을까?"

인정태가 피식거리며 불쾌한 눈빛으로 동은을 훑어 내렸다. 그 순간 동은의 머릿속에 문득 경찰서 조사실에서 인정태가 했던 비릿한 말이 떠올랐다.

'이야이야, 이거 내 다리 망가뜨린 형사님 아니신가?'

그땐 단순히 의족을 망가뜨려서 비죽거리는 거라고 생각했건만, 이제 와서 생각해보니 굉장히 의미심장한 말이었다. 동은이 입술을 짓이기듯 깨물며 인정태를 노려봤다.

"당신…… 이었어?"

그러자 인정태가 능청스럽게 웃으며 어깨를 으쓱해 보였다.

"뭐가?"

마치 다 알고 있다는 것처럼. 동시에 무슨 말을 하는지 전혀 모르겠다는 것처럼. 인정태의 잔인한 미소에 구역질이 날 것 같은 느낌을 간신히 참으며 동은이 다시 한 번 더 이를 악물고 물었다.

"12년 전 그날, 날 납치했던 게 당신이었어? 그 후로도 여섯 명의 여자아이를 더 잡아다 잔인하게 죽였던 게 바로 너였어? 그것도 모자라 이제 와 아무 죄도 없는 수연이까지 내 눈앞에서 죽이라고 시킨 게 너였냐고!"

"글쎄……."

거침없이 분노를 터뜨리는 동은을 보고서도 인정태는 눈 하나 깜짝하지 않았다. 오히려 대담하게 유리를 사이에 두고 그녀를 향해 얼굴을 가까이 들이밀었다. 그리고 마주친 눈에 대고 물었다.

"내가 그랬을까?"

그 순간 차디찬 실내에 비가 내리는 것 같은 착각이 들었다. 바깥은 금방이라도 비가 내릴 것처럼 먹구름이 잔뜩 드리워진 날씨였지만, 여긴 엄연히 실내였다.

그런데도 빗소리가 들렸다. 그리고 그 빗소리가 12년 전의 기억을 다시금 밀고 들어왔다. 쏴아아아. 빗소리에 섞여 죽을 만큼의 고통이 무언지 알려달라던 그 끔찍한 목소리가 섬뜩하게 귓전을 파고들었다. 그러나 빗소리에 파묻혀 흐릿하기만 했던 그 목소리는 인정태의 비릿한 목소리를 닮은 것도 같고 아닌 것도 같았다. 동은의 머릿속에서 비는 멈추지 않고 계속해서 내렸다.

결국 그렇게 인정태는 끝까지 아무것도 실토하지 않았다. 내내 혼란에 빠진 동은의 반응을 즐겼을 뿐이었다. 동은은 말없이 일어섰다. 아주 잠깐 그를 상대한 것만으로도 진이 다 빠졌다. 그런데 돌아서려는 동은을 인정태가 솔깃한 말로 붙잡았다.

"그래도 기왕 여기까지 왔는데 뭐라도 하나는 건져 가야지. 내가 백합인지 아닌지 알고 있는 사람. 그게 누군지 알고 있는데."

"뭐?"

"알려줄까? 그 사람이 누군지?"

인정태는 동은에게 가까이 다가오라 손짓했다. 동은은 망설이다 그에게로 조심스럽게 다가갔다. 지푸라기라도 잡고 싶은 심정이었다. 바로 그때, 인정태의 속삭임에 동은의 눈동자가 길을 잃은 사람처럼 거칠게 흔들렸다.

엄마가 입원해 있는 격리병동. 이곳에 찾아온 건 꼬박 보름 만이었다. 은택과 이곳에서 이별했고 여전히 엄마를 보는 건 무섭기만 해서 쉬이 이곳으로는 발길이 닿지 않았다. 하지만 이번만큼은 오지 않을 수 없었다.

'네 엄마한테 가서 물어보지그래? 그 여잔 백합을 봤을 텐데?'

인정태는 분명히 그렇게 말했었다. 인정태의 도발과도 같았던 말을 계속 곱씹으며 동은은 곧장 엄마의 병실로 향했다.

물어야만 했다. 들어야만 했다. 도대체 엄마와 백합 사이에 무슨 일이 있었는지를.

혹시나 저를 보고도 엄마가 발작하지 않도록 동은은 또다시 불편한 정복을 멀쑥하게 차려입은 상태였다. 그런데 그곳에서 동은은 전혀 예상치 못한 상황을 맞닥뜨렸다. 동은이 뜻밖의 상황에 크게 벌어진 입을 다물지 못했다.

"이게 대체 어떻게 된 일이에요?"

자해가 심해서 언제나 억압복을 입고 있던 엄마가 평범한 환자복을 입고 침대에 누워 있었다. 그것도 너무나도 단정한 모습으로. 곱게 머리를 빗고, 여전히 창백한 얼굴이지만 오래도록 보지 못했던 온화한 미소를 얼굴 가득 띠고 있었다.

동은은 엄마의 그 모습을 보며 마치 12년 전, 그 끔찍한 사건이 일어나기 전으로 되돌아간 것만 같은 착각이 들었다. 이곳에 왜 찾아왔는지 이유 같은 건 머릿속에서 잊혀졌다.

동은이 아직도 입을 다물지 못한 채 뒤에 서 있는 간호사를 향해 고개를 돌렸다. 간호사는 싱긋 웃으며 동은에게 근래 들어 엄마의 상태가 눈에 띄게 호전되었다고 했다. 그런데 왜 연락조차 하지 않았느냐고 물으니 간호사는 더욱 놀라운 이야기를 들려주었다. 2주 정도 전부터 꼬박꼬박 엄마를 찾아오는 남자가 한 명 있다고 했다.

"2, 3일에 한 번은 꼭 찾아와서 환자분하고 도란도란 이야기를 나누다 가세요. 아마도 환자분이 그분을 남편분이라고 착각을 한 것 같아요. 살아생전 남편분이 해주시던 것들을 그분 올 때마다 부탁하시는데 한 번도 불평을 한 적이 없었어요. 아무리 귀찮은 일도 환자분이 원하는 일은 전부 해주고 가셨어요. 저희 간호사들도 그렇게까진 못하는데 얼마나 지극정성인지 몰라요."

남자는 올 때마다 엄마와 함께 산책을 하고, 책을 읽어주기도 하고, 때론 쉬이 잠이 들지 못하는 엄마를 위해 감미롭게 자장가를 불러주기도 했다고 했다. 남자가 했던 다정하고 상냥한 행동들을 듣는 내내 동은의 머릿속에는 딱 한 사람밖에 떠오르지 않았다.

"참, 매번 직접 요리를 만들어서 가져오셨어요. 냄새가 어찌나 맛있게 나는지. 환자분 평소에 식사도 잘 안 드시고, 겨우 드셔도 대부분 남기셨었는데. 그분이 만들어 오는 요리는 하나도 남기지 않고 싹싹 긁어 드실 정도였어요."

더욱이 그렇게나 맛있는 요리를 만들 수 있는 남자도 단 한 명뿐이었다.

"그러니까 그분 성함이⋯⋯."

간호사가 서둘러 방문자 기록지를 살폈다. 한참을 누워 있는 엄마의 모습을 멍하니 바라보던 동은이 울먹이는 목소릴 겨우 가다듬어 대신 대답했다.

"서은택."

"어머. 맞아요!"

동은이 은택의 이름을 말하는 순간 간호사가 손뼉을 부딪치며 고개를 끄덕였다. 결국 동은의 눈에서 눈물방울이 순식간에 바닥으로 떨어져 내렸다. 동은이 창피한 듯 서둘러 눈물이 떨어진 자리를 발끝으로 문질렀다.

"최해온 씨께서 항상 함께 오셨어요. 함부로 방문 허락한 건 아니에요. 그리고 서은택 씨가 보호자께서 자연스럽게 알게 되기 전까지는 일부러 말하지 말아달라고 부탁하셔서. 혹시 저희가 실수한 건가요?"

동은의 갑작스러운 눈물에 당황한 간호사가 장황하게 변명을 늘어놓았지만 동은의 귀에 그 말들은 하나도 들리지 않았다. 그 남자가 은택이었다는 사실을 안 순간부터 그 이외의 말이 귀에 더 들어올 리가 없었다.

"아니에요."

"네?"

변명을 끊어내는 동은의 짧은 한마디에 간호사가 눈을 동그랗게 뜨고 되물었다. 그러자 동은이 거칠게 눈가를 닦아내고 더는 간호사가 아무 말도 할 수 없게끔 확실하게 대답했다.

"실수한 거 아니에요. 서은택 그 사람. 저한테 아주 소중한 사람이에요."

한참을 그 상태로 그리운 엄마의 모습을 오랫동안 들여다보고 있던 동은은 문득 휴대전화를 꺼내 어디론가 전화를 걸었다. 이게 대체 어떻게 된 일인지 자세히 사정을 알려줄 사람은 한 사람밖에 없었다. 은택이 격리병동을 방문할 수 있도록 도와준 사람. 이윽고 너머에서 누군가의 목소리가 들려왔다.

해온이 휴대전화를 어깨와 귀 사이에 끼운 자세로 당직실에 들어섰다. 그는 손에 들고 있던 짐을 바닥에 내려놓자마자 휴대전화를 고쳐 잡았다. 그러나 너머에서 동은은 이미 전화를 끊을 준비를 하고 있었다.

─알려줘서 고마워. 그리고…… 은택이 부탁 들어준 것도.

"알면 나중에 한턱 쏴."

─응. 그럼 끊을게. 쉬어.

제 대답은 듣지도 않고 끊어져 버린 전화에 해온이 씁쓸하게 웃었다. 뒤도 안 돌아보고 남자 1번에게 향하고 있을 동은의 모습이 눈에 선했다.

그렇지 않아도 팀장님에게서 인정태가 동은의 어머니에 관해 단서를 남겼다고 들었다. 그래서 동은이 어머니가 입원해 있는 병원에 가고 있다고.

그 소식을 들은 순간 해온은 동은이 자신에게 전화를 걸어올 거라고 예상하고 있었다. 남자 1번이 격리병동에 입원한 동은의 어머니를 만날 수 있도록 조치를 취한 게 바로 저였으니까.

역시나 예상대로 동은은 저에게 전화를 걸어왔고 은택에 관해 물었다. 해온은 지난 보름간 은택과 제 사이에 오간 이야기를 전부 동은에게 털어놓았다.

맨 처음 동은의 어머니가 입원한 격리병동으로 은택을 들여보낸 건 다름 아닌 저였다. 동은이 제 앞에선 어머니에 관한 일을 은택에게 모두 털어놓은 것처럼 굴었지만, 그렇지 않다는 걸 본능적으로 느꼈던 까닭이었다. 그래서 그녀가 어머니에게 가겠다고 했을 때, 해온은 곧장 은택을 찾아가 정신과 격리병동으로 그를 데리고 갔었다.

어쩌면 지나친 참견일 수도 있었다. 막내에게 오지랖이 옮았는지도 모르겠다. 하지만 해온은 동은이 이제 그만 가족에 관한 비밀에서 벗어나기를 바랐다. 은택 앞에서도 더 당당하기를 바랐다. 동은이 은택과 평생을 같이하기 위해선 언제고 털어놓아야 할 비밀이었다.

하지만 해온이 했던 행동의 결과는 그의 예상과 정반대였다. 두 사람 사이에 놓여 있던 벽이 허물어지길 바랐지만, 벽은 오히려 더 단단해지고 높아졌다. 동은이 은택에게 이제 그만 헤어지자고 말해버린 것이었다.

그날 이후로 동은은 줄곧 백합 사건에만 몰두했다. 그녀는 현재 먼저 연락을 해온 뒤로 잠적해버린 홍미란을 끈질기게 추적하고 있었다. 마치 은택과의 이별을 인정하고 싶지 않은 것 같았다.

해온은 동은에게 왜 멋대로 남의 일에 끼어드냐고 한 소릴 들을 걸 각오했건만, 괜한 걱정이었다. 은택 역시 그런 상황을 만든 저를 탓할 거라고 생각했지만, 그날에 대해선 전혀 한마디도 없었다.

그런데 두 사람이 이별한 다음 날 다짜고짜 은택이 찾아와 해온에게 이런 말을 했었다.

'기다릴 거예요. 동은이 마음속에서 불안이 사라질 때까지.'

처음엔 어처구니가 없었다. 그 불안이 도대체 어떤 건지 아느냐고 따지고 싶었다. 자그마치 12년을, 제 손으로 소중한 사람들

152

을 망가뜨렸다고 자책하고 괴로워하며 키워온 불안감이었다. 그래서 해온은 가능성이 희박한 은택의 선택에 마냥 화가 났다.

'기다리긴 뭘 기다려! 그냥 밀어붙여! 못 헤어지겠다고 바짓가랑이라도 붙잡고 늘어져야지, 지금 뭐 하자는 거야?'

하지만 은택의 결심은 확고했다.

'전요, 그 사람 마음이 어떨지 상상도 할 수 없어요. 가족이 그렇게 망가져버렸는데 저라도 견딜 수 없었을 거예요.'

'그래서 이대로 그냥 헤어지겠다고?'

'아뇨. 이별은 잠시예요. 하지만 예전처럼 마냥 기다리기만 하지는 않을 거예요. 나는 이제 더 이상 열여덟 살이 아니니까.'

어렸던 소년은 첫사랑을 잃고 아주 오랫동안 성장통을 겪어야 했다. 상실감과 그리움을 견디며 소년은 성숙한 남자가 되었다. 그리고 이제는 누구보다 아픈 그녀를 제 품에서 쉬게 해줄 자신이 있었다. 은택의 모습이 어찌나 다부져 보였는지 해온이 잠시 멍하니 굳어 있다가 되물었다.

'대체 뭘 어떻게 하겠다는 건데?'

'동은이한테 찾아온 불행이 자기 탓이 아니라는 걸 알려줄 거예요. 끝나지 않을 것 같은 고통이나 불안도 아물 수 있다는 걸 보여줄 거예요. 그럼 동은이도 알게 되겠죠. 자기 옆에 있어도 내가 얼마든지 행복해질 수 있다는 걸. 아니, 오히려 곁에 있어야만 내가 행복하다는 걸.'

'그러니까 그 방법이 대체 뭐냐고.'

'그전에 최 형사님이 한 가지 도와주실 게 있어요.'

은택이 고개를 갸웃하는 해온을 바라보며 잔뜩 수척해진 얼굴을 하고서도 싱긋 웃었다. 그의 눈동자는 이 이별이 결코 길지 않으리란 확신을 담고서 단호하게 반짝이고 있었다.

'내가 도와줄 일이 뭔데?'

해온이 여전히 의구심을 떨치지 못하고 물었다. 그러자 은택은 그가 전혀 예상치 못한 부탁을 해왔다.

'동은이 어머님을 좀 만날 수 있게 해주세요.'

'뭐? 만나서 뭘 어쩌려고?'

'음식을 좀 만들어드리려고요.'

'얘가 뭐라는 거야, 지금?'

'말벗도 되어드리고요. 같이 산책도 하고요.'

'알아듣게 좀 말하지?'

'마음의 병을 치료하는 건 그렇게 작은 것에서 치료하는 거예요. 아빠가 갑자기 돌아가셨을 때 우리 엄마도 그랬어요. 누나도 많이 힘들어했었고. 그래도 결국 우리 가족은 상처가 다 아물었어요. 그 방법이 뭔지 아세요?'

정답을 고민하는 해온을 바라보며 은택이 확신에 찬 목소리로 대답했다.

'혼자라는 생각이 들지 않게 누군가 옆에 있어주면 돼요.'

불현듯 떠오르는 그때의 기억에 해온이 깊게 숨을 들이마셨다. 사실은 은택을 도와주고 싶지 않았다. 하지만 결국 그를 도와줄 수밖에 없었던 것은 그가 동은에게 얼마나 헌신적인지를 느꼈기 때문이었다.

'제가 동은이 대신 보살펴드릴 거예요. 동은이도, 그리고 동은이 어머님도 더 이상 외롭지 않게 해줄 거예요.'

그 순간 은택의 말에 해온은 망치로 뒤통수를 얻어맞은 것만 같았다. 그는 오랫동안 동은을 쌍둥이 여동생처럼 아껴왔다. 그 마음은 때로는 연인에게 품은 애정인 양 가슴이 두근거리기도 했고 때로는 죽은 해수를 떠올리게 해 죽을 만큼 고통스럽기도 했다.

사랑이라고 깨닫고 난 후에는 마음이 매일매일 깊어져서 그녀 생각이 머릿속에서 떠나질 않았다. 그러나 단 한 번도 동은의 고통을 나누어볼 생각은 하지 않았다. 물론 그녀의 어머니를 책임질 생각 같은 건 더 해본 적이 없었다.

그런데 눈앞의 남자는 그런 생각을 마치 당연한 듯 떠올렸다. 일말의 고민하는 기색도 없이.

그때 깨달았다. 동은이 그의 번호를 단축번호 1번에 저장해두고 소중하게 지켜온 의미를. 눈물이 날 것 같은 순간마다 이를 악물고 참으며 그의 전화번호를 신께 올리는 기도처럼 거듭거듭 외웠던 행동의 의미를.

'정 힘들면 내가 같이 가줄까?'

그리 물은 건 괜한 오기였다. 혹시라도 동은이 저를 필요로 할지도 모른다는 이기적인 생각. 동은의 아픔까지 사랑해줄 깜냥도 못 되는 주제에 이날 여태껏 쓸데없는 욕심을 부렸다. 해온이 이기적인 저를 질타하듯 주먹으로 바닥을 내리쳤다. 그리고 탄식 같은 한숨을 토하며 눈을 감았다.

도저히 잠이 올 것 같지 않았지만, 그래도 제 어쭙잖은 마음을 정말로 끝내야 하는 이 순간 무얼 해야 좋을지 알 수 없었다.


동은은 무슨 정신으로 차를 운전했는지 기억나지 않았다. 정신을 차려보니 어느새 은택관 앞에 서 있었다.

깜깜한 밤. 온종일 드리워져 있던 먹구름이 예고했던 대로 사납게 비가 내렸다. 차에서 내린 동은은 우산을 쓸 생각도 하지 못한 채 멍하니 은택관 옥상을 바라봤다. 그 언젠가 은택이 저곳에서 저를 바라보며 짓던 미소가 어른거렸다.

그 아늑함이 미치도록 그리웠다. 그 따스함이 죽을 만큼 간절했다. 빗속에서도 아직 열기가 남아 있는 차의 보닛을 짚어 간신히 쓰러질 것 같은 몸을 버틴 동은이 나직이 읊조렸다.

"서은택."

네 사랑은 어떻게 그래.

"은택아."

어떻게 그럴 수가 있어. 어떻게 그렇게 내 모든 걸 사랑할 수가 있어.

"미안해."

너를 위한다고 생각했던 게, 사실은 내가 두려워서였어.

"미안해……."

네가 아픈 걸 볼 수 없어서라고 변명했지만, 사실은 네 아픔까지 사랑해줄 마음이 내겐 부족했던 거야.

드디어 닿았다고 느낀 순간마다 도망치는 저로 인해 은택이 느꼈을 절망감이 비와 함께 가슴에 사무쳤다. 사랑하는 동안 은택은 저로 인해 늘 외로웠을 게 분명했다.

제 보잘것없는 미소 하나에도 기뻐해주던 남자였다. 그 남자의 가난한 추억에 이 순간 동은의 가슴이 무너졌다. 그는 대체 무엇을 그리워하며 가여운 사랑을 지켜냈을까.

동은이 못난 자신을 원망하며 비로소 결심을 굳혔다. 비에 젖어 흐려진 동은의 눈동자가 그 순간 선연하게 빛이 났다.

지금 이 순간, 동은은 자신이 은택을 사랑할 만한 자격이 있는지 없는지를 재고 있는 게 아니었다. 저의 부족한 마음을 인정하고 예전보다는 훨씬 괜찮아졌어도 아직도 저의 상처가 낫지 않았다는 걸 받아들이고.

그럼에도 은택이 내민 손을 잡는 것. 은택이 내어주는 마음을 오롯이 받아들이는 것. 지금 동은이 결심한 건 바로 그 용기였다.

"은택아."

너무 늦었을지도 모르지만, 나, 지금에서야 결심이 섰어. 나도 있지, 나도 너를⋯⋯.

그렇게 주체할 수 없는 마음이 비처럼 퍼붓던 그 순간, 거짓말처럼 은택이 가게 문을 열고 나왔다. 가게를 청소하고 있었는지 양손에 단단히 여민 쓰레기봉투를 들고 나온 은택과 눈이 마주쳤다. 고작 보름밖에 되지 않는 이별의 시간이 얼마나 많은 갈증을 가져다주었는지 그를 보고 있어도 자꾸만 보고 싶었다. 동은이 뜨거운 숨을 들이켰다.

은택이 다급하게 들고 있던 쓰레기봉투를 바닥에 내려놓고 동은에게로 달려왔다. 그리고 온통 비에 젖어버린 그녀의 얼굴을 제 커다란 손으로 감쌌다.

"하여간 사람 놀라게 하는 데는 선수야."

해온에게서 오늘 동은이 저를 찾아올지도 모른다는 얘기를 들었다. 제 말대로 기다림은 아주 잠시였던 것 같다며, 이제는 영원히 헤어지지 말라던 그의 말이 진짜였던 모양이었다. 하지만 이렇게 비에 잔뜩 젖어서 나타날 줄이야.

"내가 못 살아. 당신 이러다 감기 걸려."

은택이 동은의 차가운 피부에 걱정스러운 표정을 지어 보였다. 그러나 동은은 은택의 손바닥에 얼굴을 비비며 천천히 고개를 저었다.

"괜찮아."

"내가 안 괜찮아."

은택이 이마를 부딪치며 동은의 얼굴을 가린 머리카락을 부드럽게 떼어내곤 속삭였다. 그리움과 안타까움이 모두 스민 웃음이 그의 입술 사이로 흘러나왔다. 그 순간 동은이 덜덜 떨리는 손으로 은택을 따라 그의 뺨을 감쌌다.

"사랑해, 은택아."

빗소리도, 빗줄기조차도 멈춘 것 같았다.

"사랑해."

좋아한다는 말보다 훨씬 더 큰 용기를 내야만 하는 말을 동은이 속삭였다. 진심 어린 고백의 순간, 동은이 은택의 눈을 똑바로 들여다보았다.

은택은 눈앞의 동은에게서 이제까지와는 확연히 다른 느낌을 받았다. 7년 만에 다시 만난 후로 마음에 솔직하기보다 언제나 두려움에 시선을 피하거나 제 곁에서 달아날 여지를 만들어두기 급급했던 그녀는 이제 없었다. 언제나 흐릿하기만 했던 그녀의 마음이 지금 이 순간 너무도 선명하게 보였다.

"사랑해, 은택아. 나 너랑 못 헤어지겠어. 너를 위해선 널 놓아주어야 한다는 거 아는데. 그래도 못 하겠어. 네가 아픈 건 싫은데, 나 때문에 다치는 것도 싫은데!"

아아. 은택은 깨달았다.

"그래도 도저히 헤어질 수가 없어. 내 옆에 있으면 네가 많이 위험할 텐데. 그런데도 도저히 널 놓아줄 수가 없어!"

그녀가 비로소 사랑에 솔직해졌다는 걸. 사랑에 온전히 **빠질** 준비가 되었다는 걸. 은택이 벅차오르는 가슴을 겨우 가누며 동은의 여린 몸을 더욱 꽉 끌어안았다. 그리고 천천히 입술을 가까이하며 속삭였다.

"내가 너 때문에 아프다면, 그 아픔까지 사랑해줘."

내가 그랬듯 너도 그래줘.

"사랑해, 동은아."

그렇게 날 사랑해줘.

그 밤, 퍼붓는 빗속에서 두 사람의 간절한 키스는 멈출 줄을 몰랐다.


이 마음은 충동일까, 아니면 오랫동안 바라왔던 것일까. 은택의 손을 잡고 매일같이 오르던 계단을 오르면서 동은은 처음으로 이곳의 풍경이 낯설게만 느껴졌다.

두근두근, 심장이 부풀어 터질 것만 같았고 걸핏하면 다리가 풀려 계단을 오르는 것이 힘겹기만 했다. 그 아슬아슬한 느낌은 한동안 사라지지 않아서 동은은 현관문의 비밀번호를 누르면서 기어코 몇 번이나 실수를 하고 말았다. 간신히 현관문을 열고 안으로 들어섰을 때, 문이 닫히는 소리가 마치 멀리서 벌어진 일처럼 아득하게 들렸다. 현관문이 닫힘과 동시에 갑자기 덮치듯 다가

온 은택으로 인해 머릿속이 하얗게 변해버린 까닭이었다.

"임동은. 동은아."

"응? 읍!"

은택의 노래 같은 목소리에 홀려 방심한 틈을 타 기습적으로 얽혀들었다. 평소보다 조금 더 짙은 농도로 조급하게 얽힌 그가 애타게 길을 찾았다. 이따금 동은이 참았던 숨을 터뜨릴 때마다 은택은 다른 길을 찾아 귓불을 깨물고 하얀 목덜미에 입을 맞췄다.

잠시 입술이 떨어지는 순간을 도저히 견딜 수가 없었다. 닿아 있지 않는 순간순간이 어째서 이렇게나 아쉬운 걸까. 눈앞에 그녀가 있는데도 은택은 그녀에게 아주 잠깐 닿지 않는 순간이 너무도 허전했다.

허전함을 달랠 길이 없어 은택이 동은의 몸을 으스러질 듯이 부둥켜안았다. 그리고 급하게 집 안으로 들어섰다. 마음이 급해 신발을 신은 상태에서 그대로 집 안으로 들어서려는 은택을 동은이 허겁지겁 멈춰 세웠다.

"잠깐만, 은택아! 시, 신발은 벗고 들어가야지."

동은의 애타는 외침에 은택이 사납게 앓는 소릴 내곤 아무렇게나 신발을 벗어 던졌다. 그 동작이 어찌나 재빠른지 결국 동은은 결국 신발을 신은 채로 집 안으로 끌려 들어오고 말았다.

신발을 신고 있음에도 동은은 여전히 은택을 올려다봐야 했다. 은은하게 빛나는 눈동자를 홀린 듯 들여다보고 있었더니 이번에도 방심한 틈을 놓치지 않고 은택이 동은이 입고 있는 비에 젖은 정복 재킷을 반쯤 끌어 내렸다. 천천히 젖은 옷을 벗겨내는 소리가 귓가를 더욱 예민하게 자극했다. 이윽고 젖은 재킷이 둔탁한 소리를 내며 바닥으로 툭 떨어졌다.

"은택아……."

결국 참아지지 않는 울림이 동은의 입술을 가르고 무겁게 흘러나왔다. 처음이기 때문에 본능만큼 두려움도 느껴졌다. 온몸이 저릿저릿함과 동시에 바르르 떨렸다. 동은은 몇 번이나 두려움을 잊기 위해 은택의 이름을 소리 내어 불러봤지만, 아무 소용 없었다.

"괜찮아. 괜찮아, 임동은."

그런 동은의 마음을 달래듯 대답한 은택이 그다음 순간 그녀의 젖은 셔츠 단추에 손을 올렸다. 동은은 전기에라도 감전된 사람처럼 몸을 움찔 떨었다.

거짓말. 하나도 괜찮지 않았다. 톡, 톡. 단추가 끌러지는 소리에 온몸의 감각은 끊임없이 무섭도록 예민해졌다. 비에 젖어 차갑게 식어도 모자랄 피부가 긴장감으로 인해 더없이 들끓었다.

정신없이 동은의 목과 어깨를 어루만지다 은택이 어느 순간 뜨거워진 손을 위로 들어 올렸다. 그가 동은의 머리카락 속으로 손을 집어넣었다. 젖어서 차가워진 머리카락을 헤집으며 간신히 사나운 충동을 다스렸다. 그녀의 소중한 처음을 제 욕심으로만 흘려보내서는 안 된다는 생각이 들었다. 은택이 조심스럽게 동은의 귓가에 입 맞추며 속삭였다.

"걱정 마. 무섭지 않게 해줄게."

믿음직스럽게 속삭인 은택이 동은을 침대에 앉히고 그 앞에 무릎을 굽혀 앉았다. 그리고 손을 뻗어 탁자 위에 놓인 노란 미등을 밝혔다. 희미한 노란색 불빛에 드러난 동은의 실루엣이 참을 수 없을 만큼 유혹적이었다. 하지만 은택은 서두르지 않았다.

그가 젖어서 피부에 달라붙어 있는 옷섶을 벌려 동은의 하얗고 여린 목과 어깨를 어루만졌다. 그렇게 한참을 머뭇거리다 이윽고 붉은 자국이 드러나자 은택이 그 위로 소중하게 입을 맞췄다. 은 택이 몇 번이나 소유욕을 표시했던 자리였다.

"하나도 안 지워졌어."

쇄골 옆 여린 살을 쓰다듬으며 은택이 조금은 짓궂게 읊조렸 다. 젖은 피부 위로 살랑살랑 은택의 숨결이 이슬처럼 얹혔다. 그 간지러운 느낌에 동은의 속눈썹이 파르르 떨렸다. 문득 자신이 일 영에게 했던 말이 생각났다.

'이런 건 결국 지워져. 아직 지워질 만큼 시간이 흐르지 않았 을 뿐이지.'

하지만 하나도 지워지지 않았다. 오랜 시간이 흐른다 한들 지 워질 리 없었다. 날이 갈수록 더 짙어져만 갈 뿐이었다. 그렇게 결 국엔 이 마음을, 이 사랑을 끝까지 포기할 수 없었다. 인정하고 나 니 안개처럼 뿌옇게 남아 있던 두려움이 티끌 한 점 남지 않고 사 라지는 느낌이었다.

그러자 잔뜩 긴장해 있던 동은의 몸이 부드럽게 늘어졌다. 은 택이 천천히 조금씩 위로 올라왔다. 느릿하던 그가 불시에 빠르게 침대 모서리를 짚고 올라가 동은에게 깊게 입 맞췄다. 은택이 살 짝 귓불을 깨물며 미리 용서를 구했다.

"미안. 아플지도 몰라. 네가 처음이니까. 하지만……."

"그 아픔까지 전부 사랑해줄 거지?"

제가 하려던 말을 대신하며 그 어느 때보다 예쁘게 웃는 동은 을 은택이 그대로 침대 위로 풀썩 쓰러뜨렸다. 지금 이 순간은 언젠가 겨우 붉은 자국 하나만을 욕심냈던 때와는 달랐다.

이 밤, 오롯이 그녀를 가질 것이다. 머리카락 한 올 한 올, 손끝 발끝, 거칠게 뛰고 있는 심장까지 그녀의 모든 걸 전부 제 것으로 만들 것이다. 은택이 끓어오르는 마음을 참지 못하고 물어뜯듯 동은에게 입을 맞췄다. 그리고 동시에 그녀를 지키던 하나 남은 마지막 단추마저 풀어버렸다.

곧 그의 눈앞에 하얀 만월 같은 풍경이 펼쳐졌다. 헐벗은 채 미등 아래에서 투명하게 빛이 나는 동은을 뜨겁게 내려다보던 은택이 이윽고 손안 가득 도톰한 살을 움켜쥐었다. 은택의 손안에서 그녀의 탐스러운 살결이 부드럽게 뭉개지고 이지러졌다. 그 말초적인 자극에 동은의 입에서 기어코 여린 신음이 터져 나왔다.

"읏……!"

자극은 더 깊은 자극으로 이어졌다. 동은의 달콤한 신음에 은택의 본능은 금방이라도 터질 것처럼 꿈틀거렸다. 예민하게 부풀어 오른 가슴을 더 힘주어 움켜쥐자 불뚝 도드라진 달콤한 열매가 몸살을 앓듯 솟아올랐다. 열매 주위의 여린 살을 달래듯 혀로 문지른 그가 이내 성마르게 열매를 집어삼켰다. 목마른 사람처럼 은택은 갈급하게 그녀의 열매를 훔치고 또 훔쳤다.

은택이 그것으로는 만족할 수 없었는지 또 다른 열매를 찾아 더 은밀한 곳으로 내려갔다. 그가 그녀가 입고 있는 앙증맞은 속옷을 벗겨 바닥에 집어 던졌다. 은택이 망설임 없이 동은의 아래에 얼굴을 묻고 숨겨져 있던 열매를 건드렸다.

간헐적으로 여린 신음만을 흘리던 동은이 그 순간 비명과도 같은 강렬한 신음을 토해냈다. 연이은 자극에 그녀가 바동거리며 자지러졌다. 짜릿한 기운이 척추를 타고 몸 끝까지 흘러나갔다. 몸 구석구석 불을 지핀 듯 더욱 뜨겁게 달아올랐다.

"아프면 말해. 노력할 테니까."

어찔할 정도로 흥분한 와중에도 은택은 필사적으로 동은을 배려했다. 그럼에도 차마 멈추겠다는 말만큼은 할 수 없었다. 전초전에 불과한 자극에도 축 늘어진 채 기진맥진해 있는 동은을 은택이 달래듯 소중하게 끌어안았다. 그는 여기서 멈출 수 없음에 미안한 마음을 가득 담아 그녀의 가녀린 몸에 입맞춤을 흩뿌렸다.

동은이 그 마음을 위로하듯 그의 등을 껴안았다. 그 순간부터 그는 마음껏 그녀의 몸을 유랑했다. 스치는 곳, 닿는 곳, 빨아들이는 곳, 그 어느 곳 하나 황홀하지 않은 곳이 없었다.

동은의 몸 위에서 그가 다녀간 자리마다 탐스러운 꽃이 피었다. 붉게 번진 꽃잎이 흐드러지게 휘날렸다. 그리고 끝내 은택은 아무도 가진 적 없는 그녀의 은밀한 꽃잎을 열어젖혔다.

"동은아. 동은아……!"

천천히, 아주 천천히 그가 그녀에게로 밀려들어갔다. 젖은 피부가 따스하게 맞닿았다. 연약했던 파도는 이내 거칠어져 두 사람을 집어삼켰다. 깊은 물속에 잠기는 것 같은 감각이 온몸을 휘감았다. 동은은 두 팔로 은택의 목을 끌어안고 두 다리로 그의 허리를 휘감은 채 그를 오롯이 품기 위해 몸부림쳤다.

"사랑해! 사랑해!"

"나도……! 훗, 나도 사랑해."

본능적인 고백이 터져 나왔다. 치열하게 사랑하던 둘은 이윽고 완전히 하나가 되었다. 동은은 은택의 품에서 물에 빠졌다 나온 사람처럼 가쁜 숨을 몰아쉬었다.

그러나 자극은 거기서 끝이 아니었다. 더 깊고 더 뜨겁게, 끝이라 생각했던 그 너머까지 흥분이 휘몰아쳤다. 은택은 동은에게 입 맞추며 함께 절정으로 달려갔다. 그 끝에서 두 사람은 서로를 꽉 부둥켜안았다.

"하아, 하아……."

그 순간 격렬했던 밤은 거짓말처럼 조용해졌다. 여전히 결합된 곳에서 뜨거운 감각이 아지랑이처럼 피어오르고 있었다. 그 여운에 동은도 은택도 옴짝달싹하고 싶지 않았다. 서로가 내뿜는 고요한 숨소리만이 맞닿은 가슴으로 아주 느리게 스며들었다.

꿈을 꿨다. 언젠가 은택이 동은을 바다에 데려가줬던 날의 꿈이었다.

동은은 그때도 트라우마를 견디지 못하고 과거의 망령에 사로잡혀 살고 있었다. 급기야 제자의 거짓말에 손찌검까지 하고 말았다. 그 일로 인해 교생실습임에도 학생들을 가르치는 일을 금지당했다. 겨우 야간자율학습 감독이나 방과 후 활동 자문 같은 걸 하며 시간을 보냈다.

동은은 차라리 그 편이 다행이라고 여겼다. 더 이상 이일영 같은 학생을 상대하고 싶지 않았다. 과거를 떠올리게 하는 그 어떤 일도 일어나지 않기를 바랐다.

하지만 동은은 예상하지 못한 곳에서 또다시 과거와 맞닥뜨리고 말았다. 은택이 부장으로 있는 영화감상반을 담당하게 되어 함께 방과 후 활동을 하게 된 날이었다. 그날은 '굿 윌 헌팅'이라는 영화를 감상했는데, 후반부 흘러나온 대사가 그녀를 자극하고 말았다.

'네 잘못이 아니야.'

대사는 몇 번이나 반복되었다. 동은은 그 대사를 도저히 견딜 수가 없었다.

납치 사건도, 아빠의 자살도, 엄마의 정신병도 모두 제 탓이라고 자책하며 살아온 동은이었다. 비록 영화 속 대사일 뿐이었지만, 동은은 괴로웠다. 사실 마음속에선 줄곧 그 말을 엄마에게서 듣고 싶었다. 하지만 현실은 영화가 아니라는 걸, 자신은 끝내 엄마에게서 용서받을 수 없다는 걸 동은은 알고 있었다.

결국 동은은 영화가 끝나기도 전에 시청각실을 뛰쳐나왔다. 한동안 메말라 있던 눈물이 마구 흘러내렸다. 우는 모습을 들키지 않기 위해 동은은 학생들이 잘 가지 않는 구 건물로 향했다. 그곳 벤치에 웅크리고 앉아 하염없이 울었다. 지쳐 잠들 때까지 눈물을 쏟아냈다. 까무룩 잠이 들었다 깼을 땐 거짓말처럼 눈앞에 은택이 있었다.

'선생님이 좋아요.'

은택은 터무니없는 고백으로 동은의 고단한 잠을 확 깨워주었다. 그렇게 그녀의 혼을 쏙 빼놓고선 바다를 보러 가자고 했다. 마치 동은이 지금 무얼 원하는지 다 알고 있다는 듯이.

신기하게도 아무리 울어도 가라앉지 않던 통증은 은택이 데려가준 탁 트인 바다 앞에서 잠잠해졌다. 비록 상처가 아문 것은 아니었지만, 언제고 이 바다를 떠올리기만 하면 통증을 견딜 수 있을 것 같은 그런 기분까지 들었다.

그날 이후로 통증이 찾아올 때마다 그 바다를 생각했다. 그리고 바다를 추억할 때마다 늘 은택을 함께 떠올렸다.

그러나 돌이켜 생각해보니 실은 바다가 아니라 은택을 추억하고 있는 거였다. 꿈을 꾸는 동안 동은은 자신의 마음을 확신했다.

꿈속에서 그녀는 바다가 아니라 파도를 가지고 장난치는 은택의 모습만 줄곧 바라보고 있었으니까.

꿈에서 깬 동은은 가만히 잠든 은택의 얼굴을 들여다봤다. 어젯밤의 잔상이 스쳐 지나가며 혼자 얼굴을 붉힌 동은은 그럼에도 은택에게서 시선을 떼지 못했다.

이불 밖으로 손을 꺼낸 동은이 용기를 내어 은택의 얼굴선을 따라 손가락을 움직였다. 그녀의 손가락 끝이 아슬아슬하게 떨렸다. 문득 은택의 콧날에서 손가락을 멈춘 동은의 눈시울이 촉촉하게 젖어들었다.

은택이 곁에 있다는 사실 하나만으로, 그녀의 세상이 변해버렸다. 아무 소리도 들리지 않고 아무 온기도 없었던 그녀의 세상은……. 이제 살랑살랑 바람이 불듯 그의 목소리가 울리고, 따스한 햇볕이 내리쬐듯 그의 손길이 닿을 때마다 온기가 번져갔다.

그렇게 잔잔히 스며들어 모든 것을 바꿔버린 은택의 존재. 동은은 새삼스럽게 울컥 목이 메어왔다. 그녀는 눈을 감고 애써 감정을 추슬렀다.

그 순간 차마 닿지 못하고 은택의 얼굴 근처만 맴돌던 동은의 손을 부드럽게 움켜쥐는 힘이 느껴졌다. 눈을 뜨니 한없이 사랑스러운 눈길로 은택이 저를 바라보고 있었다. 가물거리는 눈동자에 동은의 모습을 가득 품은 채 은택이 나른하게 중얼거렸다.

"내 얼굴 보면서 무슨 생각을 그렇게 골똘히 해?"

"있지, 방금 네 꿈을 꿨어."

"무슨 꿈?"

"언젠가 네가 날 바다에 데려가줬던 그날의 꿈."

생각해보면 은택은 처음부터 저를 각별하게 대했다. 마치 물가에 내놓은 아이를 보듯 늘 안절부절못하는 인상을 받았었다. 고통스러워하는 그녀를 은택은 단 한 번도 모른 척하지 않았었다.

누구보다 가까이에서 그녀의 무너진 모습을 목격했기 때문일까. 동은은 문득, 어쩌면 은택의 마음이 처음부터 사랑은 아니었을지도 모르겠다는 생각이 들었다.

"은택아."

"응?"

"네 마음, 처음에도 사랑이었을까? 동정이나 연민 같은 그런 게 아니었을까?"

동은의 물음에 은택이 사랑스러운 눈길로 그녀를 바라봤다. 언제나 저를 밀어내기 바쁘던 그녀가 이토록 솔직하게 사랑을 갈구하는 모습이 못 견디게 좋았다. 은택이 동은의 귓등을 촉촉하게 입에 물며 속삭였다.

"그래서 불안해? 내 마음이 사랑이 아닐까 봐?"

동은은 부끄러운 모양인지 선뜻 대답하지 못했다. 하지만 시무룩한 눈빛이 알아서 대답해주고 있었다.

"불안해할 필요 없어. 처음부터 사랑이었으니까. 이 마음만큼은 확신할 수 있어."

"은택아……."

"오히려 당신이야말로 날 안심시켜주지그래? 나는 지금 이 순간도 당신이 날 떠날까 봐 불안해 죽을 것 같으니까."

은택이 불안한 마음을 내비치며 동은의 손을 슬쩍 잡았다. 동은은 심장이 쿵 내려앉는 것 같았다. 자신이 얼마나 은택을 불안하게 했는지 이제야 깨달았다. 은택은 그렇게 계속 그녀가 떠날까 불안해하고 있었다. 이렇듯 함께 있는 날들조차도 내내.

"또 헤어지자고 하기만 해봐. 명심해, 나 이젠 정말 당신 놔줄 수 없……."

곤란한 듯 속삭이던 은택은 그러나 끝까지 말을 잇지 못했다. 그저 받치듯이 잡았던 그녀의 손이 그 순간 단단하게 얽혀든 까닭이었다. 동은이 단호하게 눈을 반짝이며 깍지를 낀 살짝 놀란 듯 굳어 있는 은택의 손등에 입을 맞췄다.

"놓지 마."

"뭐?"

"나 절대 놓지 말라고."

은택이 동은이 방금 한 말이 믿기지 않는지 눈을 깜빡거리며 한 번 더 되물었다.

"방금 한 말, 진심이야?"

"응."

동은이 쑥스러운 모양인지 시선을 피하면서도 힘주어 고개를 끄덕였다.

"그럼 나 정말로 평생 당신 안 놔줄 건데도? 당신이 나 때문에 아파도 절대로 못 놔줄 텐데도?"

"바보."

"뭐야, 갑자기 바보라니."

"너 때문에 내가 아플 리가 없잖아."

단 한 번도 서은택, 이 남자 때문에 아팠던 적은 없었다. 그녀가 늘 고민하고 망설였던 건 오히려 은택이 저로 인해 아파할까봐 오직 그 이유 때문이었다.

그러니 더는 고민하고 망설일 이유가 없었다. 서로의 아픔까지 사랑해줄 이를 만났으니. 그리하여 캄캄하던 나의 세상은 이토록 눈부시게 빛나고 있으니.

"그러니까 이제 네 마음 참지 않아도 돼, 은택아."

그 한마디로 은택의 마음에 걸려 있던 빗장이 단번에 풀렸다.

"난 평생 네 옆에 있을 거야. ……읍!"

은택은 평생 제 옆에 있겠다는 약속을 읊조리는 동은의 입술을 다시 한 번 거칠게 훔쳤다. 발갛게 부풀어 있는 그녀의 가슴을 훔치듯이 짓뭉갰다. 다시 한 번 그녀 위로 꽃이 피었다. 더 이상 마음을 참을 이유가 없었다. 그렇게 아침이 밝아올 무렵, 또 한 번의 밤이 두 사람에게로 찾아왔다.


"거기 밑에, 어, 그래. 조금만 더 손을 뻗어봐."

동은이 은택이 손가락으로 가리킨 곳에서 옷을 주워 재빨리 이불 속으로 끌어당겼다. 동은은 경찰서에서 온 연락을 받고 돌아갈 채비를 서두르고 있는 중이었다. 꼼지락거리며 상의를 다 입은 동은이 몸에 이불을 돌돌 만 채 옷장 앞으로 걸어갔다.

"애인."

은택이 조심스럽게 그녀를 불렀다. 옷장 문을 열고 바지를 재빨리 꺼내 입은 동은이 뻗친 머리를 대충 묶으며 대꾸했다.

"응?"

"다음 주에 은택관에서 동창회를 하기로 했어."

동창회란 말에 동은이 움직임을 멈췄다. 은택이 무슨 말을 하려는지 왠지 알 것 같았다.

"나, 친구들한테 거짓말하고 싶지 않아. 물론 굳이 내가 나서서 말할 필요는 없지만, 그래도 매번 그런 말이 나왔었으니까."

대학에서도 내내 게이란 소문을 달고 살아야 했었던 만큼, 고등학교 동창들 사이에서도 여태껏 단 한 번도 여자를 사귀지 않는 은택에 관한 헛소문은 무성했다. 동창회를 하면 늘 은택의 연애 여부가 화두에 오르곤 했었다. 그것이 싫어 번번이 동창회를 빼는 바람에 괜한 오해를 부풀리기도 했었다. 그래도 그 정도로 지난 7년간 직접 질문을 받는 불편한 상황을 모면해왔던 은택이었다.

하지만 이번에는 은택관이 동창회 장소로 잡히는 바람에 더는 피할 수도 없는 상황이었다. 은택이 동은에게 조심스럽게 물었다.

"만약에 친구들이 물어보면, 나, 솔직하게 말해도 될까?"

은택의 떨리는 목소리를 들으며 동은이 그에게로 다가갔다. 그와 눈이 마주치는 순간, 동은이 안타까운 마음에 입술을 깨물었다. 은택은 아직도 바보같이 제 마음을 참고 있었다.

"임동은이 내 애인이라고. 사랑하는 사람이라고 소개하고 싶어."

동은이 침대 위로 스르륵 앉으며 은택을 부드럽게 끌어안았다. 그리고 은택의 너른 등을 쓸어내리며 속삭였다.

"서은택, 어젯밤 내가 한 말 그새 다 까먹은 거야?"

"어?"

"네 마음 참지 않아도 된다고 말했잖아."

은택의 얼굴이 눈부시게 환해졌다. 동은이 왠지 모를 뿌듯함을 느끼며 은택을 더 꼭 끌어안았다. 그리고 저보다도 더 꼭 저를 껴안아주는 은택에게 파고들며 속삭였다.

"네가 하고 싶은 대로 해. 네가 원하는 일이면 어떤 것도 다 해줄 수 있어, 난."

진심이었다. 이젠 그 무엇도 두렵지 않았다.

손님이 아무리 많아도 늘 고즈넉했던 은택관이 모처럼 시끌벅적했다. 5년 만의 고등학교 동창회. 단연 화제는 은택의 연애 소식이었다. 은택은 음식을 내놓느라 분주한 한편, 연신 질문 공세에 시달리느라 정신이 없었다.

"그래서 대체 어떤 여자야? 천하의 서은택을 쟁취한 여자가?"

초벌구이 된 꼬치요리를 내려놓는 은택에게 선욱이 찰싹 달라붙어 보챘다. 선욱은 고등학교 시절부터 개그맨이 꿈이었던 친구였다. 은택은 냉장고에서 맥주를 몇 개 더 챙겨 와 테이블 위에 올려두고 선욱의 맞은편에 자리를 잡고 앉았다.

차선욱. 상대가 누군지 들으면 아마 까무러칠 텐데. 선욱이 동은을 웃기려고 온갖 개그를 펼치던 시절을 떠올린 은택이 오른쪽 입꼬리를 비긋이 말아 올리며 느긋하게 턱을 괴고 대답했다.

"경찰. 그것도 강력팀에서 일하는 형사."

"와, 대박!"

"나이는 서른."

"서른? 다섯 살 차이? 어쩐지 넌 연상 만날 것 같더라. 예뻐?"

"무지 예뻐. 그리고……."

"그리고?"

"한때 교생."

은택의 설명에 흥미롭게 눈을 반짝이던 선욱을 비롯한 동창들이 일순 서로 눈치를 살폈다. 교생이라 하니 7년 전 은택이 유독 신경을 썼던 여자 교생이 저마다 머릿속에 떠오른 까닭이었다.

한 번도 웃는 모습을 보여준 적 없는 일명 얼음마녀, 교생 임동은. 문득 은택이 그녀를 애틋하게 짝사랑했던 기억을 떠올린 선욱이 그가 가져온 맥주를 한입에 들이부었다. 그리고 거품이 묻은 입가를 슥 닦아내며 긴장된 기색으로 물었다. 선욱은 맥주를 마시고도 어쩐지 갈증이 이는 듯 자꾸만 혀로 입술을 훔치고 있었다.

"은택아, 혹시 네가 만난다는 사람이……."

"맞아, 임동은."

질문이 끝나기도 전에 은택이 대답했다. 은택의 거리낌 없는 고백에 순식간에 주변이 들끓었다.

"진짜? 진짜야? 와! 이거야말로 대박!"

은택이 소란스러운 분위기에 따가운 귀를 아래로 죽 잡아당기며 모처럼 술을 입에 댔다. 맥주가 식도를 타고 내려가는 감각이 평소보다 짜릿했다. 그러나 단순히 술기운 때문만은 아니었다. 임동은이 내 여자라는 사실을 당당하게 공개하고 나니 가슴이 걷잡을 수 없이 두근거렸다.

"맙소사! 서은택! 대체 언제부터 임동은 선생님이랑 사귄 거야?"

"이제 한 달 조금 넘었다."

은택이 새삼 동은과의 연애가 실감이 났는지 가볍게 웃었다. 가벼운 웃음 속에 묵직한 감정이 실려 있었다. 그 한 달여란 시간 동안 얼마나 많은 일이 있었는지. 얼마나 많이 울고, 얼마나 많이 아파하고, 그리고 얼마나 많이 웃고, 얼마나 많이 행복했던가.

그 짧고도 긴 시간의 끝에서 결국 오롯이 그녀를 가졌다. 은택이 한침대 위에서 제 품에 안겨 있던 동은의 야릇한 모습을 떠올리며 바보처럼 푸스스 웃음을 흘렸다. 그 모습을 감상하던 선욱이 개구쟁이 같은 표정을 지으며 슬금슬금 가까이 다가왔다.

"서은택, 너 얼굴에 다 티 나."

"뭐가?"

"짐승이라서 행복해요."

순간 정적이 감돌았다. 뒤늦게 정신을 차린 은택이 앞에 놓인 상추를 집어 들어 선욱의 뺨을 찰싹찰싹 때렸다.

"어우, 이 미친놈아."

선욱이 상추를 날름 삼키며 장난스럽게 웃었다. 그러다 문득 동은과 있었던 기억을 떠올리곤 짐짓 진지한 기색으로 입을 열었다.

"그러고 보니 임동은 선생님, 나한테 웃기는 재주는 없으니까 절대 개그맨은 못 될 거라고 호언장담했었는데."

숯불에 꼬치요리를 올리고 불을 조절하던 은택이 의아한 눈빛으로 물었다.

"너한테 그런 얘길 했어? 언제?"

"교생실습 마지막 날. 마지막까지 안 웃어줘서 미안하다고. 하지만 미안한 건 미안한 거고, 아무리 그래도 너 웃기는 재주는 없다고 하더라."

"와. 우리 동은이 엄청 객관적인데?"

"우리 동은이? 대박. 서은태기도 연애하니까 별수 없구나!"

"부러우면 너도 하든가!"

은택이 선욱의 등을 두드리며 얄밉게 웃었다. 그러자 선욱이 또 한 차례 맥주를 벌컥벌컥 들이켜곤 주먹을 불끈 쥐었다.

"서은택, 넌 모르지? 그때 나 선생님 웃는 모습 봤다?"

내내 심드렁하게 굴던 은택이 그 순간 눈을 크게 뜨며 선욱을 바라봤다. 임동은 이 여자, 뭐야? 내내 뒤쫓아 간 저한테는 다신 얼굴 보고 싶지 않다는 말까지 하고선 차선욱한테는 웃는 모습까지 보여줬단 말이야? 은택의 살짝 구겨진 미간을 보며 선욱이 키득키득 웃었다.

"아무튼 그때 선생님 참 예뻤는데. 솔직히 말하면 반할 뻔했…… 아뜨뜨!"

갑자기 은택이 뜨겁게 구워진 꼬치요리를 예고도 없이 선욱의 입에 밀어 넣었다. 선욱이 장난을 치는 걸 알면서도 지난 7년간 임동은 웃는 모습을 상상하면서 그리움을 버텼던 그 시간이 문득 억울하게 느껴진 까닭이었다.

그 와중에도 차마 뱉진 못하고 꼬치요리를 꿀꺽 삼킨 선욱이 차가운 맥주를 마시며 난리를 쳐댔다. 그러거나 말거나 다 구워진 꼬치요리를 빈 접시에 옮겨 담으며 은택이 아련한 표정을 지었다. 임동은 이 여자야. 자꾸 당신 얘길 하니까 보고 싶어 죽겠다.

"야! 그러지 말고 선생님도 부르자!"

돌연 은택의 생각을 읽기라도 한 건지 선욱이 신이 난 얼굴로 동은을 부르자는 제안을 했다. 솔직히 처음엔 은택도 마음이 흔들렸다. 그녀가 당장에라도 보고 싶어 미칠 것 같았으니까. 그러나 두 번 생각한 끝에 은택은 아직은 이르다는 결론을 내렸다.

"됐어, 인마! 우리 동은이 데려다 앉혀놓고 얼마나 괴롭히려고?"

은택이 그렇게 말하며 또다시 뜨거운 꼬치를 예고도 없이 들이밀었다. 선욱이 똑같은 수법엔 절대 안 당한다며 얄밉게 은택의 손에서 꼬치만 쏘옥 빼 갔다. 은택이 그런 선욱의 어깨를 툭 치며 황당하게 웃었다.

그사이 은택관 창밖으로 슬그머니 어둠이 내려앉고 간판 조명에 환하게 불이 켜졌다. 밤이 깊어지면서 더 많은 술잔이 오가고 추억이 오갔다. 메인으로 준비한 꼬치요리가 똑 떨어져서 은택은 새로 너비아니와 샐러드를 만들어 내놓았다.

은택의 연애 여부로 떠들썩했던 테이블은 다들 술에 거나하게 취하기 시작하면서 그 기세가 한풀 꺾인 참이었다. 자정을 넘기면서 안주가 줄어가는 속도는 눈에 띄게 더뎌졌지만, 술이 줄어가는 속도는 두 배는 더 빨라졌다.

스물다섯. 자신의 인생을 소신 있게 계획하고 꾸려가는 중인 은택은 확실히 또래에 비해 평범하지는 않았다. 취업 스트레스에 시달리며 꿈과 현실 사이에서 괴로운 줄다리기 중인 친구들은 밤이 무르익을수록 술 한 잔에 한숨 한 번 내쉬며 청춘의 시름을 털어내곤 했다.

"생각할수록 서은태기 너, 부럽다, 인마. 꿈도 사랑도 다 이뤄낸 네 녀석이 정말로 부럽다."

선욱이 푸념인지 주사인지 모를 말을 늘어놓으며 테이블 위로 쓰러지듯 엎드렸다. 은택이 그런 선욱의 등을 다정하게 다독이며 옅게 웃었다.

한참을 선욱의 말을 곱씹으며 곰곰이 고민하던 은택의 눈매가 부드럽게 샐그러졌다. 생각해보니 자신은 확실히 누군가 부러워할 만한 인생을 살고 있었다. 그만큼 외롭고 고통스러운 시간들도 많았지만, 이제는 꿈도 사랑도 남부러울 것이 없었다. 그건 모두 동은이 곁에 있기 때문이었다. 지금 느끼는 행복은 모두 동은이 가져다준 것이었다.

그러자 술을 마시기 전에는 그나마 참을 수 있었던 그리움이 감당할 수 없을 만큼 짙어졌다. 살짝 취기가 돌면서 머릿속이 아찔해졌다. 더는 이 마음을 걷잡을 수 없는 기분이었다.

은택이 슬며시 의자를 뒤로 밀어 자리에서 일어섰다. 당장 얼굴을 보고 싶지만 그건 무리일 테니, 일단은 목소리라도 들어야겠다.

조심스럽게 바깥으로 나온 은택이 서둘러 주머니를 뒤졌다. 그런데 아무리 찾아도 휴대전화가 보이질 않았다. 은택이 하는 수 없이 다시 가게 안으로 들어가려던 때였다.

"은택아!"

멀리서 동은이 제 이름을 크게 외치며 뛰어오고 있었다. 처음엔 헛것을 본 줄만 알았는데 아니었다. 코앞까지 뛰어온 동은에게서 들려오는 거친 숨소리와 마주 잡은 손에서 느껴지는 뜨거운 체온에 은택이 뒤늦게 정신을 차렸다.

"애인? 오늘 야간 근무라고 안 했어? 무슨 일이야?"

은택의 물음에 동은이 잔뜩 일그러진 얼굴을 하고서 소리쳤다.

"무슨 일이냐니! 큰일 났다고 빨리 와달라고 한 건 너잖아! 내가 얼마나 걱정한 줄 알아? 뭐야? 대체 무슨 일인데?"

그렇게 말하는 동은의 얼굴이 금방이라도 울 것 같아서 도리어 지켜보는 쪽이 더 걱정스러웠다. 은택이 그런 동은을 진정시키기 위해 사시나무 떨듯 떨고 있는 동근 어깨를 재빨리 끌어안았다. 그리고 하얀 손등에 제법 오래 입을 맞췄다. 차가운 동은의 손등에 오랫동안 닿아 있어도 은택의 입술은 내내 뜨겁게 머물렀다. 그렇게 한참 만에야 입술을 뗀 은택이 나지막하게 속삭였다.

"미안. 아무래도 선욱이가 장난친 것 같아."

"장난?"

"응. 애들이 대체 어떤 여자랑 사귀는 거냐고 물어보기에 나이 서른의 한때 교생, 지금은 미인 형사라고 화끈하게 말해버렸거든. 그렇지만 난 분명 미리 허락받았으니까 화내기 없기. 아무렴 이런 고전적인 장난을 칠 거라고는 생각 못 했어."

은택의 낯부끄러운 설명을 가만히 듣고 있던 동은이 이로 까득 소리를 내며 문이 닫힌 가게 안을 슬쩍 노려봤다.

"알 만해. 내가 이 녀석을 당장……!"

반사적으로 가게 안으로 뛰어 들어가려는 동은의 허리를 은택이 부드럽게 팔 안으로 휘감았다. 그리고 가녀린 목 위로 입술을 미끄러트리며 동은의 귓가에 아슬아슬하게 속삭였다.

"들어가서 뭘 어쩌게? 당신 더 이상 우리 선생 아니다? 이젠 서은택 애인 임동은이지. 혼꾸멍을 내주기는커녕 짓궂은 괴롭힘이나 당할걸?"

듣고 보니 그랬다. 이대로 가게 안으로 뛰어 들어가 봤자 얄궂은 아이들이 저에게 호락호락 혼나줄 것 같지는 않았다. 얼굴이 새빨개질 만큼 야살스러운 질문을 속사포처럼 쏟아내는 아이들의 모습이 문득 눈앞에 생생하게 그려졌다. 문고리를 야무지게 쥐었던 동은이 힘없이 손을 풀었다. 그러곤 갈 곳 잃은 손으로 제 허리를 감싼 은택의 손을 살포시 덮었다.

"정말 바보 같아. 오늘이 동창회라는 거 까맣게 잊고 있었어. 알았으면 절대 안 속았을 거야."

그러자 은택이 동은의 하얀 목에 다시 한 번 입을 맞추며 어리광을 부리듯 중얼거렸다.

"알아. 요즘 사건 때문에 많이 바쁘지? 인정태라고 했지? 지난번에 얘기한 그 사람이 정말 백합이야?"

함께 밤을 보낸 이후로 동은은 모든 것에 있어서 솔직해졌다. 그래서 마냥 숨기기 급급했던 백합에 관한 일도 이제는 먼저 은택에게 말해주었다. 은택이 더 이상 불안해하지 않길 바라서였다. 동은이 미간에 주름을 잡으며 설명했다.

"증거는 확실한데 확신이 안 서. 좀 더 깊이 파고들어 보려고. 그래서 홍미란한테도 계속 연락해봤는데 연결이 안 돼. 은택이 너한테 다시 연락 오진 않았어?"

"안타깝지만, 그 후로는 없었어."

"그래?"

동은이 다소 낙담한 투로 읊조렸다. 백합에 관해 전부 말해주겠다던 홍미란은 어느 날 갑자기 잠적해버렸다. 아무래도 보복이 두려워 숨은 것 같았다. 동은은 이참에 제대로 실종 수사를 하고 싶었지만, 윗선에서 사건이 성립되지 않는다며 단칼에 거절당했다. 은택은 순식간에 심각해진 동은의 이마에 입을 맞추며 어깨를 어루만졌다.

"걱정 마. 꼭 잡을 수 있을 테니까."

"응, 고마워."

"그나저나 내가 얼마나 당신이 그리웠는지 모르지?"

순식간에 허리춤이 허전해진다 싶더니 가뿐하게 동은의 몸을 돌려세운 은택이 그녀의 어깨 위에 두 팔을 올렸다. 조금 전까지 허리를 지분거리던 손가락이 이번엔 머리카락을 헤치고 목의 예민한 곳을 지분거리고 있었다. 목뒤로 깍지를 낀 기다란 손가락이 느긋한 것과는 달리 목을 쓰다듬는 엄지손가락은 지나치게 뜨거웠다. 그 감촉에 엄지가 닿은 자리마다 녹아버릴 것 같아서 동은의 표정이 열에 달뜬 듯 조금 멍해졌다.

그 표정을 감상하며 은택이 느릿느릿하게 다가와 콧등을 슬쩍 부딪쳤다. 그가 별안간 쪽 소리가 나게 입을 맞췄다. 그리고 시끄러운 가게 안을 마뜩잖게 바라보더니 동은의 손을 잡아끌었다.

"그러니까 둘만 있을 수 있는 곳으로 가자. 위로 올라가는 게 좋겠어."

은택의 시선이 은밀하게 처마 위 옥상을 가리켰다. 동은이 제 말뜻을 알아들은 듯 쑥스러움에 눈을 내리깔자, 은택이 어깨에 두른 팔을 풀어 성급한 손길로 그녀를 잡아끌었다. 조급한 걸음걸이에 계단을 오르는 소리가 유난히 시끄러웠다. 그러나 그 소음조차 눈치채지 못할 만큼 지금은 단 하나의 생각밖에 머릿속에 떠오르지 않았다.

닿고 싶다. 아무리 닿아도 이 아쉬움이 전부 채워지지 않을 거란 걸 알지만, 그래도.

옥상에 오르기 무섭게 짧지만 강렬하게 동은의 입술을 한차례 훔친 은택이 두 번째 길고 긴 입맞춤을 하기 직전 얄궂게 물었다.

"혹시 후회해?"

"뭘?"

"나한테 마음 참지 말라고 한 거."

잠시 고민하던 동은이 세차게 고개를 저었다. 물론 가끔 감당이 안 될 때가 있긴 하지만, 그래도 좋았다. 이렇게 그와 닿아 있는 순간이면 가슴이 터질 것처럼 두근거리고 행복해서 눈물이 나올 것 같았다. 이 순간을 참기 싫은 건 동은도 마찬가지였다.

"아니. 절대로 후회 안 해."

동은의 단호한 대답이 마음에 드는 듯, 은택이 매끄럽게 휘어진 입술을 그대로 다시 겹쳐왔다. 쉽게 떨어질 수 없게끔 단단히 얽은 혀와 촘촘하게 깍지를 낀 손가락이 달빛 아래 오래도록 하나인 양 맞물려 있었다. 연인의 사랑스러운 마음과 은은한 달빛, 그야말로 모든 것이 완벽한 순간이었다.

한참을 서로의 입술에 사로잡혀 있다가 문득 동은이 바튼 숨을 토해내며 은택의 목과 어깨 사이로 얼굴을 묻었다. 그 잠깐을 견디지 못하고 은택이 중얼거렸다.

"하아, 못 참겠어. 왜 이렇게 아쉽지."

은택이 동은에게 숨 고를 시간을 주며 허리를 끌어당겼다. 잠시도 가만있지 못하고 그녀의 얼굴 곳곳에 입맞춤을 흩뿌리며 은택은 생각했다.

키스는 언제나 아이러니했다. 해도 해도 목마르고 이상하게 갈증만 더 끓어서 마음껏 입술을 훔쳐도 여전히 아쉬운 마음이 가득 남았다. 만약 이 아쉬움이 마음의 크기를 증명하는 거라면, 아마 평생을 키스만 해도 아쉬운 마음이 들지도 모른단 우스운 생각이 들었다. 은택이 따뜻하게 젖은 입술로 동은의 말랑한 귓등을 깨물며 속삭였다.

"기다리고 있어. 동창회 끝나면 집으로 갈게."

"……응, 기다릴게."

은택의 입술이 한 번 더 동은의 달콤한 입술 위로 내려앉았다. 그렇게 한참을 더 키스에 매달리다, 결국 동은은 아이들에게 들키기 전에 돌아가겠다며 은택관을 떠났다. 마지못해 꼭꼭꼭 기다리라는 엄포를 놓고 그녀를 돌려보낸 은택이 주방과 연결된 뒷문으로 막 들어섰을 때였다.

"어? 안 주방장님?"

지상이 문 앞에 서 있었다. 주방은 이미 불이 꺼져 있어 그의 모습은 반쯤 어둠 속에 잠겨 있었다.

"안 주방장님이 여긴 어쩐 일이세요?"

은택이 당황한 목소리로 묻자 지상이 어둠 속에서 한 걸음 걸어 나오며 대답했다. 그래도 여전히 그는 어둠 속에 파묻힌 채였다.

"하루 씨한테 오늘 은택 씨 동창회가 있다고 들어서요. 내가 뭐 도와줄 일 없을까 해서 와봤는데 음식은 이미 충분한 것 같네요."

"아, 정말요? 미리 말씀이라도 해주시지. 아무튼 감사해요."

지상이 헛헛하게 웃자 은택이 따라서 웃었다. 그러다 갑자기 은택이 곤란한 얼굴로 입술을 꾹 깨물었다.

"그런데 안 주방장님."

"네?"

"그게, 그러니까……. 아, 그러니까 혹시……."

은택이답지 않게 말까지 더듬어가며 망설였다. 느긋하게 기다리던 지상이 빙긋 웃으며 자상하게 물었다.

"무슨 일인데 그래요?"

"그게 혹시 보, 보셨나 해서……."

은택이 쭈뼛거리며 어렵게 말을 꺼냈다. 조금 전 가게 뒤편에서 동은과 키스하는 모습을 지상이 혹시라도 봤을까 봐 꽤 창피한 눈치였다. 지상이 손으로 입을 가린 채 쿡쿡 웃음을 참았다. 그 모습을 본 은택이 난감한 듯 손바닥으로 얼굴을 쓸어내렸다.

"보셨구나. 하아……."

지상은 무척이나 곤란해하는 은택의 모습에 가까스로 웃음을 삼켰다. 그러곤 돌연 입을 가리고 있던 손을 검지만 세운 채 입술 중앙에 올렸다.

"쉿. 아무한테도 말하지 않을게요."

그렇게 말하며 지상이 어둠 속에서 완전히 빠져나왔다. 그리고 그대로 은택의 어깨를 두드리곤 지나쳐 걸어갔다.

"좋은 시간 보내요."

그러나 지상의 상냥한 말에 은택은 어째서인지 온몸이 빳빳하게 굳어 움직일 수가 없었다. 창피함도 곤란함도 모두 잊었다. 지금 은택을 휘감고 뒤흔드는 감정은 섬뜩한 공포였다.

'쉿.'

어둠에 가린 누군가의 모습이 불현듯 머릿속에 떠올랐다.

'아무한테도 말하지 말렴.'

잊고 있었던 기억 한 조각. 그건 분명 12년 전 빗속에서 동은을 발견했던 그날의 기억이었다. 은택이 반사적으로 뒤를 휙 돌아봤다. 그러나 안지상은 이미 사라지고 없었다.

집으로 돌아가겠다던 동은은 잠시 걸음을 멈추고 통유리 너머 시끌벅적하게 놀고 있는 아이들의 모습을 바라봤다. 지금의 저였다면 이 아이들에게 더 좋은 선생님이 되어줄 수도 있었을 텐데. 문득 아쉬운 마음에 한참을 아이들의 모습을 바라보다 그녀가 뒤돌아선 순간이었다.

갑자기 가게 안이 더 크게 소란스러워졌다. 눈을 뜨니 은택이 주방 쪽에서 나오고 있었다. 은택이 들어서기 무섭게 아이들은 짓궂다 못해 노골적인 질문 공세를 퍼붓기 시작했다. 키스며 짐승이며 온갖 노골적인 단어에 시달리는 은택이 안쓰러웠지만, 누굴 원망할 수도 없었다. 제 발등 제가 찍은 꼴이었으니. 그래도 그 노골적인 말들을 도저히 계속 듣고 있을 수가 없어 동은은 행여 들킬세라 다시 황급히 걸음을 옮겼다.

그런데 그 순간, 돌아선 동은이 어깨를 흠칫하며 떨었다. 저도 모르게 뒤로 물러선 동은이 벽에 등을 부딪히며 앞에 서 있는 누군가를 매섭게 노려봤다.

"이일영, 네가 여긴 어쩐 일이야?"

"어쩐 일이긴요."

카메라 액정 화면을 통해 사진을 보고 있던 일영이 느리게 고개를 들어 올렸다.

"동창회 참석하려고 왔죠. 나도 선생님 제자였어요. 조사할 일이 있어서 조금 늦었는데 분위기 좋네요."

피식, 일영이 비릿한 웃음을 내지었다. 그리고 경멸 섞인 목소리로 동은을 향해 싸늘하게 물었다.

"특히 서은택, 무척이나 행복해 보이는데요?"

"내가 은택이한테 관심 끄라고 한 말 잊었어?"

"그거야 선생님이 은택이랑 헤어졌을 때 가능한 이야기고요."

"뭐? 이일영, 똑똑히 들어. 앞으로 은택이 다치게 하는 사람이 있으면 절대로 가만 안 둬. 그게 백합이든 누구든, 내가 절대로 용서 안 할 거니까."

백합을 언급하면서도 한 점 흔들림 없는 동은의 눈빛에 일영이 더 사납고 공격적으로 굴었다.

"이제는 아무 상관 없는 사이라고 할 땐 언제고, 그새 더 깊은 사이가 된 모양이에요?"

일영의 매서운 시선이 동은의 목 언저리를 더듬었다.

"지워지긴커녕 더 짙어졌네요. 그 자국."

마치 제 것을 뺏긴 양 분해하며 일영이 입술을 짓이겼다. 그리고 다시금 카메라 액정 화면을 천천히 넘기며 점점 더 비틀린 표정을 지었다.

"이일영, 너……."

어둠 속에서 액정 불빛이 반짝이는 걸 지켜보며 동은이 주먹을 꼭 바르쥐었다. 늘 저 모습이 마음에 걸렸다. 마치 제 모든 걸 훔쳐보듯 사진을 확인하는 저 모습이. 지난번엔 우스꽝스러운 사진을 찍히는 바람에 어물쩍 넘어갔지만, 더 이상은 간과할 수 없었다. 동은이 일영에게로 다가가며 날카롭게 물었다.

"너, 대체 뭘 조사하고 있는 거야?"

그러자 일영이 서둘러 액정 화면을 꺼버리며 속삭였다.

"곧 알게 될 거예요."

그리고 동은을 지나쳐 곧장 가게 안으로 사라졌다. 일영의 등장에 소란스러웠던 가게 안이 거짓말처럼 조용해졌다. 그러나 동은은 차마 그 안으로 들어가지 못하고 발길을 돌릴 수밖에 없었다. 모두의 앞에서 백합에 관해 떠들어댈 수는 없는 노릇이었다.

동창회가 늦게 끝난 건지 은택은 새벽녘이 되어서야 동은의 집으로 찾아왔다. 은택은 집에 들어오자마자 동은을 꼭 껴안고 그녀가 출근할 때까지 놓아주지 않았다.

그러나 그는 어쩐지 쉽게 잠들지 못하는 모습이었다. 동이 틀 무렵에야 간신히 잠이 든 것 같았다. 동은은 은택이 잠에서 깰까 조심스럽게 메모를 남기고 집을 나섰다.

그런데 그녀가 사무실에 들어섰을 때 책상 위에 못 보던 서류봉투 하나가 놓여 있었다. '임동은 형사님께'라는 글귀가 봉투 겉면에 적혀 있었다. 동은은 이걸 보낸 사람이 일영이라는 사실을 직감적으로 알아차렸다. 그리고 조심스럽게 주변의 눈치를 살폈다. 이윽고 아무도 자신을 신경 쓰지 않는다는 사실을 파악하곤 애써 침착한 척하며 사무실을 빠져나와 몰래 주차장으로 향했다.

어쩐지 불길한 예감이 들었다. 부리나케 차에 탄 동은이 봉투에서 사진을 꺼내 눈앞에 펼쳐놓곤 입술을 짓이기듯 깨물었다.

"젠장! 이게 대체……!"

서류봉투 안에 들어 있던 것은 사진이었다. 그리고 사진에는 어딘가에 갇혀 있는 홍미란의 모습이 찍혀 있었다.

언뜻 봐도 매우 익숙한 풍경이었다. 낡고 허름한 창고, 온갖 위험한 도구들, 공포에 질려 있는 여자의 모습.

동은이 섬뜩한 기시감으로 부들부들 떨리기 시작한 주먹을 힘주어 움켜쥐었다. 열려 있는 창문으로 사진 한 장이 바람에 날려가 주차장 바닥에 떨어졌다. 동은이 황급히 차 문을 열고 나가 사진을 주우려는 찰나였다.

누군가 한발 앞서 바닥에 떨어진 사진을 주워들었다. 차 문을 반쯤 열다 말고 상대의 모습을 확인한 동은이 차 문에서 손을 뗐다. 동은은 맹렬하게 사진을 주워 든 사람을 노려봤다. 그는 이일영이었다. 삽시간에 동은의 눈빛이 들끓었다.

"너 이 자식! 도대체 무슨 수작이야!"

"홍미란, 연락 안 되죠?"

동은이 달려들기도 전에 일영이 무미건조하게 물었다. 불길한 예감에 동은의 몸이 굳었다. 벌써 3주가 넘도록 홍미란과 연락이 되지 않았다. 대포업자를 통해 홍미란이 전화를 걸어온 번호를 추적하려던 것도 헛수고였다.

'너, 대체 뭘 조사하고 있는 거야?'

'곧 알게 될 거예요.'

어젯밤 그 말은 이 사진을 뜻하는 거였나. 동은이 이를 악물며 일영이 손에 든 사진으로 손을 뻗었다. 그러자 일영이 얄밉게 사진을 팔랑팔랑 흔들며 물었다.

"궁금하죠? 홍미란 그 여자, 지금 어디 있는지."

일영의 입꼬리가 매끄럽게 휘었다.

"내가 가르쳐줄까요?"

일영의 입가에는 사진 속 공포에 질린 홍미란의 모습과 참 대조적인 미소가 매달려 있었다.

"오늘 밤 10시. 내가 연락할 테니까 만나러 와요."

일영이 수상한 기색으로 다가와 동은의 귓가에 속삭였다. 동은은 반사적으로 일영을 밀어내기 위해 그의 가슴께로 손을 뻗었다. 그러자 일영이 한발 앞서 그녀가 뻗은 손을 단단히 움켜쥐며 제쪽으로 잡아당겼다. 중심을 잃고 일순 휘청거린 동은이 그대로 끌려가 일영의 가슴에 부딪혔다.

"젠장. 이게 지금 뭐 하는 짓이야?"

급하게 고개를 든 동은이 날카롭게 따졌다. 하지만 일영은 슬그머니 미소만 흘릴 뿐 결코 물러서지 않았다. 오히려 더욱 대담하게 몸을 밀착하며 동은을 도발했다.

"대신 조건이 있어요."

그리고 이어진 결정적인 한마디.

"선생님 혼자 와야 해요. 꼭."

일영은 언제나처럼 동은이 저로 인해 괴로워하고 고민할 거라 생각했다. 그녀의 일그러지는 얼굴을 예감하며 그의 입꼬리가 치켜 올라간 순간이었다.

"착각하지 마."

동은이 전혀 예상하지 못한 반응을 보여왔다. 덕분에 일그러진 표정을 짓게 된 쪽은 오히려 일영이었다.

"이일영, 네가 이런다고 내가 또 겁먹을 줄 알아?"

평소와 다른 동은의 담대한 태도에 일영의 눈썹이 사납게 움찔거렸다.

"은택관 앞에서 얌전히 널 보내줬던 건 소란 피우고 싶지 않아서였어. 은택이한테 피해가 가니까. 하지만 이렇게 제 발로 찾아와줬으니 이참에 나도 한 가지 말해둘게."

동은이 당혹스러움을 숨기지 못하는 일영을 보며 씁쓸하게 혀를 찼다. 그간 실컷 저의 불안해하고 괴로워하는 모습을 보며 즐거워했겠지. 분하지만 그동안에는 일영의 뜻대로 굴었었다. 백합이라는 말만 들어도 몸이 절로 그렇게 반응해버리고 말았다. 일영에게 죄를 진 것도 아닌데, 단지 그가 백합과 무언가 연결고리를 가지고 있다는 것만으로 동은은 그렇게 일영 앞에선 고양이 앞의 쥐처럼 지레 겁을 집어먹곤 했었다. 하지만 앞으로는 아니었다. 일영에게 또다시 휘둘릴 생각은 추호도 없었다.

"이일영."

동은이 일영의 손아귀에서 보란 듯이 벗어나며 입을 열었다. 마주친 눈빛에선 조금의 흔들림도, 흐트러짐도 보이지 않았다.

"백합이 네 다리를 망가뜨린 거라고 했지?"

일영이 얼결에 고개를 끄덕였다. 동은이 그런 일영을 비웃듯 입술 사이로 가벼운 숨을 흘렸다.

"곰곰이 생각해봤어. 너는 그 후로 백합과 네 사이에 뭐라도 있는 것처럼 굴었지만, 사실은 전혀 아니었어. 너는 항상 사진과 말로만 날 흔들었지, 단 한 번도 결정적인 걸 내민 적은 없었거든."

이번엔 동은이 일영에게로 바짝 다가갔다. 그러곤 재빠르게 일영이 손에 들고 있던 카메라를 빼앗아 액정을 켜며 입을 열었다. 동은이 액정에 뜬 수많은 사진을 넘겨보며 얕은 신음을 흘렸다.

예상은 했지만 이 정도일 줄은 몰랐다. 일영의 카메라에는 셀 수 없을 만큼 많은 도촬 사진들이 가득했다. 전부 동은을 몰래 찍은 사진들이었다. 개중에는 은택과 함께 있는 사진이 가장 많았다.

처음 일영의 카메라에서 은택의 사진을 발견했을 때부터 의심하고 있었다. 늘 일영이 카메라를 만지작거릴 때마다 받아왔던 그 소름 끼치는 느낌은 바로 이것 때문이었다.

"이일영, 넌……!"

동은이 경멸에 가득 찬 눈초리로 일영을 노려봤다.

"넌 그냥 스토커야! 몰래 쫓아다니면서 사진 찍는 것 말고는 할 줄 아는 게 아무것도 없는 존재. 나나 백합의 꽁무니만 따라다닐 게 아니라 언제 한번 자기 모습을 찍어보는 게 어때?"

일영이 동은의 말 한 마디 한 마디에 사시나무 떨듯 몸을 떨었다. 이미 자신의 추하고 비참한 모습을 잘 알고 있는 사람처럼, 더없이 끔찍한 표정을 지으며 주춤주춤 뒤로 물러섰다. 동은은 틈을 주지 않고 일영이 물러선 만큼 더 다가가 눈을 사납게 마주쳤다.

"난 이제 백합도 무섭지 않아. 그러니 이일영 네가 앞으로 무슨 말을 한다 해도, 무슨 짓을 한다고 해도 예전처럼 흔들리지 않을 거야. 절대로!"

더 이상은 네게 일말의 승리감도 주지 않겠어. 확고하게 반짝이는 동은의 눈동자를 홀린 듯이 바라보며 일영은 이제야 혼란스러웠던 머릿속이 정리되는 느낌이었다.

그간 봐온 동은은 과거의 망령에 사로잡혀 있는 사람 같았다. 여전히 백합이 가둔 세상 속을 살고 있는 것처럼 무기력했고, 이따금 감정이 폭발하는 순간마저도 공포와 복수심에 눈이 먼 순간이 대부분이었다.

하지만 지금의 동은은 명백하게 달라져 있었다. 그녀는 오롯이 현재를 살아가는 존재였고, 소중한 사람을 지키기 위해 그 어느 때보다 적극적이고 의욕적이었다. 공포와 복수심에 눈이 멀어 감정을 주체하지 못하는 모습은 티끌만큼도 엿보이지 않았다.

'나 은택이랑 헤어졌어.'

그때의 나약했던 모습은 잠시 보이는 신기루일 뿐이었다. 일영이 문득 떠오른 동은의 젖은 목소리에 자조적인 미소를 입가에 띠었다. 이번에야말로 정말로 끝이라고 생각했지만, 둘은 다시 사랑을 시작했고 더 단단해졌다. 파고들 틈 따위는 없었다.

"변했네요, 선생님."

그 이유가 무엇인지 정도는 금방 알아챌 수 있었다. 서은택 말고는 그 이유를 설명하는 건 불가능했다.

"그래도 선생님은 결국 나를 만나러 올 거예요."

"웃기지 마."

백합도, 저도 무섭지 않다는 그녀에게 남은 유일한 약점은 하나.

"형사로서든 여자로서든 상관없어요. 뭐가 됐든 선생님이 백합을 잡을 수 있는 단서를 그냥 지나칠 리 없으니까."

"그 단서, 네 손에 놀아나기 전에 내 스스로 찾을 거야."

아니, 서은택, 그 애를 지키기 위해서라면.

"두고 보죠."

당신은 뭐든 할 테니까. 일영은 그길로 곧장 뒤돌아섰다. 그리고 유유히 주차장을 빠져나갔다.

곧 비가 올 것처럼 한없이 스산한 바람이 불어왔다. 동은의 손에는 일영이 쥐여 주고 간 홍미란의 사진 한 장이 위태롭게 바람에 흔들리고 있었다.

살짝 열린 창문 틈으로 서늘한 바람이 흘러 들어왔다. 곤하게 잠들어 있던 은택이 코끝을 찡그리며 몸을 뒤척였다. 무심결에 옆 자리를 손으로 더듬던 은택이 바람에도 열리지 않던 눈을 번쩍 떴 다. 동은이 있어야 할 옆자리가 텅 비어 있었다.

새벽녘에야 동창회가 끝났어도 아침만큼은 꼭 챙겨주려고 했 는데. 하물며 동은이 나가는 것도 눈치채지 못했다. 은택이 허탈 해하며 무거운 몸을 억지로 일으켰다. 어제 하루 종일 동창회 음 식을 준비하고 다음 날 장사를 위해 뒤처리까지 모두 하고 온 피 로가 한꺼번에 몰려왔다. 어깨는 다 나았지만, 무리를 한 탓에 다 친 자리가 줄곧 뻐근하고 욱신거렸다.

게다가 불시에 떠오른 백합에 관한 기억 때문에도 더없이 혼란 스러웠다. 이제는 모든 걸 솔직하게 말해주는 동은에게 언제까지 이 일을 비밀로 할 수도 없는 노릇이었다. 곤란한 표정으로 주방 으로 향한 은택이 문득 냉장고 앞에서 걸음을 멈추었다. 그리고 문 앞에 붙어 있는 메모를 발견하곤 이내 푸스스 웃었다.

〈일어나자마자 냉장고부터 확인할 줄 알았지. 전에 네가 끓여 놓고 간 황태국 데워서 밥 먹고 가니까 걱정하지 마.〉

가스레인지 위에는 보란 듯이 황태국이 담긴 냄비가 놓여 있었 다. 지락이 있는 은택의 집에서는 함께 지내는 것이 불가능하다 보니 두 사람은 주로 동은의 집에서 시간을 보내곤 했다. 덕분에 요새 들어 동은의 냉장고에는 은택이 만들어둔 요리들이 가득 넘 쳐났다. 동은의 집에 올 때마다 은택이 푸짐하게 요리를 해놓는 까닭이었다. 은택이 냉장고 문에 붙어 있는 메모를 떼어내며 나직하게 중얼거렸다.

"제대로 데우긴 했을까 모르겠네."

척 보기에도 냄비 뚜껑에는 물방울 하나 맺혀 있지 않았다. 은택 보라고 흉내만 낸 게 분명했다. 급하다고 데우지도 않은 차가운 국을 후루룩 마셨을 동은의 모습을 상상한 은택이 못 말리겠다는 듯 손사래를 쳤다.

"불안해서 안 되겠다. 얼른 데리고 살아야지."

하루라도 더 빨리. 내 옆에서 살게끔. 내 곁에서 웃게끔.

은택이 혼자서 달콤한 상상을 하며 동은이 적은 메모에 슬쩍 입을 맞춘 그 순간이었다. 은택의 휴대전화가 탁자 위에서 부르르 진동을 해댔다. 다가가 발신인을 확인해보니 동은이었다. 은택이 혹여 끊어지기라도 할까 부리나케 전화를 받았다.

"여보세요? 애인?"

─응, 은택아. 일어났어? 혹시 내가 깨운 거야?

"아냐, 조금 전에 깼어. 그나저나 미안. 애인 아침밥 꼭 챙겨주려고 했는데."

─메모 못 봤어? 전에 네가 끓여놓은 황태국에 밥 말아서 먹고 왔는데.

"식은 국 말고 방금 끓인 따뜻한 국 챙겨주려고 했다고."

─걱정하지 마, 따뜻하게 데워서…….

동은의 변명에 은택이 그녀의 출근시간을 가늠하며 벽시계를 흘깃 쳐다봤다.

"근데 냄비 뚜껑에는 물방울 하나 안 맺혀 있던데?"

-어?

고작 한 시간도 지나지 않았는데 이 더운 날씨에 국이 이렇게 식었을 리가 없었다. 요리로 누굴 속이려고. 어디 더 변명해보라는 듯 침묵하는 은택의 귓가에 동은이 내쉬는 한숨 소리가 들려왔다.

-다음부터는 제대로 데워서 먹을게. 응?

한숨 뒤에 흘러나온 그녀의 말에 은택이 싱겁게 웃었다.

"그러지 말고 그냥 나랑 같이 사는 건 어때?"

-뭐?

"내가 매일매일 따뜻한 밥 해줄 테니까."

분명 놀라 눈을 동그랗게 뜨고서는 펄쩍 뛰겠지. 동은의 반응을 그림으로 그리듯 상상하던 은택은, 예상과는 전혀 다른 그녀의 반응에 숨 쉬는 것조차 잊은 채 굳어버렸다.

-응, 좋아.

"뭐라고? 당신, 방금 뭐라고 했어?"

-밥이야 지금도 거의 매일 챙겨주고 있으면서, 새삼스럽게.

바보처럼 눈만 깜빡거리던 은택이 고개를 갸웃했다. 그녀의 반응이 허락인지 거절인지 헷갈렸다. 그때 동은이 별안간 은밀하게 속삭였다.

-그런데 은택아, 오늘 가게 쉰다고 했지? 다른 주방장님한테 맡긴다고 들었던 것 같은데.

"응, 왜?"

-점심시간에 나랑 같이 가줬으면 하는 곳이 있는데.

동은의 목소리가 어찌나 조심스러운지 은택은 저도 모르게 긴장하고 말았다.

14장

그녀가 은택에게 함께 가줬으면 하던 곳은 다름 아닌 어머니가
입원해 계신 병원이었다.

"긴장돼?"

은택이 숨을 쉴 때마다 크게 부풀었다 가라앉는 동은의 어깨에
뒤에서 가볍게 손을 올리며 물었다. 동은이 차마 대답도 하지 못
한 채 또 한 번 숨을 크게 내쉬었다. 지켜보고 있으니 은택마저 덩
달아 긴장이 되었다.

담당 의사의 권유로 이제껏 어머니의 상태가 많이 호전되었어
도 방문을 자제해왔지만, 더 이상 시간을 미룰 수는 없었다. 딸로
서도 형사로서도, 반드시 엄마를 만나야만 했다.

"미안해, 쉬는 날인데 나 때문에 쉬지도 못하고. 게다가 이런
곳에 데리고 오기나 하고."

동은이 미안해하자 은택은 오히려 화가 난 표정을 지어 보였다.

"무슨 소리야? 또 당신 혼자 여기 왔다면 그거야말로 나한테 정말 미안해할 일이거든? 그러니까 다신 그런 생각 하지 마."

은택이 지난날 이곳에서 무참히 무너졌던 동은의 모습을 머릿속으로 떠올리며 입술을 꾹 깨물었다. 동은이 상처받는 게 죽기보다 싫었다. 하지만 겪을 수밖에 없는 상처라면 그때엔 다른 누구도 아닌 자신이 옆에서 그녀를 지탱해주고 싶었다.

지금이 바로 그때였다. 은택이 동은의 어깨를 어루만지던 손을 내려 그녀의 손을 꼭 움켜쥐었다. 어쩌면 그날 이후로 평생을 머뭇거려온 단 한 걸음. 나랑 함께 내디뎌보자. 마주친 눈빛이, 꼭 붙잡은 손을 타고 전해오는 온기가 그리 응원하고 있었다. 동은이 눈앞에 놓인 굳게 닫힌 문을 바라봤다.

저는 지금 정복도 입지 않았고, 아마도 엄마 역시 억압복에 묶여 있지 않을 터였다. 이 문을 열면 무슨 일이 벌어질지 장담할 수 없었다.

지난 10년간 이곳에 올 때마다 끊임없이 상처받았고 끊임없이 울어야 했다. 당연하게도 이곳은 희망보다 절망만 봐야 했던 곳이었다.

그래서 문이 열리는 순간은 동은에겐 언제나 공포의 순간이었다. 어느 날 갑자기 납치를 당해 낡은 창고에 갇혔던 때에도, 문이 열릴 때마다 백합이 느른한 걸음으로 나타나 어둠 속에서 흥미로운 듯 눈을 빛내곤 했었다.

끼이익. 녹슨 문이 열리는 소리가 들릴 때면 숨이 막혔다. 12년이 지난 지금도 악몽을 꿀 때면 어김없이 그 소리가 들렸다.

그러나 동은의 목을 움켜쥐는 공포는 그게 다가 아니었다. 지옥 같은 그 문을 열고 탈출했을 때 동은이 맞닥뜨린 건, 서재에서 허공에 매달린 채 싸늘하게 잠들어 있는 아빠의 모습이었다.

얼마 지나지 않아 아빠의 죽음을 감당하지 못한 엄마는 정신병원에 갇히고 말았다. 동은은 그날부터 매일같이 엄마가 입원해 있는 병실 문을 열면서 납치를 당했을 때보다 더 끔찍한 공포의 순간을 견뎌야 했다.

'이 괴물! 네가 내 남편을 죽였어! 차라리 네가 죽었어야지!'

동은이 겨우겨우 병실 문을 열고 들어설 때면, 텅 비어 있던 엄마의 눈동자가 증오와 원망으로 가득 채워지고 이내 비수 같은 말들이 퍼부어졌다.

'내 남편 잡아먹은 괴물!'

처음엔 엄마가 금방 나을 거라고 생각했었다. 느닷없이 납치를 당했다 겨우 살아 돌아온 딸, 그리고 갑작스러운 남편의 죽음. 누구라도 아프지 않으면 오히려 그게 이상한 거라고. 그래서 엄마의 잔인한 말에 수십 번, 수백 번 심장을 난도질당해도 동은은 참을 수 있었다.

하지만 그 연약한 희망만으로 버티기엔 자그마치 10년이 넘는 지난 세월은 동은에게 너무도 가혹했다. 12년, 그동안 엄마와 동은의 거리는 너무나 멀어져 있었다.

후우. 한숨인지 심호흡인지 모를 숨을 길게 내뱉으며 동은은 눈을 감았다. 이곳에 들어서면 절로 눈이 지르감아졌다. 도저히 온전한 시야로 현실을 마주할 수 없기 때문이었다.

그것은 굳은 결심을 하고서 찾아온 오늘도 마찬가지였다. 은택이 지극정성을 다해 엄마의 상태가 많이 호전되었다는 걸 알면서도 여전히 희망보다는 두려움이 더 컸다.

"어, 엄⋯⋯."

온전한 단어가 되지 못한 단어가 입안에서 까끌까끌거렸다. 간신히 목구멍 위로 넘겼어도 차마 입 밖으로는 뱉어지지 않는 말.

"엄마⋯⋯."

동은이 힘없이, 그러나 실은 온 힘을 쥐어짜 겨우 그 간절한 말을 뱉어냈을 때, 미동 없이 창밖 풍경을 바라보고 있던 엄마의 고개가 천천히 돌려졌다. 잔잔하던 엄마의 눈동자가 일렁이는 걸 지켜보면서 동은이 입술을 파르르 떨었다.

너무도 익숙한 순간이었다. 저 일렁임이 멈추고 난 뒤 엄마의 눈동자 가득 채워질 감정은 분명 원망과 분노였다. 이곳에 올 때마다 동은의 머릿속을 지배했던 생각이 이번에도 어김없이 들었다. 동은의 눈시울이 삽시간에 젖어 들어갔다.

수없이 했던 불안한 생각이 머릿속을 점령했다. 엄마. 엄마에게 나는 정말 없는 자식인 편이 나았을까요. 차라리 정말 내가 그때 죽었더라면 좋았을까요.

"어, 엄마⋯⋯!"

그러나 정이 그리운 마음은 끝내 미련을 버리지 못하고 한 번 더 엄마라는 말을 뱉어내고야 말았다. 그 오랜 세월 얼마나 불러보고 싶었던 말이었는지. 서러운 눈물이 흘러내려 바싹 메마른 입술을 처연하게 적셔주었다.

"엄마⋯⋯. 저예요! 동은이에요!"

한번 물꼬가 트이자 멈추기가 힘들었다. 동은은 참아온 세월만큼, 그 세월이 덧씌워진 마음의 깊이만큼 하염없이 엄마를 불렀다.

"엄마 딸 동……!"

그러다 동은의 입술이 돌연 딱딱하게 굳었다. 엄마에게서 결국 동요를 눈치챈 탓이었다. 엄마의 눈동자에 이는 일렁임이 곧 원망이 가득한 시선으로 바뀔 것을 예감한 동은이 걸음을 멈춰 세웠다. 몸이 제멋대로 반응해 저도 모르게 뒷걸음질 치려는 찰나였다. 동은이 달아날 수 없게 뒤에서 단단하게 붙드는 손길이 느껴졌다.

"괜찮아. 내가 있잖아."

단호하지만 더없이 따스한 손길, 상냥한 눈빛. 말하지 않아도 그의 마음이 고스란히 전해졌다. 동은이 주먹 쥔 손에 힘을 가득 줬다. 그래, 은택이 곁에 있었다.

동은의 걸음이 다시 오롯이 앞을 향했다. 엄마가 어떤 반응을 보이더라도 괜찮다는 다짐을 거듭하며 동은이 다시 천천히 앞으로 나아갔다.

도망치는 건 어제까지만. 이제부터는 곁에 있는 널 믿고 앞만 봐야지. 울고 싶어지면 너에게 기대어 울고, 무너질 것 같으면 너의 품에서 잠시 쉬어가며. 그래, 그렇게 한 발자국 내디디면…….

그때였다. 오랜 세월이 걸린 동은의 확고한 결심이 통한 것일까. 엄마에게서 도저히 믿기지 않는 말이 흘러나왔다.

"임…… 동은."

너무도 듣고 싶었던 말. 너무나도 그리웠던 말.

"우리 딸……."

엄마의 말 한마디에 설명할 수 없는 수많은 감정이 그대로 눈물로 쉼 없이 흘러나왔다.

"흑……! 엄마!"

동은이 흐르는 눈물을 닦을 생각도 못하고 힘껏 뛰어가 엄마의 품에 안겼다.

12년. 그만큼의 세월이 흐르고 나서야 드디어 닿은 거리였다. 그만큼 아프고 나서야 비로소 처음으로 따스하게 엄마의 문이 열렸다.


짧았던 면회 시간이 끝나고, 병원을 빠져나온 동은이 다리가 풀렸는지 풀썩 주저앉았다.

"애인!"

곁에서 함께 걷던 은택이 황급히 그녀를 붙잡았지만 결국엔 그 역시 같이 바닥에 주저앉는 꼴이 되고 말았다.

'우리 딸, 동은이……'

그 한마디에 잊고 있었던 긴장감이 뒤늦게 덮쳐와 도저히 온전하게 서 있을 수가 없었다. 은택이 재빨리 차 문을 열고 동은을 좌석에 앉혔다. 그리고 동은의 앞에 무릎을 굽히고 앉아 그녀를 부드럽게 다독였다.

"괜찮아, 애인. 도망치지 않고 잘 버텨줬어. 대견해."

어린아이에게 하는 칭찬 같지만, 사실은 속 깊은 따뜻한 위로에 동은이 은택의 목을 감싸며 끌어안았다. 은택의 품은 조금 전까지 안겨 있던 엄마의 품만큼이나 따스하고 안온했다. 순식간에 눈시울도 마음도 열병이 난 것처럼 뜨거워졌다. 그의 품에 안긴 채 동은이 조그맣게 속삭였다.

"고마워."

"뭐가?"

"네가 있어서, 나약했던 내가 도망치지 않고 견딜 수 있었어."

역시나 첫술에 배부를 수는 없었다. 엄마는 금세 불안 증세를 보였고, 면회는 10분도 되지 않아 끝이 났다. 하지만 그거면 충분했다. 그것만으로도 그간의 상처가 모두 씻겨 내려간 기분이었다.

동은은 다시금 지난날처럼 변해버린 엄마의 모습에도 물러서지 않았다. 침착하게 몸서리치는 엄마의 몸을 단단히 껴안은 채로 의료진이 진정제를 투여하는 걸 도와 엄마를 안정시켰다. 여태까진 상상도 할 수 없었던 강인했던 제 모습을 떠올린 동은이 은은하게 웃으며 다시 한 번 은택의 귓가에 속삭였다.

"네가 있어서, 내가 강해질 수 있었어."

은택은 그런 동은의 목에 경배하듯 입을 맞췄다. 그리고 동은과 부드럽게 눈을 맞췄다.

"나 역시도……."

무릎 위에 올려둔 동은의 두 손을 꼭 감싸 쥔 은택이 천천히 다가왔다.

"당신이 있어서 외로운 시간들을 버텼어."

숨결이 느껴질 만큼 가까운 거리에서 그 역시 뜨겁게 속삭였다.

"당신이 있어서 행복해질 수 있었어."

아아, 사랑은…… 나약한 나를 강하게 만들고, 외로운 나를 행복하게 만들어 주는 것.

서로가 서로를 사랑할 수 있음에 지극히 감사하며 두 사람의 입술이 맞물렸다. 그렇게 한 여자와 한 남자의 일생과 온 마음을 바친 입맞춤은 결코 조급하지 않았다.

마치 여름의 한낮에 부는 옅은 바람 같았다. 잔잔하지만 이마에 맺힌 땀 한 방울쯤 다정하게 거두어가는 그 바람처럼. 서로의 나약하고 외로운 마음을 시나브로 거두어가려는 듯, 콧잔등을 살랑살랑 부딪쳐가며 두 사람의 입맞춤은 끊어질 듯 끊어질 듯 오래도록 이어졌다.

한편, 같은 시각 강력 2팀 사무실은 사건 하나가 접수되면서 급격하게 소란스러워졌다.

"호, 홍미란 시체가 발견됐답니다!"

갑자기 강력 2팀 사무실 문이 벌컥 열리더니 지락이 뛰어 들어와 소리쳤다. 시체가 발견됐다는 소리를 듣는 일이야 강력계에서 일을 하다 보니 이골이 날 대로 났지만, 시신으로 발견된 인물이 다름 아닌 홍미란이라는 사실에 모두가 경악한 표정을 감추지 못했다. 병원에서 권유한 치료시기인 한 달을 다 채우지도 않고 현장으로 돌아와서는 무리한 사건만 도맡는 해온을 나무라고 있던 중일이 자리에서 벌떡 일어섰다.

"홍미란이 확실해?"

"예. 현장에서 유서도 발견된 모양이에요. 근데 우리 관할이 아니라서 조사가 좀 어렵겠어요."

돌연 견우가 초조한 기색으로 지락에게 물었다.

"관할이 어디야?"

"네?"

"홍미란 사건 관할서가 어디냐고. 내가 가서 가져올 테니까."

"웬만하면 안 내주려고 할 텐데. 저도 연수원 동기 녀석 통해서 겨우 들은 거라……."

"잔말 말고 어딘지나 말하라니까!"

견우가 답지 않게 언성을 높였다. 워낙에 조용한 탓에 강력계 형사답지 않다는 소리를 자주 듣는 그였다. 그런 견우가 화를 내자 순간 당황한 지락이 기어들어가는 목소리로 간신히 대답했다.

"여, 영등포예요."

지락의 대답을 들은 견우가 그대로 사무실을 박차고 나섰다. 미묘한 눈빛으로 견우를 주시하던 해온이 곧바로 그를 뒤따랐다.

"저도 다녀오겠습니다!"

"야, 인마, 최해온! 너 아까 나한테 뭐라 그랬어! 한 달 채울 때까지 사무실 얌전히 지키고 있겠다고 했어, 안 했어?"

"에이, 견우 선배 따라가는 건데 별일이야 있으려고요? 병원 침대에만 누워 있었더니 몸이 찌뿌듯해서 오히려 더 죽겠어요. 가볍게 몸 좀 풀고 오겠습니다!"

해온이 아직 뛰는 건 무리인지라 빠른 속도로 걸어 견우의 뒤를 쫓았다. 중일이 해온이 걱정스러운 한편, 견우의 돌발행동에 조금은 미심쩍은 얼굴로 활짝 열린 사무실 문을 물끄러미 바라봤다. 중일이 얼마 지나지 않아 지락에게 지시를 내렸다.

"막내, 지금 당장 영등포 관할서에 전화 넣어!"

"넵!"

견우는 어디 가서 분쟁을 만들 만한 시끄러운 부하는 아니었지만, 지금의 태도를 봐선 그마저도 장담할 수 없었다.

동은이 눈에 불을 켜고 홍미란을 찾은 게 하루 이틀 일도 아니었다. 중일은 며칠 전 나눴던 동은과의 대화를 문득 머릿속에 떠올렸다.

'아직도 소똥 네 감은 인정태가 백합이 아닌 것 같아?'

DNA라는 결정적인 증거가 나왔기 때문에 당연하게도 인정태는 12년 전 연쇄납치살인 사건의 진범으로 유죄 판결을 받게 될 상황이었다. 뉴스며 신문이며 각종 언론에서는 이미 그를 진범으로 확정하고 보도에 열을 올렸다.

그러나 이런 와중에도 동은은 인정태가 연막일지도 모른다는 생각이 계속 든다고 했다. 그것은 형사로서의 감인 동시에 그녀가 12년 전 사건의 피해자였기 때문에 가지는 본능적인 확신이기도 했다. 그렇기 때문에 동은은 인정태가 아닌 다른 돌파구를 찾아 백합 사건을 계속 조사해 나가고 있었다.

인정태가 동은의 어머니에 관해서 언급하긴 했지만, 증세가 많이 호전된 상태에서 과거를 떠올리게 하는 건 좋지 않은 결과를 초래할 수도 있다는 의사의 말에 그 단서를 조사하는 건 나중으로 미뤘다. 남은 돌파구는 홍미란이었다. 동은은 단서 하나도 놓치지 않기 위해서 집요하게 수사했다.

하지만 일선에선 동은의 수사를 탐탁지 않아 했다. 특히 윗선은 서둘러 12년 전 사건에 종지부를 찍고 싶어 했다. 미제 사건, 특히 연쇄살인 사건이 미제로 남아 있는 경우 언론과 국민에게 질타의 대상이 되기 때문이었다. 그렇지 않아도 어린 여고생들이 피해자였던 12년 전의 사건은 그간에도 끊임없이 도마 위에 오르내리던 사건이었다.

그 탓에 동은은 백합 사건을 재조사하는 내내 팀원들에게 미안해했다.

'죄송해요. 저 때문에 괜히 팀장님만 곤란하게 해드려서. 하지만 분명 뭔가 수상한 구석이 있어요. 팀장님 오래 곤란하지 않게 최대한 빨리 끝낼게요.'

동은도 저 대신 중일이 윗선에 불려가 협박 아닌 협박을 듣고 있다는 걸 알고 있었다. 그것이 미안했는지 잔뜩 풀이 죽은 동은의 어깨를 중일은 말없이 다독여주었다. 겨우 그게 중일이 동은을 위해서 해줄 수 있는 배려였다.

그 와중에 홍미란이 사망한 것이었다. 현장에 백합 사건에 관한 단서가 남아 있을지도 몰랐다.

비록 다른 관할에서 일어난 살인 사건이긴 해도 중일은 무작정 손을 놓고 있을 수 없었다. 동은을 위해서라도 반드시 이쪽 담당으로 가지고 와야만 했다. 그게 안 되면 적어도 협력 수사만이라도 해야 했다.

분명 무시무시한 기세로 쳐들어간 견우에게 영등포에서 쉽게 사건을 넘겨줄 리 없었다. 그렇다면 관할 다툼을 하려는 게 아닌 어디까지나 관할끼리의 협력이라는 걸 설명하고 조금이라도 일을 수월하게 만들 필요가 있었다. 수사를 시작하기도 전에 관할 싸움으로 진을 뺄 수는 없으니까. 그런 시간 낭비는 동은을 더욱 지치게 만들 것이 분명했다.

"팀장님, 전화 연결됐어요!"

지락의 말에 중일이 지끈거리는 관자놀이를 문지르며 수화기를 집어 들었다. 오늘도 손 많이 가는 부하들 덕에 주름살이 하나 더 느는 중일이었다.

그러나 중일의 노력에도 불구하고 영등포 경찰서에 도착한 견우와 해온은 거친 실랑이를 벌이고 있었다. 막상 도착해 보니 잔뜩 흥분상태였던 견우는 오히려 침착해졌고 해온의 언성이 점점 더 높아져갔다. 해온이 심드렁한 표정을 지으며 귀를 마구 후벼댔다.

"아, 이 양반이 진짜 말귀를 영 못 알아듣네."

"뭐라고요?"

"애초에 홍미란은 이번 살인 사건 이전에 우리 쪽에서 조사하던 사건과 관련된 인물이었대도?"

"그러니까 대체 그쪽에서 먼저 조사하던 사건이 뭔데요?"

"에이, 그건 말 못 하지!"

해온이 얄밉게 손을 휘젓자 상대하던 형사가 어처구니가 없는지 헛숨을 뱉어냈다. 하지만 이미 12년 전 연쇄납치살인 사건의 진범이 사실상 인정태로 확정된 거나 다름없는 마당에 남몰래 백합에 관해 계속 조사하고 있다는 사실을 말해봤자 씨알도 안 먹힐 게 뻔했다. 제 손에 쥔 정보는 넘기지 않으려 하면서도 남의 손에 쥐여진 정보는 날름 받아가려는 이기적인 모습처럼 보인다고 해도, 차라리 그쪽이 자료를 넘겨받기에 더 수월하다고 여겨졌다. DNA로 진범이 밝혀진 이상, 백합 사건의 진범은 따로 있다는 허무맹랑한 말은 아무도 믿어주지 않을 테니.

"글쎄, 그래 가지고 뭔 놈의 공조수사는 개뿔······."

"조크였는데 가만 보니 이 양반이 진짜로 귓구멍이 막히셨네? 그러니까 이건 공조수사 같은 게 아니라니까? 그런 명령 같은 거 애초에 내려온 적도 없고, 우리도 그따위 눈칫밥 먹는 수사 바라지도 않고. 그냥 자료 좀 같이 보자는 건데 이렇게 쩨쩨하게 굴 겁니까?"

해온이 잔뜩 짜증이 난 표정을 지으며 투덜거렸다. 예상대로 영등포 경찰서 측의 반응은 시원치 않았다. 관할 다툼이야 한두 번도 아니고 이쯤이 돼서도 통하지 않으면 손을 털 법도 한데 이 번만큼은 쉬이 돌아설 수 없었다.

동은의 감이 인정태가 백합이 아니라고 말하고 있었다. 아직 그녀의 악몽이 끝나지 않았는데 멋대로 사건을 종결시킬 수는 없었다. 그러니 그녀를 위해서라도 홍미란 살인 사건에서 나올 단서 하나도 놓치고 싶지 않았다.

덕분에 말이 안 통하는 형사와 입씨름만 벌써 수십 분째였다. 애써 냉정을 지키며 침착함을 유지하고 있던 견우마저 다시 입술을 달싹였을 때였다. 말단으로 보이는 형사가 뛰어와 해온과 견우를 상대하고 있던 형사에게 귓속말을 소곤거렸다. 흘깃 해온과 견우를 곁눈질한 형사가 마뜩지 않은 듯 입술을 뭉뚱그리며 마지못해 두 사람에게 기다리라는 시늉을 해 보였다.

"자료 갖다 줄 테니까 저기서 기다리세요. 거, 참새처럼 시끄럽게 굴지 말고."

"뭐? 참새? 이 양반이 진짜, 시끄럽게 굴긴 누가? 그리고 말을 안 해서 그렇지, 따지고 보면 원래 우리 쪽 사건이 맞다니까 그러네, 진짜!"

그러자 발끈하는 해온의 팔목을 잡으며 견우가 형사가 가리킨 방향으로 질질 끌었다.

"됐어. 자료 넘겨준다니까 기다리자."

해온이 분한 듯 견우의 손에 억지로 질질 끌려가던 그때였다.

때마침 지락에게서 문자 한 통이 도착했다.

[팀장님이 그쪽에 전화 넣었습니다. 그쪽 팀장님이 우리 팀장님 후배라네요. 브이!]

그러자 지락의 문자를 읽은 해온의 표정이 얄미울 정도로 환해졌다. 견우가 의아한 얼굴로 물었다.

"왜?"

"이쪽 팀장님이 우리 팀장님 후배라는데요?"

해온이 능글맞은 웃음소리를 내며 엄지를 치켜세웠다. 다 들리게 '강 팀장님, 짱!'을 외치며 분한 걸음으로 사무실로 향하는 형사의 뒷모습에 대고 주먹을 먹인 해온이 딱딱한 의자에 털썩 주저앉아 등받이 위로 팔을 쭉 뻗어 기댔다.

그러기를 벌써 30분째. 기세등등하던 해온의 표정이 무섭게 굳어져갔다. 그리고 결국 폭발했다.

"이거 완전 우리더러 엿 먹으라는 거잖아!"

해온이 벌떡 일어섰다. 그러나 그보다 한발 앞서 사무실로 쳐들어가려는 해온의 앞을 견우가 쏜살같이 걸어갔다.

"홍 선배!"

해온이 얼떨떨한 표정으로 견우의 뒤를 좇았다. 일순 다리를 다친 사실을 잊고 허벅지에 힘을 주고 만 해온이 반사적으로 다리를 움켜쥐며 잠시 멈춘 사이, 견우는 이미 사무실 문을 열어젖힌 상황이었다. 빠른 걸음으로 담당 형사에게 다가간 견우가 다짜고짜 멱살을 움켜쥐며 굳은 목소리로 말했다.

"사건 자료! ……후우."

악에 받친 듯했던 목소리는 짧은 한숨 뒤에 다소 차분하게 변

해서 흘러나왔다. 그러나 그 목소리는 어딘지 모르게 은근한 떨림
이 묻어 있었다.

"이제 그만 넘겨주시죠."

강경했던 목소리에서 힘이 풀리는 동시에 형사의 멱살을 움켜
쥔 손아귀에서도 힘이 빠져나갔다. 견우의 뜨거운 시선이 책상
위에 놓인 홍미란 사건 자료에 머물렀다.

느닷없이 멱살을 잡힌 형사가 견우의 손에서 빠져나와 캑캑거
렸다. 그는 이내 화가 난 듯 사건 자료를 바닥에 집어 던졌다.

"그쪽은 그래도 점잖은 줄 알았더니만, 손버릇이 형편없고만!"

그가 견우뿐만 아니라 뒤에서 상황을 지켜보고 있던 해온도 동
시에 겨냥하듯 비아냥거렸다. 그러나 견우는 이죽거리는 형사는
거들떠도 보지 않고 바닥에 흩어진 사건 자료를 전부 주워 모아
일어섰다. 그리고 정수리가 땅에 닿도록 고개 숙여 인사했다.

"잘…… 받아 갑니다."

"아, 뭘 또, 그, 그렇게까지."

한참을 고개를 숙이고 있는 견우의 행동에 당황한 형사가 말을
더듬었다. 견우는 한참 만에야 허리를 펴고 사무실 문을 향해 뒤
돌아섰다.

그길로 제 옆을 지나쳐 걷는 견우의 모습을 빼놓지 않고 살피
던 해온이 미묘하게 눈을 빛냈다. 견우 역시 저처럼 동은을 돕기
위해서 평소라면 거들떠도 보지 않았을 다른 관할 사건에 무리하
게 참견하는 거라고 생각했었다.

하지만 지금 견우의 태도를 보면 단순히 동은을 위해서만이 아
니었다. 견우는 홍미란 살인 사건에 무서울 정도로 집착하고 있었

다. 이제껏 홍미란과 관련된 그 어떤 사건에서도 무심하게 일관하던 그가 도대체 무슨 연유로 그러는 것일까.

"저 사람 대체 뭡니까? 홍미란이 뭐, 가족이라도 된답니까?"

그리고 그 집착은 비단 저뿐만 아니라, 처음 보는 타인에게까지 무방비하게 노출되고 있었다.

"에이, 설마요. 어쨌든 수고하십쇼. 아, 귓구멍은 좀 파시고."

얼이 빠져 있는 형사에게 껄렁한 인사를 건넨 해온이 저벅저벅 견우의 뒤를 따라 걸었다. 견우의 등을 바라보는 그의 눈빛에서 조금 전 얄미운 기색은 어느새 사라지고, 거칠고 불안한 기운만이 잔뜩 일렁이고 있었다.

다음 날. 비번임에도 동은이 이른 아침부터 사무실에 들이닥쳤다. 어제 병원에서 엄마에게 들었던 진실을 동료들에게도 알려줘야만 했다.

빠르게 걸음을 옮기던 동은이 경찰서 입구에서 잠시 걸음을 멈춰 세웠다. 눈을 감고 하늘을 보게끔 고개를 한껏 치켜들었다. 여름의 강렬한 햇살이 시큰거리는 눈을 어루만져주는 느낌에 동은은 한동안 눈을 감은 채로 서 있었다. 은은한 어둠 속에서 엄마의 모습이 아지랑이처럼 피어올랐다.

'엄마, 힘들겠지만 엄마한테 꼭 물어야만 하는 게 있어요.'

엄마의 품에 안겨서 어린애처럼 울다가 동은은 가까스로 정신을 차렸다. 그리고 자신이 이곳에 와야만 했던 또 다른 이유를 생각하며 어렵게 엄마에게 사진 한 장을 보여줬다.

'혹시 이 사람을 알아요?'

동은이 엄마에게 보여준 건 인정태의 사진이었다. 그러나 엄마는 천천히 고개를 가로저었다. 일말의 동요하는 기색조차도 엿보이지 않았다.

'그럼 혹시…… 날 납치했던 사람을 본 적 있어요?'

동은의 목소리에 진한 떨림이 묻어 나왔다. 인정태가 헛소리를 한 걸 수도 있었지만, 일단 확인은 하고 넘어가야 했다. 그런데 다음 순간 엄마는 동은의 질문에 갑자기 눈물을 삼키기 시작했다.

화들짝 놀란 동은은 안쓰러움에 엄마의 마른 등을 거푸 쓸어내렸다. 아무래도 엄마의 반응으로 보아 인정태가 거짓말을 한 것 같진 않았다. 엄마는 어째서인지 두려움에 벌벌 떨고 있었다. 잠시 후, 그녀는 무언가 결심이 섰는지 겁에 질린 상태에서도 단호하게 고개를 끄덕였다.

'봐, 봤어…….'

조급하게 굴지 않고 침착하게 엄마의 대답을 기다리던 동은의 눈가가 그 순간 파르르 떨렸다.

'네 아빠…… 네 아빠 그렇게 된 날…….'

'그날, 범인을 봤어요? 어디에서요?'

'서, 서재…….'

엄마는 급기야 사시나무 떨듯 바들바들 떨기 시작했다. 하얗게 튼 입술에서 피가 배어 나올 정도로 입술을 깨물며 극도의 두려움에 사로잡힌 채 엄마는 홀린 듯 대답했다.

'그이가 몸값을 건네는 순간에, 하, 하필이면 자신을 봤다고 했어. 그래서 죽, 죽일 수밖에 없었다고……. 애, 애석하다면서 그자가 백합을, 네 아빠 발밑에 막 뿌렸어…….'

엄마는 그날 본 범인의 모습을 따라 하듯 바닥에 백합을 마구 뿌리는 시늉을 했다. 넋이 나간 듯한 엄마의 모습을 바라보며 동은은 주먹을 꽉 움켜쥐었다. 방금 엄마가 한 말이 무슨 뜻인지 곧바로 파악했지만, 도저히 믿을 수가 없었다.

'설마…… 아빠가 돌아가신 이유가…….'

너무나도 잔인한 사실에 목이 메었다. 잠시 목소리를 가다듬은 동은이 겨우 진실을 물었다.

'자살이 아닌 거예요? 백합이, 아빠까지 죽인 거예요?'

'내가, 내가 그놈이 그이를 죽였는데도 모른 척했어……. 나까지 죽일까 봐, 너무 무서워서…… 죽고 싶지 않아서……. 네 아빠 그리된 건 내 탓이야, 전부 내 탓…….'

'아니에요. 엄마 탓 아니야. 그게 어떻게 엄마 탓이에요? 전부 그놈이 그렇게 만든 거야. 그런 생각 하지 마요, 응?'

그러나 동은의 간절한 위로에도 엄마의 떨림은 멈추지 않았다.

'내 딸을 납치하고 내 남편까지 죽였는데도 모른 척했어. 내가, 내가 죽일 년이야……. 괴물은 나야, 나였어……. 으아악!'

그 순간, 12년 전 그 순간으로 빨려 들어간 듯 엄마는 급기야 발작을 일으켰다. 동은은 날뛰는 엄마의 몸을 단단히 끌어안은 채 생각하고 또 생각했다.

지금까지 아빠의 죽음을 제 탓이라고 여겨왔다. 백합의 더러운 손에 놀아나 전 재산을 몸값을 대느라 잃었고 하나뿐인 딸을 지키지 못했다는 죄책감에 짓눌려 결국 자살을 한 거라고. 막연히 그렇게만 생각해왔었는데. 그렇게 죽어라고 자신을 미워해왔는데.

12년 만에 알게 된 진실. 그 참혹한 진실을 가슴에 품고 사느라 엄마는 자그마치 12년의 세월을 산송장처럼 살아왔던 것이었다. 딸을 괴물로 만들지 않고서는 견딜 수 없었던 삶. 미치지 않고서는 버틸 수 없었던 삶. 동은은 엄마의 발버둥 치는 몸을 끌어안으며 그녀가 겪어온 아픈 세월을 진심으로 위로했다.

그리고 뒤늦게 밝혀진 잔인한 진실은 한편으론 위안이 되기도 했다. 백합이 아빠까지 해쳤다는 건 충격이었지만, 아빠가 자살을 하지 않았다는 사실은 동은에게 오히려 위로가 되었다.

아빠는 나와 엄마를 버린 게 아니었던 거야. 이것으로 백합을 붙잡을 명분은 더 확고해졌다. 동은이 눈을 반짝이며 경찰서 안으로 다부진 발걸음을 옮겼다. 눈물을 머금었던 그녀의 눈빛이 그 어느 때보다 형형하게 반짝이고 있었다.


"백합 사건 진범, 인정태가 아니에요."

동은은 사무실에 들어서자마자 동료들을 불러 모아 단호하게 말했다. 그러나 모두가 의아해할 거라 예상했던 동은의 예상과는 달리 동료들은 하나같이 수긍하는 표정을 짓고 있었다. 마치 인정태가 진범이 아닌 이유를 이미 알고 있기라도 하듯. 동은이 눈을 기름하게 뜨며 어째서인지 자신과 눈도 제대로 마주치지 못하는 동료들을 하나하나 훑었다.

"왜들 그래요? 다들 내가 말하기 전에 이미 알고 있었다는 눈빛들인데?"

누가 형사 아니랄까 봐 감 하나는 타고났다. 해온이 난감한 얼굴로 별안간 사진 한 장을 동은에게 내밀었다. 동은이 해온이 내민 사진을 바라보며 아리송한 눈빛을 지어 보였다.

"넌 왜 병원에 안 있고 여기에 있어?"

"잔말 말고 이거나 봐."

"이게 뭔데?"

"일단 보기나 해."

해온이 동은의 눈길을 외면하며 어서 가져가라는 듯 사진을 든 손을 쭉 뻗었다. 동은이 마뜩지 않은 얼굴로 마지못해 해온에게서 사진을 받아 들었다. 사진에는 한 장의 편지가 찍혀 있었다. 빠르게 편지의 내용을 읽어 내려가던 동은의 손이 이윽고 부들부들 떨리기 시작했다.

"홍미란이…… 죽었어?"

그건 홍미란의 유서였다.

"대답해! 이거 홍미란이 남긴 유서 맞아?"

격렬한 동은의 반응에 해온이 짧은 한숨 끝에 고개를 끄덕였다.

"꽃집에서 나온 영수증하고 필적 대조해서 확인했어. 홍미란 본인이 쓴 거 맞아."

유서에는 인정태는 결코 백합이 아니라는 말이 쓰여 있었다. 그래서 동은이 말하기도 전에 이미 모두가 그 사실을 알고 있었던 것이다. 창백해진 동은을 보며 해온이 괴로운 얼굴로 말을 이었다.

"유서를 몇 번이나 다시 썼는지 압흔이 남아 있어서 영등포 쪽에서 조사 중이야."

해온의 말에 동은의 두 눈이 아득한 절망감으로 물들었다.

"젠장!"

그녀의 발길질에 날아간 휴지통이 사무실 바닥을 어지럽히며 미끄러졌다.

모든 게 더 이상 이일영에게 휘둘리지 않기 위해서였다. 스스로 백합에 관한 단서를 찾아내기 위해서였다. 그래서 일영의 뱀 같은 유혹에도 넘어가지 않았던 것인데! 이제야 비로소 엄마의 증언을 통해 인정태가 백합이 아니라는 결정적인 증거를 확보하게 됐는데!

하루 차이로 홍미란이 죽어버린 것이었다. 조금만 더 빨리 홍미란을 찾았더라면……. 그녀의 죽음에 책임을 느끼며 동은이 입술을 꽉 사리물었다.

사실 그녀로서도 어쩔 수 없는 일이었다. 이일영에게서 홍미란이 어딘가에 갇혀 있다는 제보를 받았다 한들, 함부로 경찰 인력을 동원할 수는 없었다. 사건이 성립되기 위한 결정적인 게 필요했다.

하지만 백합 사건의 진범은 따로 있고 홍미란이 그 실마리라는 게 밝혀진 지금, 홍미란의 실종은 명백한 사건이었다. 경찰 인력을 동원하기 위한 모든 준비는 이제야 끝이 났는데 홍미란이 시체로 발견되다니!

동은이 손에 든 사진을 으스러지게 움켜쥐며 엄마가 두려움에 떨면서도 저를 위해 간신히 꺼냈던 말들을 머릿속에 떠올렸다.

엄마는 백합을 봤지만, 인정태의 사진을 보고도 본 적 없는 사람이라고 했다. 그 말인즉, 인정태는 백합이 아니라는 뜻이었다.

그런데 백합과 인정태의 DNA가 일치했다? 결론은 하나였다.

"DNA는 조작된 거예요."

동은의 확신을 담은 말투에, 금방 그 뜻을 헤아린 동료들의 표정이 모두 씁쓸해졌다.

은택은 아침 일찍 가게에 출근해 동은을 생각하고 있었다. 그녀가 무사히 동료들에게 진실을 전했을지, 꽃처럼 여린 마음이 또 상처를 받지는 않았을지 걱정하느라 은택은 출근해서도 한동안은 일에 집중할 수가 없었다.

12년 전 동은을 납치했던 범인이 그녀의 아버지까지 해쳤을 줄은⋯⋯. 아무리 생각하고 또 생각해봐도 그녀가 너무 가여웠다. 티끌만큼이라도 그녀의 상처투성이 마음을 달래줄 수 있는 일이 있다면⋯⋯. 멍하니 가게 테이블에 앉아 고민하던 은택은 며칠 전 어둠이 깔린 주방 뒷문에서 지상을 마주쳤던 순간을 떠올렸다.

'쉿, 아무에게도 말하지 말렴.'

그 순간 은택의 눈이 번쩍 뜨였다. 그녀의 지친 마음을 달래줄 수 있는 일. 그녀의 고단한 악몽을 끝낼 수 있는 일. 굳이 고민해보지 않아도 은택은 손에 아주 결정적인 걸 쥐고 있었다.

흐릿하기만 했던 12년 전 동은을 처음 만난 날의 기억. 아득하게 수면 아래 잠겨 있던 그때의 기억이 아주 조금이긴 해도 수면 위로 떠올랐다.

은택이 주방에서 일에 열중하고 있는 지상의 모습을 물끄러미 바라봤다. 그가 12년 전 그날 봤던 범인과 비슷한 분위기를 자아냈던 건 그저 우연이었을까?

한참을 지상의 행동 하나하나를 주시하던 은택이 피곤한 듯 눈을 감으며 테이블 위로 엎드렸다. 이렇게 고작 단 몇 분을 범인에 관해 생각하는 것만으로도 피곤함이 몰려오는데. 은택이 곁에 없는 동은이 안쓰러워 입술을 꾹 깨물었다. 그녀의 고단한 몸을 꼬옥 품어주고 싶어 온몸이 다 움찔거렸다.

"그새 보고 싶다, 임동은……."

당장이라도 경찰서로 달려갈 것 같았던 은택이 진한 한숨과 함께 주머니에서 휴대전화를 꺼냈다. 그 나름대로의 약속이었다. 그녀와 일분일초도 떨어지고 싶지 않고 매일같이 달콤한 데이트도 하고 싶지만, 일에 열중해 있는 애인을 방해하는 쪼잔한 남자는 되고 싶지 않았다. 은택이 그리움이 가득 담긴 손길로 메시지를 적어 내려갔다.

[힘내, 애인. 언제나 당신을 응원할게.]

씩씩한 척했어도 실은 유난히 힘든 하루였다는 걸 말하지 않아도 아는 걸까. 은택에게서 온 응원의 메시지를 본 동은의 입가에 희미한 미소가 걸렸다.

국과수에 인정태의 DNA를 다시 채취해서 넘겼으니 내일쯤이면 대조 결과가 나올 것이었다. 그러나 겨우 하루인데도 결과를 기다리는 시간이 무척 길게만 느껴졌다.

초조한 마음을 달래기 위해 동은은 기동복으로 갈아입고서 지하 사격장으로 향했다. 마음이 복잡할 땐 역시 이 사격만큼 머리를 맑게 만들어 주는 것이 없었다.

사격장에 가니 지락이 연습 중이었다. 지락은 다음 주에 있을 정례사격을 대비해서 요즘 부쩍 연습에 열을 올리는 중이었다.

그래 봤자 강남서 사격 1등은 늘 언제나 동은의 차지였다. 영화 속 멋있는 형사의 모습을 동경해 경찰시험을 본 지락에게는 동은은 그야말로 선망의 대상이었다. 바로 옆 사격 부스에 서서 자세를 잡는 동은을 지켜보던 지락이 뜬금없이 엄지를 치켜세웠다.

"뭐야? 무슨 뜻이야?"

동은이 고개를 갸웃거리자 지락이 환하게 웃으며 말했다.

"총을 든 선배는 진짜 멋있습니다!"

"뜬금없긴."

동은이 민망함에 불뚱거렸지만, 지락은 아랑곳 않고 칭찬을 이어나갔다.

"정말입니다! 총을 든 선배는 천하무적이십니다! 그러니 백합도 꼭 잡을 수 있을 겁니다!"

칭찬인 줄 알았더니 눈치 없는 오지랖 역시도 응원을 해준 것이었다. 상냥한 기운이 마음속에 따스하게 번져갔다. 멀어지는 표적지를 바라보며 동은은 생각했다.

천하무적이라……. 그 어떤 범죄자 앞에서도, 심지어 백합 앞에서도, 지금 두려움을 완전히 극복한 동은이라면 그 말대로 제 몸 하나쯤은 거뜬히 지킬 수 있었다.

그러나 중요한 건 제 몸을 지키는 게 아니었다. 은택을 제 삶에 끌어들인 이상, 백합을 잡는 것 이상으로 그를 지키는 것이 동은에게는 가장 중요한 목표였다. 그러기 위해서는 지금처럼 단순히 함께하는 것만으로는 충분하지 않았다. 은택 스스로 자신을 방어할 수 있는 수단이 필요했다.

"준비총!"

곁에서 마치 정식 연습인 양 교관을 흉내내는 지락의 목소리에 귀 기울이며 동은은 45도 각도로 바닥을 향하고 있는 총을 물끄러미 바라봤다.

"거총!"

사격 자세를 취하라는 명령에 따라 총이 서서히 표적지를 향해 들어 올려졌다. 동은의 시선도 천천히 가늠쇠를 따라 위로 향했다. 동은이 순간적으로 무섭게 집중하면서도 은택의 활짝 웃는 모습을 머릿속에 떠올렸다.

너를 지키기 위한 방법, 과연 그게 뭘까.

"사격 개시!"

끝나지 않는 고민과 함께 탕! 탕! 마침내 총이 격발되는 소리가 사격장 안에 들끓었다. 총 스무 번의 발포 가운데 동은은 하나도 빠짐없이 정확하게 표적을 명중시켰다. 그 순간 동은이 무언가를 깨달은 사람처럼 멍하니 입을 벌렸다.

이윽고 사격이 끝이 났을 때, 동은은 곧바로 은택에게 전화를 걸었다.


"애인?"

사격장 안에 들어선 은택이 조금 어리둥절한 얼굴로 주위를 두리번거렸다.

"아직 안 왔나?"

은택은 갑자기 동은에게서 사격장으로 와달라는 연락을 받고 부랴부랴 달려온 참이었다. 이곳은 일반인에게도 실제 총기의 사용이 허가된 사격장이었다. 태어나 사격장을 찾은 것은 처음이었다.

막연한 호기심에 사격 부스까지 걸어간 은택이 사격장 자체가 주는 위압감에 침을 꿀꺽 삼켰다. 그녀가 대체 왜 이런 곳에 자신을 부른 건지 알 수가 없었다.

그런데 그때 갑자기 등 뒤에서 따스한 체온이 느껴졌다. 가녀린 손이 허리를 파고들어와 제 심장박동 소리를 들으려는 듯 조심스럽게 가슴 위에 얹어져 있었다. 곧 자신을 껴안은 사람이 누구인지 알아차린 은택의 입술이 부드럽게 호선을 그렸다.

"누가 형사 아니랄까 봐 데이트도 이런 곳에서 하는 거야?"

그러나 은택이 장난스럽게 말을 걸어도 동은은 한동안 그의 등에 얼굴을 기댄 채 아무 말이 없었다. 은택은 조급하게 그녀를 보채지 않고 묵묵히 기다렸다. 그로부터 얼마 후, 등 뒤에서 조그맣게 동은의 목소리가 들려왔다.

"은택아."

"응?"

"나를 위해서 부탁 한 가지만 들어줄 수 있어?"

살짝 떨고 있는 목소리에 은택이 동은의 손을 꼭 붙잡으며 대답해주었다.

"물론. 당신을 위해서라면 그게 무엇이든, 부탁이 몇 가지든 전부 다 들어줄게."

은택의 대답에 감격스러운지 동은이 살짝 젖은 눈가를 그의 등에 비비며 부탁을 말했다.

"나는…… 네가 강해졌으면 좋겠어."

"에이, 부탁이 겨우 그거야? 말했잖아. 이미 당신을 만나서 난 충분히 강해졌다고."

"알아, 하지만 지금보다도 더 강해지길 바라."

"지금보다도 더?"

"응, 백합에게도 지지 않을 만큼."

"그래서 날 여기로 오라고 한 거야?"

은택이 다시 한 번 위압감을 뿜어내고 있는 사격장 풍경을 둘러보며 물었다. 동은이 은택의 등에서 얼굴을 떼어내며 그를 마주보게 돌려세우고 눈을 마주쳤다. 마주친 그녀의 눈빛은 더없이 진지했다.

"응, 맞아."

"나더러 사격을 배우라고? 스포츠가 아니고 무기로, 날 지키기 위해서?"

목숨을 지키기 위해 사격을 배우라니, 이건 절대 평범한 인생이 아니었다. 하지만 이렇게라도 하지 않으면 동은은 도무지 안심이 되지 않았다.

"내가 가르쳐줄게. 사격뿐만 아니라 호신술도 가르쳐줄게. 이렇게 하나하나 널 지킬 수 있는 방법이 많아져서, 그래서 네가 더 강해질 수 있다면 난 뭐든 할 거야."

그만큼 동은은 절박했다. 백합은 결코 만만한 상대가 아니었다. 어쩌면 목숨까지 걸어야 하는 상대였다. 그러니 언제고 불시에 닥칠 위험을 대비하지 않으면 안 되었다. 제가 곁에 없더라도 은택이 스스로를 지킬 수 있을 정도로 강해졌으면 좋겠다. 동은은 진심으로 그렇게 생각했다.

한동안 절실한 동은의 얼굴을 상냥한 눈빛으로 바라보던 은택이 천천히 그녀에게로 손을 뻗었다. 그리고 조심스럽게 그녀의 보드라운 볼을 쓰다듬었다. 은택은 그녀의 마음이라면 누구보다 잘 헤아릴 수 있었다. 이렇게까지 할 수밖에 없는 그녀의 심정이 얼마나 참담할지도 잘 알았다. 은택이 상냥하게 미소 지었다. 그 미소만큼이나 따스한 음성이 그의 입술 새로 나직이 흘러나왔다.

"응, 가르쳐줘."

그의 인생을 이토록 위험한 길로 빠지게 만든 죄책감. 그럼에도 불구하고 이제는 결코 그의 곁을 떠날 수 없게 된 자책감. 그리하여 내내 슬픈 눈빛을 짓고 있던 동은이 그때서야 슬그머니 웃어 보였다.

"내가 평생 당신 옆에서 살 수 있게, 우리가 함께해도 불안하지 않게, 날 지킬 수 있는 방법은 전부 가르쳐줘."

그녀가 이토록 아득한 삶 속에서도 웃을 수 있는 이유.

"사랑해, 임동은."

그건 오직…….

"이렇게 평생 당신에게 사랑한다고 말할 수 있게 해줘."

이 남자가 곁에 있기 때문이었다.


동은은 경찰서로 돌아오는 길에 사격 연습을 끝내고 은택이 건넨 질문을 무심결에 머릿속에 떠올리고 있었다.

'동은아.'

'응?'

'만약에 인정태의 DNA와 백합의 DNA가 일치하지 않는 걸로 밝혀지면 진범은 따로 있다는 뜻인 거지?'

그 말을 꺼내는 은택은 퍽 심각한 얼굴을 하고 있었다.

'이해가 안 돼. 백합이라는 인간, 도대체 왜 이렇게까지 당신을 괴롭히는 거야?'

하긴, 그럴 만도 했다. 느닷없이 사격이며 호신술이며 온갖 위험한 것들을 가르쳐주겠다는데, 네 목숨 지키고 싶어서 그렇다는

데, 도대체 백합이 얼마나 위험하기에 이렇게까지 할까 하는 생각이 들지 않는 편이 오히려 이상했다.

'이유가 뭐든 절대로 용서 못 해.'

하지만 은택의 생각은 동은의 예상이 미치지 못하는 곳까지 뻗어가 있었다. 분명, 그 순간 총을 바라보는 은택의 손에서 옅은 떨림이 느껴졌었다. 조금 전까지는 총을 쥐고 있어서 감출 수 있었던 떨림이 고스란히 비치고 만 것이었다. 그 떨림에서 차마 그가 하지 못한 말들이 여실히 전해져왔다.

고막이 찢어질 것 같은 총성, 손끝에 전해지는 강한 압력, 숨조차 쉬이 내쉴 수 없는 극도의 긴장감. 그 낱낱의 것들이 일순 모든 감각을 지배하고 그로 인해 은택은 처음으로 백합이란 존재에 대해 선명한 공포를 느꼈을 것이다. 더 강해졌으면 좋겠다는 말의 의미가 파도처럼 온몸을 뒤덮었을 것이다. 보통의 사람이라면 뒤도 안 돌아보고 도망쳤을 법한 순간을 은택은 두 눈을 부릅뜬 채로 필사적으로 버티고 있었다.

그의 눈동자가 어둡게 반짝이고 있었다. 공포와 맞서 싸우는 어지러운 눈동자, 그리고 그 이면에 깊숙이 자리 잡은 또 다른 감정. 동은은 그 감정 또한 어렵지 않게 짐작할 수 있었다.

은택이 더더욱 참을 수가 없는 건 그 공포를 무려 12년씩이나 혼자서 견뎌왔을 저라는 걸. 동은은 천천히 손을 뻗어 격발 시의 떨림이 아직도 희미하게 남아 있는 은택의 손을 꼭 잡아주었다.

'걱정하지 마. 반드시 잡을 거야.'

그녀의 도란거리는 말소리와 함께 떨림이 사라진 자리에 진한 체온이 스며들었다. 은택이 고개를 기울여 동은과 눈을 마주쳤다.

쪽. 잠시 망설이는 듯하다 짧게 입술을 훔친 은택이 배시시 웃었다. 얼굴이 붉어진 동은도 따라 웃었다. 공기마저 발그레해진 것 같은 행복감. 은택의 손을 맞잡은 동은의 손에 꾸욱 힘이 들어갔다. 이 행복을 잃고 싶지 않았다.

강철희, 인정태, 홍미란, 이일영, 그리고 경찰 내부에 심어놓은 조력자까지 그 수많은 사람들을 조종하고 연막을 친 사람. 그만큼 용의주도하고 철두철미한 놈이지만……

반드시 은택이 너를 위해서. 이 행복을 지키기 위해서 잡고 말 테니까. 동은이 다시 한 번 그때의 결심을 곱씹고 있던 찰나였다.

"무슨 생각을 그렇게 해?"

벽에 부딪힌 것 같은 단단한 감각과 함께 익숙한 목소리가 동은을 다시 현실로 불러들였다. 얼얼한 이마를 문지르며 앞을 살피니 어느새 경찰서 앞이었다. 벽처럼 단단하다고 느껴졌던 건 해온의 가슴팍이었다.

"넌 또 왜 여기 있어?"

병원에 있어야 할 사람이 또 눈앞에 있으니 동은이 눈을 기름하게 뜨고선 해온을 바라봤다.

"하여간 말은 더럽게 안 들어요."

"팀장님한테 제발 말 좀 들으라고 날이면 날마다 잔소리 듣는 네 입에서 나올 말은 아닌 듯하다만?"

어제는 한꺼번에 너무 많은 진실을 알게 돼서 정신이 없었다. 경찰서에서 모두를 불러놓고 인정태는 백합이 아니라는 말을 할 때만 해도 그중에 해온이 섞여 있는 줄은 전혀 알지 못했다. 마음을 가라앉히고 난 후에야, 병원에서 적어도 일주일은 더 지내야 할 녀석이 버젓이 사무실에 앉아 있는 걸 발견했다. 득달같이 화를 냈더니 병원에만 있으려니 좀이 쑤셔 죽겠다며 어깨를 으쓱. 오히려 일을 해야 살겠다며 능구렁이처럼 웃어대기나 했다.

그러나 말로는 아무렇지 않다고 했지만, 오래 걷거나 하체에 힘을 실거나 하면 금세 이마를 찌푸리는 걸 빈번하게 봤다. 동은의 시선이 해온의 다리로 향했다. 늘 입던 청바지가 아닌 여유 있는 면바지를 골라 입은 그의 모습에 콧잔등이 시큰거렸다.

"이것 봐, 또 그런다. 정말 말 안 듣는 게 누군데?"

해온이 제 다리에 머무른 동은의 시선을 가리듯 간격을 좁히며 투덜거렸다.

"너 때문에 다친 거 아니라고 몇 번을 말해."

머뭇거리던 해온이 손을 뻗어 동은의 조그만 머리통을 쓰다듬었다. 크고 단단한 손이 조심스럽게 머릿결을 쓸자 감정이 북받쳐 오른 동은은 이를 악물었다.

해온이 지그시 그 모습을 바라봤다. 막내더러 쓸데없이 오지랖만 넓다고 혼낼 땐 언제고 진정 오지랖이 넓은 사람이 누군지 모르겠다.

"이러다 백합이 저지른 범죄들, 다 네 잘못이라고 하겠다?"

"야, 내가 언제……?"

"뚝! 모르는 사이에 소통, 울보 다 됐네."

해온이 짓궂게 씩 웃었다. 제가 아는 임동은은 감정 표현에 꽤나 무딘 여자였다. 눈물도 웃음도 여간해선 잘 짓지 않았다.

하지만 남자 1번이 나타난 후로 부끄러워하는 모습, 안절부절 못하는 모습, 펑펑 우는 모습 등 그동안 보지 못했던 많은 모습을 보게 되었다. 사랑에 빠진 여자의 모습은 이토록 예쁘구나, 그렇게 생각했다.

갑자기 입안이 쓰게 느껴졌다. 해온이 복잡한 마음에 그녀의 정수리에 올라가 있는 손바닥에 점점 더 세게 힘을 주자 동은이 탁 손을 쳐냈다.

"장난치지 마. 습관처럼 정강이 찍어버릴 뻔했어."

그러자 해온이 괜한 엄살을 떨며 몸을 부르르 떨었다. 동은이 딱 봐도 장난인 모습에도 불안해하며 물었다.

"정말로 병원에 안 있어도 되는 거야?"

"정말로 병원에 있으면 더 아픈대도?"

"그래도 혹시라도 후유증이라도 남으면……."

"쓰읍, 거기까지, 내 몸은 내가 잘 알아. 그러는 넌? 전에 옆구리에 칼 맞았을 때 며칠 만에 출근했더라?"

"됐어, 계속해봤자 입씨름밖에 더 돼? 내가 졌다."

동은이 고개를 절레절레 흔들며 경찰서 안으로 성큼성큼 걸음을 옮길 때였다.

"잠깐만."

해온이 갑자기 팔을 붙잡아왔다.

"나, 너한테 할 말 있어."

그의 눈빛에 조금 전까지 스며 있던 장난기는 사라지고 진지한 빛이 어른거렸다. 왠지 모를 긴장감에 동은이 침을 꿀꺽 삼켰다.

"그래서 할 말이 뭐야?"

사무실에서 얘기하자는 걸 굳이 사람들을 피해 휴게실로 끌고 들어오더니 해온은 이곳에서도 계속 머뭇거리고만 있었다. 도대체 무슨 말을 꺼내려고 이렇게 뜸을 들이는 걸까.

"최 경위님, 뜸은 이제 그만 들이고 얼른 말하시죠?"

나왔다. 깍듯한 존댓말. 해온이 더 이상은 망설일 수 없다는 걸 깨닫고 조심스럽게 입을 열었을 때였다.

"소통, 이건 정말 만에 하나인데, 혹시 인정태의 DNA를 조작한 사람이⋯⋯."

갑자기 복도 쪽이 시끄러워졌다. 강남서에서는 전혀 본 적 없는 사내들이 떼를 지어 어디론가 향하고 있었다. 곧 그들의 목적지가 강력 2팀 사무실이라는 걸 알아차린 동은이 벌떡 일어서서 뒤를 쫓았다. 무언가 말을 하려던 해온도 황급히 동은을 따라 사무실로 향했다. 다짜고짜 사무실 안으로 들어간 무리는 거칠게 소리를 질러댔다.

"홍견우 씨, 잠깐 저희랑 함께 가시죠!"

그들은 순식간에 견우의 책상 주변을 에워쌌다.

"지금 뭐 하는 겁니까?"

뒤따라 들어온 동은이 체구가 두 배는 더 큰 형사를 밀치고 견우의 앞을 가로막았다.

"당신들, 어디서 왔어? 여기 경찰서야! 이렇게 함부로 행패 부리면⋯⋯!"

"영등포 경찰서에서 나왔습니다."

"영등포? 거기서 왜⋯⋯?"

"홍미란 살인 사건 아시죠? 홍미란 유서에서 홍견우 씨에 관한 내용이 발견됐거든요."

그 순간 필사적으로 견우의 앞에 버티고 서 있던 동은이 힘없이 툭 밀쳐졌다. 형사증을 내밀었던 형사가 비웃듯이 동은을 흘 긋 쳐다보곤 이내 저벅저벅 견우에게로 다가가 강경하게 말했다.

"홍견우 씨, 홍미란 살인 사건에 관해 몇 가지 물어볼 것이 있 습니다. 함께 가주시죠."

견우가 초점 없는 눈으로 빤히 형사와 눈을 마주쳤다. 마치 이 렇게 되리란 걸 예감했던 사람처럼 체념한 눈빛이었다.

"자, 잠깐만! 홍미란 유서라면 나도 봤어! 거기엔 견우 선배에 관한 내용은 아무것도 없었다고!"

망연자실하게 굳어 있던 동은이 마지막 발악을 하듯 견우를 데 려가려는 형사를 저지했다. 형사는 자신을 가로막은 동은을 귀찮 다는 눈으로 바라보며 차갑게 설명했다.

"압흔을 조사하니 홍견우 씨의 이름이 나왔습니다. 견우 오빠 에게 미안하다는 내용을 적었다가 결국엔 지운 것 같더군요."

"하지만 그것만으로 견우 선배가 홍미란과 관계가 있을 거라 고 단정하기엔 무리가 있지 않나요? 견우라는 이름을 가진 사람 이 선배만 있는 것도 아니잖아요!"

"상록보육원."

형사가 짧게 내뱉은 말에 동은의 속눈썹이 파르르 떨렸다. 그 곳은 견우가 20년 넘게 후원금을 내고 있는 보육원의 이름이었 다. 도대체 상록보육원과 이 사건이 무슨 상관이 있는 걸까?

"홍미란이 상록보육원에서 지낸 지 정확히 5년 된 시작한 시 점부터 홍견우 씨가 후원금을 대기 시작했더군요. 이것도 그저 단 순한 우연입니까?"

아니, 단순한 우연일 리가 없었다. 동은이 형사를 붙잡고 있던 손을 힘없이 떨어트렸다. 그리고 이렇게 극에 치달았는데도 여전히 침묵으로 일관하고 있는 견우를 간절한 눈으로 바라봤다.

"선배…… 아니지? 조사가 잘못된 거 맞지? 내가 지금 잘못 생각한 게 맞지?"

그러나 견우는 그 어떤 대답도 없이 파리하게 굳은 얼굴을 하고선 자리에서 일어섰다. 그리러곤 순순히 형사의 곁에 섰다.

"가시죠, 형사님. 전부 말하겠습니다."

"장난치지 마, 선배! 도대체 뭘! 뭘 전부 말하겠다는 거야?"

들끓는 목소리로 소리치는 동은을 지나쳐 걸으며 견우가 스치듯이 이야기했다.

"……미안하다, 동은아."

"선배!"

동은이 휘청거리며 바닥으로 무너져 내렸다.

'DNA는 조작된 거예요.'

모두의 앞에서 그 말을 하는 순간조차도 백합을 도와 DNA를 바꾼 조력자가 강력 2팀 식구일 거라고는 티끌만큼도 생각하지 않았었다. 그런데 백합의 조력자가 다른 사람도 아닌 견우였다니! 지금껏 친오빠처럼 저를 챙겨주던 견우의 모습들이 주마등처럼 머릿속에 떠올랐다.

"견우 선배!"

동은이 견딜 수 없는 배신감에 바닥에 엎드려 울부짖었다.


그리고 이틀 뒤. 동은은 영등포 경찰서 취조실에서 견우와 마주 앉아 있었다. 몇 번을 울컥울컥, 숨조차 버겁게 내쉬던 동은이 애처로운 눈빛을 하고서 견우를 불렀다.

"선배, 나 좀 봐요."

그러나 견우는 끝내 고개를 들지 못했다. 숨소리조차 죽은 듯이 내고 있었다.

"선배."

겨우 울음을 사그라뜨리고 온 것인데, 동은은 견우의 그 모습에 또다시 입술을 깨물었다. 취조실 문을 열기 전 겨우 눌러 내린 감정이 다시 솟구쳐 올라왔다. 왜 하필 경찰서의 수많은 사람 중 견우여야만 했던 건지……. 그 사실이 너무도 가혹해서 견딜 수가 없었다.

이곳 문을 열기 전까지 한참을 목이 쉬도록 울었다. 그러다 눈물이 다 마르고 난 뒤에는 묻지 않고는 견딜 수 없어졌다. 그래서 여기까지 찾아온 것이었다.

"홍미란이…… 선배 여동생이라고요."

동은이 바싹 말라버린 입술을 간신히 떼어 말했다. 견우는 힘겹게 고개를 끄덕이며 숨 막히는 침묵을 비로소 깨트렸다.

"미란이와는…… 어렸을 때 헤어졌어. 몇 살 때였는지 기억도 안 날 만큼 오래전 일이었는데 술주정뱅이였던 아버지가 미란이는 숫기가 없어서 구걸도 제대로 못한다면서 보육원에 보내버렸거든."

덤덤한 목소리였지만, 때때로 미처 숨기지 못한 흐느낌이 한숨처럼 견우의 부르튼 입술 사이를 비집고 나왔다.

"그러면 안 되는 거였는데……. 그땐 아버지가 너무 무서워서 미란이가 울면서 가기 싫다고 하는데도 모른 척했어, 내가."

그는 스무 살이 되자마자 아르바이트를 한 돈으로 보육원에 후원을 시작했다. 하지만 그래도 여동생을 버린 죄책감은 사라지지 않았다.

견우의 서러운 사연에 취조실 탁자 아래로 동은이 주먹을 바르 쥐었다. 동정하지 않으려고. 휘청거리지 않으려고. 떨리는 눈가에 억지로 힘을 주며, 손톱이 손바닥을 아프게 파고들어도 주먹을 더 세게 움켜쥐며 그렇게.

"그런데 12년 전 어떤 남자에게서 연락이 왔어. 미란이가…… 그 애가 정말 큰 잘못을 저질렀다고."

"잘못?"

"사람을…… 죽였다고 했어. 그 애를 구하고 싶으면 앞으론 자신이 시키는 대로 하라고."

그자가 바로 백합이었다. 그때 당시 막 경찰 시험에 합격해 파출소에 근무하고 있던 견우는 처음엔 백합의 요구를 받아들이지 않았었다. 하지만 길에 핀 꽃을 보고 예쁘다며 나비처럼 달려가던 아이가 휠체어를 끌고 눈앞에 나타난 순간, 경찰로서의 신념마저 포기할 수밖에 없었다.

그건 백합의 협박이었다. 다음엔 여동생의 다리가 아닌 목숨을 잃게 될 거라는 협박. 견우는 그 가혹한 시련이 12년 전 어린 여동생의 눈물을 모른 척했던 죗값이라고 생각했다. 그리고 아무리 죽음보다 못한 삶을 살게 되더라도 백합에게서 여동생을 지키겠다고 결심했다.

"그땐 내가 그 애를 지켜줄 수 있는 방법이 그것밖에 없다고 생각했어. 그래서 백합이 시키는 짓은 뭐든 했어."

그러나 그때만 해도 알지 못했다. 여동생을 지키기 위해서 자신이 누구를 기만하는 것인지를.

"나중에서야 사실은 그 애가 직접 사람을 죽인 게 아니라 백합이 누군가를 죽이는 걸 목격하고도 모른 척했다는 걸 알게 됐지. 그리고 그 애가 목격한 사건이 살인이 아니라 살인 미수에 그쳤다는 것도. 하지만 그땐 너무 늦어 있었어."

견우가 진한 한숨과 함께 눈을 지르감았다. 여동생이 침묵한 한 소녀의 비극. 12년이 지났어도 여전히 그날 벌어진 비극 속에 살고 있는 소녀가 제 눈앞에 나타난 그 순간이 성큼 떠올랐다.

"동은아."

견우의 감은 눈가에 뜨거운 눈물이 맺혔다.

"……그게 너였어."

파르르 떠는 눈매에 먹먹한 눈물이 번져갔다.

"미란이는 너를 본 그날을 잊지 못하고 항상 네 꿈을 꿨어."

그럴 때면 여동생은 아무리 흔들어도 악몽에서 깨지 못하고 비명을 지르며 미안하다는 말만 되풀이하곤 했었다.

"네가 백합 손에 입을 틀어막힌 채 차에 태워지는 모습, 그렇게 어디론가 끌려가는 모습을 매일 밤 꿈에서 봤대."

모른 척해서 미안하다고. 구해주지 못해서 미안하다고.

"지난 12년 동안 내 동생 가슴에는 네 교복에 새겨져 있던 임동은이란 이름 세 글자가 못처럼 박혀 있었어."

그렇게 지난 오랜 세월을 피 흘리는 심장을 움켜쥐고서 살았다. 죄책감에 미쳐가는 여동생을 지켜보며 한때는 너무도 가혹한 운명이라며 신을 원망하기도 했었다.

하지만 어느 날, 그것이 면죄부가 되지 않는다는 걸 깨달았다.

피조차 흘리지 못하는 죽은 심장을 끌어안고 사는 동은을 만나고 나서야. 그녀에게서 죽은 거나 다름 없는 처절한 심장 소리를 듣고 난 후에야.

"나는…… 너를 만난 그날부터 나는 매일 심판을 받아야만 했어. 내 동료를, 다른 누구도 아닌 동은이 너를 속였다는 죄책감에서 단 한순간도 해방될 수가 없었어."

그리고 그것이 백합이 사람을 조종하는 방식이었다.

"동은아, 그게 백합의 방식이야. 사람의 양심을 이용하는 것. 돈으로 사람을 사는 건 유효기간이 있지만, 사람의 죄책감을 이용하는 건 유효기간이 없거든. 그건 평생 사라지지 않는 거니까."

아무리 노력해도 없앨 수 없는 것. 아무리 동은에게 좋은 동료이자 선배가 되어도 자신이 저지른 일이 없던 일이 될 수는 없었다. 그 질긴 죄책감에 끝끝내 벗어날 수가 없었다.

"하지만 이제 다 끝났어."

그래, 이제야 끝이 났다. 여동생의 손을 또다시 놓친 지금, 백합이 이용할 수 있는 견우의 유효기간은 드디어 끝을 맞았다. 남은 평생은 감히 속죄라고 부를 수도 없는 어둡고 비참한 삶을 살아가게 되겠지만, 오히려 마음은 후련했다.

견우가 젖은 눈을 부릅떴다. 이곳에서 마주 보고 앉아 처음으로 동은과 눈을 마주쳤다. 어둠 속에 갇힌 동은을 끌어 올려주기 위해서 자신이 마지막으로 전해야만 하는 이야기가 있었다.

"동은아, 인정태를 만나."

부들부들 떨리는 몸을 간신히 가누고 있던 동은이 의아함에 고개를 갸웃했다.

"인정태는 왜……?"

"내가 아는 한 백합이 자신과 동일시하고 있는 존재는 둘이야."

"자신과 동일시하다니……. 그게 무슨 뜻이에요?"

"네가 칼로 다리를 찌르고 달아난 날, 백합은 어떤 두 사람을 찾아가서 자신과 똑같이 다리를 불구로 만들었어."

견우의 말에 동은의 머릿속에 재빠르게 어떤 두 사람의 모습이 떠올랐다. 의족을 착용하는 인정태. 휠체어를 쓰는 홍미란.

"범죄를 모른 척한 너희도, 범죄자와 다를 바 없다."

견우가 언젠가 두려움에 떨며 여동생이 흉내 냈던 백합의 말을 그대로 뇌까렸다.

"용서는 꿈도 꾸지 마라."

그들에게 장애는 백합이 남긴 표식이었다. 한 소녀의 비극을 모른 척한 너희 역시 나와 다르지 않다는 망가진 양심의 표식. 그리고 이젠 절대 나에게서 벗어날 수 없다는 끔찍한 굴레의 표식.

가만히 견우의 말에 귀 기울이며 백합의 잔인한 횡포에 치를 떨던 동은이 불현듯 화들짝 놀라 눈을 치켜떴다.

"그렇다면 인정태도 설마……?"

동은이 말을 채 끝내기도 전에 견우는 고개를 끄덕였다. 짧은 침묵 후에 견우의 목소리가 자못 비장하게 흘러나왔다.

"그래. 인정태 역시 미란이처럼 동은이 네 사건의 목격자였어."

보이지 않던 백합의 그림자가 드디어 드러난 순간이었다.

## 15장

은택은 요즘 매일같이 동은에게서 사격과 호신술을 배우느라 정신이 없었다. 그 와중에도 가게 일도 소홀히 할 수가 없었다. 가장 바쁜 점심식사 시간을 간신히 소화하고 은택이 잠시 테이블에 앉아 휴식을 취할 때였다. 전화가 한 통 걸려왔다. 발신인에 매형의 이름이 떠 있었다. 은택은 곧바로 전화를 받았다.

"네, 매형."

그러자 다급한 태준의 목소리가 너머에서 들려왔다.

─처남, 지금 바로 병원으로 와줘. 급한 일이야.

"왜요? 무슨 일 있어요?"

─일단 와줘. 산부인과 병동 3101호실이야.

은택은 끊어진 휴대전화 화면을 한동안 멍하니 내려다봤다. 어쩐지 불길한 예감이 들었지만 애써 아니라고 고개를 저었다. 제발 아무 일도 없기를. 은택은 그길로 곧장 병원으로 향했다.

그러나 현실은 은택의 바람을 들어주지 않았다. 은택이 병원에 도착했을 때 너무나 가슴 아픈 현실이 그를 기다리고 있었다.

"유산…… 이라고요?"

은택이 도저히 믿기지 않는다는 듯 되물었다. 불길한 예감은 이렇듯 언제나 빗나가는 법이 없었다. 태준이 울음을 삼키며 고개를 끄덕였다.

"말도 안 돼."

충격적인 소식에 다리에 힘이 풀린 은택이 그대로 바닥에 주저앉았다. 태준이 재빨리 은택을 부축하며 잔뜩 갈라진 목소리로 설명했다.

"며칠 됐어. 더 빨리 연락하려고 했는데 나도 정신이 없어서."

차분한 말투였지만, 태준은 금방이라도 울 것 같았다. 갈라진 목소리 끝에 아직 다 흘려보내지 못한 울음기가 진득하게 묻어 나왔다. 이제 보니 목소리만큼이나 태준의 얼굴도 많이 상해 있었다.

은택이 먹먹한 눈빛으로 굳게 닫힌 병실 문을 바라봤다. 태준도 은택을 따라 아내가 있는 병실을 바라봤다. 그 너머를 헤아리는 두 사람의 눈빛이 더없이 서러웠다. 그러나 분명 그 누구보다 저 안에 있는 은호의 마음이 가장 아플 것이었다.

"누나는 좀 어때요?"

"몸은…… 많이 나아졌어."

결국 마음은 아직 조금도 아물지 못했다는 뜻이었다.

"엄마는 알고 계세요?"

"장모님한테는 말씀 못 드렸어. 은호가 내키지 않아 하는 것 같아서. 처남한테도 연락하지 말라 그랬는데 부탁할 게 있어서."

"말씀하세요."

"은호가 통 먹지를 못해. 벌써 사흘째야."

은택은 태준의 눈빛만 봐도 그가 무슨 말을 하려는지 알 수 있었다. 태준이 말을 끝내기도 전에 은택이 고개를 끄덕였다.

"알겠어요. 얼른 가게로 가서 음식 좀 만들어 올게요. 예전부터 누나 아플 땐 제가 만든 음식만 먹었거든요."

"응. 그럼 부탁 좀 할게."

태준이 은택의 어깨를 부드럽게 두드리고 돌아섰다. 힘없이 병실 문을 여는 태준의 모습에 은택이 주먹을 꾹 움켜쥐었다. 당장 함께 들어가서 누나의 얼굴을 보고 싶었지만, 꾹 참았다. 일부러 연락하지 말아달라고 부탁까지 했는데 눈앞에 나타나면 누나가 더 충격을 받을 것 같았다. 은택은 젖은 눈시울을 거칠게 닦아내며 억지로 걸음을 반대로 떼었다.

힘없이 병원을 빠져나와 은택은 가게 반대 방향으로 무작정 걸었다. 지금 이 순간 동은이 너무나 보고 싶었다.


은택이 경찰서에 도착했을 때, 동은은 마침 어디 가려는 모양인지 정문을 빠져나오고 있었다. 멀리서 다가오는 은택을 발견한 동은의 눈이 휘둥그레졌다.

"은택아, 여긴 어쩐 일이야?"

동은이 조르르 달려가 은택을 마주 보고 섰다. 왠지 모르게 창백한 안색에 마음이 쓰였다.

"어디 아파? 안 좋은 일이라도 있었어?"

막상 여기까지 찾아오고서도 은택은 동은을 걱정시키고 싶지 않았다. 은택이 애써 밝은 표정을 지으며 고개를 저었다.

"점심 먹으러 가는 거야?"

동은이 아쉬운 표정을 지으며 고개를 저었다.

"아니, 교도소에 좀 가보려고."

"교도소는 무슨 일로?"

"인정태를 만나볼까 해서."

"인정태? 그 사람을 당신이 왜 만나?"

인정태를 만나러 가겠다는 말에 은택의 표정이 단번에 어두워졌다. 인정태가 동은에게 가지고 있는 적대감을 익히 아는 탓이었다. 그러나 은택은 곧 동은의 행동을 이해했다.

얼마 전 함께 그녀의 어머니를 만나러 갔을 때 인정태가 백합이 아니라는 증언이 나왔던 까닭이었다. 그때 동은은 다시 한 번 인정태와 백합의 DNA 대조를 의뢰할 거라고 했었다.

"DNA 대조 결과 나왔구나."

동은은 무겁게 고개를 끄덕였다. 조금 전 감식 결과를 확인했다. 예상대로 백합과 인정태의 DNA는 일치하지 않았다. 엄마의 증언으로도 확인했고 견우의 진술로도 이미 확인한 사실이건만, 서글픈 기분이 드는 것은 어쩔 수가 없었다.

"결과는?"

"내가 생각한 대로였어. 인정태는 백합이 아니야."

"진범은 아직도 버젓이 거리를 활보하고 있다는 뜻인 거네."

문득 안지상을 떠올린 은택의 얼굴빛이 스쳐 지나가듯 어두워졌다. 그러나 동은은 미처 그것을 헤아릴 정신이 없었다.

"그런데 그 DNA를 조작한 사람이 견우 선배래."

"홍 형사님 말하는 거야?"

"응."

동은이 눈물을 참는 듯 이를 악물었다. 충격적인 소식에 깜짝 놀랐던 은택이 동은의 어깨를 끌어안으며 연거푸 부드럽게 쓰다듬었다.

"많이 아팠겠다, 우리 애인."

그늘이 잔뜩 드리워진 동은의 얼굴을 보며 은택이 그의 손등을 부드럽게 쓰다듬었다. 동은은 가볍게 고개를 저었다. 걱정하지 말라는 듯, 불안해하지 말라는 듯.

"지난번에 DNA를 채취하러 갔을 때 인정태는 나한테 엄마를 만나보라고 했어."

그 순간 은택은 떨고 있지는 않지만 그녀가 왠지 모르게 불안해하고 있다고 느꼈다. 은택은 그녀를 달래듯 귀밑의 여린 살을 부드럽게 매만지며 이야기를 들었다.

"인정태는 내게 백합의 정체를 아는 사람을 가르쳐준 거였어."

무려 12년이 지나서야 하나씩 하나씩 밝혀지는 진실들. 누구라도 두렵지 않다면 오히려 그게 비정상이었다. 그건 그녀의 직업이 형사건 아니건 전혀 상관없는 문제였다.

인간이기 때문에. 소중한 사람을 잃으면 마음이 찢어지는 것처럼 아픈 인간이라서.

그래서 은택은 지금의 동은이 더 대견하게 느껴졌다. 더 이상 도망치지 않고 백합과 정면으로 부딪치려고 하는 그녀가…….. 저 역시 더 강해져야겠다고 다시 한 번 생각했다.

"지금 생각해보면 아마 그게 힌트였던 것 같아."

"힌트?"

"응. DNA 검사를 다시 한다고 해도 또 조작이 안 되리란 법 없으니까. 백합이 얼마나 교묘하고 치밀한 자인지 인정태가 누구보다 잘 알고 있을 거야. 그러니 나한테 확실히 알려주고 싶었겠지."

"진범은 따로 있다."

반사적으로 나온 은택의 추리에 동은이 고개를 끄덕였다.

"맞아. 그러니 진범을 알고 있는 엄마에게 가서 확인해라."

분명 DNA 검사를 의뢰하기 전 동은도 같은 생각을 했었다.

"나도 백합이 경찰서에 심어놓은 조력자가 견우 선배 하나만은 아닐 거라고 생각했어. 그래서 국과수뿐만 아니라 사설 연구소에도 DNA 대조를 몰래 의뢰해놨었거든."

결과는 국과수와 사설 연구소 모두 인정태와 백합의 DNA가 일치하지 않는 것으로 나왔다. 어쩌면 견우의 정체가 밝혀진 이상, 더 이상의 조작은 아무런 의미가 없다고 생각했는지도 모르겠다.

어쨌든 인정태가 백합이 아니라는 확실한 증거가 나온 상황에서 동은은 지금까지 조사한 모든 정황을 아귀를 맞춰 생각해봤다.

"견우 선배가 그랬어. 돈으로는 사람을 조종할 수 없지만, 죄책감으로는 가능하다고. 그게 백합의 수법이라고. 내가 조사한 바에 의하면 백합이 죄책감을 약점으로 가지고 있는 사람은 셋이야."

"셋?"

동은의 말에 은택의 눈동자가 파르르 흔들렸다.

"12년 전 내가 납치당하는 걸 목격했던 인정태와 홍미란, 그리고 아빠의 죽음을 목격했던 우리 엄마."

엄마를 언급하면서 동은의 목소리에 다소 먹먹함이 묻어났다.

"엄마는 아직 그때 일을 온전하게 기억해내는 건 무리야. 그리고 홍미란은……."

거기까지 말한 후, 동은은 자신이 아직 은택에게 홍미란의 죽음에 관해 설명해주지 않았다는 사실을 깨닫고 입술을 깨물었다. 백합에 관한 모든 걸 알려줬음에도 불구하고 최근에 일어난 살인 사건만큼은 말하지 못했다. 그러나 일부러 말하지 않은 건 아니었다. 단지 은택을 지켜야겠다는 생각이 더 앞선 것뿐이었다.

겨우 며칠 사이에 그에게 사격과 호신술의 기본을 모두 가르쳤다. 은택으로선 그 이유를 어렴풋이 짐작할 수밖에 없었을 터였다. 백합이 어린 여고생들을 무참히 살해한 연쇄살인마이고, 아직도 미수로 그쳤던 동은의 목숨을 노리고 있는 만큼 혹시 닥쳐올지 모를 불시의 위험을 대비할 필요가 있기 때문이라고.

하지만 홍미란의 죽음을 통해 동은이 깨달은 건 그 위험이 단지 가능성에 그쳐 있지 않다는 사실이었다. 가능성 100퍼센트. 그건 곧 확신으로 이어졌다.

동은의 판단대로라면 백합은 반드시 은택에게 위협을 가해올 것이었다. 동은이 무겁게 닫혀 있던 입을 힘겹게 열었다.

"홍미란은 살해당했어. 나는 범인이 백합이라고 생각해. 왜냐하면 홍미란은 내게 백합의 정체에 대해서 밝히려고 했었으니까."

동은의 말에 다소 놀란 듯했던 은택이 금세 침착한 표정을 지으며 고개를 끄덕였다. 그리고 천천히 동은의 머리를 쓰다듬었다.

"그래서였구나. 당신이 내내 불안했던 이유."

사격이며 호신술을 가르치려고 했던 절박한 이유. 머리를 어루만지는 은택의 손길이 더없이 따스했다. 그 다정한 행동에 울컥 목이 메어왔다.

"미안해. 하지만 일부러 말 안 한 건 아……."

"알아, 당신이 나한테 이제는 아무것도 숨기는 게 없다는 거."

은택이 말을 끊으며 동은의 미안해하는 눈빛을 손으로 가렸다. 그녀의 미안해하는 눈빛을 보고 싶지 않아서이기도 했지만, 그보다는 그 눈빛을 똑바로 마주 볼 수가 없었다. 그녀는 이렇게 한 치의 거짓도 없이 솔직해졌는데, 그는 중요한 비밀을 숨기고 있었다. 아직 확실하진 않지만, 이 기억이 틀렸을 수도 있지만…….

말할까. 너에게, 전부 말해도 될까. 12년 전 너를 처음 본 그날을. 아직은 흐릿하기만 한 백합의 기억을.

"동은아."

은택이 자신도 모르게 그녀를 불렀다. 충동과 죄책감으로 인해 목소리가 떨렸다.

"내가……."

"걱정하지 마, 은택아."

하지만 동은은 그 떨림을 은택이 불안해하는 것으로 오해한 모양이었다. 백합이 자신의 정체를 아는 자들을 입막음하기 위해 죽인 거라면, 인정태나 동은의 어머니 역시 안전하지 않았다. 동은은 은택이 불안해하는 이유가 그 때문이라고 여기는 것이었다.

"정말 괜찮아. 엄마는 아직 기억도 온전하지 않고, 내가 병원에 보호 인력도 요청해놓은 상태라 백합도 섣불리 접근하지는 못할 거야. 그렇다면 남은 건 한 사람."

동은이 생각하기에 백합이 당장 입을 막기 원하는 인물은 오로지 인정태 하나뿐.

"백합은 분명 인정태를 노릴 거야. 나는 바로 그 점을 역이용할 생각이야."

백합이든 백합의 끄나풀이든 인정태에게 접근하는 그 순간을 이용해 백합의 딜미를 잡는다. 계획을 설명하는 동은의 태도는 시종일관 단호했다.

하지만 동은이 세운 계획을 듣는 순간, 은택은 굳게 입을 다물 수밖에 없었다. 자신이 백합을 마주친 적이 있다는 사실을 동은이 알게 되면 그녀는 어떤 반응을 보일까. 백합이 입막음을 위해 목숨을 노릴 수도 있는 인물이 한 명 더 있다면……. 그리고 그 숨겨진 하나가 바로 저라면…….

그녀는 아마 불안해서 견딜 수 없을 것이었다. 격리병동에 있는 어머니나 교도소에 있는 인정태에게 하듯 냉철한 판단은 절대 불가능할 게 뻔했다. 그리고 그 불안은 그녀의 계획에 차질을 가져다줄 수도 있었다. 은택은 제 어설픈 기억으로 그녀를 방해하고 싶지 않았다.

자신이 그녀를 도울 수 있는 방법은 오로지 하나였다. 당장 가게로 돌아가서 한 번 더 안지상을 제대로 마주해야겠다. 그가 백합인지 아닌지 이 두 눈으로 직접 확인해야겠다.

그리고 이번엔…… 반드시 기억해낼 테다. 다짐한 은택이 비로소 동은의 눈을 가렸던 손을 내렸다.

두 사람의 눈빛이 그윽하게 맞물렸다. 두려움을 훌훌 벗어던지고, 거리낌 없이 마음을 솔직하게 표현하는 그녀의 눈빛은 더없이 사랑스러웠다.

은택이 천천히 그녀에게로 다가갔다. 그리고 자연스럽게 감기는 그녀의 두 눈 위로 소중하게 입을 맞췄다. 입맞춤의 흔적이 남아 있는 그녀의 눈동자가 잔잔한 호수의 물결처럼 일렁였다. 다시 만날 땐, 이 눈동자 앞에서도 당당할 수 있기를 바라며.

"다녀와, 애인."

은택이 응원의 인사를 전했다.


은택과 헤어진 후 동은은 곧장 인정태를 만나러 교도소를 찾아갔다. 그녀는 면회실에 앉아 가만히 벽에 걸린 시계를 바라봤다. 째깍째깍. 초침이 규칙적으로 움직이는 소리만이 고요한 공간을 울렸다. 면회를 요청한 지 30분이 넘도록 인정태는 교도관을 통해서 일방적으로 기다리라는 말만 계속 전해왔다.

하지만 동은은 재촉하지 않았다. 인정태 역시 이미 알고 있을 터였다. 동은이 왜 저를 다시 찾아왔는지를.

동은에게 백합이 끊어낼 수 없는 족쇄였듯이, 그들 역시 마찬가지였으리란 건 어렵지 않게 짐작할 수 있었다. 홍미란이, 그리고 견우가 그랬던 것처럼, 백합이 채운 족쇄를 풀어내기 위해선 인정태에게도 큰 결심이 필요할 테니까.

그렇게 동은이 잠자코 30분을 더 기다렸을 때였다. 드디어 면회실의 문이 열렸다. 지난번 DNA를 채취하러 왔을 때 홍미란의 사망 소식을 전했기 때문일까. 두려움과 공포에 잠식된 인정태는 많이 수척해진 모습이었다.

동은을 보고도 인정태는 아무런 표정도 짓지 않았다. 늘 동은의 앞에선 비열한 웃음을 일삼던 그는 더 이상 어디에도 없었다.

"인정태 씨, 내가 여기 왜 왔는지 이미 알고 있죠?"

하지만 동은의 단정하는 말투에도 인정태는 묵묵부답이었다.

"당신이 12년 전 내 사건의 목격자라는 거 알고 왔어요."

동은은 텅 빈 인정태의 눈을 똑바로 들여다보며 말을 이었다.

"방합은 당신에게 이렇게 말했겠죠. 방관도 죄다, 그러니 인정태 씨 당신 역시 범죄를 저지른 거나 다름없다고."

동은의 이야기에 서서히 인정태가 반응을 해왔다. 그 시절의 공포가 되살아난 듯 인정태는 급기야 몸을 부들부들 떨기 시작했다.

"당신 다리도 백합이 그렇게 만든 거잖아요. 내 말이 맞죠?"

인정태는 거칠게 고개를 저었다. 그날 동은을 외면했던 자신을 부정하려는 것처럼 사납게 발버둥 쳤다. 동은은 인정태의 얼굴을 두 손으로 붙잡았다.

"인정태 씨, 날 봐요! 그때 백합이 했던 말은 전부 헛소리예요! 날 납치한 것도 백합이고, 날 감금한 것도 백합이었어요. 인정태 씨 당신은……! 아무런 죄가 없다고요."

하지만 이렇게 말하는 순간조차 그를 원망하는 마음이 야금야금 가슴을 헤집어댔다. 그때 왜 모른 척했느냐고 따지고 싶은 마음이 굴뚝같았다. 당장에라도 미친 사람처럼 소리치고 싶었다.

난 고작 열여덟 살이었다고! 그날은 내 생일이었다고! 나는 단지……! 평범하게 가족들과 행복하게 살고 싶었다고!

그러나 동은은 이를 악물었다. 입안에서 비릿한 피 맛이 감돌았지만 참고 또 참았다. 그녀가 원망해야 할 사람은 따로 있었다. 법의 심판을 받아야 할 사람은 눈앞의 이자가 아니었다.

이곳엔 진짜 백합을 붙잡기 위해 덫을 놓으러 온 것이었다. 동은이 다시 한 번 마음을 다잡으며 인정태를 똑바로 바라봤다.

"당신은 나한테 엄마를 만나러 가보라고 했죠. 그 이유가 뭐였나요?"

그러나 인정태는 여전히 벌벌 떨고만 있었다. 동은이 의자에서 일어나 인정태의 코앞까지 얼굴을 가까이 대고선 스스로 대답했다.

"그건, 엄마가 백합의 얼굴을 봤기 때문이었어요. 당신의 결백을 증명해줄 유일한 사람이 바로 우리 엄마였으니까!"

동은이 빨개진 눈시울에 힘을 주며 소리쳤다.

"하지만 우리 엄마는 아직도 그날을 떠올리기만 해도 발작을 일으켜요. 그리고 홍미란은 무참히 살해당했죠. 이게 뭘 뜻하는지 알고 있어요? DNA로 당신의 결백은 증명했어도, 인정태 씨 당신은 여전히 백합에게서 벗어날 수 없다는 거!"

동은이 둘 사이를 가로막고 있던 탁자를 빙그르 돌아 인정태의 옆으로 다가가 멈춰 섰다. 그리고 무릎을 굽히고 앉아 인정태와 오롯이 눈을 마주쳤다.

"나는 당신에게 선택권을 주려고 왔어요."

그 순간, 어지럽게 흔들리던 인정태의 눈이 처음으로 동은을 응시했다.

"당신, 백합이 누군지 알고 있죠?"

동은은 단호했다. 그리고 그녀의 입에서 흘러나온 다부진 말이 또다시 그녀를 외면하려는 인정태의 시선을 확 끌어당겼다.

"이번이 마지막 기회예요. 백합한테서 벗어나요."

동은이 두 손으로 인정태의 떨고 있는 어깨를 단단히 붙잡았다. 그러자 그의 어깨에서 떨림이 조금씩 잦아들기 시작했다.

"내가 도울게요. 말해줘요. 백합, 그자가 대체 누군지!"

"배, 백합은…… 백합 그 사람은……."

인정태가 처음으로 목소릴 냈다. 그렇게 드디어 인정태가 백합의 족쇄를 끊으려 한 순간이었다.

"으윽!"

단말마의 비명과 함께 갑자기 인정태의 낯빛이 바뀌었다. 곧 그의 눈이 완전히 뒤집히는가 싶더니 잦아들던 떨림이 삽시간에 격렬한 발작으로 바뀌었다. 덜커덩! 의자 아래로 고꾸라진 인정태가 사납게 펄떡거렸다.

"의무관! 당장 의무관 불러와요!"

동은이 본능적으로 소리쳤다. 바닥에 쓰러진 인정태를 옆으로 세우고 그가 더 큰 부상을 입지 않도록 머리 아래로 손을 받쳤다. 순식간에 인정태의 머리와 바닥 사이에서 동은의 손이 잔인하게 짓뭉개졌다. 발작이 지속될수록 손등이 으깨지는 고통에 그녀의 입에서도 연신 고통스러운 신음이 새어 나왔다.

하지만 동은은 인정태를 지키기 위해 이를 악물고 고통을 참아 냈다. 여기까지 와서 인정태마저 놓칠 수는 없었다.

"인정태 씨, 정신 차려봐요! 금방 의무관이 올 거예요! 그러니까……!"

"백합은 이미……. 이미 당신 가까이……."

인정태가 간신히 무언가를 말하려던 때였다. 사납게 튀어 오르던 몸이 한순간 축 늘어졌다. 동은이 피로 범벅된 손을 사납게 움켜쥐었다.

"젠장!"

그녀는 아픔도 잊은 채 거침없이 바닥에 주먹을 내리꽂았다.

"의무관 데리고 왔……."

그러나 뒤늦게 면회실에 도착한 교도관은 참혹한 광경에 말을 잇지 못했다. 그들이 도착했을 때 이미 인정태의 숨은 끊어진 후였다.


한편, 동은과 헤어지고 은택도 누나에게 가져다줄 음식을 만들기 위해 곧장 가게로 돌아왔다. 홀에서 청소 중이던 염려스러운 눈길로 은택을 맞이했다.

"잘 다녀오셨어요? 누님은 좀 어떠세요?"

가게를 비우면서 하루에게도 사정을 설명해두었던 터였다. 은택이 아련한 미소를 지으며 대답했다.

"나도 아직 못 만나봤어. 아무것도 못 먹었다기에 뭐 좀 만들어다 주려고. 아무튼 걱정해줘서 고맙다."

그러다 은택이 홀에 하루 혼자뿐인 걸 의아해하며 물었다.

"그나저나 안 주방장님은?"

하루가 테이블을 닦던 천을 내려놓고 손가락으로 주방 안쪽을 가리켰다.

"안에서 저녁 메뉴 준비 중이세요."

하루의 손끝을 따라가며 은택이 주방 안을 들여다봤다. 지상은 바쁘게 움직이고 있었다. 저녁 메뉴에 쓰일 요리 재료들을 손질하는 손길이 아주 능숙해 보였다. 실력을 떠나 경력이 묻어나는 모습. 오랜 세월을 요리에만 매달려왔다는 아우라가 집중하는 그의 온몸에서 뿜어져 나왔다.

지상의 모습을 관찰하던 은택이 문득 깊은 상념에 잠겼다. 이런 사람이 정말 백합인 걸까 하는 의심이 들었다. 정말로 그가 12년 전 어린 여고생을 6명이나 살해한 그 끔찍한 범인이 맞는지. 무엇보다 동은을 비극으로 몰아넣고 아직까지도 목숨을 노리고 있는 그 잔인한 자가 맞는지. 매일매일 단지 어느 한순간이 겹쳐졌다는 이유만으로 그를 의심해도 되는 건지 걱정이 끊이질 않았다.

혹 동은을 악몽 속에서 꺼내주고 싶다는 생각에 위험한 조바심을 내고 있는 건 아닐까. 하루에도 수십 번 수백 번 걱정과 의심이 꼬리에 꼬리를 물고 이어져 머릿속이 터질 것처럼 복잡했다.

하지만 백합이 목격자들을 위협하고 있다는 사실을 안 이상, 은택도 나서야만 했다. 이제는 어설픈 추측이 아닌 보다 확실한 증거가 필요한 시점이었다.

물끄러미 지상을 바라보던 은택이 벌떡 일어나 주방으로 향했다. 지상이 백합인지 아닌지 확인해봐야겠다는 생각은 했지만, 구체적으로 딱히 무얼 해야겠다는 생각을 가지고서 움직인 것은 아니었다.

"뭐 필요한 거라도 있으세요?"

그래서 주방에 들어서자마자 지상이 예의 그 서글서글한 표정을 지으며 다정하게 질문을 던져왔을 땐, 당황해서 아무 말이나 뱉어버리고 말았다.

"점심을 아직 못 먹어서요. 뭐 먹을 거 없나 해서."

그때 가스레인지 옆에 놓인 뚝배기 하나가 은택의 눈에 들어왔다. 매일매일 바뀌는 오늘의 메뉴 같은 경우, 종종 예상보다 음식이 적게 팔리는 경우가 있었다. 그 오차라고 해봐야 뚝배기 한 그

릇 정도였지만, 남은 음식이 적다고 해서 함부로 음식을 버릴 수는 없었다. 게다가 절대 허투루 음식을 버리지 않는 게 은택의 신념이었다. 덕분에 이렇듯 음식이 남은 날이면 그날 직원들의 점심 역시 오늘의 메뉴가 되고는 했다. 핑곗거리를 얻은 은택이 곤란함을 벗은 얼굴로 곧바로 뚝배기를 가리키며 물었다.

"남은 거면 저 주세요. 안 그래도 배고프던 참인데."

"다 식었는데 데워드릴까요?"

"아뇨, 그냥 주세요."

한식 도시락 판매를 시작한 시점에서 모든 요리는 차갑게 식어도 맛있어야 한다는 신념으로 만들었다. 은택이 자부심이 그득 담긴 표정을 지으며 어서 달라는 듯 손을 내밀었다. 지상이 웃으며 맨손으로 뚝배기를 집어 들어 은택에게 내밀었다.

"자요, 제가 반찬거리 좀 더 꺼내서 내갈게요."

그리고 바로 그 순간이었다.

"앗!"

날카로운 비명과 함께 은택이 손을 감싸 쥐며 얼굴을 찡그렸다.

산산조각 깨진 뚝배기 조각과 함께 새빨간 육개장이 깨끗한 주방 바닥을 금세 더럽혔다.

"죄송해요. 제 손에 물기가 묻어 있어서 미끄러졌……."

그러나 지상은 끝까지 말을 이을 수 없었다. 은택의 눈동자에 고통의 기색보다도 의아한 기색이 더 가득 맴돌고 있었다. 그 눈빛을 마주한 지상이 문득 다시 바닥을 보고는 표정이 순식간에 굳어버렸다.

"아……."

지상의 입술 사이로 낮은 탄식이 흘러나왔다. 이건 손이 미끄러지는 바람에 빚어진 실수가 아니었다. 육개장 국물과 건더기 위로는 모락모락 김이 피어오르고 있었다.

뚝배기는 식지 않았다. 아직도 따뜻한 기운이 감돌았다. 아니, 단순히 따뜻한 정도가 아니라 여전히 뜨거운 상태였다.

하지만 분명 조금 전 지상은 뜨거운 뚝배기를 아무렇지 않게 맨손으로 집어 내밀었다. 뚝배기를 집었던 그의 손은 화상을 입은 것처럼 빨갛게 부풀어 오른 상태였는데도 전혀 거리낌이 없었다. 마치 뜨거움도, 화상의 고통도, 그는 아무것도 느끼지 못하는 사람 같았다.

"안 주방장님…… 괜찮으세요?"

은택이 당혹스러운 얼굴로 물었다. 그러나 그의 얼굴엔 의심의 기색 역시 짙었다. 은택은 동은이 저에게 들려준 백합에 관한 이야기를 무의식중에 머릿속에 떠올렸다.

'백합은 고통을 느끼지 못해. 고통뿐만이 아니야. 아무런 감각도, 감정도 느끼질 못하는 인간이야.'

통각상실증, 그리고 소시오패스. 동은은 그것이 백합이 앓고 있는 병이라고 했다. 거기까지 기억을 떠올리자 은택은 머릿속이 명료해지는 느낌이 들었다. 내내 팽팽하게 저울질하던 걱정과 의심, 둘 중 의심의 추가 더 무거워졌다.

안지상. 어쩌면 그는 정말로 백합일지도 몰랐다.


지상은 병원에 가야겠다며 일찍 퇴근했다. 은택은 짐짓 아무것도 모르는 척 지상을 대했다. 그리고 평소보다 조금 일찍 가게 문을 닫았다. 저녁식사 시간 전에 누나에게 음식을 가져다주고 가게로 돌아오니 어느덧 밤 9시였다. 하루까지 일찍 집으로 돌려보낸 뒤 은택은 가게에 혼자 남아 누군가를 기다리고 있었다.

머릿속에서 도저히 백합에 관한 생각을 떨칠 수가 없었다. 처음 지상을 본 순간부터 느꼈던 기묘한 감각. 12년 전 비가 쏟아지던 그날과 정확히 겹쳐지던 기억. 그리고 통각상실증.

이제는 동은에게 12년 전 일을 말할 수 있겠다는 결심이 들어 일이 끝나면 가게에 들러달라는 연락을 그녀에게 미리 해둔 참이었다. 그러나 결심을 굳혔음에도 불구하고 동은을 기다리는 내내 은택은 미묘한 감정에 휩싸여 있었다.

어쩌면 백합이 자신을 노리고 있을지도 모른다는 불안. 그러나 드디어 백합을 잡고 동은을 구원해줄 수 있을지도 모른다는 희망. 두 가지 이율배반적인 감정과 싸우며 은택이 초조하게 시간을 확인하려던 때였다.

문득 가게 문을 여는 소리가 들려왔다. 이윽고 어두운 그림자를 이끌고서 누군가 안으로 들어섰다. 그 순간 느른하게 의자에 기대앉아 있던 은택이 벌떡 일어섰다.

"네가 여긴 어떻게……?"

그가 손가락으로 앞을 가리켰다. 거기엔 다리를 절뚝거리며 가게 안으로 들어선 한 남자가 서 있었다.

실로 오랜만에 보는 얼굴이었다. 그러나 사실은 영영 보고 싶지 않았던 얼굴. 어둠 속에서 점점 선연히 드러나기 시작한 누군가의 모습에 은택이 미간을 구기며 입술을 깨물었다.

"이일영."

은택의 입에서 흘러나온 제 이름에 일영이 어둠 속에서 기묘한 웃음을 지었다.

"오랜만이다, 서은택."

절뚝거리며 그가 은택에게로 다가갔다. 그의 한쪽 다리가 바닥에 끌리며 나는 소리가 가게 안에 기괴하게 울려 퍼졌다.

"표정을 보아하니, 누구 기다리는 사람이라도 있었던 모양이네."

일영이 조금 전 아주 찰나였지만 밝게 웃고 있던 은택의 모습을 떠올리며 미간을 구겼다. 그 순간의 미소만으로도 은택이 누굴 기다리고 있었는지 알 것 같았다. 그러나 일영은 금세 이마를 반듯하게 펴고선 다시 천천히 걸음을 옮겼다. 일영의 동선을 눈으로 좇던 은택이 불만이 담긴 목소릴 뱉어냈다.

"여긴 왜 왔어? 지난번에 분명히 말했을 텐데. 다시 보는 일 없길 바란다고."

지난날 일영이 동창회에 나타나는 바람에 좋았던 분위기는 순식간에 엉망이 되어버렸다. 그의 입에서 동은의 이름이 거론되는 순간, 은택 역시 이성을 잃고 말았기 때문이다. 그때와 다르지 않은 은택의 적대적인 반응에 일영이 허공에 대고 휘휘 손을 저었다. 마치 별거 아니라는 듯.

"그렇게 예민하게 굴 것 없어. 어차피 오늘이 마지막이니까."

은택이 의아한 표정으로 일영을 바라봤다. 무엇이 마지막이라는 건지 알 수도 없었을뿐더러 일영에게서 전과는 전혀 다른 분위기가 느껴진 까닭이었다.

"대체 여긴 왜 온 거야?"

은택이 곤란한 표정을 지었다. 그렇지 않아도 머리가 복잡해 죽겠는데 일영까지 상대할 여유가 그에겐 없었다. 동은에게 백합에 관해 어떻게 말을 꺼낼까 고민하는 것만으로도 이미 머릿속이 터질 것 같았다.

"이만 가줘. 너랑 할 이야기 없으니까."

"나는 있어."

"뭐?"

"나는 있다고. 너에게 해줄 이야기가."

그 순간, 홀의 가장 구석진 곳에서 의자를 빼 앉은 일영이 은택을 똑바로 바라보며 입을 열었다.

"인정태가 죽은 건 알아?"

"인정태가…… 죽었다고?"

일영에게서 등을 지고 있던 은택이 천천히 뒤돌아섰다. 마주친 일영의 눈동자가 여봐란 듯이 반짝하고 빛이 났다. 은택은 문득문득 홍미란이 살해당했다는 동은의 말을 머릿속에 떠올렸다.

"어째서? 설마 백합한테 살해…… 당한 거야?"

은택의 물음에 일영이 픽 하고 미소 지었다.

"대충 일이 어떻게 흘러가고 있는지는 알고 있는 모양이네. 단번에 살인인지를 묻는 걸 보면?"

"쓸데없는 말 지껄이지 마! 백합이 죽인 거냐고 묻잖아!"

은택이 거침없이 일영에게로 다가가 그의 멱살을 잡아 일으켰다. 맞물린 일영의 눈빛에 조소가 가득 담겨 있었다.

"서은택, 너, 내 다리가 왜 이렇게 됐는지 알아?"

일영이 별안간 알 수 없는 말을 꺼냈다.

"이게 백합 뒷조사를 하다가 망가진 거거든. 허튼짓하지 말라는 일종의 경고 같은 거지."

일영이 여전히 은택의 손에 멱살이 잡힌 채로 자신의 다리를 가리켰다. 발목이 짧은 양말을 신고 있는 탓에 흉측한 상처가 고스란히 드러나 있었다. 예리한 것에 의해 움푹 파여 있는 발목은 그저 보기만 해도 고통스러웠다.

"그런데 말이야, 다리 한쪽하고 맞바꾼 대가로 의외로 내가 백합에 관해서 꽤 많은 걸 알게 됐거든? 그중에서 유독 흥미로운 사실이 하나 있는데 말이야."

아래를 향해 있던 일영의 시선이 느릿느릿 다시 위로 향했다. 관통하는 듯한 날카로운 눈빛과 다시 마주한 은택의 눈동자가 어지럽게 흔들렸다.

"셋. 그리고 숨겨진 하나."

별안간 일영이 암호 같은 말을 중얼거렸다. 그러나 보통이라면 수수께끼 같았을 그 말을 은택만은 단번에 이해할 수 있었다.

"백합의 범행을 목격한 이가 셋. 그러나 아무도 모르는 숨겨진 하나가 더 있다."

일영이 마치 노래처럼 중얼거리는 말에 은택의 낯빛이 점점 창백해져 갔다.

"그 숨겨진 하나가……."

은택이 자신도 모르게 숨을 죽였다. 갑자기 시린 공기가 폐부를 찌르는 것만 같은 착각이 들었다. 바로 지금, 동은에게조차 아직 말하지 못한 비밀이 다른 사람도 아닌 일영의 입으로 잔인하게 폭로되고 있었다.

"너지?"

참담한 기분에 시야가 점점 어둡게 물들어갔다.

"서은택. 너도 12년 전 백합의 목격자였어."

어둠 속에서 은택은 눈을 질끈 감았다. 은택이 괴로워하는 얼굴을 기껍게 감상하며 일영은 말을 이어 나갔다.

"백합은 내가 아는 한 가장 잔인한 연쇄살인마야. 고통을 느끼지 못하니 타인의 고통에도 무감하지."

일영이 무심코 백합이 부상을 입힌 자신의 발목을 쓸어내렸다.

"홍미란과 인정태 모두 임동은 선생님에게 백합의 정체를 폭로하려다 살해당했어. 남은 목격자는 정신병원에 갇혀 기억도 온전하지 않은 사람과 조금씩 조금씩 12년 전 기억을 떠올리기 시작한 사람. 자, 백합이 다음으로 노리고 있는 목격자는 둘 중 누굴까?"

무자비하게 은택의 비밀을 파헤친 일영은 마지막까지 잔인했다.

"답은 너도 이미 눈치채고 있을 거야, 서은택."

일영의 송곳 같은 시선이 은택의 다리를 찌를 듯이 바라봤다.

"네가 나처럼 다리를 절면 어떤 표정을 지을까, 선생님?"

그리고 이내 일영의 시선이 심장이 쿵쿵쿵 뛰고 있는 은택의 가슴으로 향했다.

"만약 네가 죽으면?"

은택이 이를 악물며 주먹을 꽉 움켜쥐었다. 애써 모른 척해오던 공포가 일영의 질문에 점차 선명해지고 있었다.

"나는 너한테 마지막 기회를 주려고 온 거야. 홍미란도, 인정태도 모두 내 말을 듣지 않았다가 결국 죽고 말았다고."

일영은 경찰의 조사와는 반대로 자신은 홍미란과 인정태를 구하려 했었다고 말했다. 백합의 정체에 관해서 무조건 침묵하라고, 그것만이 살길이라고. 하지만 결국 그들은 자신이 외면했던 불행한 소녀 앞에서 무너졌고, 잔인하게 죽음을 당하고 말았다.

"내 말을 들을지 말지는 네 선택에 달렸어."

일영은 그렇게 말하며 주머니에서 녹음기 하나를 꺼내 은택 앞에 내려놓았다. 그가 천천히 재생 버튼을 눌렀다.

ㅡ사…… 살려주세요. 집에 보내줘요, 제발.

곧 앳된 소녀의 목소리가 녹음기에서 흘러나왔다. 아주 가냘픈 목소리였지만, 은택은 단번에 알아들을 수 있었다. 그건 바로 어린 동은의 목소리였다. 시시각각 감정의 상태는 달라졌지만, 그녀가 애원하고 있는 바는 한결같았다. 제발 살려달라고. 집에 보내달라고. 부모님이 보고 싶다고. 불시에 녹음기의 정지 버튼을 누른 일영이 자조적으로 물었다.

"네가 과연 이 악몽을 끝낼 수 있을까?"

그러나 일영의 질문에 은택은 차마 대답하지 못했다. 그녀가 12년 전 겪은 고통이 마치 제가 경험한 것처럼 선명했다. 그 섬뜩한 공포에 한여름인데도 식은땀이 눅진하게 배어 나왔다. 금방이라도 질식할 것처럼 숨도 잘 쉬어지지 않았다.

일영은 그렇게 굳어 있는 은택을 한동안 바라보다 가게를 떠났다. 은택이 정신을 차렸을 땐, 테이블 위에는 일영이 두고 간 녹음기만이 덩그러니 놓여 있었다.

같은 시각, 동은은 형사가 아닌 참고인의 입장으로 인정태의 죽음을 조사하기 위해 취조실에서 해온과 마주 앉아 있었다. 다른 취조실에는 동은과 함께 있었던 교도관을 중일이 조사 중이었다. 취조실에 들어와서도 한참을 걱정스럽게 동은을 살피던 해온이 무겁게 입을 열었다.

"인정태의 사망 원인은 아나필락시스 쇼크야."

"인정태가 알레르기 때문에 발작을 일으켰다는 거야?"

"맞아. 검사 결과 조개나 새우 같은 갑각류 알레르기. 인정태는 네가 도착하기 한 시간 전쯤 식사를 했대. 며칠 전부터 갑자기 스스로 독방을 요청했던 터라 식사도 방에서 혼자 했다나 봐."

해온의 설명에 동은이 납득하지 못하겠다는 표정으로 되물었다.

"인정태 기록에 알레르기 사항은 기재되어 있지 않았어?"

"물론 알레르기는 정확히 기재되어 있었고, 그날 메뉴에 조개 요리도 없었어."

해온의 설명에 동은이 입술을 꾹 깨물었다. 그녀의 입매가 움찔거렸다. 그 모습을 지켜보던 해온이 날카롭게 눈을 빛냈다.

"하지만 국에 조개 분말이 섞여 있는 걸 찾아냈다더군."

그 말은 곧 인정태의 죽음이 사고가 아닌 사건이라는 뜻이었다. 그리고 또한…….

"이번에도 백합이 교도소의 누군가를 사주했다는 거네. 그런데 난 눈앞에서 인정태가 죽어가는데도 바보같이 아무것도 못 하고!"

동은이 주먹으로 취조실의 커다란 테이블을 내리쳤다. 해온이 곧바로 동은의 손을 부드럽게 움켜쥐었다.

"침착해. 네 탓 아니야. 알잖아, 임동은."

해온의 다독임에 동은이 이를 악물었다. 백합이 저지른 일에 죄책감 같은 건 가질 필요 없다고 몇 번이나 자신을 타이르고 다독여왔는데도 번번이 백합의 술수에 걸려들었다. 곁에 은택이나 동료들이 없었다면 아마 견딜 수 없었을 것이다. 동은이 차분하게 감정을 추스르고 다시 한 번 의심스러운 부분을 물었다.

"인정태의 식사를 담당했던 교도관은?"

동은의 질문에 해온이 짧게 한숨을 내쉬었다.

"자기는 모르는 일이래. 절대 그런 적 없다는 말만 반복하고 있어."

이번엔 해온의 말에 동은이 깊은 한숨을 내쉬었다.

"하지만 이걸 봐."

해온이 동은의 얼굴에 대고 엄지와 중지로 딱 소리를 냈다. 속상함에 잠시 눈을 지르감고 있던 동은이 앞을 바라봤다. 해온이 노트북을 동은이 보이게끔 돌려세웠다. 모니터에는 영상이 하나 띄워져 있었다.

"교도소 CCTV 화면이야. 잘 봐. 네가 오기 두 시간 전쯤 누가 다녀갔는지."

해온의 말에 동은은 금세 CCTV 화면에 집중했다. 면회 기록을 보면 인정태를 보기 위해 다녀간 사람은 지난 몇 달 동안 단 한 명도 없었다.

그런데 하필 그가 죽기 두 시간 전 다녀간 면회자가 있었다? 대체 누구지? 침 삼키는 소리조차 내지 않고 집중하던 동은의 눈이 불현듯 커다래진 것은 그때였다. 화면 속에 아주 익숙한 누군가의 모습이 보였다. CCTV 속 남자는 이일영이었다.

'궁금하죠. 홍미란 그 여자, 지금 어디 있는지.'

귓가에 언젠가 들었던 일영의 목소리가 다시금 웅웅거렸다. 동은이 급하게 자신의 휴대전화를 확인했다. 그러나 일영에게서 온 문자는 없었다.

그렇다면 일영은 지금 어디서 뭘 하고 있는 것일까. 다시금 밀려드는 불길한 예감에 동은이 몇 번이나 더 전화를 다시 걸었지만, 일영은 연락을 받지 않았다. 마치 꽁꽁 숨어버리려는 것처럼……

동은이 초조한 기색으로 휴대전화를 꼭 움켜쥐었다. 지금 일영의 상황은 위험했다. 이대로 두면 최근 벌어진 두 건의 살인 사건 모두 일영의 범죄로 처리될 것이었다.

일영은 현재 홍미란이 감금되어 있는 사진을 찍은 걸 근거로 그녀를 죽인 범인으로 지목되고 있었다. 일영이 사진을 찍은 장소와 정확히 일치하는 곳에서 홍미란의 시신이 발견된 까닭이었다. 게다가 사건 현장에서 일영의 족적까지 발견되었다. 홍미란 살인 사건 현장의 모든 단서가 일영을 가리키고 있었다. 그런 와중에 인정태가 수감되어 있는 교도소 CCTV에도 찍히다니!

두 건의 살인. 그리고 두 살인 사건 장소에서 모두 모습을 드러낸 이일영. 도저히 일영을 의심하지 않을 수 없는 상황이었다.

동은이 화면 속 일영의 얼굴을 뚫어져라 주시했다. 이토록 많은 단서가 나왔음에도 불구하고 그녀는 혼란스럽기만 했다. CCTV 화면상에서 아주 짧게 스쳐간 일영의 불안한 기색을 눈치챈 동은이 답답한 표정을 지었다. 늘 새로운 용의자가 나왔지만, 백합 사건은 여전히 미궁 속에 존재하고 있었다. 그리고 점점 더 깊은 미궁 속으로 빠져들고 있었다.

사건의 전말을 모두 들었다고 생각한 동은이 몸을 일으켰다.

은택에게서 진작 가게로 와달라는 문자가 와 있었다.

"나 이만 일어나봐야겠다. 내가 본 건 전부 말했으니까 이제 가도 되지?"

"잠시만."

그러나 해온은 다급한 표정을 지으며 취조실을 나가려는 동은의 팔을 붙잡았다.

"마지막으로 이거 하나만 더 확인하고."

그가 테이블 위로 사진 한 장을 건넸다. 테이블 위를 날렵하게 미끄러진 사진이 정확히 동은의 앞에서 멈춰 섰다.

사진에는 교도소 벽에 그려진 어떤 그림이 찍혀 있었다. 백합 줄기에 꽁꽁 묶인 한 여자의 모습. 꽃잎은 금방이라도 여자를 집어삼킬 듯 한껏 입을 벌리고 있었다. 동은이 경악하며 눈매를 파르르 떨었다. 순식간에 온몸에 소름이 오소소 돋아났다.

"이건…… 나잖아."

이목구비가 닮기도 했지만, 그림 아래에 적힌 이니셜이 완벽하게 동은을 가리키고 있었다. 동은이 손가락 끝까지 소름이 끼쳐 자신도 모르게 사진을 테이블 위로 집어 던졌다.

"인정태 방에서 나온 거야?"

"어. 아주 병적으로 그려놨어."

해온의 말에 동은이 집어 던진 사진을 다시 주워 들었다. 한참을 사진 속 기괴한 제 모습을 들여다보던 동은이 무언가 발견한 듯 다급히 해온의 팔을 잡고 흔들었다.

"잠깐. 이거, 단순한 그림이 아닌 것 같아."

"뭐?"

"예전에 이런 식으로 글씨를 새기는 문신가를 잡아넣은 적이 있어. 아마 목록에도 올라가 있을 거야."

동은이 곧바로 노트북 화면에 심스를 켜고 문신에 관한 몇 가지 키워드를 입력했다. 그러자 동은이 말한 대로 그림 속 그녀의 이니셜을 새긴 방식과 일치하는 문신 목록이 주르륵 떴다.

"인정태가 이 문신에 집착했다면 분명 이유가 있을 거야. 어쩌면 힌트일지도 몰라."

거칠게 스크롤을 내리던 동은이 이를 악물었다. 그도 그럴 게 문신이 의미하는 바가 너무도 노골적이었던 것이다. 금방이라도 백합에 잡아먹힐 것 같은 동은의 모습. 문신에는 그녀에 대한 광기 어린 집착이 섬뜩하게 새겨져 있었다. 그리고 결국 그 섬뜩한 광기가 의미하는 것은……

"이 문신이 몸에 새겨진 자. 그자가 바로……"

해온과 동은 동시에 같은 결론을 내렸다.

"백합이라는 뜻이지."

두 사람의 긴장감 가득한 시선이 허공에서 맞부딪쳤다.


은택은 벌써 몇 번째 일영이 두고 간 녹음기 내용을 듣고 있었다. 하도 들었더니 동은이 흘린 눈물이 가슴을 가득 채운 것만 같았다. 비에 잔뜩 젖은 것처럼 귀가 먹먹했다.

그런데도 은택은 마치 벌을 받는 것처럼 계속 어린 동은의 울음소리를 들었다. 그런데 마지막에 이르자 녹음기에서 누군가의 섬뜩한 목소리가 흘러나왔다. 은택이 녹음기의 내용이 흘러나오기도 전에 입술을 세게 짓깨물었다.

-임동은과 당장 헤어져! 그렇지 않으면 서은택 너도, 네 가족도, 그리고 임동은 어머니까지도 다 홍미란이나 인정태처럼 만들어 줄 테니까! 내 말 명심해!

그건 백합이 보내온 협박 메시지였다. 불현듯 은택의 머릿속에 누나의 유산이 떠올랐다. 불길한 생각이 그를 끊임없이 괴롭혔다. 설마 아니겠지. 애써 고개를 저어보지만 불안은 무섭게 커져갔다.

만약에 정말로 백합이 누나를 유산시킨 거라면……. 백합이 자신의 가족을 다치게 하고, 동은의 유일한 가족인 어머니마저 해치려 한다면……! 그렇게 은택의 불안이 절정에 다다랐을 때였다.

이번에야말로 은택이 그토록 기다리던 사람이 가게 문을 열고 들어섰다. 동은은 어딘가 불안해 보이는 은택을 발견하고는 다급하게 그에게로 다가왔다.

"은택아, 무슨 일 있었어?"

괴로움에 잔뜩 몸을 웅크리고 있던 은택이 천천히 고개를 들어 올렸다. 뛰어왔는지 가쁜 숨을 몰아쉬며 동은이 저를 걱정스러운 눈길로 바라보고 있었다.

아아. 늘 이랬다. 그녀가 곁에 서면 한 치 앞을 분간할 수 없는 어둠조차도 환한 빛처럼 느껴졌다. 그러나 이 눈부신 순간마저 여전히 귓가를 울리는 서글픈 울음소리에 은택의 마음이 무참히 허물어졌다. 은택이 제게 다가서는 동은을 일순 끌어당겼다. 그가 손에 쥐고 있던 녹음기가 바닥에 떨어져 나뒹굴었다.

"은택아, 도대체 무슨 일……? 읍!"

은택은 예고도 없이 동은의 입술 사이를 날카롭게 파고들었다. 갑작스러운 키스에 놀랐는지 경직되어 있는 입술을 어르듯이 핥아 올린 그가 예민하고 여린 살을 가득 빨아들였다. 금세 예민해진 입술이 붉게 부풀어 올랐다. 미처 알아차리지 못한 격렬한 입맞춤에 동은이 작은 새처럼 바르작거렸다. 은택이 상냥한 날갯짓을 하듯 그녀의 어깨를 부드럽게 쓸어내리며 다독였다. 그리고 차마 전하지 못한 말을 입술을 맞댄 채 소리 없이 속삭였다.

미안해. 당신이 겪은 아픔, 나는 10분의 1도, 아니 100분의 1도 알지 못하고 있었어. 미안해. 당신이 어떤 마음으로 내게 웃어주는지 조금도 몰랐어.

그렇게 은택은 애절한 마음을 전하는 대신, 몇 번이나 다시 입술을 겹치며 그녀를 오랫동안 놓아주지 않았다. 그리고 한참 만에야 느릿하게 입술을 떼어냈다.

"하아, 하아…… 은택아."

그녀의 가쁜 숨소리가 귓전을 간질였다. 은택이 진한 아쉬움에 다시 다가가 그녀의 아랫입술을 한 번 더 깨물었다. 은택은 부끄러움에 발갛게 달아오른 동은의 수줍은 모습을 들여다봤다. 눈이 마주치자 배시시 웃는 그녀의 미소가 은택의 마음속에 잔잔한 파문을 일으켰다.

지금까지는 이 미소를 지키는 방법이 평생 그녀 곁에 머무는 것인 줄로만 알았다. 이렇게 평생 함께하면 그녀의 웃는 모습을 계속 곁에서 지켜볼 수 있을 거라고 믿었다.

하지만 이제 와서 불현듯 제 생각이 틀렸을 수도 있다는 생각이 들었다. 제가 곁에 있어 그녀가 더 힘들고 괴로워질 수도 있었다. 심지어 자신과 그녀의 가족들에게마저 고통을 안겨줄지 몰랐다.

은택이 키스의 여운으로 발그레해진 동은의 뺨을 매만졌다. 손에 닿는 따스한 체온에 마음이 찢어지는 것처럼 아파왔다. 스스럼 없이 은택의 손바닥에 볼을 비비던 동은이 눈이 놀란 듯 커다래진 것은 바로 그때였다.

"은택이 너…… 울어?"

놀란 은택이 어금니를 꽉 깨물며 고개를 저었다. 그런데도 동은이 계속 의심의 눈초리를 거두지 않자, 그가 먹먹하게 잠긴 목소리로 그녀의 이름을 불렀다.

"동은아……."

"응, 말해. 대체 무슨 일인데 그래. 응?"

동은이 제 걱정에 안절부절못하자 은택은 힘겹게 말을 이었다.

"우리……."

그 순간, 은택의 입에서 도저히 믿을 수 없는 말이 흘러나왔다.

"헤어지자."

거짓말이라는 생각조차 들지 않았다. 그저 잘못 들은 줄로만 알았다. 그러나 괴로워하는 은택의 얼굴을 본 순간, 동은은 문득 이별의 말이 실감이 났다.

갑자기 공기가 얼어붙은 것 같았다. 마음이 너무 시렸다. 손끝까지 달달 떨렸다. 동은은 갈피를 잃은 손길을 어렵사리 은택에게로 가져갔다.

한데 흔들리는 그녀의 눈빛에 가득 담긴 건 슬픔이 아닌 안타까움이었다. 무슨 일이 있어도 평생 저와 함께 있고 싶다고 소원을 빌던 사람인데. 제 목숨이 위태로워도 그녀에게 난 작은 생채기에 더 마음 아파하던 사람인데.

그런 사람에게 마음껏 사랑할 수 있는 자유조차 주지 못해서. 자신이 결국 저밖에 모르는 남자에게 애써 모진 척 이런 마음에도 없는 말밖에 할 수 없게 만드는 그런 여자라서. 파르르 떨리는 손이 제 두 팔을 움켜잡자 은택이 어깨를 움찔 떨며 이를 꽉 물었다.

정처 없이 흔들리던 눈빛이 오롯이 마주 섰다. 서로의 모습이, 서로의 마음이 가득 담긴 눈빛이라 은택은 차라리 두 눈을 꼭 감아버렸다. 동은의 애처로운 목소리가 귓가에 이명처럼 울렸다.

"은택아, 진짜로 무슨 일 있는 거지? 그럼 숨기지 말고 나한테 전부 말……."

"무서워서 그래!"

별안간 은택이 갑자기 소리쳤다.

"백합이 너까지 죽일까 봐 무서워서 그런다고!"

현실을 직시하게 하는 잔인한 말. 그러나 동은은 은택을 붙잡은 손을 놓지 않았다. 이미 수십 번, 수백 번 상상하고 가슴을 쳤던 광경이었다. 제 목숨을 노리는 백합이, 제게 너무나 소중한 은택을 인질로 잡는 일. 더 최악의 상황까지 상상했었다.

그러니 상상만으로도 심장이 도려내지는 것처럼 아팠던 그 일, 모르는 게 아니었다. 몰라서 은택을 사랑하는 게 아니었다. 계속 사랑하기로 한 게 아니었다. 그랬기에 동은은 뜨거운 숨을 삼키면서도 오히려 눈빛만은 단단하게 은택을 바라봤다.

"몰랐던 거 아니잖아. 내가 너한테 수없이 말했던 거잖아."

그 두려움 때문에 동은이 자그마치 7년을 죄인처럼 도망쳐 살았던 사람. 그러고도 잊지 못해 결국 다시 만나 연인이 되었을 때조차 끝내는 그만하자며 밀어냈던 사람. 하지만 결국 아무도 품어주지 못한 그녀의 상처를 고스란히 전부 끌어안아준 사람. 그 사람이 바로 은택이었다.

"은택아, 우리, 서로 지켜주기로 했잖아. 계속 그렇게 사랑하기로 했잖아."

자꾸 절 외면하려는 은택의 얼굴을 한순간이라도 더 보고 싶어서. 상처받은 그의 마음을 찰나라도 보듬어주고 싶어서. 동은이 돌아서는 은택의 손을 더 꼭 붙잡았다. 은택이 잔뜩 젖은 눈으로 동은을 바라봤다. 그는 그녀의 손을 마주 쥐고 싶은 마음을 애써 눌러 삼키고 또 눌러 삼켰다. 왜 우리의 사랑은 이토록 고단한 걸까. 억울함을 가면 삼아 그가 그녀의 손을 뿌리치며 소리를 질렀다.

"몰라서 그랬어! 백합이 얼마나 잔인하고 무시무시한 존재인지 하나도 몰라서 그랬다고! 그런데 꽃집 아주머니가 죽고 이제는 인정태 그 사람까지 죽었다며! 이제야 실감이 난 거야! 널 사랑해서 내가 무슨 대가를 치러야 하는지!"

잔인한 거짓말. 이 거짓말에 은택이 저보다 더 상처받고 있다는 걸 알기에 동은이 다시금 그에게로 손을 뻗었다. 이대로 그의 거짓말에 속아 넘어가주면, 더 아플 사람은 분명 은택일 테니까.

"거짓말!"

그러나 힘겹게 세운 결심이기에 은택 역시 마지막까지 발악을 했다. 저를 붙잡으려는 그녀의 손을 애써 쳐내며, 또 한 번 어울리지 않는 모진 척을 하려던 그의 눈이 그 순간 크게 뜨였다.

"피……."

동은의 오른손에 붕대가 감긴 걸 뒤늦게 발견한 은택이 입술을 꾹 깨물었다. 방금 자신이 쳐낸 손이 의자 등받이에 부딪히며 빨갛게 피가 배어 나오고 있었다.

"하아……. 대체 언제 또 다친 거야."

헤어지자고 한 주제에, 겨우 이 작은 상처 앞에서도 덜컥 가슴이 무너져 내렸다.

"이리 와. 치료부터 해."

은택이 재빨리 동은을 잡아끌었다. 그러나 부서질까 한없이 여리게 쥔 손을 금세 풀어낸 동은이 은택 앞에 똑바로 섰다. 그녀는 끓어오르는 감정을 참는 사람처럼 주먹을 꾹 쥐고 있었다. 그 바람에 하얗던 붕대는 점점 더 붉게 적셔져만 갔다. 차마 그 광경을 계속 보고 있을 수 없어 은택이 동은에게 다가가 그녀의 손을 힘없이 감쌌다.

"힘 빼. 이러다 상처 덧나."

"이깟 거 하나도 안 아파."

"제발, 당신 지금 피 난다고."

"겨우 이거 다친 걸로도 그렇게 마음 아파하면서!"

동은이 소리치자, 그녀의 손을 두 손으로 감싼 채 고개를 숙이고 있던 은택이 천천히 얼굴을 들어 올렸다. 피가 배어 나오는 게 어디 동은의 손뿐일까. 두 사람의 마음도 온통 상처투성이였다.

"말해, 서은택."

고요히 눈을 마주친 채로 여전히 입을 다물고 있는 은택을 향해 동은이 단호하게 말했다.

"홍미란은 내가 알려줬지만, 인정태가 죽었다는 얘긴 누구한테서 들었어?"

그녀가 갑자기 정곡을 찔렀다. 서툰 거짓말을 하느라 결정적인 걸 조심하지 못했음을 깨달은 은택의 눈동자가 어지러이 흔들렸다. 은택의 안색이 바뀐 걸 확인한 동은이 확신이 가득 담긴 눈빛을 하고서 여전히 침묵하는 은택 대신 스스로 대답했다.

"이일영이지? 이일영이 여기 찾아온 거지?"

불안에 떨며 은택이 감싸고 있던 동은의 손을 저도 모르게 꾹 움켜쥐었다. 아릿한 자극을 느낀 동은이 낮은 신음을 삼켰다. 동은이 아파하자 깜짝 놀란 은택이 황급히 손을 떼어냈다. 그리고 서둘러 동은에게서 멀어지려고 했다. 하지만 물러나려는 은택의 손을 동은이 다부지게 잡아챘다.

"나 형사야. 그 정도 감은 있어. 네가 날 밀어내려는 이유가 뭔지 짐작 못 할 것 같아? 이일영이 너한테 대체 뭐라고 했기에 네가 이러는지 몰라도, 신경 쓰지 마. 그럴 가치도 없어."

동은이 쓰러지듯 이마를 기대어 왔다. 맞닿은 이마에 열이 펄펄 끓었다.

"중요한 건 내가 네 곁에 있고 싶다는 거야. 그러니까 은택아. 은택아, 제발……."

동은의 애달프고도 달콤한 고백을 들으며 은택이 주르륵 무너져 내렸다. 그녀가 잡아준 손에 매달려 펑펑 울고 싶은 심정이었다. 하지만 애써 눈물을 참았다. 그리고 여태껏 숨겨온 그 말을 이제야 간신히 꺼내놓았다.

"내가…… 내가 죽을 거래. 다음은 내 차례래."

선뜻 은택의 말을 이해하지 못했던 동은이 한참 만에야 격렬하게 고개를 흔들었다.

"아니야. 왜 그런 생각을 해? 알잖아! 내가 다 말해줬잖아! 백합은 나를 노리고 너를 이용하려는 것뿐이야."

"그렇지 않아!"

망망대해에 떨어진 표류자처럼 동은이 잡아준 손을 간절하게 붙잡은 채 은택이 비로소 과거를 털어놓았다.

놓고 싶지 않은데. 진짜 잃고 싶지 않은데. 그런데도 이 손을 놓을 수밖에 없는 이유.

"그런 이유가 아니야. 내가…… 내가 백합을 봤어."

"뭐?"

"12년 전, 당신이 백합에게서 도망치던 날…… 그날 당신을 발견한 게 나였다고. 나도…… 백합의 목격자야."

은택이 힘없이 동은의 손을 놓았다. 충격을 받은 것인지 동은은 전처럼 다시 손을 뻗어 절 붙잡지 않았다. 멀어져가는 하얀 손등이, 가느다란 손가락이, 분홍빛 어여쁜 손톱이, 모두 다 깨고 나면 사라질 꿈같다. 꿈만 같았다.

"이제 알겠지? 너 때문에 내가 위험한 게 아니야. 나 때문에 네가 위험한 거야."

"은택아."

"당신더러는 감수하라고, 너 때문에 내가 위험해지는 고통 따위 감당하라고 말했지만 나는 못 하겠어. 나는 너한테 이런 아픔을 감수하게 할 수 없어. 이게 내 선택이야. 그러니까……."

두 사람의 가족까지 협박당했다는 이야기는 전하지 않았다. 이건 이 잔인한 이별 속에서 은택이 동은에게 마지막으로 해줄 수 있는 배려였다.

"헤어지자, 우리."

16장

　밤새 잠 한숨 자지 못했다. 무너진 은택을 혼자 두고서 돌아선 걸음이 고단했는지 밤새도록 온몸이 아팠다.

　동은은 뜬눈으로 밤을 지새우며 계속해서 생각하고 또 생각했다. 하지만 12년 전의 그날은 아무리 떠올리려고 해도 단편적인 것밖에 기억이 나지 않았다.

　백합의 다리를 칼로 찔렀던 끔찍한 감각, 피부에 달라붙던 차가운 빗줄기, 의식을 잃기 전 보았던 누군가의 흐릿한 모습. 그때 절 발견했던 사람이 남자였는지 여자였는지, 나이가 많았는지 적었는지, 목소리는 어땠는지, 그런 건 하나도 생각나지 않았다. 그런데 그때 그 사람이 은택이었을 줄이야…….

　생각할수록 은택은 정말이지 동은에게 더없이 고마운 사람이었다. 12년 전 동은의 목숨을 구했고, 그리고 그녀의 남은 인생마저 구원해준 사람.

하지만 결국 그로 인해 은택은 백합의 또 다른 표적이 되고 말았다. 아아. 이 마음의 빚을 대체 어떻게 갚으면 좋을까.

'헤어지자.'

그 순간 문득 은택이 했던 서글픈 말을 떠올린 동은이 짙은 한숨을 내쉬었다. 정말 이 방법밖에는 없는 걸까. 마음의 빚을 갚을 수 있는 방법이 은택이 바라는 대로 해주는 것뿐일까.

답답한 마음에 한숨만 늘어갔다. 곁에서 그 모습을 지켜보던 중일이 슬쩍 자리에서 일어섰다. 그간 고된 일이 많기도 많았지만, 그래도 겨우 하룻밤 사이에 며칠씩 앓은 사람처럼 수척해져서 나타난 동은이 걱정이 될 수밖에 없었다. 그러자 중일의 기척을 느낀 동은이 애써 그늘진 기색을 지우고 밝은 척을 했다.

"아, 팀장님. 제가 아직 상황 보고 안 해드렸죠? 이일영한테 계속 연락은 시도했는데요, 도통 받지를 않네요. 휴대폰도 꺼둔 상태인지 위치 추적도 되지 않고. 지금으로선 엄마를 **빼**면 유일하게 백합과의 접점이 있는 사람인데……."

거기까지 말하고서 동은은 잠시 말을 멈췄다. 백합과 접점을 가진 또 한 사람, 은택이 생각난 까닭이었다.

동은이 중일을 흔들리는 눈빛으로 바라봤다. 중일은 언제나처럼 저를 상냥한 눈빛으로 바라봐주었지만, 어쩐지 굳게 다문 입술이 떨어지질 않았다. 아직은 동료들에게도 은택이 백합 사건의 또 다른 목격자라는 사실을 말할 수 없었다. 저조차도 정작 은택에게 확신을 주지 못하고 있는 상황이었다.

은택의 마음을 확실하게 돌리고 난 다음에야 동료들 앞에서도 떳떳해질 수 있을 것 같았다. 저도 모르게 미간을 구겼던 동은이 이내 보고를 이어갔다.

"하지만 참고인은 없어도 증거는 있습니다. 인정태가 수감돼 있던 방에서 나온 그림을 통해 백합이 몸에 새겼을 문신을 발견했어요. 지금은 그 문신을 추적 중입니다."

동은의 보고에 중일이 고개를 끄덕였다. 일순 동은이 무언가를 감추고 있다는 생각이 들었지만, 그녀를 믿기에 모르는 척 넘어가 주기로 했다. 언젠가는 그녀가 먼저 말해줄 것이다.

"좋아. 계속 그렇게 파. 이번에야말로 이 사건, 끝내버리자고."

중일이 동은의 어깨를 툭툭 두드렸다. 백합 사건은 강력계 형사 생활 30년 차의 중일에게도 참으로 괴로운 사건이었다. 범인이 잡히질 않으니 유족들 가슴에 맺힌 피멍은 날이 갈수록 짙어져 갔고, 살아남은 피해자 역시 여전히 끔찍한 악몽 속에 살고 있었다.

우연인지 인연인지 몰라도 피멍을 새긴 유족과 여전히 악몽을 꾸는 피해자가 제 곁에 둘이나 있었다. 심지어 제 딸마저 백합의 손에 의해 목숨을 빼앗길 뻔했었다. 그러니 중일 역시 이 사건이 끝나길 누구보다 간절히 바라고 있었다.

"예, 이번에야말로 끝장을 볼 겁니다."

그러나 누구보다 그 끝을 바라는 건 이 녀석이겠지. 동은을 보는 중일의 눈가에 주름이 움푹 파였다. 그러다 문득, 어젯밤 지락이 조사해서 보고했던 게 생각나 중일이 황급히 입을 열었다.

"아, 그건 그렇고, 이일영 말이야."

"이일영이 왜요?"

"막내가 과거를 조사해봤는데 편모 가정에서 자랐더라고. 게

다가 학대까지 받았던 모양이야."

"학대…… 요?"

"응, 엄마가 아이를 제대로 돌보지 않았어. 애를 때리는 걸 이웃 주민이 신고한 기록이 여러 차례 남아 있어. 병원 기록을 살펴봤는데 치아가 부서질 정도로 뺨을 때렸다더군. 놀라운 건 그 엄마, 학교 선생님이었어."

중일의 설명을 들은 동은이 바지 무릎을 구겨 쥐었다. 일영이 저에게 왜 그렇게까지 집착했는지 이제야 알 것 같았다.

그때의 저는 일영뿐만 아니라 누구에게든 무심했지만, 저의 그 모습에서 일영은 어머니를 보았던 것이다. 그리고 동은의 트라우마가 되살아났던 그날, 뺨을 맞은 일영 역시 감당할 수 없는 상처가 되살아났음이 분명했다.

그 어린아이가 얼마나 엄마에게 사랑받고 싶었을까. 얼마나 저에게…… 사랑받고 싶었을까.

하지만 이토록 목이 마른 사람에게도 쉽게 찾아와주지 않는 것이 사랑이었다. 일영이 가엾지만, 그를 동정한다고 해서 쉽게 사랑을 줄 수는 없는 것이었다.

사랑은 그런 것이었다. 서로의 마음이 닿기까지가 너무나 어렵고 또한 그것을 지키는 것은 더더욱 어려운 법이었다. 그래서 사람들은, 사랑을 기적이라고 부르지 않던가.

한참을 곰곰이 생각하던 동은이 어디론가 전화를 걸었다. 자신에게 어렵게 찾아온 기적을 꽉 잡기 위해서. 서은택, 다시는 그를 놓치지 않기 위해서.

은택은 마지막으로 한 번만 만나달라는 동은의 전화를 받고 약속 장소에 나와 있었다. 눈을 제대로 뜨기 힘들 정도로 눈부신 햇살이 녹음 위에 내리쬐고 있었다.

아득한 기억 속 자리 잡은 그리운 곳. 이곳은 은택이 졸업한 고등학교에서 버스 정류장까지 이어지는 등하굣길이었다. 저 멀리 붉은색 벽돌로 쌓아 올린 정문 담벼락에 동은이 기대서 있었다. 멀리서 봐도 한눈에 그녀를 알아볼 수 있었다. 반가운 마음과 달리 무거운 발걸음을 겨우 옮겨 다가가니 그녀가 싱긋 웃어주었다.

"은택아, 여기 기억나?"

동은이 벚꽃 대신 푸른 잎사귀가 사락사락 춤을 추는 나무를 바라보며 은택에게 물었다. 은택은 애써 외면하며 대답하지 않았다.

그러나 어느새 마음은 7년 전 그 길을 따라 걷고 있었다. 다시 만난 동은과는 봄의 끝자락에서 두 번째 이별을 했다. 시선이 닿는 곳마다 마음속에서 진작 저물었을 벚꽃이 흩날렸다. 교복을 입은 제가 교생이었던 동은의 뒤를 졸졸 따라 걸으며 울고 있었다. 뛰어가면 더 멀어질까, 차마 가까워지지도 못하고 걸으며 밤마다 난생처음 겪은 첫사랑에 끙끙 앓던 제 마음을 고백하고 있었다.

"나는 기억하고 있어."

쏴아아. 그녀의 목소리와 함께 어디선가 바람이 불어왔다.

"나는, 한시도 잊어본 적 없어."

그날의 기억을 오롯이 실은 바람이 살랑이며 동은이 서 있는 자리를 스치고 불어왔다.

"여기서 네가 내 뒤에서 걸었던 거. 내게 부담이 될까 봐 제발 떠나지 말라고, 기억해달라고, 잊지 말라고 말도 못하고 휴대폰

번호만 목이 터져라 외쳤던 거."

그리고 이윽고 그 바람이 은택에게 가 닿았다.

"하지만 은택아⋯⋯."

동은이 바람처럼 속삭였다.

"나는 말하려고."

그때처럼 후회하고 싶지 않으니까. 휴대전화 번호만 보면서 널
그리워하고 싶지 않으니까.

"날 떠나지 마, 은택아."

제가 먼저 선택했던 이별. 그 짧은 시간 동안 동은은 뼈저리게
깨달았다. 그와 겨우 보름을 헤어져 지냈을 뿐인데, 세상이 끝난
것만 같았다. 여느 날과 다름없는 하루, 똑같은 일상을 살았지만
숨도 잘 쉬어지지 않았다. 간신히 숨을 쉬면, 그 작은 박동에도 가
슴이 아파 견딜 수가 없었다. 매일 밤 오지 않는 잠을 억지로 청하
며 간절히 바랐다. 꿈에서도 차마 닿을 수 없던 너에게, 내일은
꼭 닿을 수 있게 해달라고. 그렇게 겨우 닿은 너였다.

"나는 네가 없으면 안 돼."

동은이 반짝이는 눈으로 은택을 바라봤다. 그 순간 은택의 가
슴이 요동쳤다. 얼마나 듣고 싶었던 말인지 모른다. 어쩌면 좋아
한다는 말보다, 사랑한다는 말보다 더 미치게 바랐던 말.

파란 하늘이 물들어 있던 은택의 눈동자가 조금씩 어둡게 젖어
들었다. 나뭇잎을 흔들고 지나가는 청아한 바람 소리 대신, 어김
없이 빗소리와 함께 그녀의 울음소리가 귓가를 적셔왔다. 악문 은
택의 입술이 파르르 떨렸다. 미약한 경련과 함께 그의 입술이 힘
겹게 벌어졌다.

"나는 못 해. 할 수 없어. 내가 당신 곁에 있으면……."

환청처럼 그녀의 울음소리가 끊임없이 그의 귓속을 파고들었다. 은택이 괴로움을 견디지 못하고 눈을 질끈 감으며 귀를 틀어막았다. 그러나 아무리 귀를 막아도 울음소리는 계속 들려왔다. 빗줄기가 심장을 후벼 파는 것처럼 아팠다. 그런데 그때, 갑자기 달칵하는 소리와 함께 울음소리가 거짓말처럼 멎었다.

"이거 때문이지?"

눈을 뜨자 동은이 손에 들고 있는 뭔가가 보였다. 한눈에 물건을 알아본 은택의 눈이 충격에 커다래졌다.

"당신이 그걸 어떻게……?"

"가게 바닥에 떨어져 있더라. 이일영이 너한테 다녀간 걸 아는데 수상하게 생각 안 하고 배겨?"

녹음기였다. 동은의 울음소리가 담겨 있는 바로 그 녹음기.

동은에게 헤어지자는 잔인한 말을 내뱉고, 견딜 수 없어 먼저 자리를 피한 쪽은 도리어 은택이었다. 아마 그때 바닥에 떨어진 녹음기를 발견한 모양이었다.

줄곧 귓가에 울리던 울음소리가 실은 환청이 아니었던 건가. 은택이 난처한 기색으로 녹음기를 향해 손을 뻗었다. 아주 잠시도 그녀가 그 물건을 가지고 있지 않았으면 했다. 할 수만 있다면 영영 그녀의 인생에서 그때의 잔인한 기억 같은 건 사라져버렸으면.

무엇보다 녹음기에 담긴 백합의 협박 메시지가 마음에 걸렸다. 그녀가 그걸 들었을까. 은택의 머릿속엔 그녀에게서 녹음기를 빼앗아야겠다는 생각밖에 들지 않았다. 그러자 동은이 그보다 한발 빠르게 손을 뒤로 물렸다.

"이것 때문이라면 은택이 네 선택은 틀렸어."

달칵. 동은이 다시 한 번 녹음기를 재생시켰다. 비처럼 쏟아져
내리는 울음소리에 가슴이 뻐근해져 와 은택은 거칠게 숨을 삼켰
다. 목구멍이 아리고 뜨거웠다.

"나, 이때 정말 많이 무서웠어. 가족을 다시 못 보게 될까 봐,
영영 거기서 못 나올까 봐, 결국 그렇게 혼자서 죽게 될까 봐."

잦아드는 울음소리 끝에 동은의 목소리가 먹먹하게 스며들었다.
심장까지 스며드는 아픈 울림에 은택이 주먹을 꾹 움켜쥐었다.

"그런데 은택아."

이번엔 젖은 눈으로 동은이 은택을 바라봤다.

"나, 이때보다 지금이 더 두려워."

은택의 주먹 쥔 손에 스르르 힘이 풀렸다. 심장이 바닥까지 내
려앉는 감각에 그가 잠시 비틀거렸다.

"앞이 안 보여. 한 발짝도 못 움직이겠어. 그 냄새나고 더럽고
깜깜한 곳에 갇혀 있을 때보다 네가 옆에 없는 순간이 더 끔찍해.
네가 날 떠나겠다는 말이 훨씬 더 아파."

동은이 기습적으로 휘청거리는 은택의 몸을 사뿐 끌어안았다.
아아. 동은이 참았던 숨을 토해냈다. 역시 이 온기가 아니면, 이
품이 아니면 안 되었다. 그녀가 은택의 몸을 다시는 놓지 않겠다
는 듯 힘주어 안으며 속삭였다.

"하지만 네가 있으면 난 다 괜찮아. 백합이 어떤 협박을 해와
도 지지 않을 자신 있어. 은택이 네 가족도 우리 엄마도 내가 지킬
거야. 벌써 보호 인력도 대기시켰어. 그렇게 내가 할 수 있는 건
다 할게. 그러니까 은택아."

동은이 은택의 몸을 떼어내며 눈을 맞췄다. 목소리만큼이나 단단한 눈빛이 똑바로 은택을 바라봤다.

"다시는 헤어지자는 소리 같은 거 하지 마."

사방이 고요했다. 햇살이 잎사귀 사이사이를 비집고 바닥에 그물처럼 내려앉았다. 그리운 추억을 실은 바람마저 모두 멈춘 순간.

"경황이 없어서 미처 반지 같은 건 준비하지 못했지만……."

동은이 온 마음을 바쳐 고백했다.

"같이 살자, 은택아. 불안해서 한시도 너랑 못 떨어져 있겠어."

동은의 말에 은택이 멍하니 입을 벌렸다. 자신이 제대로 들은 게 맞다면, 분명 그녀는 지금 청혼을 한 것이었다. 은택이 저를 빤히 바라보자, 동은이 수줍은 듯 발끝으로 바닥을 차며 힐끔거렸다.

"왜? 설마 내가 지금 청혼이라도 하는 것처럼 들려?"

은택의 눈이 또 한 번 커다래졌다. 분명 조금 전과는 비교도 할 수 없는 눈 크기였다. 그 모습에 동은이 빨개진 볼을 하고서 샐쭉 웃었다. 그러곤 기다렸다는 듯이 곧장 대답했다.

"맞아, 청혼하는 거."

은택이 믿지 못하겠다는 듯 눈을 깜빡였다. 동은이 곤란한 표정을 지으며 은택을 향해 똑바로 섰다.

"잘 들어. 창피해 죽을 것 같으니까 한 번만 다시 얘기할 거야."

그리고 그다음 순간, 동은이 터질 것처럼 붉어진 얼굴을 하고서 한 번 더 말했다.

"서은택, 나랑 결혼하자."

동은의 갑작스러운 청혼에 얼이 빠진 은택은 그녀가 경찰서로 돌아간 후에도 한참을 멍하니 있었다. 그는 무작정 학교 안으로 들어가 언젠가 잠든 그녀에게 몰래 입을 맞췄던 벤치에 앉았다. 무너지듯 주저앉은 은택이 홀린 듯 입술을 매만졌다.

겨우 1초 닿았다 떨어진 도둑키스에도 가슴이 터질 것 같았던 짝사랑이었다. 첫사랑이어서 방법을 몰라 더욱 애달팠던 혼자만의 마음이었다. 그런데 그런 사람에게서 청혼을 받다니.

하하하……. 자꾸만 멋대로 웃음이 나왔다. 아까까지만 해도 그녀의 울음소리가 귓가에 끊이지 않더니, 이제는 결혼하자는 그녀의 목소리가 심장이 뛰는 수만큼 들려왔다. 죽을 것만 같았던 기분은 어느새 벅차오르는 두근거림으로 변해 있었다.

바보처럼 웃던 은택이 벤치 등받이에 기대며 하늘을 올려다봤다. 그날처럼 눈부시게 푸르른 하늘이 머리 위로 펼쳐져 있었다.

7년을 보지 못했어도, 같은 하늘 아래 살고 있다는 것만으로도 버틸 수 있었던 마음은 이미 와르르 무너졌다. 그녀가 없으면 안 되는 건 그 역시 마찬가지였다. 불현듯 은택의 얼굴빛이 어두워졌다.

'은택이 네가 결심이 설 때까지 난 백합에 관한 수사에서도 당분간 빠질 생각이야.'

청혼에 대한 대답은 24시간 후에 듣겠다며 동은이 덧붙인 말이 떠올라서였다. 은택의 불안을 조금이라도 덜어주기 위한 그녀 나름의 방법이었다. 백합 사건의 목격자로서 은택을 괴롭게 하고 싶지 않은 그녀의 애틋한 마음이 느껴졌다.

그녀에게 있어 무엇보다도 가장 중요한 것 역시 은택의 목숨이었다. 백합의 정체를 폭로함으로써 은택이 짊어질 위험부담을 크게 하고 싶지 않았다. 하지만 오래 고민하고 있을 여유는 없었다.

그래서 그녀가 그에게 준 24시간. 당장에라도 그녀의 청혼을 받아들이고 싶었지만 은택은 여전히 망설여졌다. 백합을 잡는 데 자신이 방해가 되지는 않을까. 정말로 가족들을 무사하게 지켜낼 수 있을까. 차라리 그녀의 곁에 제가 없는 편이 사건을 해결하는 데 더 도움이 되는 것은 아닐까.

많은 나약한 생각들이 그녀의 청혼으로 쉴 새 없이 두근거리는 마음을 비집고 들어왔다. 답답한 마음에 은택이 길게 한숨을 내쉬었다. 그 순간 주머니에 넣어둔 휴대전화가 요란하게 울려댔다.

매형의 전화였다. 갑자기 응급수술에 들어가게 됐으니 이번엔 직접 누나에게 식사를 가져다주라는 내용이었다.

은호의 마음을 편하게 해주려고 여태껏 유산에 관한 이야기는 모르는 척 굴어온 은택이었다. 하지만 이번만큼은 물어보지 않을 수 없었다. 동은이 저토록 노력하고 있는데 은택도 가만있을 수 없었다. 백합이 정말 자신의 가족을 해하려 했다면 방법을 강구해야만 했다.


"누나."

은택이 조심스럽게 은호를 불렀다. 겨우 다섯 숟갈이나 죽을 떴을까. 식욕이 없는지 금세 숟가락을 내려놓는 누나를 보며 은택이 괴로움에 입술을 질끈 깨물었다. 아직 마음을 다 추스르지 못한 누나에게 이런 질문을 한다는 게 석연치 않았다. 하지만 제 가족을 지키기 위해 뭐든 다 하겠다던 동은의 모습을 떠올린 은택은 마음을 다잡았다.

"혹시 누나 유산…… 어떻게 된 건지 들을 수 있을까?"

은택의 질문에 은호의 눈에 금세 눈물이 그렁그렁해졌다. 눈물을 참아보려고 입술만 잘근잘근 깨물던 은호가 손바닥에 얼굴을 묻고 어깨를 떨었다. 은택이 다가가 가만히 떠는 어깨를 보듬었다. 은호가 은택에게 애처롭게 매달려왔다.

"설마 누군가 누나를 다치게 했다거나……."

은택의 추측에 은호가 곧바로 고개를 저었다.

"아니야, 은택아. 다 나 때문이야. 내가 잘못한 거야."

"그게 무슨 소리야? 누나가 잘못을 했다니?"

"흑……. 은택아, 괜찮을 줄 알았어……. 우리 아기, 건강하게 잘 자라고 있는 줄 알았어. 내가 너무 이기적이었어. 내가…… 내가 너무 나쁜 엄마였어."

응급실 인력이 턱없이 부족한 터라 하루라도 더 도와준다는 게 배 속의 아이를 힘들게 하고 만 것이었다. 죽음의 문턱을 오가는 환자를 외면할 수 없어 누나가 치른 대가는 너무도 가혹했다.

그렇게 금방이라도 호흡곤란을 일으킬 것처럼 울던 은호가 한참 만에야 천천히 숨을 내쉬었다. 은택이 다독이는 손길을 따라 은호의 상체가 오르락내리락했다.

"우리 아기…… 내가 밉겠지?"

은호가 젖은 목소리로 물었다. 은택은 여전히 따스한 손길을 거두지 않은 채로 고개를 저었다.

"아니, 슬퍼하고 있을 거라고 생각해. 엄마가 이렇게 계속 울고 그러면."

"하지만 은택아……."

"분명 좋은 곳으로 갔을 거야. 그리고 누나랑 매형한테 다시 올 준비를 하고 있을 거야. 그러니까 빨리 건강해져야지. 응?"

해줄 수 있는 말이 고작 이것 말고는 없었다. 은택의 말에 은호가 힘없이 고개를 끄덕였다. 은호의 눈빛이 일순 달라져 있었다.

그녀는 내내 잘못된 생각을 했다. 이제 와서 하늘나라로 간 제 아이를 위해 할 수 있는 일은 더 이상 없다고 생각했다. 하지만 아니었다. 몸을 일으킨 은호가 다소곳이 등을 기대며 입을 열었다.

"은택아."

"응?"

"태준 씨가 당분간 일을 쉬는 게 어떠냐고 하더라. 아버님 계신 강릉에 가서 지내는 게 어떻겠냐고."

"그럼 매형 일은?"

"나만 허락하면 강릉 병원에 파견 신청하겠대. 몸 회복되면 함께 아프리카로 의료봉사 가자고."

예전에 술잔을 기울이다 매형에게서 누나가 전문의를 따거든 함께 아프리카로 의료봉사를 떠나겠다는 말을 들은 적이 있었다. 막연히 머나먼 훗날의 일이라고만 생각해서 크게 와 닿지 않던 순간이 성큼 다가온 것 같아 은택은 당혹감이 먼저 들었다.

"네 말 듣고 나니까 결심이 섰어. 우리 아기를 위해서 더는 내가 할 수 있는 일이 없다고 생각했는데, 아니었어. 나, 건강해질 거야. 다시는 지금처럼 후회하는 일 없게."

"그렇지만 누나……."

"충분히 몸 추스르고 갈 거야. 의료봉사가 엄청 힘들다고 보통은 생각하겠지만, 그렇지도 않아. 우리가 그곳에서 할 수 있는 치료라는 게 사실 제약이 많거든. 응급실만큼 힘들지 않을 거라고 장담해. 그리고 만약 거기 가서 임신을 하게 되면 곧바로 한국으로 들어올 테니까."

눈빛만으로도 제 걱정을 다 읽어내고서 일목요연하게 변명을 쏟아내는 은호를 앞에 두고 은택은 맥없이 웃을 수밖에 없었다.

"나 참…… . 정말 방금 결심이 선 사람 맞아?"

"언젠가는…… 이라고 늘 생각하고 있었으니까. 그런데 은택아."

"알아. 엄마가 걱정되는 거지?"

은택 역시 눈빛만으로도 은호의 마음을 읽어내고서 어깨를 으쓱해 보였다. 은호가 머쓱한 표정을 지으며 고개를 끄덕였다.

"걱정 마. 내가 더 챙길게."

"아들이랑 딸은 엄연히 다르다고."

"그래도 갈 거면서?"

"저기, 동은 씨랑은 잘 만나고 있어? 엄마한테 인사라도 시켜드리는 건 어때?"

은호가 조심스럽게 물었다. 은택이 가벼운 마음으로 동은을 만나고 있지 않다는 걸 알기에 꺼낸 말이었다. 그렇다고 동은에게 터무니없이 많은 걸 바라는 게 아니었다. 저 역시 일이 바빠 자주 엄마를 찾아가지 못했었다. 그저 저만큼만 엄마의 적적한 마음을 달래줄 수 있었으면.

항상 은택이 애인을 사귀지 않는 것에 대해 걱정하던 엄마였으니까, 은택이 여자를 소개해준다면 누구보다도 기뻐할 거라는 생각이 들었다. 예비 며느리라면 더없이 좋을 것 같았다.

하지만 말을 꺼내는 순간 은택의 표정이 심상치 않았다. 은호가 불현듯 어두워진 은택의 안색을 살피며 말문을 열었다.

"무슨 일 있어?"

"아무 일도 아니야."

"아무 일도 아니긴?"

은호가 재빨리 고개를 돌리는 은택의 턱을 붙잡아 눈을 마주쳤다.

"말해. 무슨 일인데?"

누나의 다그침에 은택이 마지못해 대답했다.

"당분간은 그 사람 곁에 내가 없는 게 나을 것 같아서……."

누나의 유산이 백합이 저지른 일이 아니란 걸 알았지만, 그래도 여전히 위험한 가능성은 존재했다. 무엇보다 저를 지키다 동은이 다치는 일만큼은 생각도 하고 싶지 않았다.

쓸쓸한 기색이 역력한 은택의 대답에 은호가 별안간 엄한 표정을 지어 보였다. 그러곤 은택의 이마를 아프게 쥐어박았다.

"아야! 갑자기 왜 이래?"

은택이 이마를 감싸며 억울한 표정을 짓자 은호의 표정이 더욱 엄해졌다.

"정신 차려, 서은택! 내가 아까 그랬지? 우리 아기, 괜찮을 거라고 생각했다고. 잘 버텨줄 줄 알았다고. 나도 당분간만이라고 생각했어. 이 순간만 지나면 정말로 우리 아기만 신경 써야지 그렇게 생각했었어. 하지만 그게 얼마나 이기적인 생각이었는지……."

은호가 다시 생각해도 어리석었던 자신을 떠올리며 가슴께를 움켜쥐었다. 그러곤 또다시 젖어들기 시작한 눈으로 앞에 앉은 동생을 무섭게 노려봤다.

"아무리 남매라도 닮을 걸 닮아야지. 그런 미련한 구석까지 닮으면 어떡해? 당분간만이라고? 그사이 동은 씨는 지칠 대로 지쳐서 영영 네 곁으로 돌아올 수 없을지도 모르는데?"

쾅! 망치로 뒤통수를 얻어맞은 것만 같았다. 평생 동은을 다시 볼 수 없다는 상상만으로도 눈앞이 캄캄해지고 숨이 막혔다.

백합이 저와 가족을 노리고 있다면, 제 손으로 백합을 잡아 경찰에 넘길 생각이었다. 그래서 안지상에 관해 동은에게 말하지 않았다. 모두 동은이 다치지 않고 백합을 잡기 위해서였다. 동은에게 이별을 고한 뒤로 죽을 것 같았지만, 이를 악물고 사격도 호신술도 두 배로 더 연습했다. 강해지기 위해서였다.

하지만 그동안 동은은 계속 상처받고 지쳐갈 것이었다. 그러다 제 곁에서 영영 사라져버릴지도 몰랐다. 그걸 이제야 깨달았다.

'나는 네가 없으면 안 돼.'

절박하던 동은의 목소리가 귓속을 날카롭게 파고들었다. 심장까지 파고들어 와 아릿한 통증이 느껴졌다.

왜 몰랐던 걸까. 동은을 위해서라고 생각했던 제 선택이 가장 그녀를 아프게 만들고 있다는 것을.

'나랑 결혼하자.'

그녀가 어떤 기분으로 그 말을 했을지 헤아리는 것만으로도 가슴이 찢어지는 것처럼 아팠다.

"제길."

은택이 답지 않게 욕을 뇌까리며 벌떡 일어섰다. 그만큼 자신을 용서할 수가 없었다. 그렇게 궁지에 몰린 듯 절박한 심정으로 청혼을 하게 만들다니. 은호가 그런 은택을 지그시 바라보며 떠미는 듯 옆구리를 밀었다.

"이제 알았지? 당분간이라는 건 없어, 은택아."

"누나."

"뭐 해? 얼른 동은 씨 잡으러 가지 않고?"

은호가 밝게 미소 지어 주었다. 동생만큼은 저 같은 미련한 후회를 하지 않기를 바라는 마음이 담긴 아픈 미소였다.

"고마워."

그 미소의 의미를 알기에 은택이 곧바로 병실을 박차고 뛰어나갔다. 그리고 동은이 있을 경찰서를 향해 전력질주했다.


한편 그 시각, 강력 2팀 사무실에선 여전히 백합에 관한 수사가 계속 이루어지고 있었다.

"팀장님, 12년 전 동은 선배를 발견했다던 목격자 말인데요. 이거 좀 곤란하게 됐는데요."

백합의 단서를 쫓느라 이외의 사건은 전부 다른 팀에 넘겼음에도 불구하고 사무실은 내내 분분했다. 지락이 문득 불안한 기색으로 중일에게 다가와 사본을 하나 건넸다.

지락이 내민 건 오래된 학생기록 사본이었다. 첫머리에 적힌 누군가의 이름을 발견한 중일이 의아한 눈빛으로 지락을 바라봤다.

"이게…… 뭐야?"

"목격자요. 12년 전, 동은 선배를 발견해서 경찰서에 신고했던……."

지락이 말끝을 흐렸다. 사본에 적힌 이름이 다름 아닌 은택의 이름인 까닭이었다. 잠시 머릿속이 아뜩해진 중일이 눈을 감았다 뜨며 다시 한 번 사본 속 은택의 이름을 눈에 담았다. 그의 눈동자가 위태롭게 일렁였다.

"그러니까 그 목격자가 남자 1번이란 소리야, 지금?"

"네. 다행히 아직까지 기록이 남아 있더라고요. 동은 선배가 병원으로 온 시각이 오전 11시 전후였고, 목격자는 그 시간에 학교가 아닌 외부에 있어야 선배를 발견하는 게 가능하기 때문에 조퇴자 명단을 살펴봤더니 남학생이 두 명이 나왔는데요. 시간대가 맞는 사람은 은택 씨뿐이에요."

지락의 설명에 중일이 깊은 한숨을 내쉬었다. 아침에 저를 찾아온 동은의 표정이 왜 그리 착잡했는지 이제야 알 것 같았다.

'하루만 수사에서 빠지고 싶습니다. 허락해주세요. 이유는 나중에 반드시 설명하겠습니다.'

그 이유가 바로 이것이었다. 12년 전 그날, 빗속에서 동은을 발견한 사람이 은택일 줄이야.

그간 살인 사건의 목격자가 어떤 삶을 사는지 무수히 봐왔다. 그들은 하나같이 죄책감이나 두려움에 시달렸고, 드물게는 보복의 위협을 받기도 했다. 중일은 양심을 지키려다 제2의 피해자가 되고 마는 현실 앞에서 결국 무너지고 마는 사람을 여럿 지켜봤다.

물론 은택의 경우 정확하게는 살인 사건을 목격한 것이 아니라 살인자를 목격한 경우이기는 하지만, 목숨의 위협을 받고 있다는 사실만은 다르지 않았다.

그래서 더욱 동은은 조심스러울 수밖에 없을 터였다. 사랑하는 남자에게 기꺼이 그런 위험을 감수하라 말하기 쉽지 않을 테니까.

하루의 말미를 달라고 한 것도 최소한 은택에게 선택을 맡기고 싶었기 때문이라고 짐작이 되었다.

'그래도 국민 세금으로 월급 받는데 농땡이 피우는 건 양심에 찔리고, 아무 일이나 시켜주세요.'

아무렇지 않은 듯 샐쭉 웃던 동은의 얼굴이 떠올랐다. 돌아선 동은이 어떤 표정을 짓고 있었을지 어렵지 않게 짐작할 수 있었다. 파르르 떨리는 눈에 힘을 주고, 입술을 꼭 깨물고, 주먹을 꼭 쥐고. 동은의 애처로운 모습을 상상하자 느닷없이 마음에 커다란 돌덩이 수십 개를 얹어놓은 것 같았다.

"하아……. 소똥 이 녀석이 진짜."

말을 하지. 힘들다고 하소연이라도 하지. 중일이 앙다문 턱을 천천히 쓸어내렸다. 그런 줄도 모르고 유괴방지연극이나 하고 오라고 그 아픈 녀석 손에 포순이 탈을 들려 보냈다.

밥도 제대로 못 먹었을 텐데. 잠도 한숨 제대로 못 잤을 텐데. 따뜻한 밥이라도 한 그릇 사줄 것을. 이참에 하루라도 푹 쉬라고 그냥 돌려보낼 것을.

"미련한 것. 왜 말을 안 해, 말을!"

마음에 얹힌 돌덩이 하나라도 내려놓으려고 괜히 상대도 없는 잔소리를 해본다. 하지만 그래도 무거운 마음은 차마 편해지지 않았다. 중일이 의자에 쓰러지듯 기대앉아 하릴없이 창밖을 바라봤다. 내리쬐는 햇볕이 보기만 해도 뜨거웠다. 손에 잡힐 것 같은 열기가 아스팔트 위로 아지랑이처럼 피어올랐다.

"덥겠다, 우리 소똥이."

굳이 포순이 탈을 쓰지 않아도 후텁지근한 날씨였다. 중일이 속상한 표정을 숨기지 못하고 에어컨을 껐다. 사정을 모르는 지락이 펄쩍 뛰었지만, 중일은 아랑곳하지 않고 리모컨을 그대로 서랍 속에 집어넣고선 팔짱을 꼈다.

"전기세 아껴야 해!"

애지중지하는 딸내미가 찜통 속에 있는데, 에어컨이 웬 말이랴. 중일은 끝끝내 고집을 꺾지 않았다. 그런데 그때, 은택이 갑자기 사무실 안으로 뛰어 들어왔다.

"우리 동은이 지금 어디 있어요?"

그리고 다짜고짜 동은을 찾기 시작했다. 중일은 다급한 은택의 모습을 보며 문득 아침에 본 초췌한 동은의 모습을 떠올렸다. 아무래도 은택이 백합의 목격자라는 사실을 알고서 무슨 일이 있었던 모양이었다. 대충 사정을 파악한 중일이 은택에게로 다가갔다. 그리고 냉큼 동은이 있는 곳을 일러주었다.

"소똥인 지금 유괴방지연극 하러 갔어."

지금 동은에게 필요한 건 따뜻한 밥도, 다디단 잠도, 시원한 에어컨도 아닐 터였다. 서은택, 이 남자가 가장 절실할 터였다. 중일은 시원스레 은택의 등을 떠밀어주었다. 어서 가서 고단한 동은을 보듬어주라며.

"감사합니다, 팀장님!"

"감사는 무슨. 아 참! 포순이 탈을 쓰고 있어서 못 알아볼 것 같으면 다리가 제일 예쁜 포순이를 찾아!"

금방이라도 울 것 같은 은택을 달래려는 것인지 중일이 달려나가는 은택의 뒤에 대고 짓궂게 소리를 질렀다.

이윽고 동은이 와 있는 초등학교에 도착했을 때, 은택은 중일이 건넨 말이 단순한 우스갯소리가 아니라는 사실을 깨달았다. 유괴방지연극이 한창인 무대 위에 자그마치 세 명의 포순이가 있었기 때문이었다. 중일의 힌트로 세 명의 포순이 중 금방 동은을 찾아낸 은택이 비로소 마음이 놓인 듯 허리를 굽히고서 턱 밑에 흐르는 땀을 훔쳐냈다.

한참 만에야 겨우 숨을 고른 은택이 환한 웃음을 지으며 고개를 들었다. 동은은 험상궂은 탈을 쓴 유괴범의 유혹에도 꿋꿋하게 넘어가지 않는 연기를 하고 있었다.

나무 그늘 밑에서 동은의 연기를 감상하던 은택이 불시에 터져 나오는 웃음을 애써 참아내며 어깨를 들썩였다. 탈까지 쓰고 있는데도 느껴지는 발연기의 기운 때문이었다.

무려 7년을 저 어설픈 실력으로 제 앞에서는 거짓말만 하던 여자였다. 그런데 저는 그랬던 여자가 겨우 꺼낸 진심을 차갑게 외면해버렸다.

은택이 천천히 무대 쪽으로 걸음을 옮겼다. 동은은 연극이 끝나고 마이크를 쥔 채로 앞에 나와 있었다.

"자, 지금까지 잘 봤죠? 모르는 사람이 다가와서 같이 가자고 하면 어떻게 행동하는 거라고 했죠?"

포순이 탈을 쓰고 정복을 말끔하게 차려입은 동은의 질문에 운동장에 앉은 아이들이 일제히 큰 목소리로 대답했다.

"절대로 따라가면 안 돼요!"

"정답! 참 잘했어요!"

그리고 바로 그 순간, 성큼성큼 걸어와 불쑥 무대 위로 뛰어 올라온 은택이 동은의 손을 잡아끌었다. 무대 아래 아이들만 보느라 미처 은택을 보지 못한 동은이 탈을 뒤집어쓴 채 새된 비명을 질렀다. 무대 아래에 앉아 있던 수많은 아이도 깜짝 놀라 소리를 지르기 시작했다.

"나쁜 놈이다! 유괴범이야!"

"당장 우리 포순이 손 놔!"

하지만 오직 동은을 데려가야 한다는 생각밖에 하지 못하는 은택의 눈에 아이들이 보일 리가 없었다. 아이들이 외치는 말 또한 바람 소리처럼 들릴 뿐이었다. 은택이 억지로 동은을 끌고서 무대 아래로 내려오자 아이들이 두 사람의 주위를 에워쌌다.

"에잇! 포순이 데려가지 마, 이 나쁜 놈아!"

"맞아! 포순이는 우리가 지킬 거야!"

한시라도 빨리 동은과 단둘만 있고 싶은 은택이 난감한 표정으로 마치 지구를 지키는 용사처럼 위풍당당하게 저를 노려보는 아이들을 바라봤다. 잠시 고민하던 은택이 동은이 쓰고 있는 포순이 탈로 손을 뻗었다. 그리고 재빨리 탈을 벗겨냈다.

"자, 이제 포순이 아니지?"

갑자기 포순이가 청순한 미모의 여자로 변하자 아이들이 약속한 듯이 입을 다물었다. 은택이 다급한 얼굴로 아이들에게 물었다.

"그럼 이제, 이 여자 내가 데려가도 되지?"

"하지만 모르는 사람은 따라가는 거 아니랬는데……."

끝까지 동은의 정복 소매를 잡고서 놓아주지 않는 한 아이가 쭈뼛거리며 말했다. 이놈! 쪼끄만 게 동은에게 반한 게 틀림없었다. 은택이 최대한 인내심을 발휘해 대꾸했다.

"꼬마, 우리 모르는 사이 아닌데?"

"그럼 무슨 사인데요?"

아이가 되묻자 은택이 씨익 웃으며 대답했다.

"결혼할 사이."

은택의 말에 동은이 눈을 동그랗게 뜨고서 옆을 바라봤다. 그러자 은택이 한술 더 떠서 동은에게 물었다.

"왜 그렇게 놀라? 맞잖아, 그런 사이. 나한테 청혼까지 해놓고?"

"정말이에요? 포순이 정말 이 나쁜 놈한테 청혼했어요?"

은택이 아이의 입에서 거듭 흘러나오는 '나쁜 놈' 소리에 눈썹을 찌푸렸다. 하지만 이곳에 오기 전까지 저는 빼도 박도 못하게 나쁜 놈이었다. 그녀를 너무 많이 울렸다. 죗값을 치르는 심정으로 은택은 동은의 대답을 잠자코 기다렸다.

두 사람이 눈을 마주했다. 마주친 눈빛이 더없이 사랑스러워서 자꾸만 가슴이 부풀어 올랐다.

은택과 아이를 번갈아 보던 동은의 뺨이 새빨갛게 달아올랐다. 그녀가 몇 번이나 입술을 오물거렸다. 마음도 입술도 열기에 달뜬 듯 참을 수 없이 간지러웠다. 부풀어 오르던 가슴이 팡 하고 터지듯, 동은이 크게 대답했다.

"응! 결혼할 사이 맞아!"

와아! 아이들이 함성을 질렀다. 동은을 끝까지 놓아주지 않던 아이는 울상을 짓고 있었지만, 은택은 더는 기다려주지 않았다. 그가 곧바로 동은의 손을 잡아 이끌었다. 맞닿은 손을 타고 짜릿함이 흘러들었다. 가슴이 두근거렸다.

한 손에는 포순이 탈을, 다른 한 손에는 그 누구보다 소중한 제 여자의 손을. 반드시 백합도 잡고 소중한 제 여자도 지키겠다는 결심을 하며 은택이 동은의 손을 놓칠세라 더 꼬옥 붙잡았다.

그리고 정말 마지막으로 다짐했다. 다시는 이 손을 놓지 않을 것이었다. 그 어떤 일이 찾아오더라도.

그렇게 얼마쯤 걸었을까.

"와, 대체 이걸 어떻게 쓰고 있었어?"

잠깐 쉬기 위해 찾아 들어간 그늘 밑에서 은택이 장난삼아 포순이 탈을 썼다 벗으며 중얼거렸다. 잠깐 사이에 그의 뺨이 붉게 상기되어 있었다.

"얼굴에 땀띠 나겠다."

포순이 탈을 쓰는 순간 은은하게 동은의 향기가 맡아졌으나 그건 아주 잠시였다. 곧 마치 찜질방에 들어가 앉은 듯 더운 기운이 확 끼쳤다. 은택은 결국 고작 5초도 버티지 못하고 곧바로 탈을 벗어 던졌다. 그런데 동은은 이걸 쓰고서 땡볕 아래에서 30분도 넘게 연극을 했다.

"우리 애인 얼굴에 땀띠 나면 안 되는데."

장난스러운 말이었지만, 그 속에 담긴 건 꽤나 복잡한 마음이었다. 은택이 손을 뻗어 동은의 머리를 부드럽게 쓰다듬었다.

"고생했어, 애인."

역시나 많은 뜻이 담긴 말이었다. 그 뜻을 헤아렸는지 은택의 손길이 머리카락을 훑고 내려가는 그 순간 동은의 눈가가 촉촉해졌다. 정말 오랜만에 이 낯간지러운 호칭을 들었다. 처음 은택이 이 호칭을 사용했을 때만 해도 부끄럽고 창피해서 펄쩍 뛰었는데 왠지 지금은 코끝이 찡해져왔다. 겨우 '애인'이라고 불린 것만으로 정말로 은택이 제 곁으로 완전히 돌아왔다는 실감이 났다. 지난 12년간 상처받은 마음이 겨우 이 한마디에 아무는 것 같았다.

눈물을 참아보려고 코끝을 찡그린 동은이 은택의 허리춤을 손가락으로 살짝 붙잡았다. 은택을 올려다보는 그녀의 눈빛이 왠지 조금 집요했다.

아아. 그 순간 은택이 숨죽인 감탄사를 내뱉었다. 이건 두 번 다시는 저를 떠나지 말라는 표현이었다.

제발 이 마음을 알아달라고, 동은은 부끄러워 피했다가도 몇 번이고 다시 눈을 마주쳤다. 눈이 마주칠 때마다 욱신거리는 가슴께를 꾹 누르며 은택은 걱정하지 말라는 듯 그녀의 손등 위로 손을 포갰다.

"걱정 마. 임동은 애인 서은택, 이제 아무 데도 안 가."

"정말?"

"응. 나도 당신 없으면 안 돼. 처음부터 그랬어."

그가 가볍게 닿아 있던 손을 단단히 깍지 끼며 맹세했다.

"평생 당신 곁에 있을게."

은택의 거침없는 맹세에 불현듯 자신이 했던 청혼을 떠올린 동은이 재빨리 시선을 피했다. 먼저 청혼까지 했으면서 은택에게서 진심 어린 고백을 들으니 가슴이 자꾸 간질거렸다.

은택은 동은이 지금 무슨 생각을 하고 있는지 훤히 들여다보였다. 분명 벚나무 길에서의 청혼을 떠올리고 있겠지. 한참을 안절부절못하는 동은의 모습을 바라보던 은택이 결국 참지 못하고 그녀의 이마에 입을 맞췄다. 부끄러워하는 동은의 모습이 귀여워서 미칠 것 같았다.

쪼옥. 진득하게 달라붙었다 떨어지는 입술 소리에 동은의 귓등이 새빨갛게 달아올랐다. 은택이 간질간질 귓등을 매만지자 동은이 작게 바르작거렸다. 그런 동은을 움직이지 못하게 꽉 끌어안았다가 은택이 가볍게 몸을 떼어냈다.

이토록 행복한데도 순간순간 가슴속으로 불안함이 밀려들었다. 이유는 너무나도 잘 알고 있었다. 백합의 그림자가 아직 걷히지 않았기 때문이다.

이 어두운 그림자를 몰아낼 열쇠는 다른 누구도 아닌 은택이 손에 쥐고 있었다. 동은의 어깨를 단단히 붙든 채 은택이 돌연 더없이 진지해진 눈빛으로 그녀를 바라봤다. 그의 눈빛엔 굳은 결심이 서려 있었다. 이윽고 은택이 입을 열었다.

"나, 당신한테 할 얘기가 있어."

평생 그녀의 곁에 있기 위해서 반드시 해야만 하는 이야기였다.


휴일 팻말이 내걸린 은택관. 이야기를 꺼내기에 앞서 마실 걸 내오겠다며 은택은 주방으로 향했다.

은택이 제게 무슨 말을 하려는 것인지 사실 그녀도 이미 직감하고 있었다. 그가 제게 돌아온 것. 그건 백합을 붙잡는 데 협조하겠다는 의미이기도 했으니까. 그래서 은택의 선택이 기쁜 만큼 슬프기도 했다. 저를 사랑해서 은택이 감당해야 하는 고통이 너무나 컸다.

하지만 결국 여기까지 와버렸다. 이제는 하루라도 빨리 백합을 잡는 것만이 은택을 고통에서 벗어나게 해줄 수 있는 유일한 방법이었다.

동은은 여태껏 백합에 관해 조사한 것들을 머릿속으로 조용히 정리했다. 아마 은택 역시 그날에 대한 기억이 완벽하지는 않을 것이었다. 당시 그는 너무 어렸고, 또 그날은 장마철이라 코앞도 분간하기 어려울 만큼 비가 많이 내렸었다. 12년 전 그날 본인이 백합을 봤다는 자각조차 최근에야 했을 거라는 생각이 들었다.

그래야만 은택의 행동이 이해가 되었다. 은택이 백합에 관해 명확하게 기억하고 있는데 동은에게 아무 말도 해주지 않았을 리가 없었다. 기억이 분명해지는 것을 기다리다 백합이 목격자를 차례차례 죽이자 말할 타이밍을 놓친 게 분명했다. 은택이 처한 상황을 추적하던 동은이 천천히 눈을 감았다.

강철희, 이제강, 인정태, 홍미란……. 그간 백합이 죽인 인물들을 머릿속에 떠올리던 동은이 어느 순간 번쩍 눈을 떴다.

이상한 점이 있었다. 왜 홍미란은 은택에게 접근했던 걸까? 은택은 곤란하던 때에 우연히 홍미란과 마주쳐 도움을 받았다고 말했지만 동은은 그것이 정말 우연이라고 여겨지지가 않았다.

홍미란은 백합의 지시대로 움직이는 인형이나 다름없었다. 그런 인물이 은택에게 접근한 데에는 분명 목적이 있을 터였다. 그렇다면 홍미란을 조종한 백합의 목적은 뭐였을까?

아마 홍미란은 은택을 감시하는 역할이었을 것이다. 그 순간, 동은의 머릿속에 벼락처럼 인정태가 죽기 전 했던 말이 떠올랐다.

'백합은 이미…… 이미 당신 가까이에……!'

그때엔 그 말뜻이 백합이 제 주변 인물 중 하나를 가리키는 거라고 생각했다. 하지만 어쩌면 동시에 은택의 주변 인물일 수도 있겠다는 생각이 방금 들었다.

백합이 홍미란을 죽일 계획을 세운 시점에서 그는 아마 직접 은택을 감시하려고 접근했을 터였다. 동은은 은택의 주변 인물을 찬찬히 곱씹었다.

대체 누구지? 그러나 머릿속에 떠올린 인물 중 도무지 백합이라고 추측되는 인물은 없었다. 답이 나오지 않는 추리에 동은이 미간을 구겼다.

그때, 은택이 주방에서 나왔다. 은택은 성큼성큼 걸어와 동은을 마주 보고 앉았다. 그렇게 한동안 동은에게 물끄러미 눈길을 주다 은택이 불쑥 손을 뻗었다. 그러곤 고민의 흔적이 역력한 동은의 이마를 손가락으로 슥슥 매만졌다.

"무슨 생각을 그렇게 심각하게 해?"

"어?"

"목도 별로 안 마른 것 같은데 그냥 곧바로 얘기할 걸 그랬나?"

"아니야! 안 그래도 목말랐어!"

동은이 앞에 놓인 컵을 집어 들더니 음료를 벌컥벌컥 마셨다. 허둥대는 모습이 마치 결정적인 순간을 자꾸만 뒤로 미루려고 하는 것 같았다. 그 모습을 빤히 보던 은택이 조심스럽게 물었다.

"왜 안 물어봐?"

"응? 뭘?"

당황한 동은이 턱 밑으로 흘러내린 음료를 닦을 생각도 하지 못한 채 눈만 깜빡였다. 은택이 무얼 묻는지 알면서도 차마 대답할 수가 없었다. 눈앞에 홍미란과 인정태의 시신이 잔상처럼 어른거렸다. 그들은 모두 백합의 정체를 폭로하려다 그토록 잔인한 최후를 맞이했다.

동은의 두려움을 알아챈 은택이 살포시 웃어주었다. 많이 두려울 텐데도 그 미소엔 흔들림이 없었다. 눈물이 날 정도로 믿음직했다. 용기를 얻은 동은이 결심이 선 듯 눈을 감았다가 떴다. 그녀의 입술이 무겁게 벌어졌다.

"은택아."

"응. 말해."

고요한 와중에 두 사람의 목소리가 담담하게 오갔다.

"12년 전 그날…… 기억해?"

"응. 그날은, 한순간도 잊어본 적 없어."

"그럼 그때 날 뒤쫓던 사람도…… 기억해?"

"응. 기억해."

"백합……."

거기까지 말한 동은이 애꿎게 입술만 달싹였다. 이 질문을 해버리면 기어이 은택은 백합의 표적이 되고야 만다. 하지만 마주친 은택의 눈빛이 용기를 내라고 동은을 응원하고 있었다. 동은이 아랫입술을 꾹 깨물곤 숨을 길게 뱉어냈다. 그리고 드디어 물었다.

"백합이…… 누구야?"

"안지상……."

은택 역시 드디어 진실을 대답했다.

"얼마 전에 새로 뽑은 주방장이야. 아마도 일부러 나한테 접근한 것 같아."

동은이 아찔함을 이기지 못하고 테이블 모서리를 꾹 움켜쥐었다. 잔인하게도 예상대로였다. 백합은 은택의 가까이에 있었다. 그것도 같은 일터에.

동은이 서서히 어둠에 잠겨가는 가게 안을 천천히 둘러보았다. 어딜 보아도 전부 은택이 소중하게 가꿔온 공간이었다. 이곳에까지 침입한 백합을 동은은 도저히 용서할 수가 없었다. 동은이 이를 악물며 다급하게 일어섰다.

"은택아, 나는 지금 경찰서로 가야겠어. 가서 정황을 더 모아볼 테니까, 너는 일단 집에 가 있어."

"잠깐만!"

은택이 어느새 문을 열고 나가려는 동은을 재빨리 붙잡아 세웠다. 그리고 주방으로 들어가더니 무언가를 가지고 나왔다. 언젠가 안지상이 뜨거운 뚝배기에 손을 다쳤을 때, 상처를 치료하는데 사용한 거즈였다.

"혹시 몰라서 버리지 않고 남겨둔 거야. 주방은 위생이 중요해서 매일 청소를 하니까 흔적이 별로 남아 있지 않을 것 같아서. 이거라도 보관해둬야겠다 싶었거든."

은택에게서 비닐봉지를 받아 든 동은이 안에 든 거즈를 날카롭게 살폈다. 상처를 치료했다고 하니 거즈에는 육안으로 확인되지 않는 안지상의 피부 상피세포가 남아 있을 터였다. 게다가 그게 아니더라도 DNA 추출이 가능할 만큼의 혈액 또한 묻어 있었다.

"도움이 될까?"

"당연하지! 이걸로 백합과 안지상의 DNA를 대조해보면 확실하게 답이 나올 거야. 잘했어! 정말 잘했어, 은택아."

동은이 은택의 몸을 꼭 끌어안았다. 언제나 그랬지만, 고마운 마음은 아무리 표현해도 모자랐다. 그러나 한시가 급했다. 동은이 아쉬움을 뒤로하고 다급하게 몸을 돌렸다. 가게를 나서기 직전 은택을 향해 환하게 웃음 지으며 말했다.

"기다려. 반드시 백합 붙잡고 돌아올 테니까!"

"응!"

은택은 힘차게 고개를 끄덕였다. 동은이 은택의 반응을 확인하곤 다시 뒤돌아 뛰어가다가 이내 또 발을 멈추고 소리쳤다.

"은택아!"

"왜 또!"

"백합 잡고 나면, 그때는 우리, 진짜로 결혼하자! 아, 프러포즈도 다시 제대로 할 테니까!"

그러자 갑자기 은택이 불만스러운 표정을 지었다. 당황한 동은이 더듬거리며 되물었다.

"표정이 왜 그래?"

풀 죽은 동은의 모습이 귀여웠는지 한참을 감상하던 은택이 갑자기 숨을 몽땅 들이마셨다. 그리고 들이마신 숨만큼 큰 목소리로 소리쳤다.

"이번엔 내가 할 거야!"

갑작스러운 은택의 프러포즈 예고에 동은이 멍한 표정을 지었다. 급박한 상황에도 자꾸만 가슴이 벅차올랐다. 꾹꾹 눌러보기도 하고, 쿵쿵 때려보기도 하고, 갖은 방법으로 다독여보지만……. 마음은 계속 기분 좋은 바람이 부는 것처럼 자꾸만 살랑거렸다. 밤이 찾아와 해는 어느덧 저물고 있는데 마음에는 동이 트고 있는 것 같았다. 은택이 환하게 웃으며 동은을 배웅했다.

"그러니까 빨리 해결하고 여기로 돌아와!"

"응, 금방 올게!"

동은도 은택을 따라 크게 손을 흔들었다. 그리고 서둘러 경찰서로 향했다.


은택의 증언으로 백합 사건 수사는 활기를 띠었다. 밤이 새도록 강력 2팀 사무실의 불은 꺼질 줄을 몰랐다. 그리고 아침이 밝아오기 시작할 무렵, 드디어 끝이 보이기 시작했다. 백합을 잡을 수 있는 순간이 바로 코앞까지 다가와 있었다.

"동은 선배!"

지락이 사무실 문을 벌컥 열고 들어왔다. 동은이 기다렸다는 듯이 물었다.

"확인했어?"

"네! 문신가한테 안지상 사진 보여줬더니 맞대요. 동은 선배 문신 그려준 거 확실하다고!"

결국엔 인정태가 수감된 방에서 나온 그림을 토대로 추적해 문신가를 찾아냈다. 지락은 막 문신가에게서 안지상을 확인받고 돌아오는 길이었다. 그리고 때마침 국과수에서 DNA 대조 결과가 팩스로 도착했다. 해온이 잽싸게 팩스 용지를 뽑아 들었다.

"DNA 대조 결과도 일치! 분명해! 안지상 그 자식이 백합이야!"

해온이 이를 부득부득 갈며 소리쳤다. 어찌나 거칠게 팩스 용지를 뽑았는지 손에 든 종이가 그사이 너덜너덜해져 있었다. 그 모습을 모두 지켜본 중일이 자리에서 천천히 일어섰다.

"좋아! 지금 당장 은택관으로 가서 안지상을 체포한다!"

중일의 카리스마 넘치는 명령에 모두가 일사불란하게 움직였다. 이력서에 적힌 주소지에도 물론 인력을 보내겠지만 안지상이 있을 만한 가장 유력한 곳은 은택관이었다. 어젯밤 은택에게서 내일 아침 재료 담당이 안지상이라고 들었던 까닭이었다. 아직 은택의 목숨을 가져가지 못했으니 안지상은 위장을 계속 해야만 했고, 그러니 분명 그곳에 있을 것이었다.

여러 대의 경찰차가 까만 밤을 가로질러 은택관에 도착했다. 수많은 인력이 촘촘하게 가게 주변을 에워쌌다.

그러나 가게 안으로 뛰어든 동은을 기다리고 있는 건, 끔찍하고 잔인한 현장이었다. 피를 흘리는 누군가를 억지로 끌고 간 듯 콘크리트 바닥에는 선명하게 핏자국이 남아 있었다. 그리고 그 핏자국이 시작된 곳에 꽃병이 하나 산산조각 나 있었다.

이윽고 깨진 유리 조각 가운데 헌화처럼 놓인 꽃을 본 동은의 눈이 경악으로 물들었다. 시들지 않는 백합. 그건 바로 연쇄살인마 백합의 표식이었다. 백합이 한발 먼저 은택을 데려간 것이었다.


경찰이 은택관을 급습하기 6시간 전의 일이었다. 한 남자가 동은과 은택이 나누는 대화를 엿듣고 있었다. 마치 어둠과 한 몸인 듯 보이는 남자는 느른한 자세로 앉아 이어폰을 귀에 꽂고 있었다. 그는 마치 음악을 감상하듯 눈을 감고서 흘러나오는 소리에 귀를 기울였다.

−12년 전 그날…… 기억해?

−응. 그날은, 한순간도 잊어본 적 없어.

남자는 동은의 목소리가 흘러나올 때면 손가락을 감미로운 리듬을 타듯 움직였다. 그러나 은택의 목소리가 들릴 때면 화를 참는 것처럼 주먹을 세게 움켜쥐었다.

–그럼 그때 날 뒤쫓던 사람도…… 기억해?

그 순간 눈을 감고 있던 남자의 속눈썹이 파르르 진동했다.

–응, 기억해.

그리고 은택의 대답에 남자가 눈을 떴다. 어둠 속에서 남자의 눈동자가 맹수처럼 날카롭게 반짝였다. 남자의 손가락이 느릿느릿 허벅지 위를 두드렸다. 어긋난 박자로 남자의 허벅지가 간헐적으로 발작하듯 떨렸다. 남자가 거칠게 얼굴을 쓸어내렸다.

"이런, 이런. 눈치채지 못했다고 생각했는데……."

분명 얼마 전까지만 해도 은택의 기억은 불분명했었다. 그러나 일련의 상황들이 그를 자극해버린 모양이었다. 이를테면 가게에서 동창회가 있던 날 무심코 해버린 12년 전과 똑같은 말. 혹은 다 식은 줄 알고서 아직 뜨거운 뚝배기를 아무렇지 않게 맨손으로 집어 건넸던 순간 같은……. 답지 않게 실수를 하고 말았다. 순전히 방심에서 비롯된 실수였다.

그러나 이내 이어폰에서 흘러나오는 이야기에 남자의 입매는 다시 한껏 오만하게 비틀어졌다.

–은택아, 나는 지금 경찰서로 가야겠어. 가서 정황을 더 모아 볼 테니까, 너는 일단 집에 가 있어.

남자는 뻐근한 관자놀이를 엄지로 문지르며 비릿하게 웃었다. 이제 보니 오히려 저쪽이야말로 방심하고 있었다. 이런 상황에서 서은택, 그 녀석을 혼자 두다니 참으로 어리석다는 생각이 들었다.

-기다려. 반드시 백합 붙잡고 돌아올 테니까!

동은이 가게를 나서기 직전 외치는 소릴 들으며 남자는 급기야 실소를 터뜨렸다.

-백합 잡고 나면, 그땐 우리, 진짜로 결혼하자! 아, 프러포즈도 다시 제대로 할 테니까!

아아, 불쌍도 해라. 두 사람은 영영 결혼식 따위 올리지 못할 것이다. 오늘 밤이 지나면 모두 끝이었다.

나른하게 기지개를 켜며 일어선 남자가 지저분한 콘크리트 벽에 난 손바닥만 한 창을 올려다봤다. 먼지구덩이나 다름없는 창고 안의 상황 때문인지 밤하늘은 흐릿하게만 보였다. 한참을 감청색 밤하늘을 노려보던 남자가 아쉽다는 듯이 중얼거렸다.

"비가 오면 좋을 텐데 말이야."

그때처럼. 남자의 거친 손길에 이윽고 창고 문이 활짝 열렸다. 녹슨 쇠가 마찰하는 소름 끼치는 소리가 울려 퍼졌다. 시야에 꽉 들어찬 깨끗한 밤하늘이 마음에 들지 않는 모양인지 남자가 혀를 찼다. 어스름한 달빛을 받아 비뚤어진 입매를 한 남자의 모습이 그대로 드러났다.

남자는, 안지상이었다.


푹!

단번의 기습이었다. 칼이 순식간에 은택의 허벅지에 꽂혔다. 칼날 주위로 금세 피가 흥건해졌다. 은택이 외마디 비명을 지르며 한쪽 무릎을 꿇고 바닥에 주저앉았다. 그러나 완전히 쓰러지지 않으려고 한 손으로 바닥을 짚은 채 은택은 필사적으로 버텼다. 안지상이 어둠 속에서 눈을 희번덕거리며 은택에게로 다가왔다. 그리고 바닥을 짚은 은택의 손을 무자비하게 짓뭉갰다.

"서은택 사장님, 아니 12년 전…… 그때 그 꼬마라고 불러야 하나?"

고통으로 정신이 산산조각 나는 것만 같은데도 안지상의 목소리만은 또렷하게 들려왔다. 그의 갈라진 목소리가 고막을 긁어대는 것만 같았다. 은택이 인상을 쓰며 대꾸했다.

"12년 전이라니……? 절 보신 적이 있습니까? 전 지금 안 주방장님이 무슨 소리 하는지 하나도 모르겠……!"

"시치미 떼지 말지?"

안지상이 눈을 번뜩이며 은택을 주시했다. 그는 은택이 살기 위해서 거짓말을 하고 있는 거라고 생각했다.

"시치미가 아니라, 정말 왜 이러는지 이해가 안 가서……. 윽!"

은택이 계속 모른 척을 하자 안지상은 은택을 사정없이 밀치더니 가게 구석으로 가 언젠가 자신이 선물했던 백합을 손에 들고 다시 왔다. 그리고 그대로 꽃병을 바닥에 집어 던졌다. 와장창! 꽃병은 순식간에 부서져 잔해만 남았다.

"거짓말은 그만해. 네가 임동은 그 여자에게 날 백합이라고 지목하는 거, 이걸로 전부 들었으니까."

깨진 유리 조각과 함께 바닥을 나뒹구는 백합을 보며 은택이 바들바들 몸을 떨었다. 그러다 이내 자포자기한 사람처럼 힘없이 대답했다.

"기억…… 나."

그 대답에 안지상이 은택의 턱을 우악스럽게 잡아 올렸다. 제법 고통스러웠는지 은택은 눈조차 제대로 뜨지 못했다.

"12년이나 흘렀어. 네 기억을 어떻게 믿지?"

안지상의 물음에 은택의 시선이 천천히 아래를 향했다. 가물가물해진 시야 끝에 칼이 꽂혀 있는 허벅지가 보였다.

"이걸 보고 나니까…… 더 확실히 알 것 같아."

그날…… 동은을 처음 만났던 날. 그녀를 뒤쫓던 남자는 분명 다리에 칼을 꽂고 있었다. 동은이 도망치기 위해서 필사적으로 꽂았던 칼이었다. 빗줄기라고 착각이 들 만큼 하얗게 번뜩이던 칼날이 은택의 뇌리를 스치고 지나갔다.

"분명해. 내가 당신 다리를 가리켰을 때 당신이 그랬잖아."

'쉿. 아무에게도 말하지 말렴.'

"내 기억은 확실해. 안지상, 당신이 백합이야."

그 순간 안지상은 억지로 은택의 입을 다물리도록 움켜쥐며 거칠게 분노했다. 그 바람에 은택의 입술이 터지고 피가 흘러내렸다. 안지상이 은택의 머리채를 움켜잡아 그대로 자신의 얼굴을 코앞까지 들이밀었다.

"이미 알고 있겠지? 그 말을 한 대가가 무엇인지!"

안지상의 뜨거운 숨결이 살갗을 녹일 듯이 끈덕지게 들러붙었다. 그 소름 끼치는 감각에 고개를 돌리려는 은택을 안지상이 사납게 질질 끌었다. 가게 바닥에 은택의 핏자국이 어지럽게 남겨졌다. 이내 은택은 까무룩 정신을 잃었다.

잠시 후, 은택은 쾌쾌한 냄새가 나는 창고 바닥에 누워 눈을 떴다. 습한 바닥에서 뻗어 나오는 싸늘한 기운에 몸이 오들오들 떨렸다.

천장에 낡은 전등이 점멸하듯 빛을 내고 있었다. 까마득한 시야 속 빛줄기가 나타났다 사라졌다를 반복했다. 마치 천국과 지옥을 오가는 기분이었다. 이대로는 다시 정신을 잃을 것만 같아 은택이 몸에 남아 있는 미약한 힘을 쥐어짜 손발을 움직였다. 그러자 겨우 정신이 돌아오는 것 같았다.

"이제야 깼군."

웅웅거리는 귓전으로 안지상의 목소리가 파고들었다. 그저 누워만 있는데도 귓속이 시끄러워서 현기증이 일었다.

비라도 내리는 걸까. 귓가에 시종일관 울려 퍼지는 소리의 정체를 가늠하던 은택이 한순간 입술을 피가 나도록 깨물었다. 빗소리가 아니었다. 동은의 울음소리였다. 안지상은 기껍게 동은의 울음소리를 감상하고 있었다. 점멸하는 불빛에 취한 듯한 안지상의 얼굴이 깜빡깜빡였다.

"난 말이야, 평생을 고통이 무엇일까 궁금해하며 살았어."

동은의 울음소리 사이로 음산한 안지상의 목소리가 비집고 나왔다. 그것은 완벽한 불협화음이었다. 괴로움에 귀가 터져버릴 것만 같았다. 그런데도 안지상은 말을 멈추지 않았다.

"고통을 느낄 수 없는 고통. 그게 얼마나 끔찍한지 알아? 그런데 말이야. 어느 날 갑자기 그 여자애가 내 눈앞에 나타난 거야. 세상 가장 행복한 미소를 지으면서."

그게 바로 동은이었다. 막 돋아난 초록빛 새순보다 더 싱그러웠던 소녀를 맞닥뜨렸을 때, 안지상이 느낀 감각은 희열이었다. 안지상은 동은이 바로 눈앞에 있는 듯 손을 뻗어 허공을 어루만졌다.

"그 미소가 짓뭉개지고 갈가리 찢겨지는 걸 상상했어. 그 웃음소리가 눈물에 얼룩진 신음 소리가 되는 것도 상상했지."

그리고 결국 안지상은 충동을 참지 못하고 상상을 실행에 옮겼다. 동은을 납치해 창고에 가두고 극도의 공포 속에 몰아넣었다. 차라리 죽고 싶은 기분이 들 만큼 하루하루를 지옥으로 만들어 주었다. 안지상은 어둠에 파묻혀 동은이 공포에 떨며 내는 소리를 감상했다. 그녀의 울음소리를 듣고 있으면 온몸에 소름이 돋았다.

"임동은 그 여자는 내 뮤즈야. 그 여자의 울음소리는 내게 영감을 주거든."

빗속에서 그녀가 달아나고, 안지상은 그때의 느낌을 기억하기 위해 무려 여섯 건의 살인 사건을 더 저질렀다. 하지만 그녀의 울음소리만큼 심장을 뛰게 하는 소리는 더 이상 들을 수 없었다. 그 울음소리를 다시 듣기 위해 안지상은 자그마치 12년을 숨죽인 채 살았다. 미완성을 완성하기 위해서.

해가 지날수록 인내심이 바닥을 쳤지만, 기다릴 수밖에 없었다. 처음 그녀를 보았을 때처럼 동은이 세상 가장 행복한 미소를 짓는 순간이 필요했다. 그 미소가 무너지는 순간이 가져다주는 희열을 이미 알아버렸기 때문이었다.

그리고 오랜 기다림에 지쳐갈 즈음, 그녀가 드디어 다시 웃게되었다. 은택을 만나 사랑에 빠진 그녀는 12년 전보다 훨씬 아름다웠고 무척이나 행복해 보였다.

동은을 관찰하라고 심어놓은 강철희가 버릇없이 그녀를 칼로 찔렀을 때는 낭패라고 생각했지만, 그 덕분에 그녀가 다시 서은택이란 남자를 만나게 되었으니 이건 분명 기회였다. 진정한 고통이 무엇인지 알 수 있는 기회.

이번에야말로 동은은 세상이 무너지는 고통을 겪게 될 것이었다. 그녀는 이제 곧 사랑하는 남자를 잃게 될 테니까. 안지상이 피투성이가 된 채 바닥에 쓰러져 있는 은택을 물끄러미 바라봤다.

"나의 뮤즈가 이번엔 어떤 울음소리를 내줄지 기대가 되는군."

천상의 맛을 보듯 안지상이 자신의 손바닥에 입을 맞추며 거칠게 호흡했다. 여전히 전등은 금방이라도 터질 것처럼 깜빡이고 있었다. 그 순간, 찰나의 희미한 불빛에 안지상의 손바닥에 새겨진 문신이 드러났다.

문신을 본 은택이 뜨거운 숨을 삼켰다. 안지상이 방금 입을 맞춘 자리에는 소름 끼치게도 동은의 얼굴이 새겨져 있었다. 백합 줄기에 꽁꽁 옭아매진 그녀를 보는 순간 은택은 숨이 막혔다.

"으아아악!"

축 늘어져 있던 은택이 벌떡 일어나 믿을 수 없는 힘으로 안지상에게 달려들었다.

"너 이 자식! 더러운 짓 그만해! 내가 가만 안 둬!"

탁! 무방비였던 안지상은 그대로 은택과 함께 나뒹굴었다. 그 순간 은택은 자신의 허벅지에 꽂혀 있던 칼을 뽑아 들어 그대로 안지상의 손바닥에 내리꽂았다. 그러나 칼날이 살을 꿰뚫고 지나가는 순간에도 안지상은 눈 한 번 깜빡이지 않았다. 은택의 밑에 깔린 채 안지상의 입매가 야비하게 비틀렸다.

"멍청하군. 그나마 칼이 꽂혀 있어서 출혈이 적었던 건데."

안지상이 먼지를 털어내듯 은택의 몸을 밀어내며 일어서더니 칼이 꽂혀 있는 자신의 손을 흐릿한 눈으로 내려다봤다. 은택은 최후의 일격을 가하고 온몸에 힘이 빠져 드러누워 있었다.

안지상이 칼이 꽂힌 손으로 은택을 거칠게 일으켜 바닥에 앉혔다. 그리고 은택의 손과 발을 밧줄로 묶어 단단히 결박했다. 매듭을 짓는 순간 칼에 찔린 자리에서 피가 콸콸 솟구쳤지만, 안지상은 전혀 개의치 않는 듯 보였다. 그는 오히려 제 상처보다 은택의 허벅지 상처를 흥미롭게 노려보고 있었다.

"이 상태라면 그냥 놔둬도 출혈과다로 금방 죽을 거야, 너."

안지상이 은택의 죽음을 알고서 오열하는 동은의 모습을 상상하며 비릿하게 웃었다. 그러나 은택은 흔들리지 않았다. 오히려 더욱 담담해진 목소리로 차갑게 대꾸했다.

"쓸데없는 걱정이야. 난 그 끔찍한 문신을 망가뜨린 것만으로 족해. 그리고 금방 경찰이 올 거야. 안지상, 당신은 이제 끝났어."

"끝? 지금 누가 끝을 말하는 거지? 여기서 끝을 보는 건 너야."

"정말 그럴까?"

"당연한 소릴! 헛된 희망은 버려. 경찰은 절대 여기 못 찾아. 12년 동안 못 찾은 곳을 무슨 수로 찾는다는 거야?"

안지상은 미치광이처럼 은택을 비웃었다. 그러자 은택이 그를 올려다보며 보란 듯이 씨익 웃었다. 자신만만한 은택의 미소에 안달이 난 안지상이 어둠 속에서 한 발 걸어 나왔다.

"······웃어?"

"웃음이 나니까."

안지상이 빠른 속도로 걸어가 바닥에 묶여 있는 은택의 멱살을 사납게 잡아챘다. 은택은 그런 안지상을 도발하듯 입을 열었다.

"지금 내 주머니에 뭐가 들어 있는지 알아?"

"뭐?"

그 순간, 피멍울이 맺힌 은택의 입매가 짓는 조소에 안지상이 격렬하게 몸을 떨었다. 뭔가 이상했다. 이곳에 오기 전, 자신이 모든 걸 엿들었다는 말에 바들바들 떨던 모습은 온데간데없었다.

"당신이 백합이란 걸 알았는데, 꽃에 도청기를 심어놨을 거란 예상도 못했을까."

"뭐? 지금 대체 뭐라고 지껄이는 거야! 서은택!"

"하나만 알고 둘은 전혀 모르네, 당신."

은택의 도발에 수치심으로 안지상의 얼굴이 일그러졌다. 점멸하는 불빛 아래 드러난 안지상의 얼굴에서 조금 전과 같은 느긋함은 티끌만큼도 찾아볼 수 없었다.

"경찰은 반드시 와. 당신이 휴대폰은 부쉈을지 몰라도 이 위치추적 장치만큼은 멀쩡하거든."

그러자 안지상이 미친 듯이 은택의 주머니를 뒤졌다. 안에서 아주 작은 위치추적 장치가 나왔다. 안지상이 장치를 바닥에 힘껏 던지고 발로 우지끈 비벼 밟았다. 피가 거꾸로 솟구치는 기분이었다. 이곳에 끌려오기 전, 제 앞에서 쥐새끼처럼 떨던 은택의 모습은 전부 연기였던 것이다. 그 모든 게 숨겨진 덫이었다.

"끄아아악!"

뒤늦게 은택의 작전을 깨달은 안지상은 길길이 날뛰며 창고 안에 버려진 물건을 모조리 발로 걷어찼다. 쿵쾅쿵쾅! 물건이 벽에 부딪히는 소리가 좁은 창고 안에 천둥처럼 사납게 울려 퍼졌다.

바로 그때였다. 팟! 하는 소리와 함께 느닷없이 벽에 난 작은 창이며 낡은 창고 문틈으로 환한 빛이 쏟아져 들어왔다.

문으로 다가간 안지상이 아주 약간의 틈을 만들어 바깥을 내다봤다. 그곳에 익숙한 누군가의 모습이 보였다.

"백합! 이제 다 끝났어!"

창고 바깥에서 총구를 겨누고 있는 건, 다름 아닌 동은이었다.

## 17장

 이 모든 것의 시작은 은택이 백합의 정체를 폭로한 그 순간에서부터 비롯됐다.

 은택이 안지상에 관해 폭로하고, 무심코 가게의 구석진 곳에 놓인 뭔가를 발견한 동은의 눈동자가 격렬하게 흔들렸다. 조심스럽게 일어서서 그곳으로 다가간 동은이 사시나무 떨듯 하는 손길로 뭔가를 가리켰다.

 백합이었다. 유난히 줄기가 굵고 정교하게 만들어진 조화는 분명 눈에 익었다. 굳이 확인하지 않아도 알 수 있었다. 이건 도청장치였다.

 거기까지 생각했을 때 돌연 동은의 낯빛이 창백해졌다. 조금 전 은택은 백합의 정체에 대해서 동은에게 이야기했다. 결국 그모든 상황을 백합이 낱낱이 엿들었다는 뜻이었다.

당장 은택을 안전한 곳으로 데려가야 한다! 동은이 본능대로 움직였다. 빠른 걸음으로 은택에게 다가간 동은이 은택의 팔을 붙잡아 일으켰다. 그리고 그대로 가게를 빠져나가려고 했다.

하지만 은택이 그녀를 멈춰 세웠다. 이미 도청기의 존재를 알고 있다는 듯 은택은 도청기로는 감지할 수 없을 만큼 조그만 목소리로 동은에게 속삭였다.

"갑자기 아무 말도 없이 나가면 백합이 의심할 거야."

은택이 속삭인 말에 동은이 경악하며 마찬가지로 작게 물었다.

"알고 있었어? 다 알고서도 나한테 백합에 관해 말한 거야?"

"응, 일부러 말했어. 전부 들으라고."

"어째서! 대체 왜!"

"기회야, 동은아. 이제 끝내자."

끝내자. 그 한마디에 동은은 은택이 어떤 결심을 했는지 오롯이 느껴졌다. 은택은 지금 모든 걸 내걸었다. 사랑하는 여자를 지키기 위해서. 소중한 가족들을 지키기 위해서.

지금 동은이 경찰의 보호를 받는다면, 그땐 정말 백합이 가족들을 노리게 되었다. 은택은 무모하지만 선택할 수밖에 없었다. 자신이 미끼가 되어 백합을 잡기로.

그렇게 남자는 자신의 목숨을 걸고 여자의 악몽을 끝내기로 결심한 것이었다. 그 헌신적인 마음에 엉엉 울어버리고 싶었지만, 동은은 이를 악물고 참았다. 지금 상황에선 누구보다 냉정해져야만 했다. 욱신거리는 심장을 꾹꾹 눌러가며, 동은은 차근차근 상황을 판단했다.

은택에게 솔직해지기로 결심하면서 동은은 백합에 관해 전부 알려줬다. 지금까지 백합이 벌인 수많은 범죄들, 백합이 피해자에게 다가가는 수법, 살해 방법까지 전부. 은택이 스스로를 지킬 수 있게 백합에 관한 모든 정보를 알려줬었다. 그러니 안지상이 백합이라고 의심한 시점에서, 은택은 도청기의 존재도 이미 알고 있었을 터였다. 동은이 괴로움에 입술을 세게 깨물었다. 동은이 은택의 가슴을 숨죽여 때렸다.

"어떻게 그런 생각을 해? 어떻게 나더러 널 미끼로 쓰라고 할 수가 있어?"

들리지도 않을 만큼 아주 작게 그저 미끼라는 단어를 말했을 뿐인데, 그 끔찍함에 온몸이 부들부들 떨려왔다. 그러자 은택이 그녀의 떨리는 몸을 부드럽게, 그러나 강인하게 끌어안았다.

"미안해. 하지만 나, 당신이랑 행복해지고 싶어. 더는 미루고 싶지 않아. 당장 내일 아침이 밝으면 임동은 곁에서 행복하게 눈 뜨고 싶어."

경찰이 자신을 보호하면 백합은 눈치를 채고 영영 달아나버릴 것이다. 그리고 언젠가 다시 동은과 그녀의 소중한 사람들을 위협해올 것이다. 은택은 더 이상 백합이 동은 곁에 어슬렁거리는 걸 참아줄 수가 없었다.

"다치지 않을게. 그러니까 이번 한 번만. 응? 내 뜻대로 해줘."

그러나 동은에겐 쉽게 결심할 수 없는 일이었다. 은택이 망설이는 동은의 귓등에 수줍게 입을 맞추며 다시 한 번 애원했다.

"우리, 내일부턴 행복해지자."

어째서일까. 귓가에 바짝 붙어야만 들을 수 있을 만큼 작은 목소리인데…….

"둘이서 함께."

그 작은 목소리가 심장을 거세게 움직였다. 동은은 결국 은택의 부탁을 들어줄 수밖에 없었다. 백합이 달아날까 두려운 것이 아니었다. 그녀도 그와 함께 행복해지고 싶기 때문이었다.

동은은 언제 어느 곳에서 백합에게 또다시 납치를 당할지 몰라 늘 가지고 다녔던 위치추적 장치를 은택의 주머니에 집어넣으며, 살면서 한 번도 믿어본 적 없는 신께 빌고 또 빌었다.

다치지 않겠다는 약속. 은택이 반드시 그 약속만큼은 지킬 수 있게 해달라고.


그러나 신은 가혹했다. 은택은 결국 부상을 입고 말았다. 동은은 은택의 핏자국 앞에서 주먹을 으스러지게 움켜쥐었다. 그런데 그때, 한쪽에서 은택의 휴대전화를 가지고 위치추적을 시도하던 수사관이 안타까운 목소리가 들려왔다.

"틀렸어요. 서은택 씨 휴대폰이 꺼져 있어서 더 이상의 위치 추적은 불가능합니다."

수사관의 말에 중일이 아득한 한숨을 내쉬었다. 핏자국 앞에서 주먹을 꼭 움켜쥔 동은의 모습을 보니 평소보다 더 마음이 조급해졌다. 지난번 은택이 다쳤을 때 동은이 얼마나 괴로워했던 가. 결국 이별밖에는 선택할 수 없었던 그 비참한 심정을 어찌 모를까. 그래서 중일은 동은이 처한 지금의 상황이 더 처절하게 다가왔다. 애써 떨어지지 않는 걸음을 내디뎌 동은에게 다가갔다. 하지만 어깨를 다독이는 것조차 쉽지가 않았다.

"동은아."

중일이 간신히 입을 열었을 때, 동은이 별안간 뭔가를 불쑥 내밀었다. 그녀의 휴대전화였다. 휴대전화 액정에는 지도가 떠 있었다. 지도 위에서 빨간색 점이 불빛처럼 깜빡거렸다. 그 빨간 점을 이를 악물고 주시하던 동은이 얕은 한숨을 내쉬며 입을 열었다.

"팀장님, 이곳으로 인력 전부 보내주세요. 해온이랑 막내는 먼저 그리로 보냈어요."

"뭐? 여기가 어딘데?"

"아마 백합이 은택이를 데려간 곳일 거예요."

동은의 말에 화들짝 놀란 중일이 다시 한 번 액정을 자세히 들여다봤다. 그래, 이건 위치추적 장치가 분명했다.

"이게 대체 어떻게 된 일이야?"

중일이 제대로 설명하라는 눈빛을 지어 보였다. 그러자 동은이 휴대전화를 추적팀에게 넘기고 갑자기 고개를 푹 숙였다.

"죄송합니다, 팀장님. 절대 새어 나가면 안 되는 일이라 협조를 부탁드릴 수가 없었어요. 견우 선배…… 일도 있고 해서."

동은이 견우의 이름을 언급하며 입술을 꾹 깨물었다. 견우를 떠올리기만 해도 이렇듯 심장이 꾹 쥐어짜는 것처럼 아파왔다. 견우는 친오빠처럼 동은을 아껴주던 존재였다. 그런 사람을 백합은 마치 꼭두각시 인형처럼 조종했다.

그만큼 백합은 사람을 다루는 데 능수능란한 자였다. 치밀한 자이니 아마도 견우가 덜미를 잡힌 시점에서 경찰 내부에 또 다른 조력자를 심어놓았을 가능성이 높았다. 강철희가 죽고 대신 홍미란을 그 자리에 심어놓은 것처럼. 그래서 정식으로 상황을 보고할 수가 없었다.

중일은 그 마음이 충분히 헤아려졌다. 자신뿐만 아니라 동료들에게까지 사실을 숨겨야 했던 동은의 심정이야말로 가장 괴로웠으리라 짐작이 됐다. 중일이 나지막한 한숨과 함께 동은의 어깨를 가볍게 툭 치고는 서둘러 차 문을 열었다.

"일단 타. 너랑 은택 군이 무슨 작전을 세운 건지는 가면서 듣자. 시간이 촉박하다."

"네! 팀장님!"

"그리고 얼굴 좀 펴, 인마! 네가 죄지었냐?"

중일의 거친 위로에 동은이 미안한 표정을 얼굴에서 지우고 잽싸게 차에 올라탔다. 어느새 하늘은 주홍빛으로 물들어 있었다.

완연한 아침이 밝으면, 그땐 제 곁에서 은택이 고단한 밤을 끝내고 쉴 수 있기를. 은택에게로 향하는 길 위에 주홍빛 여명의 조각들이 내려앉고 있었다.


동은이 현장에 도착했을 때 상황은 심각했다. 먼저 현장에 도착해 있던 해온과 지락의 설명대로라면 은택에겐 시간이 없었다.

중일의 지시로 은택이 감금된 창고 주위로 경찰 인력이 배치됐다. 총을 들고 기동복을 입은 인원이 진입할지 대기할지를 두고 지시를 기다렸다. 그사이 동은은 창고 주위에 탐조등을 설치했다. 백합은 늘 어둠 속에 있었다. 백합에게 빈틈을 만들기 위해선 우선 그 어둠부터 없애야 했다.

모든 준비가 끝나고 소형 카메라를 이용해 창고 안의 상황을 살폈다. 은택은 피를 흘리며 창고 바닥에 결박되어 있었다. 약속은 지키지도 못했으면서 자신만만하게 웃는 얼굴이 야속해 동은이 주먹을 꾹 움켜쥐었다. 게다가 은택이 작전을 말한 것인지, 백합은 미치광이처럼 온갖 물건을 발로 걷어차며 마구 날뛰고 있었다.

그대로 두면 은택이 위험해질 수도 있는 상황. 동은이 곧바로 손을 높이 들어 올렸다. 그러자 주변에 설치된 탐조등이 팟! 소리를 내며 일제히 켜졌다.

발악하던 백합이 거짓말처럼 움직임을 멈췄다. 그가 조심스럽게 문으로 다가와 아주 약간의 틈을 만들어 바깥을 살피는 게 보였다.

이윽고 동은과 안지상의 눈이 마주쳤다. 이토록 환한 빛 속에서 눈이 마주친 것은 처음이었다. 12년 전의 악몽과 맞서 싸우며 동은이 크게 소리쳤다.

"백합! 이제 다 끝났어!"

그러나 궁지에 몰렸어도 안지상은 쉽게 포기하지 않았다. 오히려 마지막이라고 여겼는지 더욱더 발악했다.

"임동은 네가 안으로 들어와! 그럼 서은택 이 자식은 살려주지!"

안지상의 요구에 동은은 망설이지 않았다. 곧바로 창고 문으로 다가갔다. 은택에게는 지금 치료가 필요했다. 최소한 지혈만이라도 해줘야 했다. 그 역할을 할 수 있는 사람이라면 저밖에 없었다. 물론 뒤에서 팀원들이 든든히 지원해줄 거란 믿음도 있었다.

"지금 들어간다!"

동은이 문 앞에서 크게 소리쳤다. 그러자 안지상이 바깥의 동태를 살피며 조심스럽게 문을 열어줬다.

"어서 와. 이곳에서 12년 동안 너만 기다렸어, 임동은."

안지상의 말에 소름이 돋았지만, 동은은 꾹 참고 안으로 발을 들였다. 창고 안은 12년 전 그날을 연상케 했다. 역겨운 냄새가 진동했다. 군데군데 콘크리트가 뜯어져 나간 바닥에선 습하고 싸늘한 기운이 올라왔다. 그런 곳에 은택이 금방이라도 쓰러질 듯 피를 흘리며 앉아 있었다. 자신도 모르게 튕기듯 앞으로 몸을 움직인 동은을 안지상이 가로막았다. 동은이 이를 악물며 부탁했다.

"지혈만이라도 할 수 있게 해줘."

안지상은 그런 동은을 비웃듯 손바닥을 내밀었다.

"총 가지고 있지? 그것부터 내놔."

"안 가지고 있어. 정말이야."

"미안하지만, 아까 옷 안쪽에 몰래 집어넣는 거 봤거든?"

그 순간, 방어할 틈도 없이 안지상이 동은의 허리춤으로 손을 불쑥 집어넣었다. 차갑고 역겨운 감각이 삽시간에 뱀처럼 몸을 휘감았다.

"이런, 이런. 거짓말은 안 통한다고."

동은에게서 총을 빼앗은 안지상이 만족스러운 얼굴로 비켜섰다.

"이제 가서 잘 치료해줘. 그래봤자 살 수 있을지 모르겠지만."

안지상은 동은의 눈앞에서 은택의 숨이 끊어지는 걸 상상하며 몸을 떨었다. 동은이 분노를 꾹 참으며 은택에게 천천히 다가갔다. 은택과 같은 눈높이로 주저앉은 그녀가 입술을 꾹 깨물었다. 성한 곳 하나 없는 은택의 모습을 보니 숨도 제대로 쉴 수가 없었다.

"안 다치겠다고 약속했으면서……."

"미안."

은택이 배시시 웃으며 사과했다. 그 바람에 터진 입술이 당기며 또 피가 흘러나왔다. 동은이 은택에게서 넥타이를 풀어내며 피가 배어 나오는 입꼬리를 다정하게 어루만졌다.

"좀 아플지도 몰라."

"괜찮아. 죽지 않게만 해줘. 평생 당신 곁에서 살 수 있게."

지금이 어떤 상황인데 또 가슴이 두근거릴까. 동은이 냉정해지기 위해 은택의 허벅지에 넥타이를 단단히 힘주어 감았다.

"으윽!"

괜찮다고 했지만, 어김없이 은택의 입에서 신음이 새어 나왔다. 당황한 동은의 눈가에 막을 틈도 없이 눈물이 맺혔다. 은택이 묶인 손 대신 뺨을 비비며 그녀의 눈물을 훔쳤다.

그런 두 사람의 다정한 모습을 안지상이 희번덕거리는 눈으로 지켜보고 있었다. 저만의 뮤즈여야 할 여자가 제 눈앞에서 다른 남자와 다정하게 구는 모습을 도저히 참을 수가 없었다. 오직 저를 위해서만 울어줄 여자인데, 다른 남자가 그녀의 눈물을 닦아주는 걸 보니 오장육부가 다 뒤틀리는 것 같았다. 결국 안지상은 폭발했다.

"지혈 끝났으면 당장 떨어져!"

그러나 동은은 안지상의 말을 듣지 않았다. 비록 등지고 있었지만, 동은은 안지상의 행동 하나하나를 소리와 기척으로 모두 감지했다. 그래서 안지상이 저와 은택이 닿을 때마다 점점 더 분노하고 있다는 것을 파악했다. 동은은 계속해서 일부러 안지상을 도발했다.

"싫어. 난 은택이 곁에서 절대로 떨어지지 않을 거야."

"당장 떨어지라고 했잖아! 임동은 넌 내 뮤즈라고! 오직 나한테만 영감을 줄 수 있어야 해!"

"뮤즈?"

코웃음소리를 내며 동은이 안지상을 비웃었다.

"웃기지 마. 난 한 번도 네 뮤즈인 적이 없었어."

"입 닥쳐, 임동은!"

"잘 보라고. 다른 남자 품에 안기는 내 모습을."

"그 입 닥치라고!"

동은이 보란 듯이 천천히 은택에게로 몸을 기울였다. 그 모습을 본 안지상이 조금 전 동은에게서 빼앗은 총을 꺼냈다.

그사이 은택은 안지상이 묶어놓은 줄을 거의 다 풀어가고 있었다. 안지상이 손에 칼이 꽂힌 채 매듭을 지은 거라 완벽하지 않았기 때문에 가능한 일이었다. 그러는 동안에도 안지상은 동은의 도발에 점점 더 극렬하게 흥분하고 있었다.

"멈춰! 멈추지 않으면 너부터 죽여버릴 거야!"

"할 수 있으면 어디 해봐!"

"못 할 것 같아? 다른 남자 품에 안기는 널 보느니 차라리 죽이는 게 나아!"

"그러니까 어디 해보라고!"

바로 그 순간! 은택이 매듭을 완전히 푼 것을 확인한 동은이 은택을 확 끌어안았다. 그녀가 재빨리 은택의 귓가에 속삭였다.

"발목에 총이 있어. 틈을 노리는 거야."

일부러 총을 가지고 있지 않다고 거짓말한 건 바로 이 순간을 위한 노림수였다. 총을 한 자루 더 숨겼다고 생각하지 못하게끔 연막을 친 것이었다. 이건 또 다른 숨겨진 덫이었다. 은택이 동은의 발목에서 총이 숨겨진 위치를 확인하는 사이 안지상의 흥분은 절정에 달해 있었다.

"으아아악! 죽어! 죽어버려, 임동은!"

안지상은 결국 두 사람에게 총구를 겨눴다. 동시에 은택이 동은의 발목에서 총을 빼어 들었다. 탕! 탕! 두 번의 총성이 연달아 울려 퍼졌다.

"끄아아악!"

괴로운 신음을 내지르며 백합이 바닥에 주저앉았다. 그러나 그건 육체적 아픔에서 비롯된 신음이 아니었다. 모든 게 끝났다는 쓰라린 절망감에서 오는 비명이었다.

동시에 총을 겨눴지만, 은택이 격발이 더 빨랐다. 매일같이 사격 연습을 해왔기 때문에 조준도 정확했다. 은택은 정확히 총을 들고 있는 안지상의 손을 쐈고, 그 바람에 안지상이 놓친 총이 바닥을 굴렀다. 안지상이 쏜 총알은 두 사람을 비켜가 창고 벽에 박혔다.

그 순간 총소리를 듣고 경찰이 진입해왔다. 연막탄이 터지면서 순식간에 사위를 분간할 수 없게 됐다.

"범인이 저기 있다! 빨리 체포해!"

"인질과 임동은 형사는?"

"무사합니다!"

소란스러운 와중에 안지상의 반항을 제압하고 체포하는 기척이 느껴졌다.

"아아악! 임동은! 넌 내 거야! 내 거란 말이야!"

악에 받친 안지상의 비명을 들으며 동은은 은택을 꼭 끌어안았다. 그런 동은을 은택이 더없이 소중하게 품어주었다. 따스하고 아늑한 품이었다. 어쩐지 긴 꿈을 꾼 것만 같은 기분이 들었다.

구급 침대에 실려 나오며 은택은 온전히 밝아진 하늘을 눈에 담았다. 비록 다치지 않겠다는 약속을 지키지 못해서 혼은 났지만, 그래도 그토록 염원하는 바람을 이뤘다.

상황이 모두 정리되고 난 후, 피를 많이 흘렸던 탓에 은택은 아주 잠깐 정신을 잃고 말았다. 눈을 뜨니 동은의 어깨에 기댄 채 잠들어 있었다.

'내일 아침이 밝으면 임동은 곁에서 행복하게 눈 뜨고 싶어.'

바람대로 정말 그녀의 곁에서 행복하게 눈을 뜬 것이었다.

'우리, 내일부턴 행복해지자. 둘이서 함께.'

이제 정말 행복해질 일만 남았다. 은택이 사건 정황을 기록하기 위해 감식 수사관과 대화 중인 동은을 바라보며 뿌듯하게 웃었다.

그러다 문득 저 끝에서 경찰차 안에 타고 있는 안지상과 눈이 마주쳤다. 은택의 시선 끝에 수갑이 채워진 안지상의 손이 있었다. 불현듯 동은의 얼굴을 본뜬 문신이 눈앞에 어른거렸다. 그곳에 소름 끼치게 입을 맞추던 안지상의 모습도 떠올랐다. 갑자기 심장이 들끓었다. 이대로는 이 분한 기운이 가시지 않을 것 같았다.

"잠시만요."

은택이 구급차에 자신을 태우려는 대원에게 잠시만 기다려 달라고 부탁하곤 동은을 큰 목소리로 불렀다.

"애인!"

차에 타고 있는 안지상의 귀에도 똑똑히 들릴 만큼 큰 목소리였다. 조금은 부끄러운 호칭에 동은이 쏜살같이 은택에게 달려왔다.

"왜? 무슨 일이야? 어디 아⋯⋯!"

그 순간 은택이 기습적으로 동은을 끌어당겼다. 그리고 그녀에게 거침없이 키스했다. 그러자 안지상이 창문을 때리며 격렬하게 반응했다. 그 모습을 본 은택이 벗어나려고 바동거리는 동은의 몸을 더욱 단단히 끌어안았다. 그리고 그 어느 때보다 그녀를 더욱 집요하게 탐했다. 지독한 갈증이 일어난 것처럼 거침이 없었다.

은택이 똑바로 안지상과 눈을 마주했다. 네 뮤즈가 아니라 내 여자야. 눈물도, 미소도, 이 입술도 다 내 거라고! 경고한 은택이 머지않아 키스에 온전히 빠져들었다.

그가 동은의 허리를 부드럽게 제 쪽으로 끌어당기며 아쉬운 입맞춤을 계속 이어 나갔다. 푸석하게 껍질이 일어난 입술이 간밤의 고단함을 알려주듯 거칠었다. 마음이 따끔따끔 아파왔다.

그러고 보니 7년 만에 다시 만났을 때도 동은의 입술은 이랬다. 칼에 찔리고, 수술이 끝난 뒤 병실에 누워 물 한 모금도 마시지 못해 하얗게 부르텄던 입술. 그 모습이, 그 감촉이 마치 어제 본 듯 눈앞에 그려졌다.

그때의 마음까지 담아 은택은 살살 어루만지듯 동은의 입술을 핥았다. 껍질이 벗겨진 자리에 따뜻한 혀가 닿자 동은이 어깨를 흠칫 떨었다. 그러나 쓰라린 감촉은 곧 간질간질한 감촉으로 바뀌어 경직되어 있던 동은을 사르르 녹였다. 무언가 뜨겁게 파고드는 느낌에 동은은 저도 모르게 은택의 단단한 품에 매달렸다.

이어지는 입맞춤은 숨이 막힐 정도로 강렬했다. 당장 그를 밀어내야 한다고 생각했지만, 반대로 절대 떨어지고 싶지 않은 이율배반적인 기분이 들기도 했다.

그의 품에 매달리면 매달릴수록 점점 더 정신이 혼미해져 갔다. 이러다 은택이 아니라 자신이 구급차에 실려 갈지도 모르겠다는 생각이 들 즈음. 구급차? 동은이 번쩍 정신을 차렸다. 하마터면 은택이 다친 것도 잊을 뻔했다.

때마침 훼방꾼이 나타났다. 휘이익! 휘파람을 불어대며 야유를 퍼붓는 관객처럼 해온과 지락이 어슬렁어슬렁 다가왔다.

"아, 거참. 공공장소에서 음란 행위는 범죄라니까 그러네."

"내 말이요! 애인 없는 사람 어디 서러워서 살겠나. 임동은 선배님, 지금 엄연히 근무 중이거든요?"

건수 하나를 물었다는 듯 두 사람이 눈을 빛냈다. 그 짓궂은 반짝임을 알아챈 동은이 부리나케 은택의 무릎 위에서 내려왔다. 그리고 동시에 그녀의 얼굴이 사색이 되었다.

"아, 은택이 너 다리!"

그러자 은택이 혀를 쏙 내밀며 손가락으로 멀쩡한 왼쪽 다리를 가리켰다. 동은이 깔고 앉은 다리는 보다시피 튼튼하다는 뜻이었다.

다행이다. 동은이 소리 없이 안도의 한숨을 내쉬었다. 그러나 동은은 여전히 못내 걱정이 가시지 않는 얼굴을 하고 있었다. 동은의 불안한 마음을 알아챘는지 은택이 손을 내저었다.

"괜찮아. 수술할 필요도 없고, 꿰매기만 하면 된대. 수액만 조금 맞으면 곧바로 귀가해도 될 거라던데?"

피를 많이 흘리긴 했어도 다행히 안지상이 찌른 칼은 급소나 중요한 혈관을 건드리지는 않았다고 했다. 심각한 부상이 아니라는 말에 안도하는 것도 잠시, 동은이 매섭게 은택을 노려봤다.

"은택이 너, 얼렁뚱땅 넘어갈 생각 하지 마. 약속 못 지킨 건 매한가지니까."

"알았어, 알았어. 내가 다 잘못했어."

은택이 두 손을 싹싹 비볐다. 그러곤 야릇한 눈웃음을 지으며 동은의 손을 불쑥 잡아당겼다.

"엇! 야, 뭐, 뭐 하는 거야?"

아직도 도끼눈을 하고서 지켜보고 있는 해온과 지락을 의식한 동은이 바둥거렸다. 은택이 그런 그녀의 손을 단단히 틀어쥐고는 은밀하게 속삭였다.

"내가 잘못했으니까 벌은 달게 받을게."

"당연하지! 그럼 그냥 넘어갈 줄 알았……!"

"오늘 밤에."

"뭐?"

거짓말처럼 동은의 몸이 굳었다. 오늘 밤 달게 벌을 받겠다니. 뭐, 뭔데? 어디서?

"나, 그동안 많이 참았다. 안 그래?"

안 그래! 당황한 동은의 얼굴이 새빨개졌다. 은택이 어느새 맨질맨질해진 동은의 입술을 쓰다듬으며 음흉하게 웃었다.

동은이 놀란 토끼 눈을 하고서 안절부절못했다. 부풀어 오른 입술은 손가락이 닿기만 해도 자극에 움찔거렸다. 기겁하며 뒤로 물러선 그녀가 여전히 뒤에 버티고 서 있는 해온과 지락을 의식하며 소리 없는 아우성을 내질렀다.

은택과 함께 병원으로 가고 싶었지만, 경찰서에 동은이 해야 할 일이 산더미처럼 쌓여 있었다. 검찰에 넘기기까지 처리할 일이 한두 가지가 아니었다.

안지상의 신문(訊問)은 중일이 맡았다. 범죄와 직접적으로 관련 있는 동은이나 해온보다는 노련한 중일이 적임이었다. 게다가 동은에게 비틀린 애정을 갖고 있는 안지상 앞에 굳이 나타날 이유가 없었다.

동은과 해온은 조서 작성을 담당했다. 그러나 안지상이 희대의 연쇄살인마였기 때문에 조서 작성만 해도 작업량이 어마어마했다.

자그마치 12년을 끌어온 사건이었다. 그만큼 국민과 언론의 관심도 치열했다. 주시하는 눈이 많은 만큼, 안지상은 곧바로 입건되어 구속수사를 받게 될 것이다.

증거가 워낙 명명백백해 무기징역 선고를 받으리란 건 확실시되는 상황이었다. 게다가 증거는 DNA뿐만이 아니었다. 안지상을 검거한 현장에서 12년 전 있었던 여섯 건의 여고생 납치 살인에 관한 증거가 모두 나왔다. 끔찍하게도 어린 소녀들의 마지막 목소리가 담긴 녹음기는 마치 전리품처럼 전시되어 있었다. 언젠가 은택에게 전달되었던 동은의 목소리가 담긴 녹음기를 포함하면 모두 일곱, 그 외에 자신의 정체를 숨기기 위해 저지른 사건도 여럿이었다.

그중에는 해온의 여동생, 해수의 마지막 목소리도 포함되어 있었다. 지락이 해수의 목소리가 담긴 녹음기를 증거물 상자에서 빼내며 곤란한 듯 입을 열었다.

"이거, 전해주는 게 좋을까요?"

한숨이 밴 무거운 목소리에 동은이 선뜻 손을 내밀었다.

"듣고 싶을 거야."

"정말 그럴까요?"

"응. 그래야 끝이 나거든."

동은 역시 그랬다. 살기 위해서 잔인한 기억들은 지워야만 했다. 하지만 그날의 기억을 오롯이 떠올리고 나서야 앞으로 나아갈수 있었다. 그렇게 제 곁에서 떠나려는 은택을 붙잡았고, 그와 함께할 미래를 꿈꾸게 되었다. 동은이 지락에게서 건네받은 녹음기를 물끄러미 바라봤다.

"끝……."

끝은 또 다른 의미에선 시작이기도 했다. 해온의 멈춘 시계도 아픈 과거를 품어야만 다시 움직일 테고, 그때야 비로소 과거는 과거로 남겨지게 될 것이다.

"해온이도 이제 자기 삶을 살아야지."

"음, 선배 말이 맞아요. 그럼 그건 선배가 대신 전해주세요."

지락이 고개를 끄덕이며 상자 안을 들여다봤다. 끝이 필요한 사람들에게 가져다줄 녹음기가 아직 다섯 개나 더 있었다.

"이것들은 팀장님이랑 제가 전할게요."

"그래. 해온이는?"

동은이 주위를 두리번거리자 지락이 어깨를 으쓱하며 대답했다.

"오늘 물리치료 받는 날이잖아요."

"맞다."

지난번 수연을 지키다 입은 부상의 후유증이 꽤 오래가고 있었다. 동은의 얼굴이 단번에 어두워졌다. 백합을 잡으면 속이 시원할 줄만 알았건만 그것도 아니었다. 백합이 몸과 마음에 남긴 후유증이 여전히 곳곳에 도사리고 있었다.

지락이 그늘진 동은의 얼굴을 살피다 끙 소리를 내며 상자를 집어 들었다. 고작 작은 녹음기 다섯 개가 들어 있는 상자가 그렇게 무거울 수가 없었다.

누군가의 마지막의 무게는 그런 것이었다. 사건은 끝났어도, 상처가 아물려면 오랜 시간이 필요했다.

그 상처를 누구보다 가장 가까이에서 지켜봐 왔기에 경찰서에 있는 모두가 같은 생각을 간절히 하고 있었다. 다시는 이런 가슴 아픈 범죄가 일어나지 않길…….

동은은 무거운 발걸음으로 집에 도착했다. 병원에 갔더니 은택은 벌써 집으로 돌아갔다고 했다. 수술도 입원도 필요 없다는 얘기는 들었지만, 막상 얼굴을 보지 못하니 마음이 허전했다. 동은은 힘겹게 비밀번호를 누르고 현관문을 열었다.

아무도 없는 깜깜한 집이 이토록 싫었던 적이 또 있었을까. 고장 난 센서등마저 괜스레 원망스러운 밤이었다. 동은이 현장에 나가느라 끈을 단단히 묶은 운동화를 벗으려 허리를 숙이는데 별안간 무언가가 허리춤으로 불쑥 들어왔다.

"으앗!"

놀란 동은의 입에서 비명이 절로 터져 나왔다. 그러나 곧 익숙한 온기가 찾아들었다. 그저 닿기만 해도 눈물이 날 것 같은 체온에 그리움까지 더해지니 절로 목소리가 떨려왔다.

"은택이 너, 어떻게 여기에……?"

"왜 이렇게 늦어? 대체 날 얼마나 더 참게 할 셈이야?"

인내심이 바닥났는지 성급한 투정이 불쑥 동은의 먹먹한 말끝을 잘랐다. 아무래도 오래 참았다는 말, 빈말이 아니었던 모양이다.

"나더러 마음 참지 말라고 할 땐 언제고? 벌은 당신도 받아야겠다."

"뭐?"

"각오하라고, 애인."

말이 끝나기 무섭게 갈급한 입술이 어둠 속에서 뜨거운 숨결과 함께 느껴졌다. 더듬더듬 자신의 입술을 찾아오는 성마른 입술에 동은은 망설임 없이 길을 내어줬다.

아아. 이렇게 좋은데. 마음껏 손잡고, 마음껏 껴안고, 마음껏 입 맞추는 이 순간순간이 이토록 좋아 죽겠는데. 사랑이…… 얼마나 좋은 건데.

동은이 은택의 몸을 빈틈없이 끌어안았다. 화답하듯 은택이 동은의 가녀린 몸을 번쩍 들어 올렸다. 그러나 동은의 발은 채 바닥에서 떨어지지 못하고 다시 내려와야 했다.

"윽!"

봉합한 부위에 압력이 가해진 모양인지 은택이 작게 신음을 터뜨렸다. 놀란 동은이 신발을 신은 채로 허겁지겁 집 안으로 들어가 불을 켰다. 상처는 트레이닝 바지 속에 감쪽같이 감춰져 있었지만, 동은의 눈은 그 이면을 보듯 날카로웠다. 결국 세모꼴 눈을 한 그녀가 가혹한 선택을 내렸다.

"안 되겠다. 괜히 무리하지 말고 며칠 더 참아."

"뭐?"

제 결단에 기겁한 은택을 동은이 팔짱을 끼고서 바라봤다.

"벌, 달게 받겠다고 하지 않았어?"

"그래서?"

"이런 게 진짜 벌이지. 잔말 말고 받아."

"잠깐만, 애인! 이건 말도 안 되지! 애인? 애인!"

가차 없이 돌아서는 동은의 뒷모습에 은택이 조금 전 상처가 벌어졌을 때보다 더 처절한 비명을 질렀다.


그날 밤. 고단한 몸은 어쩔 수 없는 모양이었다. 두 사람 모두 금세 까무룩 잠이 들었다. 서로를 끌어안고서 모처럼 다디단 잠을 잤다. 밤은 별똥별처럼 순식간에 흘러가버렸다.

깊은 잠에 들었던 동은을 깨운 건, 짭조름하면서도 달큰한 냄새였다. 동은은 이 냄새를 알고 있었다. 은택이 밑국물을 우릴 때 풍기는 냄새였다. 동은이 곧장 눈을 비비며 침대에서 일어섰다. 부엌으로 가니 요리에 정신없는 은택의 뒷모습이 보였다.

한참을 물끄러미 그 모습을 바라보던 동은이 조심스럽게 걸음을 옮겼다. 그러곤 다가가 말없이 그의 등을 끌어안았다.

"애인?"

아주 잠시 몸이 굳었던 은택이 동은의 손등에 한쪽 손을 포개며 다정하게 물었다.

"나 때문에 깼어?"

"맛있는 냄새가 나서."

"겨우 국물 우려냈을 뿐인데? 다 하려면 시간 걸리니까 더 자."

좀 더 눈을 붙이라는 은택의 말에 동은은 아무런 대답도 하지 않았다. 고개를 갸웃하며 뒤를 돌아보려는 은택을 동은이 더 세게 껴안으며 등에 얼굴을 파묻었다.

"그냥 계속 이러고 있으면 안 돼?"

"어?"

"좋아서."

부끄러운지 동은이 은택의 등에 묻은 얼굴을 마구 비볐다. 서로의 숨결이 가까이 느껴져서 심장까지 간지러웠다. 은택이 비집고 나오는 웃음을 애써 참으며 국물이 다 우러난 건더기를 채에 담아 골라냈다.

"나 못 참으면 어떡하려고."

그러자 곧장 옆구리에 동은의 주먹이 꽂혔다. 은택이 과장된 앓는 소리를 내며 건더기를 버리고 손가락으로 옆을 가리켰다.

"거기 된장 좀."

동은이 잽싸게 된장 뚜껑을 열어 앞으로 내밀었다. 은택을 끌어안은 상태에서 뚜껑을 여느라 어딘가 동작이 어색했지만, 두 사람 다 서로에게서 떨어질 생각은 없어 보였다. 은택이 된장을 채를 사용해서 다 푼 다음 칼과 도마를 꺼내 들며 말했다.

"자, 이제 내가 채소를 썰면 애인이 집어서 냄비에 넣는 거야."

"응."

찰떡같이 대답해놓고서도 동은이 키득키득 웃음을 삼켰다. 싱크대에서 칼과 도마 하나 꺼내는 데에도 찰싹 달라붙어 있는 탓에 두 사람 다 이리 기우뚱, 저리 기우뚱거렸다. 게다가 은택보다 키가 작은 동은은 앞이 보이지 않아 한 걸음 움직일 때도 더 애를 먹었다. 발을 맞춰 옆으로 몇 걸음 옮기는 일도 박자가 한번 어긋나면 금세 휘청거리곤 했다. 그때마다 은택에게 더 의지하며 간신히 몸을 움직였다.

요리는 그렇게 꽤나 불편하게 완성되어갔다. 나란히 서서 하면 편할 일을, 한시도 떨어져 있기 싫어 당연한 듯 불편을 감수하며 그렇게.

두 사람이 지켜온 사랑의 모습이 꼭 이러했다. 혼자였다면 차라리 덜 아팠을 시간들. 나로 인해 상처받는 네가 더 가슴 아파 눈물을 삼키고 뒤돌아섰던 순간들. 목숨까지 걸고 하는 사랑이 가여워서 수도 없이 무너졌던 마음들.

하지만 끝내 뒤돌아섰다면, 내민 손을 결국 뿌리쳤다면, 기어코 마음을 모른 척했다면…….

우리는 더 아팠겠지. 아직도 울고 있었겠지. 함께라서 견뎌야 했던 모진 순간들은 차라리 다 포기해버리고 싶을 만큼 혹독했지만…….

그래도 우리는 사랑을 했다. 그 끝이 얼마나 행복할지 확신은 할 수 없었지만, 그래도 우리는 사랑을 했다.

동은이 문득 벅차오르는 감동에 다시금 은택을 꼭 끌어안았다. 그 순간 마지막으로 국물 맛을 본 은택이 탁 소리가 나게 숟가락을 내려놓고는 외쳤다.

"다 됐다!"

"벌써 다 끓었어?"

"응. 완벽해."

"그럼 우리 이제 떨어져야 해?"

"어. 나 더 이상 못 참을 것 같으니까 셋 셀 동안 얼른……."

은택의 말에 동은이 재빨리 몸을 떼어냈다. 그 순간, 그녀가 주머니에서 뭔가를 꺼내 은택의 목에 걸어주었다. 은택이 손을 올려 만져보니 목걸이였다. 동은의 이니셜이 조각된 펜던트가 끝에 매달려 있었다.

"이건……."

은택은 굳이 확인하지 않아도 어떤 목걸인지 알 수 있었다. 동은이 열여덟 살 생일에 선물로 받은 목걸이였다.

"있지, 지난 12년 동안 나한테 이 목걸이는 아빠의 유품이었어."

동은이 신중하게 목걸이를 채우며 말을 이었다.

"하지만 네 덕분에 이제는 다시 행복한 생일 선물로 기억할 수 있게 됐어. 고마워, 은택아."

동은의 고백에 은택이 뒤돌아 더없이 사랑스러운 눈빛으로 그녀를 바라봤다. 고마운 마음은 은택도 마찬가지였다. 그녀는 아버지의 기일이었던 자신의 생일을 외롭지 않게 만들어준 사람이었다.

"그런데 이걸 왜 나한테 걸어줘? 생일 선물로 받은 건데, 당신이 해야지."

은택이 서둘러 목걸이를 풀려고 했다. 그러자 동은이 재빨리 은택의 손을 잡아 끌어 내렸다.

"이게 아마 내가 가지고 있는 물건 중 유일하게 추억이란 게 서려 있는 걸 거야. 너한테 선물로 줄게. 은택이 네가 가지고 있어 줘."

"정말? 당신한테 유일한 추억이라며?"

"괜찮아. 앞으로는 어떤 추억이든 너와 함께 만들어갈 테니까."

　동은이 펜던트를 반듯하게 은택의 빗장뼈 위에 내려놓으며 속삭였다. 그런데 은택의 반응이 영 시원찮았다. 한술 더 떠 그가 곧 울상을 지었다.

　"표정이 왜…… 그래?"

　동은이 걱정스러운 얼굴로 물었다. 은택이 곤란한 듯 마른세수를 하며 동은을 폭 끌어안았다. 은택이 동은의 어깨 위에 턱을 괴고는 푸념했다.

　"아아, 정말. 나를 약속을 두 번씩이나 어기게 만들 셈이야? 다치지 않겠다는 약속도 못 지켜, 청혼하겠다는 약속도 못 지켜."

　"어?"

　"애인이 방금 한 말, 꼭 청혼 같잖아."

　"그랬나?"

　은택의 푸념에 동은이 어색하게 웃었다. 그럴 의도는 아니었는데, 듣고 보니 정말 청혼 같았다.

　"앞으로 당신은 청혼 금지야. 얌전히 기다려. 이번엔 내 차례니까."

　"응."

　"하아. 말하고 나니까 부담돼 죽겠다."

　은택의 엄살에 동은이 얄미운 웃음을 삼키며 더 깊숙이 그의 품으로 파고들었다.

## 18장

시간은 쏜살같이 흘러갔다. 언론은 안지상의 체포 소식으로 연일 들끓었다. 일각에선 사형 제도의 부활을 언급할 만큼 안지상을 바라보는 시선은 예상대로 냉정했다.

한편에선 피해자이면서 동시에 형사로서 안지상을 체포한 동은을 보도에 이용하려는 시도가 끊이질 않았다.

하지만 동은은 철저하게 언론을 피했다. 그녀가 얼마나 고통스러운 삶을 살아왔건, 살아남은 자의 말이 유족들을 위로할 수는 없었다. 오히려 비수처럼 그들을 더 아프게 하리란 걸 잘 알기 때문에 동은은 도리어 침묵했다.

안지상의 사건은 이제 재판에서 판결만을 남겨두고 있었다. 증거는 넘쳐났고 사실상 판결은 이미 정해진 거나 다름없었다. 동은은 피해자로서도, 형사로서도 12년 전의 그 사건이 드디어 제 손을 떠났다고 생각했다. 하지만 그 연장선상에서 아직 해결되지 못한 일이 하나 있었다.

갑작스러운 연락을 받고 병원에 도착한 동은은 누군가의 침대 앞에 매달린 이름표를 보곤 고개를 떨궜다.

"이일영……."

일영은 침대에 죽은 것처럼 누워 있었다. 장시간에 걸쳐 뇌수술을 받았다고 했다. 그의 머리는 움직이지 못하도록 커다란 철심으로 단단히 고정되어 있었다. 얼굴은 피멍이 들고 퉁퉁 부어서 이름표가 아니면 일영인 줄도 몰라봤을 뻔했다.

"넌 진짜 끝까지……!"

동은이 침대 난간을 부여잡으며 이를 악물었다.

갑자기 차에 뛰어든 정황을 목격한 이가 있어 일영의 사고는 자살 쪽으로 가닥이 잡혔다. 그가 가지고 있던 수첩에서 동은에게 남기는 유서도 발견되었다.

〈선생님이 날 기억해줄 방법이 이것밖에는 남지 않았어요.〉

그래서 죽겠다고? 이런 유서나 남기고서? 동은은 입술을 비틀어 깨물었다. 차라리 일영이 멀리 도망가서 전부 잊고 새 삶을 살기를 바랐다. 그래서 더 이상 오지 않는 연락에 오히려 안도하고 있었건만…….

일영은 끝까지 은택에 대한 열등감에 사로잡혀 있었다. 마지막 동은에게 남기는 유서 이외에 수첩에 적힌 내용은 은택을 비난하고 조롱하는 말이 대부분이었다.

〈백합이 얼마나 무서운 존재인지 알면 서은택 너도 별수 없을 거야. 선생님 버리고 너 혼자 살겠다고 도망치기 급급할걸?〉

〈자, 다음 차례는 너야, 서은택. 네가 과연 선생님을 위해 목숨까지도 걸 수 있을까?〉

〈임동은 선생님, 서은택. 이젠 끝이야.〉

어쩌면 일영이 백합에 관해 파고들었던 건 저를 구하기 위해서가 아니라, 목격자였던 은택에게 공포를 심어주기 위해서일지도 모른다는 생각이 들었다. 공포에 휩싸여 끝내는 은택이 떠나게 만들 심산.

하지만 모든 건 일영의 계산대로 되지 않았다. 은택도, 동은도 백합에게 지지 않았다. 죽을 고비까지 넘겨가며 그렇게 서로의 곁에 굳건히 남아 있었다.

"그거 알아?"

동은이 침대 난간에서 허망하게 손을 떨어트리며 중얼거렸다.

"네 계산은 처음부터 틀렸어."

상대방이 상처받지 않기만을 바라는 사람이 제가 상처받는 것 따위를 두려워할까. 은택은 처음부터 그런 건 안중에도 없었다. 한없이 베풀고 주기만 했다. 그의 마음의 끝은 헤아릴 수 없을 만큼 아득했다.

누군가를 사랑하는 마음이란 건 그런 것이었다. 받기만을 바라다 보면 백을 받고도 또 백을 더 받기를 원해 결국 지쳐버리고 마는 것. 그러나 간절히 주기만을 바라다 보면 백을 주고도 또 백을 더 주고 싶어 지치지 않고 계속 사랑할 수 있는 것.

받는 데 욕심 없이, 한없이 주고 싶은 마음으로 사랑했는데 어떻게 지칠까. 어찌 끝이 찾아올 수 있었을까. 일영이 바라는 결말은 평생을 가도 이루어지지 않았을 터였다.

"오만일지도 모르지만 그런 생각을 했었어. 너에게도 진실한 기회가 찾아오기를."

진실한 마음을 나눌 수 있는 사람이 찾아오기를. 그러나 이제는 숨이 붙어 있는 것마저 기적이라고 했다. 천운으로 눈을 뜬다해도 평생을 침대에 누워서 지내야 한다고 했다.

"미안하다, 이일영."

사과받아야 할 사람은 일영이 아님에도 불구하고, 동은은 계산하지 않고 솔직하게 마음을 뱉어냈다. 끝내 네게 닿지 못한 마음. 그리고 너의 마지막 바람마저 결국엔 저버려서 미안하다고.

"나는 널 잊을 거야."

그녀가 천천히 등을 돌렸다.

"앞으론 행복해질 거니까."

그렇게 다시는 마주치지 않을 인연에 안녕을 고했다.


"동은 언니!"

병원을 빠져나오는데 정원을 산책 중이던 환자 하나가 알은척을 해왔다. 일영에 관한 생각들로 머릿속이 복잡했던 동은은 상대방을 자세히 살피지 못하다가 뒤늦게 눈을 휘둥그레 떴다. 제게 말을 걸어온 사람이 바로 수연인 까닭이었다.

게다가 더 놀라운 건 수연이 휠체어가 아닌 두 발로 서 있다는 사실이었다. 항상 침대에 누워 있는 모습, 아니면 휠체어를 타고 이동하는 모습만 봤었는데.

"수연아! 이제 걸을 수 있게 된 거야?"

동은이 반가움에 한달음에 수연에게로 다가갔다.

"네. 걷기 시작한 지는 꽤 됐는데, 산책을 나온 건 처음이에요."

걸을 수 있게 된 지 꽤 되었다는 말에 동은이 미안한 표정을 감추지 못했다. 요새 백합을 잡는 일에 몰두하다 보니 수연에게 소홀했었다. 혼자서 걸을 수 있게 됐는데 축하조차 해주지 못했다.

미안해하는 동은의 마음을 알아차린 수연이 나서서 대신 그녀의 사정을 변명했다. 그간 동은뿐만 아니라 강력 2팀 식구들 모두가 사건 때문에 많이 바빴다는 걸 수연도 모르지 않았다.

"저한테 미안해하실 거 없어요. 그동안 바쁘셨잖아요."

"그렇지만……."

"그리고 해온이 오빠가 자주 와서 챙겨주셨어요."

동은이 놀란 듯 눈을 동그랗게 떴다. 그녀의 반응에 이번엔 수연도 깜짝 놀라 손을 휘휘 저었다.

"그게, 일부러 저 만나러 온 건 아니고요. 물리치료 받으러 오면 겸사겸사 들르는 거라고 했어요."

수연은 동은이 해온과 제 사이를 이상하게 오해한다고 생각한 모양이었다. 그러나 동은이 놀란 건 전혀 다른 이유였다.

"수연아."

"네?"

"분명 얼마 전만 해도 너 해온이 아저씨라고 부르지 않았어?"

동은은 수연이 너무도 자연스럽게 해온을 오빠라고 불러서 놀란 것이었다. 동은의 질문에 수연은 갑자기 안절부절못했다. 조금 전까지만 해도 잘만 걷더니 갑자기 휘청거리기 시작했다. 동은이 얼른 다가가 부축해주자 수연이 다급하게 변명을 꺼내놓았다.

"해, 해온 아저씨가 오, 오빠라고 부르라고……. 안 그럼 앞으로 안 오겠다고 하셔서……. 생각해보니까 언니는 언니라고 부르는데, 해, 해온 오빠만 아저씨라고 부르는 것도 이상한 것 같아서요."

말 속에 오빠와 아저씨가 뒤죽박죽이었다. 수연은 답지 않게 횡설수설했다. 어디 그뿐일까. 지진이라도 일어난 것 같은 눈동자는 동은이 아닌 저 멀리 분수대를 바라보고 있었다. 눈도 제대로 못 마주치고 있다는 뜻이었다.

어라? 이거 설마? 아무리 눈치 없는 동은이라도 19살 소녀의 분홍빛 마음까지 모를 수는 없었다.

가만있어 보자. 수연이랑 해온이 녀석 나이가 그러니까……. 속으로 조심스럽게 두 사람의 나이 차이를 계산해보던 동은이 무섭게 눈을 부라렸다. 띠동갑에서 겨우 한 살 모자랐다. 도둑놈! 수연의 짝사랑일 가능성이 99.999프로인 것을 알면서도 동은이 속으로 일방적으로 해온을 욕했다.

도대체 언제부터였을까. 꽃 같은 소녀의 마음이 살랑살랑 흔들린 것은……. 사실 짐작하는 건 그다지 어렵지 않았다. 지난날, 온몸을 바쳐 수연을 구한 사람이 그였으니까.

7년 전, 첫사랑을 앓던 은택의 모습이 생각나서일까. 수줍게 분홍빛으로 물든 수연의 뺨을 바라보던 동은이 저도 모르게 따라 웃었다.

그래. 이토록 순수한 마음은, 아무런 대가도 바라지 않는 진심은, 그저 보고만 있어도 가슴이 설레었다. 그 따스함이, 그 행복함이 봉숭아물처럼 사르르 번지는 것 같다.

"응원할게."

"네?"

밑도 끝도 없는 동은의 말에 수연이 눈을 토끼처럼 뜨며 올려다봤다. 동은이 더는 아무 말도 하지 않고 푸스스 웃어버리자, 수연은 재활을 응원한다는 뜻으로 해석해버린 모양이었다.

동은의 부축도 마다하고 수연이 다시 씩씩하게 걷기 시작했다. 그렇게 한 열 걸음쯤 걸어갔을까. 별안간 수연이 뒤돌아서더니 뭔가를 망설였다.

"동은 언니."

"응?"

"언니한테 물어보고 싶은 게 있었는데요."

수연의 머뭇거리는 기색에 동은은 편하게 말해도 된다는 뜻에서 어깨를 으쓱해 보였다.

"그게……."

수연은 마치 큰 결심이라도 한 듯 심호흡까지 해가며 말문을 열었다. 또다시 수연의 양 볼이 발그레 달아오르고 있었다.


수연과 헤어져 경차서로 돌아온 동은은 계속 해온을 기다렸다. 오늘은 꼭 해온을 데리고 갈 곳이 있었다. 그리고 늦잠을 잔 해온이 까치집을 얹은 머리를 하고 나타났을 때, 다짜고짜 정복을 집어 던져주었다.

"이럴 줄 알았다, 내가."

느닷없이 정복으로 갈아입으라고 했을 때, 그때 알아봤어야 했다 해온이 피식, 씁쓸한 웃음을 잇새로 흘려보냈다.

동은이 그를 데리고 온 곳은 해수의 납골당이었다. 동은은 억지로 해온의 등을 떠밀어놓고 밖에서 기다리는 중이었다.

해온이 동은이 있는 바깥을 초조하게 바라보다가 해수의 사진 앞에서 모자를 벗고 머리카락을 아무렇게나 흐트러뜨렸다. 머리에서 뜨거운 열기가 느껴졌다. 정말이지 이렇게 더운 날 모자를 챙겨 쓰는 건 딱 질색이었다.

―오빠…….

하지만 조금 전 들었던 해수의 여린 목소리에 해온은 다시금 모자를 고쳐 썼다. 제복을 입은 제 모습을 꼭 보고 싶다던 해수의 소원이 떠올라서였다.

반질반질한 대리석에 비친 제 모습을 물끄러미 바라보던 해온의 시선이 천천히 아래로 내려갔다. 시선 끝에 낡은 녹음기가 위태롭게 놓여 있었다. 납골당 건물 안으로 들어오기 전, 동은이 건네준 녹음기였다. 조금 전 해온은 간신히 녹음기를 재생시켰다가 곧바로 꺼버리고 말았다.

―오빠…….

마치 꿈을 꾸듯 들려온 해수의 목소리. 쌍둥이로 태어나 오빠라는 호칭은 단 한 번도 써준 적이 없는 해수였다. 그런데도 그 익숙지 않은 오빠 소리에조차 가슴이 미어졌다. 12년, 그 시간 동안 매일같이 그리워하던 목소리였으니까. 그래서 차마 계속 들을 수가 없었다.

"해수야……."

해온이 손을 뻗어 유리 너머에 있는 해수의 사진을 어루만지듯 허공을 더듬으며 물었다.

"내가 이걸 들을 수 있을까."

너를 그렇게 만든 나를 원망하는 말이 담겨 있을지도 모르는데. 해온이 신음이 터져 나오려는 입술을 질끈 깨물었다.

해수가 납치된 그날. 그날 해온은 아버지와 싸우고 집을 박차고 나왔었다. 무조건 검사가 되라며 자식을 옭아매던 아버지. 그런 아버지에게 보란 듯이 법대가 아닌 경찰대에 원서를 넣은 걸 들킨 날이었다. 해수는 그런 해온을 찾으러 밤길을 헤매다가 그 끔찍한 일을 겪게 됐다.

그날 자신이 괜한 반항만 하지 않았더라면……. 아니, 적어도 해수에게 한마디라도 하고 집을 나갔더라면…….

그렇게 독과도 같은 후회를 거듭하며 살아온 12년의 세월. 아직도 마르지 않은 눈물이 또다시 울컥 눈가에 고여왔다. 그 순간, 해온의 귓가에 동은이 녹음기를 건네며 해준 이야기가 먹먹하게 맴돌았다.

'나는 그때 내 소중한 사람들이 제발 내 목소리를 들어주길 바랐어. 마지막이니까, 후회하고 싶지 않았거든. 그러니까 너도 해수 마지막 목소리, 들어줘.'

어쩌면 동은의 말대로 해수 역시 마지막 순간, 제 진심을 전달하고 싶었을 거라는 생각이 문득 들었다. 그렇다면 저의 나약함으로 인해 해수의 바람을 저버릴 수는 없었다.

해온이 용기를 내어 손을 뻗었다. 그리고 힘겹게 재생 버튼을 눌렀다. 다시금 귓가에 해수의 가녀린 목소리가 들려왔다.

─항상 오빠 소리 듣는 게 소원이라고 했었는데. 이렇게 마지막 순간에야 소원을 들어줘서 정말 미안해.

무슨 말이야. 미안하다는 말을 할 사람은 네가 아니라 나인데.

더는 버틸 수가 없는 해온이 바닥으로 힘없이 무너져 내렸다. 간신히 벽에 등을 기대고 그가 젖은 눈으로 해수의 사진을 올려다봤다. 귓가에 계속해서 울리는 그리운 목소리 때문인지 마치 곁에서 해수가 말을 거는 것만 같았다.

—있지, 내가 소원 들어줬으니까 오빠도 내 부탁 들어줘야 해.

입이 작아 말을 할 때면 유난히 토끼처럼 앙증맞던 모습이 눈에 선했다. 해온이 힘없이 축 늘어져 있던 무릎을 끌어모아 얼굴을 파묻었다. 꼴사납게 우는 모습 같은 거 보이고 싶지 않았다.

—오빠, 아빠랑 화해해. 그렇다고 아빠 뜻대로 살라는 이야긴 아니고. 오빠, 아빠한테 반항하려고 경찰대 지원한 거 아니잖아. 정말로 형사가 되고 싶은 거잖아. 그렇지?

치기 어린 마음에 늘 입버릇처럼 검사가 될 바에야 아버지가 그토록 싫어하는 경찰이 되겠다고 말했었다. 하지만 실은 형사가 되는 건 해온이 오래도록 꿈꿔온 일이었다.

간절한 꿈. 해수만이 그 간절함을 알아주고 응원해주었다.

—진심을 말하면 아빠도 알아주실 거야. 그리고 내가 누누이 말했지만, 오빠 제복 입은 모습 정말 멋질 것 같으니까.

해수의 목소리 끝이 가늘게 떨렸다. 그렇게 간신히 짓던 밝은 웃음이 천천히 사그라졌다.

—오빠 제복 입은 모습, 정말 보고 싶었는데…….

흐려진 목소리 끝에 작게 아쉽다고 웅얼거리는 소리가 들려왔다. 하지만 이내 언제 우울했냐는 듯 다시 밝은 목소리가 녹음기를 통해서 흘러나왔다.

—사랑해, 오빠. 내 오빠로 살아줘서, 고마워.

그것이 해수가 해온에게 남기는 마지막 말이었다. 그 이후로 부모님에게 남기는 말소리가 더 들려왔지만, 해온의 귓가에까지 닿지는 못했다. 목구멍까지 눈물이 들어차서 꼭 물에 빠진 느낌이었다. 간신히 참던 눈물이 결국엔 주르륵 흘러내렸다. 몸을 웅크리며 해온은 그렇게 한참을 울고 말았다.

한참 만에야 건물에서 나온 해온은 얼굴이 온통 젖어 있었다. 그를 안으로 들여보내고 내내 안절부절못했던 동은의 얼굴에 걱정이 가득 묻어났다.

"괜찮아?"

"응."

그러나 걱정과는 달리 해온은 홀가분한 투로 대답했다.

"소똥, 네 덕분에 해수 마지막 목소리, 들어주고 왔어."

동은은 이제야 비로소 안심이 되었다. 슬픔이나 아픔 같은 감정은 상대평가가 불가능한 감정들이었다. 동은이 오롯이 과거와 마주하고 난 뒤 슬픔과 아픔에서 벗어났다고 해서 해온도 그러리라고 장담할 수는 없었다. 어쩌면 해온에게 감당할 수 없는 순간을 멋대로 밀어붙인 건 아닐까, 그를 혼자 납골당 건물 안으로 들여보내고 나서야 뒤늦게 후회가 됐다. 하지만 아무래도 그녀의 선택은 틀리지 않았던 모양이다.

"고마워."

해온이 전해온 진심에 그런 확신이 들었다. 건물 안으로 들어서던 무거운 발걸음과는 상반되게 차에 올라타는 해온의 몸짓이 가벼웠다. 그런 해온의 모습에 전전긍긍하느라 긴장되어 있던 몸이 한순간에 축 늘어졌다. 동은이 기운이 쭉 빠진 목소리로 물었다.

"팀장님한테 말씀드렸더니 곧바로 퇴근해도 좋다고 하셨어. 집으로 데려다 줄까?"

그러자 해온이 고개를 살짝 저었다.

"아니, 병원에 좀 갈까 해."

"병원?"

"누구 좀 만날 사람이 있어서."

동은이 의아함에 고개를 갸웃했다.

"만날 사람? 그게 누군데?"

"뭘 그렇게 꼬치꼬치 물어? 있어, 그냥. 어쨌든 병원으로 가 줘."

동은이 시동을 걸다 말고 눈을 가늘게 뜬 채 해온을 바라봤다. 끝까지 누구인지 말해주지 않는 모습이 어쩐지 수상했다. 우물쭈물하는 말투도 그렇고, 좀처럼 절 쳐다보지 못하는 눈도 그랬다.

그 순간 동은의 기름해졌던 눈이 매끄럽게 휘었다. 해온의 허리춤에서 익숙한 인형을 발견한 까닭이었다. 언젠가 중일이 수연이 만들었다며 저와 은택에게 뜨개 인형을 전해준 적이 있었다.

해온의 허리춤에 걸린 인형은 분명 수연이 만들어준 게 틀림없었다. 하지만 얼핏 대충 보아도 해온에게 만들어준 쪽에 훨씬 더 많은 정성을 쏟았다는 게 느껴졌다.

"도둑놈."

"뭐?"

동은이 다시금 11살이라는 나이 차를 떠올리며 중얼거렸다. 영문을 모르는 해온이 눈을 부릅떴다.

"소통, 너 방금 그거 나한테 한 말이야? 도둑놈?"

"벨트 매. 출발한다!"

그러나 동은은 해온이 따져 묻지 못하게 불시에 차를 출발시켰다. 기왕 병원에 간 김에 엄마에게 들러야겠다는 생각을 하면서.

후우……. 벌써 스무 번도 넘게 심호흡을 했지만, 떨리는 가슴은 도무지 진정되지가 않았다. 처음 다녀간 후로 꼬박꼬박 어머니를 찾아와 간병을 했지만, 오늘은 유독 긴장이 되었다. 어머니에게 허락을 받을 일이 있기 때문이었다. 은택이 드디어 오랜 망설임 끝에 병실 문을 열고 안으로 들어갔다.

"어머, 은택 군?"

지난번에 다녀간 지 며칠 되지 않았는데, 연락도 없이 갑자기 찾아온 은택을 어머니가 놀란 눈으로 바라봤다.

"잘 지내셨어요? 어머님이 전에 날씨가 더워져서 기운 없다고 말씀하셨던 게 생각나서요."

은택이 눈에 띄게 긴장한 기색으로 직접 만들어 온 음식을 꺼내놓았다. 황기를 넣어 끓인 백숙에 맛깔스러워 보이는 김치. 그리고 갈증이 날 때마다 타 드시라고 꿀에 절인 황기를 유리병에 예쁘게 담아 왔다. 그런데 어쩐지 유리병을 내려놓는 손길이 달달달 떨고 있었다. 자칫 깨트리기라도 할까, 지켜보는 어머니의 얼굴에 걱정이 가득했다.

"왜 이렇게 떨고 그래요. 나한테 죄진 거라도 있는 사람처럼."

별 뜻 없는 말이었지만 은택은 심각했다. 산들산들 웃어주시는 어머니를 지켜보던 은택이 갑자기 화장실에 들어가 세숫대야에

물을 담아 왔다.

"은택 군?"

놀란 어머니가 은택을 만류했지만, 그는 고집스레 바닥에 한쪽 무릎을 굽히고 앉았다. 그러더니 갑자기 어머니의 바지를 무릎까지 걷어 올리고 제 쪽으로 가까이 끌어당기는 게 아닌가.

"제가 발 씻겨드릴게요."

은택은 더없이 조심스럽게 어머니의 발을 씻기기 시작했다. 그의 돌발 행동에 잠시 놀란 듯 보였던 어머니는 곧 그리운 표정을 지어 보였다. 문득 남편과의 다정한 추억이 떠올라서였다.

은택은 어머니가 짓는 아련한 표정의 의미를 어렴풋이 알고 있었다. 예전에 동은에게 들은 적이 있었다. 그녀의 아버지가 살아 계실 적, 고마운 마음을 표현할 때나 잘못한 일에 용서를 구할 때 이렇게 발을 씻겨주셨다고. 파르르 떨리는 손길로 서툴게 발을 씻는 은택을 잠자코 지켜보던 어머니가 나긋하게 입을 열었다.

"은택 군, 나한테 뭔가 할 말이 있는 거죠?"

긴장감에 아무 소리도 들리지 않는 모양인지 은택은 말없이 어머니의 발을 주무르고만 있었다. 어머니는 인자한 미소를 지으며 말을 이어갔다.

"동은이 아빠는 나한테 고마운 일이 있거나 잘못을 했을 때 이렇게 발을 씻겨줬었는데, 은택 군은 어느 쪽이에요?"

그제야 은택이 고개를 들어 올리고 어머니와 눈을 마주쳤다.

"고마운 쪽? 아니면 잘못한 쪽?"

망설이던 은택이 작게 대답했다.

"……둘 다예요."

"둘 다?"

"네."

은택의 대답에 고개를 갸웃거리던 어머니가 다시금 질문했다.

"은택 군, 나한테 고마운 이유, 물어봐도 돼요?"

"임동은이라는 예쁜 사람을 낳아주셨잖아요. 그래서 제가 그 사람을 만날 수 있었고, 좋아하게 되었으니까. 어떻게 보면 이토록 제가 행복한 것도 다 어머님 덕분인 거잖아요."

"그럼 나한테 뭘 잘못했는데요?"

"정확히 말하면 그 잘못, 이제부터 할 건데요."

"이제부터?"

그 순간 은택이 큰 결심을 한 듯 눈을 반짝이며 말했다.

"어머님의 소중한 딸, 제가 데려가도 될까요?"

동은에게 어떻게 청혼을 해야 할지 고민하다가 그녀의 어머니가 떠올랐다. 내내 이 말을 해도 될까 망설였었다. 어머니를 생각하면 당장 동은과 결혼식을 올리는 게 옳은 건지 알 수가 없어서였다.

12년의 세월 동안 그리운 마음은 깊숙이 넣어둔 채 서로 멀리 떨어져 지낸 모녀였다. 이제야 간신히 마음이 닿은 두 사람. 어쩌면 둘만의 시간이 필요할지도 모르는데, 그 사이를 괜히 제가 비집고 들어가는 것은 아닌지.

그럼에도 불구하고 매일 밤 같이 잠들고 싶은 마음, 매일 아침 함께 눈뜨고 싶은 마음, 그 사람의 모든 순간을 함께하고 싶은 마음이 도무지 참아지질 않았다.

"동은이와 함께 살고 싶습니다. 그 사람, 앞으로 평생 제 곁에 두고 싶어요."

진심으로 미안해하는 은택의 표정에 어머니가 살포시 웃으셨다.

"나더러 우리 동은이를 다시 보지 말라는 소린 아니죠?"

"네? 무, 무슨 그런 말씀을……!"

당황한 은택이 어쩔 줄 몰라 했다. 어머니가 조심스럽게 그런 은택의 어깨를 다독였다.

"그런 뜻 아니면 은택 군이 나한테 죄송할 거 하나도 없어요. 나는 은택 군 덕분에 우리 딸 웃는 얼굴 평생 보면서 살 수 있는 거잖아. 나 때문에 지난 세월 내내 울었던 아이인데, 오히려 내가 고마워해야지."

허락…… 하신 건가? 얼떨떨한 은택이 온몸이 굳은 사람처럼 가만히 있자 어머니가 그의 손을 끌어 올려 꼭 잡았다.

"어머님?"

"두 사람 결혼이야 진작부터 언제 하나 생각하고 있었던 거라서 새삼스럽지도 않아. 근데, 내가 부탁이 하나 있는데."

"말씀만 하세요!"

막 입대한 군인도 이렇게 재빠른 대답은 못 할 것 같았다. 어머니가 겨우 웃음을 참으며 입을 열었다.

"우리 동은이, 좋은 기억보다 나쁜 기억이 많은 아이예요. 내가…… 그렇게 만들었어."

그녀의 눈앞에 주마등처럼 잔인한 기억이 스쳐 지나갔다. 남편의 죽음 앞에서 도망쳤던 자신을 용서할 수가 없어 불쌍한 딸에게 비난의 화살을 돌렸다. 정신이 온전하게 돌아오면 돌아올수록, 딸에게 퍼부었던 끔찍한 말들이 도저히 뇌리에서 잊히지가 않았다. 차라리 다시 미쳐버렸으면 좋겠다는 생각이 들 정도로, 악몽

같은 과거의 기억에 하루에도 몇 번씩 발밑이 아찔해지곤 했다.

그럴 때면 이 끔찍한 기분을 동은은 어떻게 버렸을까 싶어 억장이 무너졌다. 할 수만 있다면 딸의 나쁜 기억을 모조리 빼앗아 오고 싶었다. 지금 느끼는 절망감의 두 배, 아니 몇 배가 되도 좋으니 그 모든 슬픈 기억들을 제 어깨에 짊어질 수 있다면…….

하지만 과거를 완벽히 없애는 건 불가능한 일이었다. 그래서 딸의 곁에 묵묵히 있어준 은택이 너무나도 고마웠다. 염치없지만 이런 부탁을 할 사람은 은택밖에 없었다.

"고마워요. 앞으로도 은택 군이 우리 동은이한테 좋은 기억을 많이 만들어줬으면 해요. 그게 내 부탁이야."

"네, 노력할게요. 비록 자신은 없지만……."

"자신이 없다니?"

"동은이가 저한테 좋은 기억을 얼마나 많이 만들어줬는지 모르실 거예요. 하루하루가 분에 넘치게 행복해요. 그래서 그만큼 제가 동은이에게도 좋은 기억을 만들어줄 수 있을지 잘 모르겠어요. 하지만 평생 노력하면서 살겠습니다."

은택이 믿음직한 손길로 촉촉하게 젖어든 어머니의 눈가를 닦아내며 미소로 화답했다. 바로 그때였다. 갑자기 동은이 문을 벌컥 열고 안으로 들어왔다. 동은의 눈가도 어머니 못지않게 빨개져 있었다.

"그게 무슨 말도 안 되는 소리야? 은택이 네가 나한테 얼마나 좋은 기억을 많이 만들어 주고 있는데!"

갑자기 나타난 동은 때문에 놀란 은택과 어머니가 연신 눈만 깜빡거렸다. 사실 해온을 병원에 데려다 주고 곧장 이곳으로 온 동은은 두 사람이 나누는 대화를 전부 듣고 있었다. 두 사람의 시간을 방해하고 싶지 않아서 줄곧 참고 있었지만, 결국엔 감정이 주체가 안 되어 끼어들고 말았다.

"매일매일이 벅차단 말이야, 난. 은택이 네가 좋은 기억을 넘치게 만들어줘서."

동은은 흘러내리는 눈물을 닦아내다 안 되겠는지 포기하고선 그대로 엄마에게 가 안겼다.

"그리고 엄마도 나한테 미안해하지 말아요. 지금 이 순간, 내가 눈물이 날 정도로 행복한 이유는 은택이가 옆에 있어서기도 하지만, 엄마가 있기 때문이기도 해요."

마치 어린아이처럼 엄마의 품으로 파고드는 동은의 모습을 가만히 지켜보던 은택이 조심스럽게 걸음을 옮겼다. 은택이 동은을 등 뒤에서 끌어안으며 온기를 더했다. 동은이 뒤에서 저를 끌어안고 있는 은택에게 문득 속삭였다.

"다음에 은택이 너희 집에도 같이 가. 나도 어머님한테 허락받아야지."

"그래, 좋아. 언제가 좋을까?"

"나도 어머님한테 맛있는 음식 대접해드리고 싶어. 일단 연습 좀 하고."

"알았어."

은택이 나른하게 웃으며 동은을 더 따스하게 감싸 안았다. 그때, 은택의 등 뒤로도 부드러운 손길이 내려앉았다. 동은의 어머니가 은택의 등을 토닥여주고 있는 것이었다.

세 사람은 그렇게 말없이 한참을 껴안고 있었다. 말하지 않아도 서로를 생각하는 마음이 느껴졌다.

째깍째깍. 시곗바늘이 움직이는 소리에 세 사람 모두가 행복한 표정을 지었다. 확신하기 때문이었다.

이렇게 흘러간 시간이 분명 좋은 기억이 되리란 걸. 앞으로는 분명 이렇게 좋은 기억만 쌓여가리란 걸.


그로부터 정확히 일주일 후. 은택은 어머니에게 허락까지 받아 놓고도 감감무소식으로 굴었다. 동은은 오늘도 은택이 보내온 문자를 바라보며 한숨만 푹푹 내쉬었다.

[미안. 요즘 좀 바빠서. 이따가 전화할게.]

병원에서 마주친 이후로 은택은 갑자기 무척 바빠졌다. 그렇게 문자 몇 통, 간신히 전화 한 통 주고받은 지가 오늘로 벌써 일주일째였다. 어김없이 이따 전화하겠다는 은택의 답장에 동은이 애꿎은 휴대전화만 매섭게 노려봤다.

"수상해……."

은택이 가게 일 때문에 바쁘다면 그녀도 의심은 하지 않았을 것이다. 하지만 은택은 가게 일 때문에 바쁜 것이 아니었다. 은택의 얼굴도 보고 점심도 먹을 겸 동은이 은택관으로 찾아갔을 때 그곳에 그는 없었다.

'사장님, 당분간 가게 못 나온다고 하셨는데요.'

은택이 가게를 쉰 지 벌써 며칠이나 되었다는 하루의 말에 동은의 의심은 더욱 짙어질 수밖에 없었다. 동은이 노려보던 휴대전화를 저만치 책상 구석으로 집어 던졌다. 가만히 그 모습을 지켜보던 해온이 다가와 짓궂게 물었다.

"왜, 애인이랑 싸웠어?"

"그런 거 아니거든?"

동은이 해온의 눈길을 외면하며 철푸덕 책상 위로 엎드렸다.

"싸운 거 맞고만."

"아니라니까!"

동은이 서러운 마음에 벌떡 일어나 외쳤다. 그 순간, 문득 해온이 허리춤에 차고 있는 열쇠고리가 눈에 들어왔다. 어느새 뜨개 인형이 바뀌어 있었다. 그사이 수연의 실력이 더 늘었는지 인형은 한층 더 해온의 모습과 닮아 있었다. 동은은 어쩐지 약이 올랐다. 진심으로 수연을 응원했었는데 취소하고 싶어졌다.

"도둑놈!"

난데없이 또 도둑놈이라고 불린 해온이 정색하며 유치장이 있는 방향을 가리켰다. 어제 새벽, 상점가 일대를 털던 강도 조직을 잡아들여 그 안엔 열 명 남짓한 진짜 도둑놈들이 갇혀 있었다.

"내가 왜 도둑놈이야? 도둑놈은 저기 들어가 있는 놈들이지!"

해온이 당당하게 어깨를 으쓱하자 동은이 한숨을 푹푹 내쉬었다. 저 바보는 아직 수연이 마음도 모르고 있었다. 동은이 한심한 눈빛을 해온에게 쏘아 보내며 무심하게 걸음을 옮겼다.

가슴은 답답하고 머릿속은 터질 것처럼 복잡했다. 그녀가 습관처럼 사격장으로 향하는데 복도 끝에서 지락이 걸어오고 있었다. 그런데 얼핏 보니 지락의 입술이 빨갰다. 게다가 티셔츠 목깃에 선명하게 찍혀 있는 립스틱 자국! 그러고 보니 얼마 전부터 새로 온, 섹시한 법의학자랑 사귀고 있다고 했던가.

"어? 선배, 어디 가십니까?"

동은은 살가운 지락의 인사에도 눈에 띄게 인상을 구겼다.

"선배? 악!"

얄미운 마음에 동은이 지락의 머리에 괜히 딱밤 한 대를 먹이고선 뒤도 안 돌아보고 계단을 내려갔다. 오늘따라 서러운 마음 더 서럽게, 이놈이고 저놈이고 다들 염장만 질러댔다.

사격 연습을 끝내고 나니 금세 점심시간이 되었다. 동은은 울리지 않는 휴대전화를 멍하니 들여다봤다.

"이따가 전화한다더니……."

멋대로 눈물이 삐죽 나왔다. 동은은 우울한 마음으로 경찰서를 나섰다. 괜히 뱃속이 허한 게 은택관에 가서 든든히 밥을 먹고 싶었지만, 그녀는 금방 포기했다.

은택관에 가면 이번엔 하루와 연아가 염장을 질러댈 게 뻔했다. 얼마 전 은택이 하루 씨를 자극해서, 그날 곧바로 연아 씨에게 고백을 했다고 들었다. 하루 씨가 오랫동안 망설였던 것이 무색하게 연아 씨는 고민 없이 그 마음을 받아들여줬다고.

괜히 마음만 심란할 것 같아서 동은은 가까운 편의점에서 김밥이나 사 먹을 요량으로 걸음을 옮겼다. 그런데 경찰서 앞에 익숙한 차가 한 대 서 있었다.

동은이 믿기지 않는 듯 눈을 비비며 가까이 다가갔다. 혹시 차종만 같을지도 모르니까 번호판도 살펴보고 뒷바퀴 위쪽 긁힌 자리도 살펴보는데, 은택의 차가 분명했다. 그때, 갑자기 차 문이 달칵 열렸다. 이내 은택이 배꼼 얼굴을 내밀며 손을 흔들었다.

"어디 가는 중이었어?"

마치 어제 본 사람처럼 인사하는 은택을 동은이 무섭게 노려봤다. 눈에는 이성을 배신한 눈물이 이미 잔뜩 고여 있었다. 동은이 거칠게 눈물을 닦아내며 뒤돌아섰다. 이런 기분으로는 김밥이 아니라 물만 마셔도 당장 체할 것 같았다.

"애인!"

방심하고 있던 은택이 동은의 손목을 재빨리 잡아챘다. 휘청하며 다시 돌려세워진 동은이 은택의 가슴을 마구잡이로 때렸다.

"이거 놔!"

동은이 잔뜩 젖은 목소리로 소리쳤다. 목이 메어 그녀의 목소리는 잔뜩 갈라져 있었다.

"문자만 보내면 뭐 해? 전화 한 통 딸랑 하면 뭐 하냐고! 대체 일주일씩이나 어디 갔다 온 건데?"

그동안 얼마나 속이 타들어갔을까. 갈라진 그녀의 목소리가 은택의 가슴을 콕콕 찔러댔다. 은택이 제 옷깃을 움켜쥐고서 겨우 버티는 동은의 손을 부드럽게 끌어당겼다. 속절없이 자신의 품으로 끌려온 그녀의 귓가에 그가 나긋하게 속삭였다.

"가자. 지금부터 내가 어디 갔다 왔는지 알려줄게."

은택이 마치 입을 맞추듯 동은의 눈에 고인 눈물을 훑고는 서둘러 그녀를 차에 태웠다. 그리고 저 역시 재빨리 운전석에 올라타 차를 출발시켰다.


"여긴……!"

은택이 눈까지 가리고서 데려와준 곳. 스르륵 눈을 가렸던 손이 사라지자, 눈앞에 펼쳐진 모습에 동은은 목이 메어와 말을 잇지 못했다. 말소리가 되지 못한 울림만이 목구멍을 그득 메워왔다. 동은의 눈가에 금세 그렁그렁 눈물이 맺혔다.

그리워도 차마 찾지 못했던 곳. 살기 위해 기억에서 지워야만 했던 곳. 이곳은 동은이 어릴 적 살던 집이었다.

"은택아, 어떻게 여길……."

그러나 이곳은 행복했던 기억보다 슬펐던 기억이 더 많은 곳이기도 했다. 이곳에서 아버지가 돌아가셨고, 어머니는 미쳐버렸다. 어린 동은은 지독한 외로움을 홀로 견뎌야 했다. 그래서 이곳을 떠올릴 때면 늘 그리운 마음과 함께 두려운 마음이 밀려들었다. 결국 그 두려움을 극복하지 못하고, 동은은 고등학교를 졸업하자마자 도망치듯 이곳을 떠나 대학 근처에서 자취를 했다.

그 후로는 딱 한 번 용기를 내서 다시 이곳을 찾은 적이 있었다. 경찰 시험에 합격하고 멀리 강원도 정선으로 발령이 났을 때였다. 쉽게 못 올 곳이라는 생각이 들어 두려운 마음을 꾹 참고 찾아갔지만, 불과 몇 년 사이에 집은 참 많이 변해 있었다.

엄마가 정성 들여 가꾼 정원은 무성하게 자란 풀들로 뒤덮여 있었고, 집 안은 온통 먼지가 내려앉아 자욱했다. 동은이 부모님과 함께 하얗게 칠한 벽돌 담장은 흉측하게 허물어져 있었다. 어디에서도 온기는 티끌만큼도 느껴지지 않았다. 추억마저 퇴색되어버린 느낌에 그날 동은은 펑펑 울다 돌아왔다.

그런데 지금 동은의 눈앞에는 마치 행복했던 시절이 되돌아온 듯 아름다운 집이 우뚝 서 있었다. 거짓말처럼 예전 그대로의 모습이었다.

꽃이 만발한 정원과 먼지 한 톨 찾아볼 수 없을 만큼 깨끗하게 청소된 집 안. 게다가 부엌에서는 맛있는 음식 냄새까지 풍겨왔다. 마치 지금도 그 시절 단란한 가족이 살고 있는 것처럼 아늑하고 포근했다.

"은택이 네가 다 한 거야?"

떨려 나오는 목소리를 간신히 가다듬은 동은이 물었다. 은택이 천천히 동은을 돌려세우며 고개를 끄덕였다.

"미안. 최대한 빨리 마무리하고 싶었는데 생각보다 오래 걸렸어. 일주일씩이나 당신 마음 불안하게 해서 미안해."

그 순간, 동은의 눈에서 눈물이 한 줄기 톡 흘러내렸다. 도무지 눈물을 참을 수가 없었다. 자신은 지난 일주일을 원망만 하며 보냈는데, 그동안 그는 이곳을 꾸미기 위해 단 1분도 제대로 쉬지 못하고 바쁘게 보낸 것이었다.

보이는 곳곳 그가 고생한 흔적이 여실히 느껴져서 미안함이 가득 밀려왔다. 혼자서 이 많은 일을 다 하느라 얼마나 고생했을지 눈에 훤했다.

무성하게 자란 풀들은 온데간데없이 사라지고 정원에는 대신 화사한 꽃이 가득했다. 허물어진 담장은 멀쩡해진 것으로도 모자라 새하얗게 페인트칠까지 되어 있었다. 12년의 세월 동안 집 안 곳곳 쌓여 있던 먼지는 전부 자취를 감추고 이제는 따스한 온기가 느껴졌다. 한참을 집을 둘러보던 동은은 결국 무너져 내렸다.

"은택이 너, 도대체 날 얼마나 더 미안하게 만들 셈이야. 네가 이렇게 애쓰고 있는 줄도 모르고 난……!"

닦아도 닦아도 멈출 줄 모르는 눈물을 어쩌지 못하고 동은이 손으로 얼굴을 가린 채 아이처럼 울음을 터뜨렸다. 은택이 주저앉은 동은을 일으켜 세워 다정하게 끌어안았다.

"어머님이 그러셨어. 당신한테 좋은 기억을 많이 만들어 주라고. 그 말씀에서 힌트를 얻었지. 당신이 가진 나쁜 기억들도 좋은 기억으로 바꿔줄 수 있지 않을까."

상냥한 손길이 부드럽게 등을 쓸어내렸다. 동은의 울먹임이 조금씩 잦아들자 은택이 말을 이었다.

"당신이 이곳을 떠올려도 더 이상 슬프지 않았으면 해. 12년 전을 떠올려도 더는 울지 않았으면 좋겠어."

은택이 천천히 손을 올려 동은의 귀를 살살 매만졌다. 이제는 완벽하게 안정을 되찾은 동은이 그의 말에 귀를 기울였다.

"내가 그렇게 만들어줄게."

믿음직스러운 은택의 말에 동은이 하염없이 고개를 끄덕였다.

"혹시 배고프면 내가 요리해놨으니까 같이 밥 먹자. 졸리면 내가 팔베개 해줄 테니까 낮잠을 자도 되고. 아니면 산책은 어때? 당신이 다녔던 고등학교가 가깝다고 들었는데 거길 가볼까?"

은택의 제안에 동은의 속눈썹이 파르르 떨렸다. 12년 전, 동은은 등굣길에 백합에게 납치를 당했었다. 구사일생으로 다시 돌아온 집은 갇혀 있을 때만큼이나 끔찍하고 외로웠다.

그 길을 이제는 사랑하는 사람과 함께 걸었던 산책길로 기억할 수 있는 걸까. 외롭기만 했던 이 집을 이제는 사랑하는 사람과 함께 따뜻한 밥을 먹고, 달콤한 낮잠을 자는 곳으로 기억할 수 있는 걸까. 정말 나쁜 기억을 전부 좋은 기억으로 바꿀 수 있을까.

감히 꿈조차 꿀 수 없었던 일이지만, 동은은 어쩐지 그럴 수 있을 거란 강한 확신이 들었다. 무엇보다 다른 누구도 아닌 은택이 한 말이니 믿음이 갔다. 은택과 함께라면 가능할 것 같았다. 그 순간 갑자기 은택이 부둥켜안고 있던 몸을 떼어냈다. 그리고 그녀의 손을 천천히 끌어당겼다.

"약속해. 이제 당신한텐 좋은 기억만 만들어줄게. 근데 그러려면 당신 옆에 항상 내가 있어야 해."

"어?"

"왜? 설마 나 없이 당신 혼자만 좋은 기억을 만들려는 건 아니겠지?"

"그런 말이 어디 있어! 당연히 너랑 함께 만들어야지!"

"그럼 그런 의미에서……."

은택이 잠시 말을 멈추고 주머니에서 무언가를 꺼냈다.

"동은아, 나랑 결혼해줄래?"

반지였다. 바로 이 순간이 은택이 준비한 청혼이었다. 그 어떤 화려한 청혼보다 더 동은의 가슴을 찡하게 울렸다. 그가 떨리는 손길로 동은의 손에 천천히 반지를 끼워주었다.

은택을 바라보는 동은의 눈매가 화사하게 샐그러졌다. 한껏 자신만만하게 청혼해놓고서는 대답을 기다리며 사시나무 떠는 것처럼 떨고 있는 그가 너무나 사랑스러웠다. 동은이 반짝이는 보석보다 더 환하게 웃으며 은택의 목을 끌어안았다. 그리고 더없는 진심을 담아 화답했다.

"응!"

와락, 제 품에 안긴 동은의 허리를 끌어안으며 은택이 속삭였다.

"이거 꿈 아니지?"

"꿈, 아니야."

동은의 대답에 은택이 지금 이 순간이 현실임을 확인이라도 하듯 그녀에게 키스했다. 달콤하고 보드라운 입술의 감촉이 너무나도 선명했다.

분명 꿈이 아닌 현실이었다. 정말로 첫사랑 임동은, 그녀가 서은택의 아내가 되는 것이었다.

은택에게서 꿈만 같은 청혼을 받은 뒤로 시간은 정신없이 흘러갔다. 어느덧 장마가 지나고 제법 선선한 날씨가 이어지고 있었다.

동은과 은택은 그동안 틈틈이 결혼식을 준비하며 바쁘게 보냈다. 최대한 간소하게 준비했는데도 챙겨야 할 게 한두 가지가 아니었다. 털털한 성격의 동은으로서는 차라리 범인을 쫓는 게 낫다는 생각이 들 정도였다. 은택이 손이 빠르면서도 꼼꼼했기에 망정이지 아니었다면 결혼식도 못 올릴 뻔했다.

어느새 두 사람의 결혼식은 일주일 앞으로 다가와 있었다. 경찰서 식구들에게 청첩장까지 돌리고 나니 비로소 실감이 났다. 한명 한 명 직접 모두에게 청첩장을 돌린 동은이 숨 돌릴 틈도 없이 경찰서를 나섰다.

그녀의 손에는 마지막 남은 청첩장 한 장이 들려 있었다. 이걸 전해주기 위해선 제법 멀리까지 가야만 했다. 한참을 청첩장을 바라보던 동은이 서둘러 차에 올라타 어디론가 향했다.

그녀가 차를 멈춘 곳은 교도소였다. 이곳엔 안지상이 무기징역을 선고받고 수감되어 있었다. 높은 담장이 둘러진 교도소 외관을 바라보던 동은이 길게 숨을 뱉어내며 걸음을 옮겼다.

그간 동은에게는 몇 차례 안지상의 소식이 전해졌다. 그가 몇 번이나 스스로 목숨을 끊으려 했었다고. 그때마다 동은을 불러달라는 요구를 했다고 들었다. 텅 빈 면회실에 앉아 안지상을 기다리면서 동은은 어쩌면 이 순간이 정말로 끝이라는 생각이 들었다.

"임동은."

때마침 안지상이 면회실 안으로 들어섰다. 동은의 고개가 천천히 돌아갔다. 많이 수척해진 모습의 안지상이 그곳에 서 있었다.

"결국엔 네가 날 만나러 올 줄 알았어. 아무리 네가 노력한다고 해도, 네 과거에서 날 지울 수는 없을 테니까."

허름한 몰골을 하고서도 안지상은 굶주린 맹수처럼 눈을 번뜩이며 동은을 노려봤다. 그러나 안지상의 소름 끼치는 발언에도 동은은 눈 하나 깜짝하지 않고 가지고 온 청첩장을 말없이 내밀었다. 혹시 몰라 결혼식 장소를 비롯해 알려지면 안 될 내용은 전부 삭제한 청첩장이었다.

"이게, 뭐지?"

"청첩장이야. 나, 일주일 뒤에 결혼해."

그 순간, 안지상의 눈이 뒤집혔다.

"웃기지 마!"

그러나 의자에 쇠사슬로 결박당한 안지상은 아무리 발버둥 쳐도 동은에게 손끝 하나 닿을 수 없었다. 그것이 분해 안지상이 더더욱 발악했다. 동은은 흔들림 없는 눈으로 안지상을 응시했다.

"당신이 그랬지. 내가 아무리 노력해도 내 과거에서 당신을 지울 수 없을 거라고."

"그래! 넌 영원히 나한테서 벗어날 수 없어! 네가 감히 날 잊을 수 있을 것 같아?"

안지상이 격렬하게 몸을 뒤틀자 그 반동으로 테이블이 뒤로 밀려났다. 재빨리 교도관이 나서서 안지상을 붙들었다. 동은이 방금 벌어진 소란으로 아무렇게나 흘러내린 머리칼을 쓸어 넘겼다. 머리카락 아래 감춰져 있던 그녀의 입매가 천천히 드러났다.

동은은 입가에 비웃음을 머금고 있었다. 그것을 본 안지상이 이를 악물었다.

"당신이 틀렸어. 나, 은택이랑 함께 예전에 살던 집에서 밥도 먹고, 잠도 자고, 정원도 가꿔."

"……뭐?"

"당신이 날 납치했던 그 길을 은택이하고 함께 걸었어. 그 순간 내가 얼마나 행복했는지 당신은 모를 거야."

"임동은!"

"똑똑히 들어! 방금 내 말 무슨 뜻인지! 당신이 망가뜨린 내 과거는 이제 어디에도 없어!"

동은이 쐐기를 박으며 느릿하게 의자에서 일어섰다. 그리고 멀찍이 밀려난 청첩장을 다시 안지상에게 바짝 들이밀었다.

"몇 번이나 죽으려고 했다며? 축하해. 그토록 알고 싶어 했던 '차라리 죽고 싶을 만큼의 고통'이 뭔지 알게 됐으니."

안지상의 얼굴이 참혹하게 일그러지는 것을 보며 동은이 천천히 면회실 출입문을 향해 걸어갔다. 그녀가 면회실을 나서기 직전, 안지상에게 마지막 말을 남겼다.

"죽는 날까지 그 고통, 가슴에 새기고 살아."

동은은 미련 없이 문을 닫았다. 안지상과의 잔인한 인연은 여기서 끝이었다.

## 19장

웃음이 만발한 하객들. 푸르른 정원 위로 뻗어 있는 꽃같이 붉은 버진로드. 바람에 실려 오는 달콤한 축가.

동은과 은택의 결혼식은 날씨까지 완벽해서 상상했던 그대로 아름다웠다. 하지만 조금 시끄럽기도 했다. 동은에게 반해서 조직까지 그만둔 전직 땡벌파 두목이 나타나 한바탕 난리를 피워댄 덕분이었다. 강력 2팀 식구들이 모두 나서서 일당을 정리하느라 정신이 없었다.

그 틈에서 시끄러운 건 질색인 해온이 소란을 피해 아무렇게나 바위 위에 걸터앉아 있었다. 그런데 문득 해온의 머리 위로 가녀린 그림자가 드리워졌다.

"저쪽에 무슨 일이 있나 봐요."

수줍은 목소리의 주인은 수연이었다. 고개를 슬쩍 돌려 상황을 살핀 해온이 별거 아니라는 듯 시큰둥하게 대꾸했다.

"신경 쓰지 마. 소통 따라다니던 남자들이 좀 많았거든."

해온의 대꾸에 멀뚱히 저쪽을 바라보던 수연이 불만스럽게 입술을 말아 물며 곁에 앉았다. 수연이 차가운 바위에 앉는 게 신경 쓰였는지 해온이 곧장 재킷을 벗어 내밀었다.

"깔고 앉아."

그러나 수연은 해온이 내민 재킷을 묵묵히 보고만 있었다. 해온이 괜한 헛기침을 하며 수연의 손목을 잡아당겼다. 그리고 억지로 수연을 일으켜 세웠다.

"더워서 안 그래도 벗으려던 참이었어. 다시 입을 생각 없으니까 그냥 앉아도 돼."

신통치 않은 변명을 늘어놓으며 해온은 수연을 제 재킷 위에 앉혔다. 강제로 그의 재킷을 깔고 앉은 수연이 마뜩잖다는 듯 입술을 비쭉 내밀었다. 시종일관 부루퉁한 수연의 표정을 살피던 해온이 의아한 듯 고개를 갸웃거렸다.

"오늘 좀 이상하네, 수연이 너."

"뭐가요?"

"나한테 불만이라도 있어? 오랜만에 만났는데 좀 웃어주지."

정말이지 영문을 모르겠다는 해온의 표정에 수연의 얼굴 가득 더욱 불만이 짙어졌다.

"그래서 불만이에요."

"응?"

"오랜만에 만나서 불만이라고요. 저 퇴원하고 처음 보는 거 아세요?"

"그랬나?"

해온이 어색하게 웃었다. 방금 수연이 말한 대로, 수연이 퇴원한 후로는 연락조차 하지 못했다. 수연이 보고 싶었던 적은 더러 있었지만, 먼저 연락을 한다는 게 생각처럼 쉽지만은 않았다.

수연이 병원에 있을 때는 '물리치료 받으러 가는 김에 겸사겸사'라는 게 가능했지만, 이제는 아니기 때문이었다. 오로지 수연을 보기 위해서 먼저 연락을 하고 장소를 정하는 건 어쩐지 쑥스러웠다.

"일이 좀 바빴어."

핑계를 고민하다 해온은 개중에 가장 무난한 변명을 꺼내놓았다. 수연이 그럴 줄 알았다는 듯 고개를 휙 돌렸다. 침묵이 이어지면서, 두 사람 사이에 숨 막히는 어색한 기운이 감돌았다. 그 어색함을 이기지 못하고 해온이 먼저 일어섰다. 그러자 수연이 다급히 그를 붙잡았다.

"해온 오빠도 저 사람이랑 똑같죠?"

"응? 뭐가?"

"동은 언니 결혼하는 거 싫잖아요."

수연의 기습적인 말에 해온의 눈동자가 노골적으로 흔들렸다. 그 모습을 본 수연이 고개를 절레절레 흔들었다. 못 살아. 형사가 저렇게 포커페이스가 안 돼서야……. 수연이 한숨을 푹 내쉬며 해온의 앞에 똑바로 마주 섰다. 수연의 눈빛은 큰 결심을 한 듯 자못 비장하기까지 했다.

"조금만 기다려주세요."

"어? 뭐, 뭘?"

"제가 동은 언니처럼 멋진 형사가 될 때까지 기다려달라고요!"

그 말을 끝으로 얼굴이 새빨개진 수연은 부리나케 달아났다. 수연이 시야에서 완전히 사라진 후에도, 해온은 한참 동안 바보처럼 눈만 깜빡거리며 서 있었다.

설마 이거 고백? 불현듯 해온의 머릿속에 팀장님이 가장 흉악한 범죄자 앞에서 지었던 분노한 얼굴이 스쳐 지나갔다. 등줄기를 타고 소름이 쭉 끼쳤다.

한데 어째서인지 불쑥 가슴이 두근거리기 시작했다. 해온이 빨개진 얼굴로 다시 털썩 바위 위에 주저앉았다. 쓸쓸할 거라고 생각했던 동은의 결혼식이건만, 어쩐지 계속 마음이 울렁거렸다. 외로웠던 마음속에서 뭔가가 꿈틀거리고 있었다.


"휴우……!"

동은이 한숨을 내쉬며 간이로 마련된 대기실에 들어섰다. 조금 전에야 전직 땡벌파 두목, 현직 동은횟집 주인을 내쫓았다. 생각도 못한 불청객들을 쫓아내느라 결혼식을 올리기도 전에 벌써 기진맥진이었다. 뒤따라 천막 안으로 들어온 은택이 불퉁한 표정을 지으며 투덜거렸다.

"하여간 우리 동은이, 인기가 너무 많아서 탈이라니까."

은근히 뼈가 있는 말에 동은이 새초롬한 표정을 지었다.

"은택이 너, 질투하는구나?"

동은의 추측에 그의 눈썹이 순간적으로 움찔했다. 그러나 그는 곧 평정심을 되찾고서 최대한 심드렁하게 대꾸했다.

"누가? 내가? 말도 안 돼. 당신 쫓아다니던 작자가 어디 한둘이어야지. 그 인간들 하나하나 질투하다간 나만 늙어."

작자에 인간들까지, 호칭부터가 달갑지 않다는 티를 팍팍 내고 있으면서 은택은 느긋한 미소를 잃지 않았다. 동은이 그런 은택의 눈매를 손가락으로 더듬어나가다가 끝에 가서 눈꼬리를 확 끌어올렸다.

"거짓말. 이렇게 질투 나 죽겠으면서."

동은의 도발에 은택이 갑자기 사나운 표정을 지어 보였다. 일순 놀란 동은이 재빨리 그의 얼굴에서 손가락을 떼어냈지만, 은택의 눈꼬리는 여전히 올라가 있었다. 사나운 눈매만큼이나 그가 거침없이 불만을 쏟아냈다.

"그래! 내 여자한테 찰거머리처럼 달라붙은 남자들 질투 나서 돌아가시겠다! 아주 그 인간, 1분만 더 버티고 서 있었으면 결혼식이고 뭐고 내가 다 엎어버리려고 했어, 확!"

다정다감의 표본이었던 은택의 입에서 쏟아져 나온 거친 말에 동은은 놀라면서도 내심 기뻤다. 이 남자를 이토록 거칠게 만들 수 있는 건 이 세상에 저밖에 없었다. 동은이 실실 새어 나오는 웃음을 애써 꾹 삼키며 불퉁거렸다.

"나도 질투 나 죽겠거든? 저기 안 보여? 서은택 씨 가게 여자 손님들 죄다 몰려와서 진 치고 있는 거?"

동은이 손가락으로 천막 너머 한 무리의 여자들이 암울하게 서 있는 곳을 가리켰다. 다른 곳은 전부 화사한데 오직 그곳만 당장에라도 비가 내릴 것처럼 우중충했다.

"아무튼 우리 은택이, 인기가 너무 많아서 탈이라니까."

동은이 아까 은택이 했던 말을 그대로 흉내 내며 건들거렸다.

"뭐어?"

은택이 기가 막혀 웃자 동은도 따라 웃었다. 두 사람은 그렇게 한참을 마주 보고 웃었다. 이렇게 아무 걱정 없이 웃을 수 있다는 게 꿈만 같았다. 얼마나 웃었는지 동은이 눈물이 찔끔 고인 눈가를 닦아내는데, 불현듯 은택의 뜨거운 시선이 느껴졌다. 머쓱해진 동은이 은택을 올려다보며 수줍게 물었다.

"왜 그렇게 봐?"

"……좋아서."

가슴에서 풍당 소리가 들렸다. 이건 분명 행복이 사르르 번져 가는 소리였다.

"좋아 죽겠다, 진짜."

은택의 진심 어린 표정에 동은이 입술을 오물거리며 수줍게 화답했다.

"……나도."

"어?"

"나도 좋아 죽겠다고."

그 모습이 어찌나 사랑스러운지 은택이 결국 참지 못하고 동은의 양 볼을 입술이 튀어나오도록 꾹 눌러 잡고 입을 맞췄다. 쪽, 쪽, 쪽. 그렇게 몇 번을 더 입을 맞추고도 은택은 동은을 놓아주지 않았다. 부끄러움에 발그레 달아오른 뺨에도, 동그란 이마에도, 오똑한 콧날에도, 연약한 눈가에도 쉬지 않고 키스했다. 아무리 기다려도 멈추지 않는 쪽 소리에 동은이 억지로 은택을 떼어냈다.

"이러다 화장 다 지워져. 결혼식 이제 몇 분 안 남았어."

"아아, 결혼식이고 뭐고 곧바로 신혼여행 떠났으면 좋겠다. 둘만 있고 싶은데."

"실은, 나도……."

"어허! 자꾸 그렇게 귀여운 대답하면 정말 이대로 둘러업고 공항 가버린다?"

은택의 반은 진심처럼 들리는 협박에 동은이 입을 꼭 다물었다. 하긴, 이렇게 예쁘게 차려입었는데 결혼식을 안 올리면 말이 안 되지. 아쉬운 마음 반대편에서 기대감이 스멀스멀 피어오르는 걸 느끼며 은택이 동은을 품에 소중하게 끌어안았다.

"꿈같아. 7년 전에는 이런 날이 올 거라고 생각도 못 했는데."

은택의 목소리는 잠깐 사이에 먹먹하게 젖어 있었다. 그의 허리를 끌어안으며 동은도 아련한 그 시절을 머릿속으로 떠올렸다. 뜨거운 뙤약볕에도 녹을 것 같지 않던 얼음마녀 임동은이 이렇게 변할 줄 누가 알았을까. 아마 그녀를 이렇게 만든 은택조차도 상상하지 못했던 일이리라.

"아직도 내가 13월에 살고 있는 것 같아."

은택의 혼잣말에 동은은 문득 오래전 그의 고백을 떠올렸다.

한 달. 그녀가 열여덟이었던 은택의 인생에 살았던 시간. 첫사랑을 앓았던 그 짧은 시간은 너무나 특별해서 마치 이 세상에 존재하지 않는 시간처럼 느껴졌다고 했었다. 그래서 아무도 모르게 혼자서 13월이라 부르며 당신을 추억했었노라고.

그렇게 은택은 지난 7년을 그녀 없이 그리움만으로 버티며 살았다고 했다. 그녀가 머물다 간 13월이란 비밀스러운 시간을 곱씹고 또 곱씹으면서.

그리고 그는 7년 만에 다시 그녀를 만나 또 한 번의 13월을 살았다. 그 끝에서 백합으로 인해 영영 그녀를 잃을 뻔했지만, 끝내는 이렇게 그녀를 품에 안았다.

은택이 벅차오르는 감정을 이기지 못하고 동은을 으스러질 듯이 끌어안았다. 웨딩드레스가 망가진다고 그녀가 기겁하며 잔소리를 해댔지만, 아무래도 상관없었다.

머릿속에서 끊임없이 그녀와 함께 견뎌온 위기의 순간들이 스쳐 지나갔다. 두 번의 이별, 자칫 목숨까지 잃을 뻔했던 위태로운 순간들. 그럼에도 불구하고, 그 모든 순간을 이겨내고 결국 제 품에 안겨준 그녀가 눈물이 날 만큼 고맙고 감동적이었다.

"고마워."

은택이 뜨겁게 속삭였다. 심장이 철렁할 만큼 많은 의미가 담긴 말이어서 동은이 문득 핀잔을 멈추고 되물었다.

"뭐가?"

"살아 있어줘서 고맙고, 힘든 시간 잘 이겨내고 나한테 와줘서 고맙고, 그리고 당신의 남은 시간 전부 내게 줘서 고마워."

그러자 이번에는 동은이 웨딩드레스 매무새가 망가지건 말건 꽉 힘을 줘 은택을 부둥켜안았다.

"나야말로 고마워."

"뭐가?"

"나를 잊지 않아줘서 고맙고, 포기하지 않고 계속 날 사랑해줘서 고맙고, 그리고 앞으로도 평생 나와 함께해줘서 고마워."

네가 아니었다면 나의 과거는 여전히 나쁜 기억들투성이였을 거야. 네가 아니었다면 나의 오늘은 아직도 멈춰 있었겠지. 그리고 네가 아니었다면 나의 내일은 영영 오지 못했을 거야. 동은이 울먹이는 목소리에 애써 힘을 줘 마지막 고백을 덧붙였다.

"서은택, 애인, 내 남편. 사랑해."

은택이 동은의 고백에 더없이 사랑스럽게 화답했다.

"임동은, 내 애인. 그리고 이제는 내 아내. 내가 더 사랑해."

조심스럽게 동은의 뺨을 감싼 은택이 천천히 그녀의 입술로 다가갔다. 아무리 머금고 품어도 돌아서면 아쉽고 그리운 것이 바로 그녀였다. 숨 쉬는 모든 순간순간 그녀를 가지고 싶어 늘 애가 탔다. 지금 이 순간도 마찬가지였다. 은택의 입술이 막 동은의 입술 위로 겹쳐지려는 순간이었다.

"동은 선배, 은택 씨! 결혼식 이제 시작한다고 신랑 신부 대기 하랍니다!"

지락이 허겁지겁 뛰어와 소리쳤다. 천막을 걷어 올린 지락이 뜨거운 두 사람을 보고서 못 말린다는 듯 웃었다.

"떽! 조금만 참아요, 두 사람!"

그러자 아슬아슬하게 그녀의 입술 바로 위에서 멈춘 은택이 비밀스럽게 속삭였다.

"각오해. 오늘 밤엔 안 재울 거니까."

야릇한 첫날밤을 예고하며 은택이 동은을 일으켜 세웠다. 떨리는 가슴을 안고 두 사람은 그렇게 함께 버진로드를 향해 걸어갔다.

두 사람이 거니는 길옆으로 오랜 장마가 지나고 잔뜩 비를 머금은 꽃과 나무가 따사로운 햇살을 받으며 싱그럽게 춤추고 있었다. 달콤한 축가와 함께 하객들의 진심 어린 축하 박수가 끊임없이 터져 나왔다. 두 사람이 지나가자 지락이 환호성을 질렀다.

막내 녀석, 지난번엔 셔츠 깃에 립스틱 자국이 묻어 있더니 이번엔 볼에 진하게 립스틱 자국을 묻히고 있었다. 곁에는 섹시한 애인이 함께였다. 아무래도 이 두 사람, 곧 결혼 소식을 들려줄 것 같았다.

그리고 그토록 열정적인 커플의 곁에는 이제 막 연인이 된 수줍은 하루와 연아가 서 있었다. 간신히 손만 잡고 있는 모습이 보는 사람마저 간지럽게 만들었다. 하지만 이 두 사람의 결혼 소식은 아직은 먼 얘기처럼 보였다.

그런데 그 옆에서 해온과 수연은 싸우기라도 한 건지 잔뜩 어색한 표정을 짓고 있었다. 그 와중에도 서로의 눈치를 살피느라 눈동자 돌아가는 소리가 정신없이 들려왔다. 둘 다 꽃물이 든 것처럼 붉게 상기된 얼굴을 하고 있는 게, 바야흐로 사랑이 꽃피는 순간이었다. 아마도 이 두 사람에겐 결혼은커녕 연애조차 아주 먼 훗날의 이야기일 터였다.

동은은 그 모두를 응원했다. 무르익은 사랑도, 풋풋한 사랑도, 아직 시작도 못 한 사랑까지 전부. 저마다의 13월을 살아가는 이들을 진심으로 응원하며 동은과 은택이 드디어 버진로드 끝에 섰다. 중일의 애정이 가득 담긴 주례사가 이어지고 그가 마지막으로 두 사람에게 물었다.

"신랑 신부는 평생 서로를 아끼고 사랑하겠습니까?"

천천히 눈을 마주친 두 사람이 진심을 담아 대답했다.

"네. 평생 이 사람을 제 온 힘을 다해 아끼고 사랑하겠습니다."

"절대 이 사람 손을 놓지 않겠습니다."

무슨 일이 있더라도 함께, 살아가겠습니다.

두 사람은 모두의 앞에서 뜨거운 입맞춤으로 맹세했다. 따스한 봄도, 뜨거운 여름도, 쓸쓸한 가을도, 시린 겨울도…… 평생을 함께하기로 한 두 사람에겐 언제나 달콤한 13월로 간직될 것이었다.

"자요, 이건 내가 주는 선물! 혜정이랑 같이 골랐어요."

지락이 동은에게 커다란 상자 하나를 내밀었다. 이미 양손에 하나씩, 중일과 해온에게서 받은 선물을 들고 있던 동은은 얼떨떨한 기색으로 마저 지락의 선물도 품에 안아 들었다.

지락이 건넨 선물은 부피에 비해서 한참 가벼웠다. 그 탓에 무거울 줄 알고 힘을 잔뜩 주고 있던 동은은 중심을 잃고 그만 상자를 바닥에 떨어트릴 뻔했다. 간신히 상자 귀퉁이를 꽉 움켜쥔 동은이 천천히 고개를 들어 올렸다.

"대체 이걸 다, 언제 준비한 거예요?"

분명 새벽녘 각자 남녀 당직실로 향할 때까지만 해도 사무실 어디에서도 이런 상자를 본 적이 없었다. 그런데 쪽잠을 자고 나온 겨우 3시간 사이에 마법사라도 다녀간 모양이었다.

"백화점 문 열자마자 가서 사왔어요!"

이틀간 잠복수사를 한 탓에 꾀죄죄한 형사 둘이 아침 댓바람부터 들이닥치자 직원은 적잖이 당황한 얼굴이었다. 그 표정을 떠올린 중일이 다시 생각해도 민망했는지 까슬하게 수염이 돋아난 턱을 머쓱하게 매만졌다.

"보나마나 소똥이 너 아무것도 준비 못 했을 거 아냐. 신혼여행에서 꼭 필요한 물건으로 골랐으니까, 공항에 내리자마자 열어 봐."

"제가 선물한 것도 신혼여행 필수품이에요! 아, 제 건 꼭 숙소 도착해서 씻기 전에 풀어보셔야 해요!"

"내가 준 건 남자 1번 만나서 같이 보는 게 좋겠네."

"참, 그러고 보니 최해온 너는 대체 혼자서 어딜 다녀온 거야?"

"맞아요! 백화점엔 경위님이 찾는 물건 없다면서 쌩 사라지셨 잖아요. 제대로 필요한 물건으로 사온 거 맞아요?"

"왜 이래? 선물의 가치는 돈을 얼마나 들였느냐가 아니라 정성을 얼마나 쏟았느냐거든?"

세 사람은 동은을 세워두고 난데없이 티격태격하기 시작했다. 점점 더 영문을 모르겠는 동은이 결국 참다못해 언성을 높였다.

"……저기요!"

고함 소리에 뒤늦게 동은을 까먹고 있었단 사실을 깨달은 세 사람이 황급히 동은을 바라봤다. 동은이 울먹이며 되물었다.

"설마 다들 잊으신 건 아니죠? 저 신혼여행 안 가고 여기 와 있는 거잖아요."

동은이 공항에서 마지막으로 봤던 은택의 얼굴을 떠올리며 괴로운 듯 입술을 꾹 깨물었다.

원래대로라면 이틀 전에 떠났어야 할 신혼여행이지만, 예상치 못한 변수가 생겼다. 결혼식이 끝나고 6개월 전부터 수사했던 사기 집단의 거점을 발견했다는 소식을 전해 들은 것이다.

자식 걱정에 마음 편할 날 없는 어르신들만 골라 벌인 사기 행각이었다. 마지막 피해자였던 어르신은 자식의 가게 보증금을 날렸다며 단칸방에서 연탄불을 피워놓고 스스로 목숨을 끊었다. 기필코 그 녀석들을 감옥에 잡아넣겠다며 벼르고 있던 찰나, 하필 타이밍이 신혼여행을 떠나는 날짜와 겹칠 줄이야.

그렇다고 해서 은택과의 신혼여행을 뒤로 미룰 수는 없었다. 지금 그녀의 인생에서 가장 중요한 사람은 은택이었으니까.

하지만 동은은 결국 그날 공항에서 비행기를 타지 않았다. 내내 안절부절못하는 동은의 마음을 헤아린 은택이 먼저 그녀의 등을 떠밀어주었기 때문이다. 그리고 결국 이틀간의 잠복 끝에 사기꾼 일당 전부와 일부지만 돈을 되찾을 수 있었다.

그러나 통쾌했던 마음도 잠시, 은택 생각에 가슴이 꽉 막힌 듯 답답해져왔다. 새벽녘 겨우 청한 잠도 그저 억지로 눈만 감고 있었을 뿐이었다.

"알아. 그래서 우리가 준비한 게 있어."

중일이 조심스럽게 동은이 들고 있는 선물 상자 위로 종이봉투 하나를 더 얹었다.

"이게…… 뭐예요?"

동은이 눈을 깜빡이며 묻자, 중일 대신 해온이 대답했다.

"첫날밤부터 남편 소박맞혀, 그것도 모자라 이틀간이나 독수공방하게 했으니 죄를 갚아야지."

동은이 해온의 확인사살에 눈을 부라리려는 찰나, 중일이 잽싸게 설명을 보탰다.

"제주도 비행기 티켓이야. 아무래도 성수기라 원래 가려던 곳 티켓은 구할 수가 없더라고. 이것도 급하게 구한 거야."

이번에도 해온이 예의 그 심드렁한 말투로 덧붙였다.

"남자 1번한테 빚지는 건 영 성미에 안 맞아서."

"에이, 그런 것치곤 엄청 열성적으로 티켓 알아봤으면서!"

지락이 해온의 옆구리를 팔꿈치로 툭 치며 이어 말했다.

"최대한 괜찮은 리조트로 예약해뒀어요. 마침 우리 혜정이가 단골인 곳이 있더라고요. 잘됐죠?"

견우도 없고, 해온도 아직은 다리가 성치 않은 상황에서 동은이 수사에 참여하는 걸 끝까지 말리지 못했다. 그녀가 필요했기 때문이었다.

은택이 서운하고 속상해할 걸 알면서도 동은을 되돌려 보내지 못한 것이 동료들에게도 내내 마음의 짐이었다. 더 오래 걸릴 수도 있었을 사건을 필사적으로 종결시키고, 동은이 잠들어 있는 동안 두 사람의 신혼여행을 준비했다.

동은은 가벼웠던 선물꾸러미가 조금씩 묵직하게 느껴져 왔다. 저를 아끼는 그들의 마음씀씀이가 오롯이 전해졌다.

"팀장님…… 최해온…… 막내 너. 진짜 다들……."

동은이 결국 눈물을 뚝뚝 흘렸다. 창피했는지 선물꾸러미에 얼굴을 파묻은 동은이 경황없이 중얼거렸다.

"다들 피곤할 텐데. 나 때문에 잠도 못 자고……."

두서없는 동은의 말을 용케 알아들은 지락이 짓궂게 대꾸했다.

"우리야 이제부터 자면 그만이지만, 동은 선배는 앞으로도 쭉 못 잘 텐데요."

"어? 왜?"

"그럼 신혼여행 가서 잘 수 있을 줄 알았어요?"

뒤늦게 지락의 말뜻을 알아차린 동은의 얼굴이 새빨갛게 달아올랐다. 지락이 키득거리며 얼른 동은을 문 쪽으로 돌려세웠다.

"자자, 이러고 있을 시간 없어요. 은택 씨도 지금 공항으로 가고 있어요. 선배도 얼른 출발 안 하면 비행기 놓쳐요."

지락의 호들갑에 동은의 발이 절로 다급해졌다. 황급히 문을 열고 나가려던 동은이 머뭇거리다 뒤를 돌아봤다. 하마터면 중요한 말을 잊을 뻔했다.

"고마워요, 모두."

모두의 입가에 희미하게 웃음이 걸렸다. 서툴게 마음을 전한 동은이 이내 뛰기 시작했다. 얼마 지나지 않아 전화가 걸려온 모양인지 다급한 그녀의 목소리가 복도 쪽에서 들려왔다.

"어, 은택아! 나도 지금 공항 가고 있어! 빨리 갈게! 최대한 빨리 갈게! 응, 나도 보고 싶어!"

그녀의 착한 남편은 첫날밤 소박맞은 것도, 이틀간 독수공방한 것도 모두 잊은 모양이었다. 세 사람은 경찰서 입구까지 동은을 따라나서며 그녀의 뒷모습을 바라봤다. 그녀는 그들에게 동료이기 이전에 딸 같은 아이고, 둘도 없는 파트너며, 다정한 누나였다.

더없이 소중한 그녀가 진심으로 행복하기를. 모두가 간절히 바라고 있었다.


"동은아!"
"은택아!"

한 몇 년 헤어져 있던 연인의 해후라고 해도 믿기는 광경이었다. 누가 이들을 겨우 이틀 전에 헤어졌던 부부라고 생각할까. 물론 신혼부부라서 겨우 이틀이 200년처럼 애틋할 테지만, 그걸 모르는 사람들의 눈에는 그저 유별난 광경일 뿐이었다. 그도 그럴 게, 공항에서 만나자마자 들고 있던 짐도 떨어트리고 부둥켜안은 두 사람은 한참 동안 서로를 보듬고 입맞춤하느라 정신이 없었던 것이다.

"보고 싶었어."

"나도……."

서로의 목소리에만 집중하던 두 사람이 탑승 안내 멘트를 들은 것은 거의 기적에 가까웠다. 두 사람은 부랴부랴 짐을 부치고 동료들에게 받은 선물만을 손에 든 채 비행기에 올라탔다. 정신이 없어 한동안 좌석에 쓰러지듯 앉아 있던 사람은 한참 만에야 선물을 떠올렸다. 짐을 올려둔 위 칸으로 두 사람의 시선이 약속이나 한 듯 향했다.

하지만 중일의 선물은 제주공항에 내려서 확인해보라고 했고, 지락의 선물은 숙소에 도착해서 씻기 전 확인해보라고 했다. '씻기 전'이라는 전제가 수상하긴 했지만, 이토록 귀한 선물을 받은 입장에서 약속을 어길 수는 없었다. 그렇다면 남은 건 하나. 동은이 일어서서 조심스럽게 해온의 선물을 꺼냈다.

"이건 최 형사님 선물이야?"

"응. 너 만나면 함께 보라고 했거든."

동은이 대답과 동시에 잽싸게 자리에 앉아 묶여 있던 리본을 풀어냈다. 셋 중 가장 부피가 작은 상자 속에는 그보다 훨씬 더 작은 편지 한 장이 들어 있었다.

"설마 러브레터는 아니겠지?"

반은 장난으로 중얼거린 은택이 이윽고 펼쳐진 편지에 입을 꾹 다물었다. 정갈한 글씨체로 적힌 누군가의 이름에 그의 눈빛에 서려 있던 짓궂은 기색은 거짓말처럼 사라졌다. 순식간에 가슴이 먹먹해져왔다. 동은의 손도 좀처럼 가누기 힘든 감정에 떨고 있었다. 은택이 편지를 쥐고 있는 동은의 손을 조심스럽게 보듬었다.

편지는 견우가 보내온 것이었다. 우체국 소인이 찍히지 않은 봉투를 보아하니 아마도 해온이 직접 견우가 수감된 교도소에 가서 받아온 모양이었다.

〈동은이에게.
염치없는 줄 알면서도 해온이 편에 이 편지를 보낸다.
어떡하든 이 말만은 전하고 싶었어.
결혼 축하한다, 동은아.
네가 행복해져서 다행이야.〉

미안하다는 말을 차마 적을 수가 없어, '미'라는 글자를 몇 번이나 썼다 지운 흔적이 조그만 편지지에 자욱하게 남아 있었다. 그 슬픈 흔적 위로 기어이 동은의 눈물이 후두둑 떨어져 내렸다.

행복한 결혼식에서 단 하나 서글펐던 것은, 견우의 부재였다. 아무도, 그 자신조차도 결코 원하지 않았던 배신. 그 대가로 결국 모두가 행복한 자리에 견우만이 함께할 수 없었다.

해온의 선물은 그 서글픔을 조금이나마 씻겨주는 것이었다. 편지를 조심스럽게 다시 봉투에 집어넣은 동은이 은택의 어깨에 머리를 기댔다. 은택의 심장박동 소리가 들려왔다. 울컥했던 마음이 한결 차분해졌다. 간신히 울먹임을 참아낸 동은이 속삭였다.

"다행이다. 우리가 행복해져서……."

덕분에 견우는 마음의 짐을 조금이나마 덜었을까. 동은의 소리

없는 물음에 답하듯 은택이 천천히 고개를 끄덕였다. 그러곤 붙잡은 동은의 손을 더욱 힘주어 잡았다.

"앞으로도 우린, 계속 행복할 거야."

"응."

언젠가는 견우 선배로 인한 상처도 전부 아물 날이 오겠지. 그러나 아직 아물지 않은 상처가 욱신거려와 동은이 은택의 품으로 더욱 깊숙이 파고들었다. 그녀의 상처받은 마음이 쉬어갈 수 있는 곳은 오직 이 품밖에는 없으니까. 이 품에서라면 그 어떤 상처도 견딜 수 있을 테니까.


고작 1시간밖에 되지 않는 비행에서 참 많은 감정 변화를 겪었다. 좋아 죽을 것 같다가도 편지 한 장에 가슴이 욱신욱신 아프기도 했고, 너른 그의 품에서 위로받으며 아늑한 행복을 느끼기도 했다. 그리고 지금, 동은이 느끼는 감정은 당혹감이었다.

"내가 못 살아. 이걸 안 입을 수도 없고……."

"왜? 난 마음에 드는데."

비행기가 공항에 내리자마자 중일의 선물을 확인한 동은과 은택은 180도 다른 표정을 지으며 각자 화장실로 향했다.

중일의 말마따나 그가 선물한 물건은 신혼여행의 필수품은 확실했다. 신혼부부 티를 팍팍 낼 수 있는 커플티였으니 말이다.

문제는 중일이 준비한 커플티가 아주 강렬한 색상의 하와이안 셔츠라는 사실이었다. 셔츠에는 야자수 위에 작열하는 태양이 그려져 있었다. 눈이 멀 것 같은 강렬함에 마주친 사람마다 전부 그녀를 힐끔거렸다.

태어나서 이런 화려한 옷을 입어본 것은 처음인지라 동은은 부끄러움에 어깨를 잔뜩 웅크리고서 화장실을 빠져나왔다. 그러나 은택은 이 강렬한 의상을 입고도 매우 당당한 자태로 공항 입구에 서 있었다. 마음에 든다던 말은 깊은 곳에서 우러나온 진심인 모양이었다. 그렇지 않고서는 이 난감한 하와이안 셔츠를 저렇게 모델처럼 소화할 수는 없었다.

동은이 쭈뼛쭈뼛 다가가자 은택이 시원한 미소와 함께 손을 뻗어왔다. 날렵하게 동은의 허리를 끌어안은 그가 그녀의 머리카락에 부드럽게 입술을 묻었다.

"예쁘다. 잘 어울려."

동은이 뭘 입은들 밉게 보일까. 설사 그녀가 몸뻬 바지를 입고 나타났어도 그의 눈에는 틀림없이 사랑스러워 보였을 것이다.

사랑에 빠진 후로 그녀는 은택에게 별보다 반짝이는 존재였고, 아무리 멀리 있어도 제일 가까이 있는 존재였다. 그녀가 어디에 있건, 은택의 눈에는 그녀만 보였다. 은택의 마음은 이렇듯 원근법도 무시할 정도로 심각했다. 그런 그녀와 이렇게 커플티를 입고 함께 신혼여행을 오게 되다니. 한참을 감격하며 동은을 끌어안고 있던 은택이 별안간 휴대전화를 꺼내며 살짝 몸을 떼어냈다.

중일이 선물 상자 속에 함께 넣어둔 쪽지에 당부가 적혀 있었다. 두 사람이 커플 티를 입고 찍은 사진을 꼭 보내달라는 내용이었다.

"자, 웃어봐. 사진 찍어서 보내드려야지."

해온의 부탁이었다면 모른 척할 수도 있었겠지만, 아버지처럼 따르는 중일의 부탁이었다. 동은은 어색하게 미소 지으며 휴대전화 화면을 올려다봤다.

타이머가 설정되었는지 이내 숫자가 세어졌다. 셋, 둘, 하나.

쪽. 기가 막힌 타이밍에 은택이 그녀의 뺨에 입을 맞췄다. 사진 속에는 그 절묘한 순간이 고스란히 담겨 있었다. 동은이 본능적으로 휴대전화를 향해 손을 뻗었다.

"서은택, 너 그거 절대로 팀장님한테 보내면 안 돼! 최해온이 랑 오지락이 보면 분명 놀려댈 거란 말이야!"

하지만 동은이 아무리 손을 뻗어도 키가 큰 은택이 팔을 높이 들면 그만이었다. 그 상태에서 은택은 중일에게 전송까지 신속하게 끝마쳤다. 은택이 울상을 짓고 있는 동은의 손을 잡아끌었다.

"기왕이면 신혼부부다운 모습이 좋잖아? 우리 이제 부부니까."

"그렇지만 최해온이랑 오지락이……."

"어허. 다른 남자 이름 그만 불러. 질투 나니까. 그나저나 배고프다. 밥 먹으러 가자, 여보야."

그 순간 해온과 지락의 사악한 얼굴 따윈 동은의 머릿속에서 폭죽처럼 팡팡 터져버렸다.

"뭐? 뭐라고 했어, 방금?"

동은이 더듬거리며 겨우 한 질문에 은택은 김이 샐 정도로 단번에 대답을 해왔다.

"'여보야'라고 했는데, 왜? 마음에 안 들어? 그럼 '자기야'라고 불러줄까?"

여보에 이어 자기까지, 도무지 적응이 되지 않는 호칭에 동은의 얼굴이 토마토처럼 빨개졌다. 은택이 동은의 터질 것 같은 볼을 문지르며 까칠한 표정을 지어 보였다.

"아까도 말했지만 우리 부부거든? 언제까지 당신, 애인 이렇게 부를 수는 없잖아. 안 그래?"

듣고 보니 맞는 말이었다. 동은이 미안한 듯 고개를 끄덕였다.

"그래, 네 말이 맞아."

"그렇지? 그럼 여보야도 날 여보야라고 불러봐."

"어?"

"얼른."

은택의 재촉에 한참을 망설이던 동은이 어렵게 입술을 떼었다.

"여, 여, 여……."

"응."

"여기 너무 예쁘다! 그, 그치?"

"뭐어?"

잔뜩 기대를 품고 있던 은택이 어깨를 축 늘어뜨렸다. 기가 막힌 동은의 임기응변에 한숨이 절로 나왔다. 잔뜩 풀이 죽은 은택의 모습에 동은이 손가락 끝으로 그의 셔츠 끝을 잡아끌었다.

"서운해하지 마. 여행 끝나기 전까지 불러줄 테니까. 응?"

"진짜지?"

그러자 은택이 돌연 눈을 반짝반짝 빛내며 새끼손가락을 내밀었다. 동은은 곤란한 표정으로 마지못해 새끼손가락을 걸었다.

"약속했다, 여보야?"

"으응."

하와이안 커플 셔츠에 이어 '여보야'라는 호칭까지. 아무래도 이번 신혼여행은 동은에게 어려운 도전의 연속이 될 것 같았다.

그리고 그 도전의 정점을 찍는 순간이 찾아왔으니! 관광을 마치고 숙소에 도착한 동은이 부탁대로 샤워를 하기 전 지락의 선물을 개봉했을 때였다. 눈앞에 던져진 야릇한 속옷의 자태에 동은은 입을 다물지 못했다.

'오지락, 이놈의 자식! 돌아가면 죽었어, 진짜!'

동은이 상자째로 저만큼 속옷을 집어 던지며 이를 부득 갈았다. 그러다 문득, 여자 친구랑 함께 선물을 골랐다던 지락의 말이 떠올랐다. 혜정의 섹시한 몸매를 저도 모르게 떠올린 동은이 망설임 끝에 조심스럽게 상자로 손을 뻗었다. 그녀가 천천히 상자를 끌어와 다시금 그 안에 든 속옷을 찬찬히 살폈다. 웨딩드레스를 연상시키는 하얀색 속옷은 순수해 보이면서도 동시에 말초신경을 자극하는 섹시함을 폴폴 풍기고 있었다.

과연 제가 이걸 입을 수 있을까. 침을 꿀꺽 삼킨 동은이 손가락 끝으로 간신히 속옷을 집어 올린 타이밍이었다. 때마침 침실을 정리 중이던 은택이 소란스러운 소리에 거실로 나왔다.

"무슨 일 있어?"

"어? 아, 아무 일도 아니야!"

다급히 소리친 동은은 부리나케 상자 뚜껑을 덮고는 욕실 안으로 뛰어 들어갔다. 그러나 그 찰나에 은택은 보고야 말았다. 뚜껑이 닫히기 직전 두 눈으로 똑똑히 확인했다. 상자 안에 들어 있는 야시시한 물건은 분명 속옷이었다.

은택이 홀린 사람처럼 다시 침실로 들어갔다. 마저 캐리어에 담겨 있는 짐을 옷장 속에 말끔히 정리했다. 하지만 머릿속에는 내내 조금 전 보았던 속옷이 맴돌고 있었다. 동은과 함께 밤을 보낸 적이 아예 없는 것도 아닌데 이상하게 가슴이 진정되지 않았다. 머리는 자꾸만 멋대로 야릇한 속옷 차림의 동은의 모습을 상상하고 있었다.

그렇게 얼마의 시간이 흘렀을까. 욕실 문이 열리는 소리가 은택의 귓가를 푹 파고들었다. 이윽고 얌전한 발소리가 멈추고 동은이 침실 안으로 들어섰다. 그녀의 몸에서 나는 뜨거운 김이 한순간 훅 끼쳐왔다.

"으, 은택이 너는 안 씻어?"

그녀도 저처럼 떨고 있는 걸까. 더듬거리는 목소리에 용기를 내어 뒤돌아본 은택이 숨을 급하게 들이마셨다. 숨만 쉬어도 체하는 기분이 이런 거구나 싶었다.

문 앞에서 동은이 샤워가운만 걸치고 서 있었다. 방금 샤워를 한 탓에 그녀의 피부는 유난히 뽀얗고 입술은 또 지나치게 붉었다.

저 샤워가운 안에 아까 그 속옷을 입고 있을까? 저도 모르게 발칙한 상상을 해버린 은택이 벌떡 일어나 제가 입을 샤워가운을 챙겨 들었다.

"나, 나도 씻고 나올게!"

여유로운 걸음걸이와는 다르게 문을 닫는 손길은 지나치게 조급했다. 쾅! 소리가 나며 닫힌 문이 그가 지금 얼마나 여유롭지 못한지 드러내고 있었다.

그러나 여유가 없는 건 동은도 마찬가지였다. 은택이 욕실로 들어가고, 몰래 입고 있는 샤워가운 속을 들여다본 동은이 야트막

한 한숨과 함께 침대로 향했다. 그녀는 침대에 누워 멍하니 바깥 풍경을 눈에 담았다. 통유리 너머 내다보이는 바다가 어둠에 까맣게 잠겨 있었다.

욕실 쪽에서 아득하게 물줄기 떨어지는 소리가 들려왔다. 완연한 밤. 물줄기 소리처럼 그녀의 심장도 사정없이 뛰어댔다.


서둘러 씻은 은택이 욕실 문을 열고 나왔다. 젖은 머리카락을 훑어 올리며 그가 천천히 긴장한 걸음을 옮겼다. 침실에서 동은이 기다리고 있다고 생각하니 자꾸만 정신이 아득해지는 느낌이었다.

'각오해. 오늘 밤엔 안 재울 거니까.'

결혼식에서 그녀에게 했던 말은 전부 허세였던 모양이었다. 침실 문고리에 손을 올리자 심장이 터져나갈 것 같았다.

위험한 생각이 뜨거운 연기처럼 스멀스멀 피어올랐다. 그녀의 모든 걸 가지고, 그녀의 모든 곳에 제 흔적을 새겨놓아야만 이 밤이 끝날 것 같았다. 은택이 더운 숨을 거칠게 토하며 문을 열었다.

침대에 누워 있는 동은의 모습이 보였다. 은택이 조심스럽게 그녀의 곁으로 다가갔다. 매트리스가 흔들리지 않게 살살 침대에 누운 은택이 등을 돌리고 누운 동은의 어깨를 가만히 끌어안았다.

"여보야."

은택은 얌전히 누워 있는 동은을 불렀다. 간지러운 호칭으로 그녀를 부르는데 왜인지 목구멍까지도 뜨거웠다. 그가 애타는 손길로 천천히 그녀의 몸을 돌려세웠다. 그런데 그 순간, 은택의 입에서 황망한 숨이 터져 나왔다.

"설마 자는 거야?"

믿을 수 없게도 동은은 그새 잠이 들어 있었다. 그것도 아기처럼 곤히 잠든 모습이었다.

"말도 안 돼."

동은이 몸을 뒤척이자 흐트러진 샤워가운 속에 아까 본 속옷을 입고 있는 것이 보였다. 스물다섯 피 끓는 남자의 본능이 어서 그녀를 흔들어 깨우라고 명령해댔다.

하지만 은택은 차마 그녀를 깨울 수가 없었다. 그녀의 어깨에 시퍼런 멍이 들어 있었다. 아무래도 범인과 사투를 벌이다 생긴 흔적 같았다. 게다가 이틀씩이나 잠복수사를 하느라 잠도 제대로 못 잤다고 들었는데.

은택이 조심스럽게 얼굴을 내려 동은의 상처 위로 입을 맞췄다. 그러곤 멍 자국이 보이지 않도록 어깨 부분의 샤워가운을 슬쩍 끌어 올려주었다. 간지러웠는지 동은이 콧잔등을 살짝 찡그렸다. 손끝으로 앙증맞은 주름을 펴주며 은택이 그녀의 목뒤로 팔을 집어넣었다. 그의 팔베개가 아늑했는지 동은이 금세 입가에 엷은 미소를 머금었다.

격정적인 밤도 욕심나긴 했지만, 이렇게 그녀의 고단한 하루를 제 품에서 보듬어주는 느낌도 나쁘지 않았다. 지친 그녀의 마음이 제 품에서 달래진다면, 그리하여 그녀의 오늘 밤이 이 세상 그 누구의 밤보다 포근하다면…….

"잘 자."

은택은 고심 끝에 남자의 본능은 내일로 미뤄두기로 했다. 오늘 밤만은 그녀가 아주 달콤한 꿈을 꾸기를 바랐다.

"대신 오늘 밤만이야."

하지만 꿈틀대는 남자의 본능을 아예 저버리는 건 불가능했다.

"내일 밤은 절대 양보 못 하니까."

다정한 말투는 어쩐지 짐승이 으르렁거리는 것처럼 들리기도 했다. 은택은 그녀를 살며시 끌어안은 채 함께 잠을 청했다.

내일 어떤 밤이 찾아올지 알기나 하는 걸까. 은택의 품에서 깊은 잠에 빠져든 동은의 얼굴은 그 어느 때보다 더 편안해 보였다.


다음 날 아침. 은택은 가만히 잠든 동은의 모습을 들여다보고 있었다. 향기로운 머리카락, 동그란 이마, 앙증맞은 속눈썹, 보드라운 콧날, 꽃잎 같은 입술. 아무리 봐도 질리지가 않았다. 양 수천 마리를 세며 하염없이 늑대와 싸웠던 밤. 내내 질릴 때까지 보고 또 본 얼굴이건만, 이상하게 보고 있어도 그리웠다.

겨우 한 달을 머물고 안개처럼 사라져버린 첫사랑이기 때문일까. 아니면 그 한 달을 잊지 못해 무려 7년을 기다리며 그리워한 짝사랑이기 때문일까.

곁에 잠들어 있는 그녀가 그저 꿈같아 몇 번이나 눈을 깜빡깜빡, 아프게 볼도 꼬집어보지만…… 지금 이 순간은 영락없는 현실이었다. 새삼 그녀와 함께 신혼여행을 와 있다는 사실을 깨달은 은택의 가슴이 거칠게 일렁였다.

은택이 조심스럽게 손을 뻗어 동은의 향기로운 머리카락을 매만졌다. 보드라운 속눈썹 위를, 앙증맞은 콧날 위를, 꽃잎 같은 입술 위를, 하물며 입술 사이로 번지는 달콤한 숨결마저도 어루만지듯 그의 손길이 촘촘히 다녀갔다.

혹 그녀의 다디단 잠을 깨울까 허공을 쓸어내리듯 애타게 닿은 손길에 간밤 미뤄둔 남자의 본능이 무섭게 꿈틀거렸다. 손가락 끝에 쏟아지는 달콤한 숨결에 한순간 머리가 어찔해졌다.

은택이 안절부절못하던 그 순간, 텔레파시라도 느낀 것처럼 동은이 새초롬하게 눈을 떴다. 가물거리는 시야를 다잡으려는 듯 몇 번 눈을 깜빡이던 그녀가 이내 소스라치게 놀라며 벌떡 일어섰다.

헉! 숨죽인 비명을 삼키고선 동그란 눈으로 주변을 두리번두리번. 낯선 곳에 떨어진 사람인 양 경계하는 눈빛에 은택이 황당한 웃음을 터뜨렸다. 누구는 뜬눈으로 밤을 지새웠는데 누구는 정말 기절이라도 한 양 단잠을 잔 모양이었다.

동은의 시야에 잡힌 은택의 화난 얼굴이 이윽고 또렷해졌다. 그때서야 상황을 인식한 동은이 은택에게 어색한 인사를 건넸다.

"은택아, 조, 좋은 아침……?"

"좋은? 아침?"

은택이 두 번이나 말끝에 힘을 주며 강력하게 불만을 표시했다.

"우리 여보야가 양심이 없네. 지금 해가 중천에 떠 있는 거 안 보이세요?"

저것 보라며 테라스 쪽을 흘깃 바라본 은택이 다시 눈을 마주쳐 왔다. 간밤의 억울함이 고스란히 담긴 눈동자에 동은이 지레 몸을 웅크렸다.

"그, 그럼 좋은 점심?"

동은의 싱거운 농담에 은택이 삐딱하게 눈썹을 구부렸다. 그녀가 이제까지 본 은택의 표정 가운데 가장 냉담한 표정이었다. 그 바람에 동은의 애처로운 눈동자가 잠시 길을 잃고 방황했다.

그사이 은택의 시선이 노골적으로 아래로 향했다. 그 시선의 끝을 알아차린 동은이 홧홧한 기운을 견디지 못하고 샤워가운 앞섶을 바짝 여몄다.

동은의 행동을 마뜩지 않은 눈빛으로 지켜보던 은택이 별안간 기습적으로 손을 뻗었다. 화들짝 놀란 동은이 뒤로 물러섰지만, 기어코 허리띠 한쪽 끝을 잡아챈 은택이 사악하게 미소 지었다.

"지금 이 시간이 좋은 점심이 될 수 있는 방법이 딱 하나 있는데. 내가 가르쳐줄까?"

"그, 그게 뭔데?"

동은의 순진한 반응에 은택이 허리띠 끝을 살살살 잡아당기며 속삭였다.

"정말로 몰라서 묻는 건 아니지?"

"그러엄! 근데 여, 여, 여보야, 잠깐만!"

감질나게 허리띠를 잡아당기던 은택의 손이 그 순간 우뚝 멈춰섰다. 망했다. 하필 이 타이밍에 그녀가 '여보야'라고 불러줄 줄이야. 좋아 죽겠으면서도 동시에 사무치게 억울한 기분이 들었다.

"치사하게 그런 식으로 나온다, 이거지?"

"여보야, 나 제주도에 가고 싶었던 곳 무지 많았는데……. 수, 숙소에만 있는 건 너무 아깝지 않을까? 어?"

"그만! 거기까지! 당신 이러는 거 진짜 반칙이야."

"그러지 말고 내 말 좀 들어봐. 응? 여보야아아아!"

누가 이렇게 애교를 필사적으로 떨까. 동은의 얼굴은 당장이라도 빵 터질 것처럼 새빨개져 있었다. 그녀에겐 차라리 몇 날 며칠 밤을 새워가며 잠복수사를 하는 게 훨씬 더 쉬운 일일지도 몰랐다. 그만큼 간절한 애교에 은택이 결국 백기를 흔들었다.

"못 살아. 내가 또 졌다, 졌어."

언젠들 속 시원하게 그녀를 이겨본 적이 있을까. 임동은은 서은택의 영원한 갑이었다. 나지막한 한숨을 내쉬며 은택이 몸을 일으켰다. 창가로 다가간 그가 아쉬운 마음을 털어내듯 커튼을 끝까지 열었다. 순식간에 햇살이 부서지듯 쏟아져 들어왔다. 은택이 완전히 물러선 것을 확인한 동은이 한시름 놓은 얼굴로 신이 나서 종알거렸다.

"은택아, 우리 이제 뭐 할까? 투명 카약 타러 갈까? 나 그거 예전부터 꼭 타보고 싶었는데. 아니면 오름에 올라가 보는 건 어때? 내가 얼마 전에 텔레비전에서 봤는데……."

"전부 거절. 힘쓰는 건 절대 안 돼."

"어, 어째서?"

"피곤할까 봐 봐주는 건 어젯밤 한 번뿐이야. 더 이상은 절대 못 참아, 나도."

은택의 단호한 거절에 동은이 입술을 깨물었다. 할 수 없었다. 자신은 지금 입이 열 개라도 할 말이 없는 대역죄인이었으니까.

"그럼 은택이 넌 뭐가 하고 싶은데?"

풀이 죽은 동은의 질문에 은택은 고민도 없이 곧바로 대답했다.

"체력보충."

"체력보충?"

"응. 밥 먹으러 가자."

은택은 동은의 대답도 듣지 않고서 휴대전화를 꺼내 들었다. 그러곤 손가락이 보이지 않을 정도로 열심히 뭔가를 검색했다.

도대체 뭘 검색하는 거지? 꾸물꾸물 침대에서 일어나 흘깃 그가 검색한 단어를 훔쳐본 동은의 얼굴이 또 한 번 붉게 달아올랐다.

'제주도 스태미너 맛집.'

세상에! 이토록 목적이 뚜렷한 검색어가 또 있을까. 아무래도 오늘 밤은 그녀의 역사상 가장 긴긴 밤이 될 것 같았다.


은택은 동은을 데리고 근처의 유명한 흑돼지구이집을 찾았다. 흑돼지뿐만 아니라 스태미너에 좋은 각종 해산물도 곁들여 구워 먹을 수 있는 식당이었다.

"보이지? 여기 다 신혼부부들만 와 있어."

은택이 옆자리에 앉은 남녀를 가리키며 소곤거렸다. 아니나 다를까. 이곳은 제주도에서도 스태미너 보양식으로 유명한 식당이라고 했다.

종업원이 뜨거운 김이 모락모락 나는 돌판을 내려놓기 무섭게 은택이 가위와 집게를 집어 들었다. 그는 곧 요리사의 명예를 걸고 놀라운 솜씨를 발휘해 음식을 굽기 시작했다. 이윽고 문어, 전복 등 각종 해산물이 야들야들하게 구워지자 은택은 먹기 좋게 잘라 동은에게 먼저 주었다.

"우리 여보야, 많이 먹어."

"어? 너, 너도."

"어허!"

"여, 여보야도……."

동은이 기어들어가듯 낯간지러운 호칭으로 은택을 불렀다. 비로소 은택이 만족한 듯 다시 굽기에 집중했다.

그사이 동은은 어느새 그렇게나 쑥스러웠던 낯간지러운 호칭도, 호환 마마보다 무서웠던 체력보충의 의미도 머릿속에서 싹 지운 채 금세 먹음직스러운 구이요리를 앞에 두고 군침을 흘렸다.

그러나 그녀에겐 음식의 맛을 제대로 음미할 기회가 없었다. 은택이 그녀가 음식을 입에 넣기 무섭게 빈 접시를 가득 채워주는 까닭이었다. 도대체 얼마나 스태미너를 보충해주려는 건지 결국 동은은 맛도 느끼기 전에 질식할 것 같은 포만감부터 느껴야 했다.

"이러다 나 배 터져 죽으면 전부 은택이 네 책임이야."

동은이 숨도 잘 쉬어지지 않는지 헉헉대며 얄미운 눈으로 은택을 흘겨봤다. 은택은 능청스럽게 어깨를 으쓱이며 해산물에 이어 흑돼지도 야무지게 구워 동은에게 내밀었다.

"잘됐다. 우리 여보는 배부르면 잠 못 자잖아."

"으으, 못됐어, 진짜!"

은택의 짓궂은 대꾸에 동은이 못 말리겠다는 듯 고개를 살래살래 흔들었다. 그렇게 식사는 정말로 은택이 강조한 '체력보충'만 충실하게 이루어졌다. 식사를 끝낸 두 사람은 산책도 할 겸 함께 바닷가를 거닐었다.

무슨 상상을 하고 있는지 엉큼한 웃음을 지으며 걷는 은택의 뒤로 동은이 몰래 신발을 벗어 들고 졸졸 따라 걸었다.

"은택아."

"응?"

은택이 뒤돌아보는데 동은이 별안간 발로 바닷물을 튕겼다. 느닷없이 바닷물을 맞은 은택이 눈을 깜빡거렸다.

"뭐야, 갑자기? ……앗!"

당황한 은택에게 동은이 또 한 번 물을 뿌렸다. 급기야 은택이

질 수 없다며 덩달아 신발을 벗어 들었다. 두 사람 다 신이 나서 마치 어린아이처럼 물장난을 쳤다. 그렇게 한참을 파도에 발을 담그고 장난을 치다가 지친 두 사람은 함께 쭉 뻗은 수평선을 볼 수 있는 벤치에 걸터앉았다.

동은은 문득, 7년 전 은택과 함께 바다를 보러 왔던 그날이 생각났다. 그때도 은택은 파도를 가지고 이렇게 장난을 치고 있었다. 거친 제 마음이 진정될 때까지, 묵묵히.

그래놓곤 당돌하게 선생님이 자기의 첫사랑이라며 저돌적인 고백을 해왔었다. 꿈에서도 기억할 만큼 설레던 그때의 기억에 새삼 눈물이 아른거렸다. 문득 그때 꿈에서 깨달았던 감정이 다시금 동은의 가슴을 두근거리게 했다. 동은이 천천히 은택의 어깨에 머리를 기댔다. 그리고 한참을 망설이다 물었다.

"은택아, 내가 비밀 하나 말해줄까?"

"비밀? 뭔데?"

궁금해하는 은택에게 동은이 귀를 가까이 가져오라는 손짓을 해 보였다. 그녀의 말대로 은택이 천천히 얼굴을 숙였다.

"사실은……."

동은이 마치 훔치듯, 달콤하게 입을 맞추며 고백했다.

"내 첫사랑도 너야."

그 순간, 수줍게 붉어진 은택의 얼굴처럼 바다 위에도 노을이 내려앉고 있었다.

에필로그

"이 여자가 진짜……."

하염없이 시계만 바라보던 은택이 벌떡 일어나 가게 문을 열고 나갔다. 혹시나 근처에 왔을까 연신 근방을 두리번거려보지만, 동은은 코빼기도 보이지 않았다. 낮은 한숨을 푹 내쉰 그가 미련을 버리지 못하고 목을 쭉 빼 더 멀리까지 내다보다가 다시 터덜터덜 가게 안으로 들어왔다. 그 틈을 타 계속 은택에게 말 걸 타이밍을 재고 있던 여자 손님이 쪼르르 다가와 물었다.

"누굴 그렇게 기다리세요? 혹시 애인?"

애인이 있는지 없는지 확인하려는 손님의 앙큼한 질문에 은택이 빙글 뒤돌아섰다. 처음 보는 손님이었다. 그의 결혼 사실을 모르는 손님들이 종종 하는 익숙한 질문이건만, 은택은 오늘따라 심기가 불편한지 어금니를 으득 깨물며 대답했다.

"말 안 듣는 마누라 기다려요."

은택의 심기 불편한 표정 때문인지, 충격적인 소식을 들어서인지 여자 손님이 하얗게 질린 얼굴로 또 한 번 물었다.

"서, 설마 유부남이세요?"

"네, 애도 있어요. 여섯 살."

단호박 같은 은택의 대답에 다리에 힘이 풀린 여자 손님이 비틀거리며 자리로 돌아갔다. 그리고 그때, 기가 막힌 타이밍에 은택관의 투명한 유리문이 거침없이 열렸다.

"여보야! 나 안 늦었지? 그치, 그치?"

헐레벌떡 뛰어 들어온 동은이 애교 넘치는 목소리로 동조를 강요했다. 하지만 나날이 그녀의 애교에 단련되어가는 남편은 제법 익숙해진 '여보야' 소리만으로는 화를 풀어주지 않을 모양이었다. 불만 가득 잔뜩 올라가 있는 눈매를 한숨 쉬며 바라보던 동은이 비장의 수를 꺼내 들었다.

"자기야, 한 번만 봐주라. 나 그래도 엄청 노력해서 최대한 빨리 온 건데. 응?"

과도한 콧소리를 장착한 동은이 픽업대 너머로 몸을 기울여 은택의 뺨에 쪽 입을 맞췄다. 그 순간 은택의 눈이 함지박만 하게 커다래졌다.

그럴 만도 한 게 짓궂은 동료들 탓인지 사람들 본다며 바깥에서의 스킨십에는 유독 선을 긋는 그녀였기 때문이다. 그녀의 표현을 그대로 빌리자면 남우세스러운 애정 표현을 방금 큰마음 먹고 해준 것이었다. 오늘만큼은 호락호락 넘어가지 않겠다며 벼르던 은택의 결심은 진작 안드로메다로 날아가 버렸다.

픽업대의 간이문을 열고 나오는 은택은 다리가 풀려 무릎에 힘을 바짝 주고 있었다. 이미 애까지 낳아놓고도 볼 뽀뽀 한 번에 귓등이 분홍빛으로 달아오른 은택이 볼멘소리를 쏟아냈다.

"마누라, 애교 스킬이 나날이 느는 거 아니야? 누구한테 써먹으려고 그렇게 속성으로 진도를 빼실까? 응?"

"글쎄. 자기가 조금만 덜 삐쳐도 진도 천천히 나갈 것 같은데?"

결국 은택이 자주 삐쳐서 자기가 애교쟁이가 되어간다는 소리였다. 하루에도 열두 번씩 토라지는 남편께선 어김없이 그 말에도 도끼눈이 되셨다.

"내가 언제!"

"지금 발뺌하는 거야? 지난번에 범인 팔에 수갑 채우는 것도 너무 들러붙었다며 난리를 쳐놓고? 내가 진짜 그때만 생각하면……"

"그건 그 범인이 음란죄로 잡혔으니까!"

은택이 가게 앞에서 버젓이 자신의 성적 취향을 마구 발산하고 다니는 범인을 직접 신고했다. 그래서 코앞에서 생방송으로 똑똑히 보고 말았다.

그때 동은이 수갑을 채운 범인의 헤벌레한 표정은 꿈에서도 나올 만큼 잊히지가 않았다. 두 번 생각해도 몸서리가 쳐질 만큼 끔찍했다. 은택이 몸을 부르르 떨다가 무섭게 표정을 굳혔다. 이대로 계속 말꼬릴 돌리는 아내의 계략에 말릴 수는 없었다.

"자꾸 딴소리할래? 오늘은 자기가 잘못했잖아. 쭌이 생일상만큼은 직접 차려주겠다고 큰소리 떵떵 쳐놓고!"

제주도 신혼여행에서 먹었던 흑돼지와 해산물 구이가 정말 효과가 있었던 걸까. 그날 밤 은택의 스태미나가 유난히 탁월했던 탓에 두 사람에겐 생각지도 못했던 허니문 베이비가 생겼다. 그리고 그들의 눈에 넣어도 안 아픈 아들 서동준 군께선 올해로 여섯 살이 되었다.

오늘은 앙증맞은 동준의 여섯 번째 생일날. 남편에겐 강해도 아들에겐 세상 가장 약한 엄마 동은은 동준의 생일이라는 소리에 금세 표정부터 달라졌다.

"미안, 미안. 그래서 내가 몇 번이나 잘못했다고 빌었잖아. 이제 그만 봐주라, 응?"

팔짱을 끼며 어깨에 머리까지 기대는 애교쟁이 동은의 허리를 자동반사적으로 끌어안은 은택이 석연치 않은 표정을 지어 보였다. 분명히 잘못했다는 말은 단 한 번도 하지 않은 것 같은데 참 이상한 일이었다.

그러나 의혹을 백만 번 품으면 뭐하나. 아내 바보 은택의 입꼬린 이미 귀에 걸려 승천할 준비 중인데.

"자기야, 쭌이 생일 파티 끝나면 우리도 신혼여행 때 기분 좀 내야지. 그러려면 시간 없어. 빨리 장 보러 가자."

동은의 마지막 필살 애교에 은택은 영혼이라도 팔 것처럼 부랴부랴 나갈 채비를 했다. 그렇지 않아도 더 늦기 전에 둘째를 가질 계획이었다. 동준이 유치원에 다니기 시작한 작년부터 다시 일을 시작한 동은은 꼭 1년만 채우고 둘째를 갖겠다고 약속한 참이었다. 그 디데이가 바로 오늘인 모양이로구나! 속으로 쾌재를 부르며 은택이 아내의 손을 단단히 잡아끌었다.

"그럼 오늘 쫀이 생일 파티는 번개처럼 해치우는 걸로. 한여름이라 해가 유독 짧다."

"대신 정성스럽게."

"그걸 말이라고. 감히 누구 아들 생일인데!"

"서은택 임동은 아들이지!"

"오케이! 가자, 마누라. 하루야, 나 먼저 들어간다! 오늘도 주방 잘 부탁해!"

음료만 담당하던 하루는 그사이 주방까지 영역을 넓혔다. 밑에 아르바이트생도 두 명이나 더 두었다. 그 세월이 무상할 만큼, 7년차 결혼 생활에도 신혼부부 느낌이 풀풀 나는 두 사람을 볼 때마다 하루는 하루라도 빨리 결혼이 하고 싶어졌다. 동준이 같은 사랑스러운 아들도 미치게 낳고 싶었다. 일에 빠져 사는 애인을 한 번 더 닦달해볼 요량으로 휴대전화를 꺼내 든 하루가 우렁차게 대답했다.

"다녀오세요!"

몇 년 전만 해도 은택이 하루가 멀다 하고 새벽 얼굴 도장을 찍었던 시장. 오랜만에 은택관 주인장이 등장하자 시장통이 시끌벅적해졌다.

동은이 다시 일을 시작하고, 동준이가 유치원을 다니기 시작하면서부터 은택의 아침 일과는 장보기에서 아들 밥 먹이고 유치원 데려다 주는 것으로 바뀌었다. 그 바람에 은택관에서 쓸 요리재료의 장보기는 하루에게로 바통 터치가 돼 있던 상태. 물론 하루의 인기도 은택 못지않았지만, 그래도 시장 아주머니들의 영원한 워

너비는 누가 뭐라 해도 은택이었다.

"어서 와! 쭌이 아빠, 쭌이 엄마. 모처럼 얼굴 보는구먼."

제일 먼저 앞치마까지 벗고 달려 나온 생선가게 아주머니를 동은이 반겼다.

"잘 지내셨죠? 오늘 쭌이 생일이라 장 보러 왔어요."

동은이 답지 않게 은택에게 찰싹 달라붙어 안부를 물었다. 생선가게 아주머니가 과거 은택을 사윗감을 콕 점찍었더라는 이야기를 옆집 과일가게 아주머니에게서 전해들은 이후로 시장에서 동은은 무의식중에 늘 이렇듯 경계 태세를 갖추고 있었다.

강력반 여형사의 아우라를 체험한 것일까. 어쩐지 어깨가 잔뜩 움츠러든 생선가게 아주머니께서는 주섬주섬 다시 앞치마를 챙겨 입으며 물으셨다.

"그래, 뭐로 줄까?"

"우리 쭌이가 오징어로 만든 동그랑땡을 좋아해요. 오징어 다섯 마리만 주세요. 참, 따님은 남자 친구분 잘 만나고 계시죠?"

"그러어엄! 곧 결혼식도 올릴 거야."

동은의 기습적인 질문에 생선가게 아주머니는 그렇게 반대하던 딸과 고시생 남자 친구의 결혼을 덜컥 승낙까지 해버렸다.

"정말요? 진심으로 축하드려요! 결혼식 때 꼭 불러주세요!"

활짝 웃는 동은을 보니 한술 더 떠 결혼식부터 서둘러야 할 판이었다. 묘하게 울상을 짓는 생선가게 아주머니에게 꾸벅 고개를 숙인 동은은 시간이 없다며 서둘러 장을 보기 시작했다.

채소와 고기, 과일까지 두루 사는 아내 옆에서 은택은 꼼꼼하게 좋은 물건을 골라주었다. 무겁지도 않은지 물건이 담긴 봉지를 죄다 한 손에 든 채 아내의 손을 꼭 잡고 있는 모습이 영락없는 애처가였다. 두 사람을 바라보던 생선가게 아주머니가 저도 모르게 입맛을 다셨다.

"으이그, 이 아줌마는 아직까지 주책이야."

보다 못한 과일가게 아주머니가 파리채를 들고 나와 생선가게 아주머니의 엉덩이를 찰싹 내리치셨다. 은택이 결혼한 지 이제 7년이 넘었는데 미련도 이 정도면 궁상이었다.

"'우리 사윗감'은 입에서 잘도 떨어졌으면서 미련은 왜 못 버려."

한때 생선가게 아주머니는 은택을 '우리 사윗감, 우리 사윗감' 하고 불렀었다. 세월이 흘러 애석하게도 그 호칭이 '쭌이 아빠'가 됐어도 여전히 아쉬운 건 아쉬운 거였다.

"그럼 못 써. 왜 남의 천생연분 남편을 욕심내고 그래? 짚신도 다 짝이 있다잖아. 혹시 알아? 고시생이 떡하니 시험 합격해서 검사 변호사 장모님 만들어줄지?"

과일가게 아주머니의 말에 생선가게 아주머니는 애써 미련을 접었다. 남의 떡에 침 흘리는 건 이제 그만두기로 하신 모양이었다. 도저히 두 사람이 천생연분이라는 말에 반박할 수가 없었다. 기왕 이렇게 된 거 예비 사윗감 공부 열심히 하라고 보약이나 한 첩 지어줘야겠다며 생선가게 아주머니는 팔을 걷어붙이셨다.

그렇게 두 사람은 자신들도 모르는 사이에 생선가게 따님에게 결혼 승낙이라는 선물을 해주고 집으로 돌아왔다. 동은은 옷을 갈아입을 겨를도 없이 부리나케 아들의 생일상을 준비하기 시작했다. 동준이 유치원에서 돌아오기까지 이제 시간이 얼마 남지 않은 까닭이었다.

모처럼 주방에서 분주한 아내의 모습을 보면서 은택은 한없이 까마득하게 느껴지는 달콤한 밤을 상상했다. 아내가 임신을 한 뒤로 6년은 꼬박 아들에게 빼앗겼고, 나머지 1년은 일을 다시 하고 싶어 하는 아내의 열정에 빼앗겼다. 허니문 베이비를 만든 것이 과연 올바른 선택이었나를 수도 없이 고민하며 지내온 지난 세월.

물론 세상 그 무엇과도 바꿀 수 없는 소중한 아들이지만, 그래도 아내를 아들보다 조금 더 사랑하기에 때때로 억울함이 들 수밖에 없었다. 오늘 그 한을 모조리 풀어주리라 다짐하며 은택이 주방으로 가서 동은을 거들기 시작했다.

"여보야, 내가 도와줄게."

"왜? 됐어, 쭌이 생일상은 내 손으로 차려주겠다고 했잖아."

동은이 눈을 기름하게 뜨며 은택을 밀어냈다. 그녀의 손끝에는 자신감이 넘쳐흐르고 있었다.

남편을 아무리 사랑해도 늘지 않던 아내의 요리 실력은 육아를 하면서 괄목 성장했다. 하지만 맛의 질은 높아졌을지언정, 속도는 여전히 형편없었다.

"그래도 당신 손에만 맡겨놨다간 쭌이 오기 전에 요리 다 못 끝낼걸?"

은택이 불안한 마음에 설명을 보태자 동은의 눈매가 또다시 가늘게 말려 올라갔다.

"빨리 해치우고 쭌이 오늘 시댁에 보내려는 건 아니고?"

정확하게 자신의 계획을 읊어내는 아내에게 감탄하며 은택은 짐짓 아닌 척을 해댔다.

"어허. 남편을 어떻게 보고. 생각해봐. 우리 쭌이가 친구들 잔뜩 데리고 집에 왔는데 생일상이 아직 다 안 차려져 있으면 얼마나 속상하겠어. 난 우리 아들 눈에서 눈물 뽑는 거 절대 못 본다."

엉큼한 사심을 들키지 않기 위해 과장되게 흘러나온 목소리는 사실 어딘가 조금 어색하게 들렸지만, 동은은 말없이 져주었다. 은택의 말대로 귀한 아드님께서는 누굴 닮았는지 꽤나 성격이 급한 편이었다. 분명 아침에 제가 줄줄줄 읊고 갔던 음식 중 하나라도 빠져 있거나 하면 집 안이 온통 눈물바다가 될 것이었다. 쭌이의 눈에서 닭똥 같은 눈물이 떨어지는 걸 상상만 해도 동은은 마음이 저려왔다.

"좋아. 그럼 어디 잘나가는 요리프로에서 줄줄이 섭외 요청이 들어온다는 대세남 서은택 셰프님의 은총을 좀 입어볼까요?"

어쩐지 말속에 뾰족한 가시가 서 있었다. 텔레비전을 틀면 요리프로만 나온다는 말이 있을 정도로 훈남 셰프들의 전성기인 요즘. 블로그며 여성 커뮤니티며 오래전부터 인기몰이 중인 은택을 섭외하려는 방송국의 시도는 진작부터 넘쳐났다.

그러나 동은을 의식해 지금껏 일체 거절해온 은택이었다. 또한 가게 운영과 육아, 아내를 열렬히 사랑하는 것만으로도 하루 24시간이 숨 돌릴 틈도 없이 바쁜 그였다.

그럼에도 불구하고 섭외 시도는 끊이지 않았고, 시청자들의 섭외 요청 또한 쇄도한다고 하니 동은은 부쩍 인기가 치솟는 남편 때문에 하루에도 수십 번씩 곤란함을 느꼈다. 사실 조금 더 일을 하고 싶었지만, 둘째를 가져야겠다는 계획을 서두른 것도 그 이유 때문이었다. 그런 동은의 마음을 눈치챘는지 그사이 뚝딱 잡채를 완성시킨 은택이 그녀의 귓가에 은밀하게 속삭여왔다.

"그러니까 마누라가 24시간 내 옆에 딱 붙어 있으면 되잖아. 임자 있는 티 팍팍 나게끔."

"말이나 못하면."

"그래서 이 서방님이 미워?"

동은이 그 옛날 서방님이 만들어준 연근전을 떠올리며 만든 하트 모양 동그랑땡을 뒤집다 말고 은택을 흘깃 쳐다봤다. 이 귀여운 앙탈을 방송에 나와서 부릴 생각을 하니 갑자기 속에서 뜨거운 불씨가 피어올랐다. 아무래도 고분고분 두 눈 뜨고 그 꼴은 못 볼 것 같으니, 할 수 없었다. 사랑해 마지않는 서방님이 원하는 대로 해주는 수밖에.

"아니, 너무 좋아. 그런 의미에서 앞으로는 24시간 딱 붙어 있을 생각이니까 각오해."

"그런 각오라면 골백번도 더 해줄게."

"사랑해, 남편."

"어허. 내가 더 사랑해."

아들을 위한 동그랑땡이 타버릴까 급하게 불을 줄인 동은이 은택의 목에 팔을 둘렀다. 찰싹 달라붙은 두 사람에게서 잡채에 버무린 참기름만큼이나 고소한 냄새가 폴폴 풍겼다. 그렇게 닭살 행각을 하는 틈틈이 두 사람이 힘을 합쳐 아들이 원한 요리를 모두 완성했을 때였다.

"으아아아아앙! 엄마! 아빠!"

갑자기 동준이 울면서 집 안으로 들이닥쳤다. 상차림을 끝내고 또다시 입을 맞추느라 여념이 없던 두 사람이 화들짝 놀라 현관으로 달려 나갔다.

"우리 쭌! 왜 울어? 응?"

"아들! 울지 말고 말을 해봐. 무슨 일인데 그래?"

부모는 소중한 아들에게 무슨 일이 생겼을까 발을 동동 구르기 바빴다. 한참을 어르고 달래도 도무지 입을 열지 않던 동준이 한층 더 서러워진 목소리로 대답했다.

"햇살이가……! 훌쩍! 현우랑 자기네 집에서 놀기로 먼저 약속해서 오늘 파티에 못 온대요. 흐어어엉!"

햇살이라는 아이는 동준이가 죽고 못 사는 여자 친구였다. 그러니까 소중한 아들의 첫사랑! 누가 부전자전 아니랄까 봐 아들의 순정은 아빠를 닮았다. 그녀가 자신의 생일 파티에 어쩔 수 없이 불참한다는 이유만으로 이렇게 세상이 멸망할 것처럼 울어대기 바쁘니.

"햇살이는 날 안 좋아하나 봐. 나보다 현우가 더 좋은가 봐요. 아아앙!"

말을 하면서 점점 더 서글퍼지는지 동준의 울음소리가 더 커졌다. 동은은 난감한 기색을 하며 뒤에 서 있는 은택을 돌아봤다.

그런데 웬걸. 아들 좀 달래보라는 뜻에서 뒤돌아본 동은은 동준이보다 더 심각한 얼굴을 하고 있는 남편을 보며 헛웃음을 지었다. 그때, 은택이 갑자기 동준에게로 다가가 아들의 어깨를 꽉 움켜줬었다.

"뚝!"

조금 전까지 안절부절못하던 은택은 불과 몇 초 사이에 씩씩하고 침착해져 있었다.

"아들. 서은택 아들! 대답해봐."

"네, 아빠⋯⋯."

은택은 동준이 기어들어가는 목소리로 대답하자 아들의 어깨를 슬쩍 흔들었다.

"서동준, 더 크게!"

"네, 아빠!"

"그래서 이대로 햇살이 포기할 거야?"

느닷없는 아빠의 말에 동준의 얼굴에 먹구름이 잔뜩 드리워졌다. 잔뜩 풀이 죽어 대꾸가 없는 아들을 토닥여주며 은택이 상냥하게 말을 이었다.

"아빠가 뭐라 그랬어? 누군가를 좋아하는 마음은 쉽게 포기하면 안 되는 거라 그랬지?"

은택의 말에 동준이 동은을 올려다봤다. 우리 예쁜 엄마. 아빠는 엄마를 자그마치 7년씩이나 기다렸다고 했다. 그리고 그 시간은 동준의 나이보다 훨씬 더 긴 거라고 그랬다.

"아빠처럼 하면 쭌이도 햇살이랑 결혼할 수 있어?"

"물론!"

"그럼 쭌이도 햇살이 기다릴래! 할 수 있어!"

"그렇지만 마냥 기다리기만 해서는 안 된다고도 아빠가 말했지? 남자는 뭐가 생명이다?"

"남자는? 남자는⋯⋯? 아!"

생각났다는 듯 손뼉을 친 동준이 별안간 눈에 강렬하게 힘을 주며 대답했다.

"남자는 박력!"

"정답! 지금 당장 가서 햇살이네 집에 전화해. 현우랑 다 놀고 나면 데리러 가겠다고. 아빠가 같이 가줄게."

"정말?"

"그럼. 쭌이, 아빠 못 믿어?"

"아니! 완전 믿어요!"

은택이 가슴을 치며 확신을 주자, 동준이 신이 나서 조르르 전화기가 있는 곳으로 달려갔다. 붕어빵처럼 닮은 부자의 뒷모습에 동은이 못 말리겠다는 듯 혀를 내둘렀다. 은택이 그런 동은에게로 다가가 볼에 부드럽게 입을 맞추며 뿌듯하게 속삭였다.

"우리 아들 다 컸다, 여보야. 그치?"

"그러게. 누굴 닮았는지 완전 사랑꾼이야."

"누굴 닮기는. 임동은 남편 닮아 타고났지. 그나저나 우리 아들은 아빠처럼 오래 외롭지 않았으면 좋겠는데."

은택이 무심코 중얼거린 말에 동은이 문득 심각한 표정을 지으며 물었다.

"자기야, 나 기다리면서 많이 외로웠어?"

은택이 불시에 어두워진 동은의 얼굴을 쓰다듬으며 다정하게 대답했다.

"외로웠지. 하지만 그 시간조차도 나한테는 사랑이었어."

"사랑?"

"응. 나는 당신이 곁에 없어도 당신을 사랑할 수 있을 만큼,

임동은 하나밖에 몰랐으니까."

은택의 말에 순식간에 가슴이 벅차올라, 동은이 그의 품으로 파고들었다. 평생 저밖에 몰랐던 이 남자, 그의 외로운 마음을 평생 함께 살아가며 달래줘야겠다 생각하며.

"살면서 전부 갚을게. 우리 남편 외롭게 한 거."

"응. 미리 말해두지만, 이자 세게 쳐서 받을 테니까. 그러니까 당신은 평생 나 못 떠나."

"그럼 일단 오늘 밤부터 갚아줄까? 완전 세게?"

쇄골에 뜨겁게 입을 맞추며 야릇하게 속삭여오는 아내를 은택이 반쯤 풀린 눈으로 멍하니 내려다봤다. 아무래도 이 여자, 오늘 작정한 것 같았다. 은택이 홀린 듯 그녀의 입술로 천천히 다가갔을 때였다.

"아빠! 햇살이가 현우랑 그만 논다고 당장 데리러 오래! 빨리 가자, 빨리!"

눈치 없는 아들은 제 첫사랑에만 눈이 멀었다.

"아빠아! 햇살이 기다려!"

아들의 재촉에 동은이 환한 웃음을 터뜨리며 은택의 등을 떠밀어주었다.

"얼른 가서 아들 첫사랑부터 응원해주고 와. 기다릴게."

"알았어. 간다, 가."

아내의 말에 은택이 하는 수 없이 마지막으로 입을 맞추고, 눈부신 햇살을 데리러 가기 위해 반짝반짝 눈을 빛내고 있는 아들에게로 다가갔다. 아쉬운 마음이야 끝이 없지만, 밤이 오기 전까진 아들의 첫사랑을 위해 최선을 다할 생각이었다.

첫사랑은, 누구라도 응원 받아야 하는 소중한 마음이니까.

"좋았어! 그럼 반짝반짝 햇살이 데리러 가볼까?"

"응!"

닮은 꼴 부자가 신이 나서 집을 나섰다. 첫사랑 만세를 외치며.


첫사랑, 당신에겐 얼마나 간절했나요?

모두가 첫사랑은 이루어지지 않는다고 말을 하죠.

그래요. 그 말을 하면 버틸 수 있을 만큼만.

떠올릴 때 예쁜 추억으로 남길 수 있을 만큼만.

어쩌면 첫사랑은 딱 그만큼만 간절하면 되는 걸지도 몰라요.

하지만 나는요…….

오직 그녀를 다시 만나기 위해 살아왔어요.

내 삶은 전부 그녀 거예요.

그녀만 기다려온 시간들, 그녀만 그리워해온 내 마음이 증거
죠.

그래서 이토록 간절했던 제 첫사랑이 지금 어디에 있냐고요?

바로 여기요.

지금 내 곁에, 함께 있어요.


—마침—

# 작가 후기

1년 4개월. 제가 『13월의 첫사랑』을 붙들고 있었던 시간입니다.

제가 쓴 글을 보며 누군가 웃어주고 울어주고, 가슴 설레고, 그저 그렇게 소통하는 것이 좋아 시작한 이 글은 저에게 참 많은 기회를 가져다주었습니다.

그중에서도 네이버 웹소설 공모전에 당선된 것은 저의 인생을 바꿔놓은 기회였습니다. 딸이 걱정되어 마음껏 응원도 해줄 수 없던 부모님은 이제 친구들에게 자랑 삼아 저를 작가라고 소개하십니다. 남동생은 직장 동료들에게 제 책을 선물해주고요. 이루어질 수 없는 꿈이라고 생각했던 삶을, 저는 지금 살고 있습니다.

공모전에 당선되고, 작가로 살면서 많은 일들을 겪었습니다.

온종일 책상에 앉아 원고를 쓰는 일. 밥을 먹다가도, 잠에 들려다가도 아이디어가 생각나 컴퓨터 앞으로 조르르 달려가는 일. 심지어는 밥도 굶고 잠도 못 자고 마감을 사수하기도 했습니다.

일주일 동안 겨우 원고 한 편을 썼을 만큼 슬럼프가 심각했었던 적도 있었어요. 슬럼프를 극복하기 위해 제주도로 떠났지만, 그곳에서 사고를 당해 이번엔 2주 동안 겨우 원고 한 편을 썼습니다.

아마도 그때 전 책임감에 짓눌리고 있었던 것 같습니다. 공모전 당선작이라는 책임감, 작가라고 불리는 것에 대한 책임감.

꿈을 꾸며 마냥 동경했던 순간들은, 때로는 그렇게 고통스럽기도 했습니다. 글을 쓰면서 힘들어서 울게 될 거라고는 생각해본 적 없었는데, 참 많이도 울었습니다.

그러나 힘들었던 그 시간들조차도, 지나고 나니 저에게는 참 행복한 시간이었습니다. 작가 소개에 '눈물 나고 아픈 성장통마저도 행복한 작가'라고 저를 소개한 것은 그런 이유였습니다.

마지막 마침표를 찍은 지금은 그 눈물에서 많은 걸 배우고 깨달았다고 생각합니다. 그렇게 드디어 제 두 번째 종이책이 나왔네요. 처음은 아니지만, 여전히 제 글을 누군가에게 선보이는 이 순간만큼은 가슴이 터질 듯이 두근거립니다.

『13월의 첫사랑』이 저를 응원하고 아껴주신 분들께 선물 같은 글이 되기를. 적어도 이 글을 읽는 데 들인 시간이 아깝지 않기를 바라봅니다.

지금 마지막 장을 펼치고 계신 독자분들. 그리고 연재와 종이책 출간에 도움을 주신 많은 분들께 진심으로 감사드립니다.

저는 이제 또다시 성장통을 겪으며 다음 글을 준비하러 갑니다. 한 뼘 더 성장해서 다시 여러분 곁으로 돌아올게요.

-서별아 올림.